中國古典文學基本叢書

嵇康集校注

上册

〔三國魏〕嵇康 著
戴明揚 校注

中華書局

圖書在版編目(CIP)數據

嵇康集校注:典藏本/(三國魏)嵇康撰;戴明揚校注.—北京:中華書局,2016.10(2025.7重印)
(中國古典文學基本叢書)
ISBN 978-7-101-11899-5

Ⅰ.嵇… Ⅱ.①嵇…②戴… Ⅲ.嵇康(223~263)-文集 Ⅳ.I213.612

中國版本圖書館CIP數據核字(2016)第125875號

責任編輯:朱兆虎
責任印製:管 斌

中國古典文學基本叢書
嵇康集校注(典藏本)
(全二册)
〔三國魏〕嵇 康 撰
戴明揚 校注
*
中 華 書 局 出 版 發 行
(北京市豐臺區太平橋西里38號 100073)
http://www.zhbc.com.cn
E-mail:zhbc@zhbc.com.cn
三河市宏達印刷有限公司印刷
*
850×1168毫米 1/32·24印張·7插頁·560千字
2016年10月第1版 2025年7月第4次印刷
印數:4801-5400册 定價:128.00元

ISBN 978-7-101-11899-5

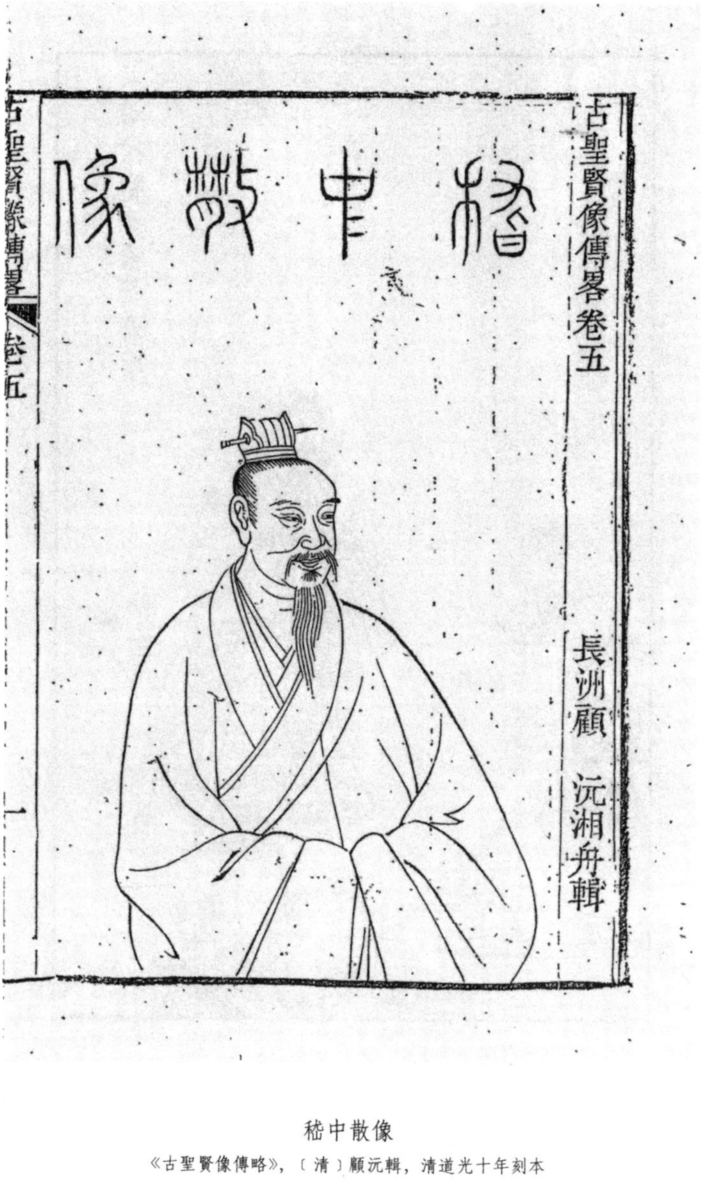

嵇中散像

《古聖賢像傳略》，〔清〕顧沅輯，清道光十年刻本

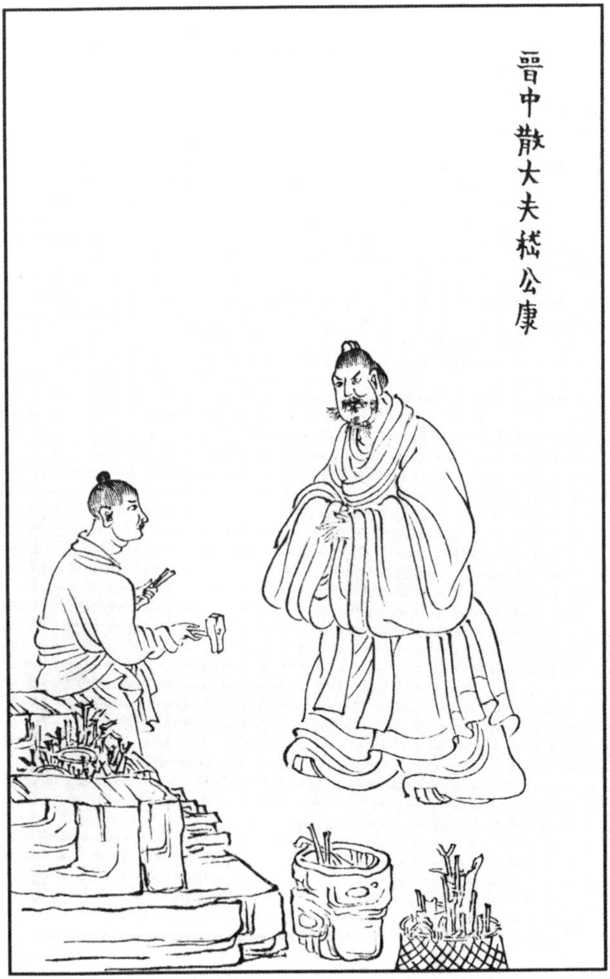

晉中散大夫嵇公康

《於越先賢像傳贊》，〔清〕任熊繪，

清咸豐六年蕭山王氏養龢堂藏版，光緒三年沙家英序重印本

嵇中散集卷第八

宅無吉凶攝生論一首 附

難宅無吉凶攝生論一首

宅無吉凶攝生論一首 附

夫善求壽強者必先知災疾之所自來然後其至可防也禍起於此爲防於彼則禍無自瘳矣世有安宅葬埋陰陽度數刑德之忌是何所生乎不見性命不知禍福也不見故妄求不知故干幸是以善執生者見性命之所宜知禍福之所來故求之實而防之信夫多飲而走則爲瘖支數行而風則爲癢毒久居於濕則要疾偏枯好內不怠則昏衰

明嘉靖四年黄省曾南星精舍刻本《嵇中散集》

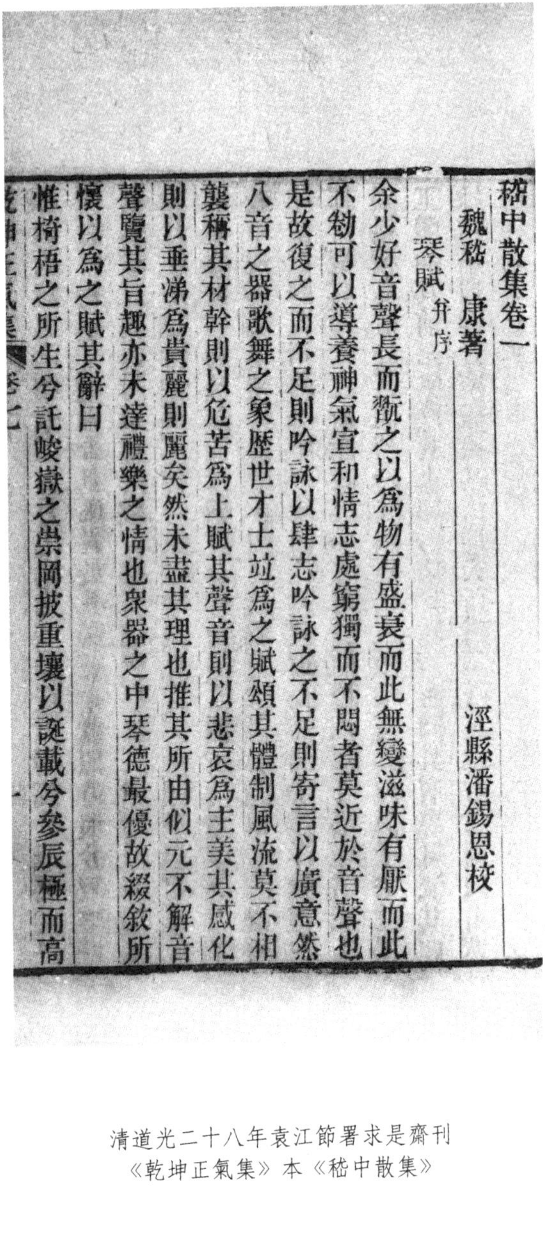

嵇中散集卷一

魏嵇　康著　　　涇縣潘錫恩校

琴賦并序

余少好音聲長而翫之以爲物有盛衰而此無變滋味有厭而此不勌可以導養神氣宣和情志處窮獨而不悶者莫近於音聲也是故復之而不足則吟詠以肆志吟詠之不足則寄言以廣意然八音之器歌舞之象歷世才士並爲之賦頌其體制風流莫不相襲稱其材幹則以危苦爲上賦其聲音則以悲哀爲主美其感化則以垂涕爲貴麗則麗矣然未盡其理也推其所由似元不解音聲覽其旨趣亦未達禮樂之情也衆器之中琴德最優故綴敘所懷以爲之賦其辭曰

惟椅梧之所生兮託峻嶽之崇岡披重壤以誕載兮參辰極而高

清道光二十八年袁江節署求是齋刊
《乾坤正氣集》本《嵇中散集》

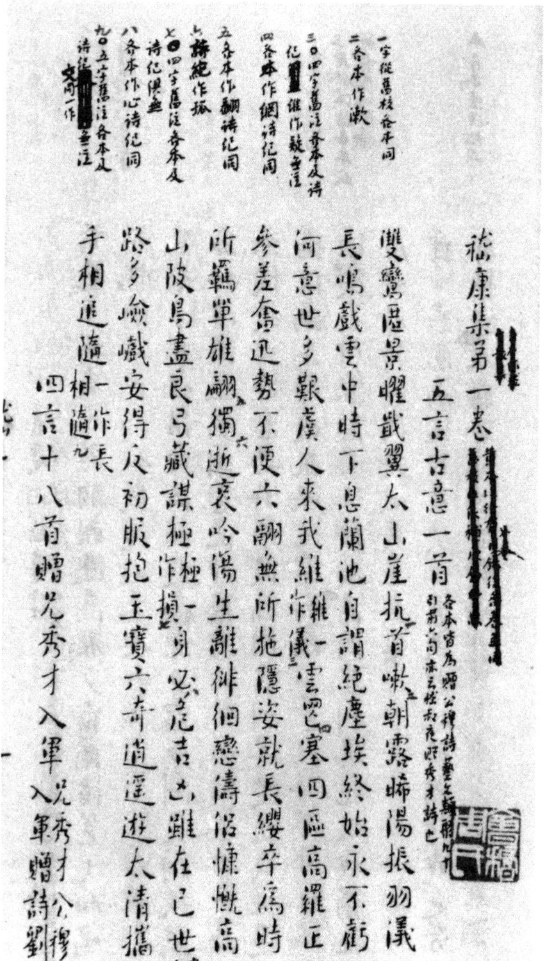

嵇康集第一卷

五言古意一首 各本皆為贈公穆詩藝文類聚引前六句亦云嵇叔夜贈秀才詩也

雙鸞匿景曜戢翼太山崖抗首嗽一朝露晞陽振羽儀

長鳴戲雲中時下息蘭池自謂絕塵埃終始永不虧

何意世多艱虞人來我維作羅維一雲罔二塞四區高羅正

參差奮迅勢不便六翮無所施隱姿就長纓卒為時

所羈單雄翩五獨逝哀吟傷生離徘徊戀儔侶慷慨高

山陂鳥盡良弓藏謀極作損極一身必危吉凶雖在己世 字從舊校各本同

路多嶮巇安得反初服抱玉寶六奇逍遥遊太清攜

手相隨一作長相隨九

四言十八首贈兄秀才入軍 兄秀才公穆入軍贈詩劉

一字從舊校各本同

二各本作嗽

三○四字舊注各本及詩紀[illegible]誰作羅舊注

四各本作網詩紀同

五各本作翮詩紀同

六綿作孤

七○四字舊注各本及詩紀俱無

八各本作心詩紀同

九○五字舊注各本及詩紀[illegible]舊注

一九五六年文學古籍刊行社景印

魯迅據叢書堂鈔本鈔校之《嵇康集》

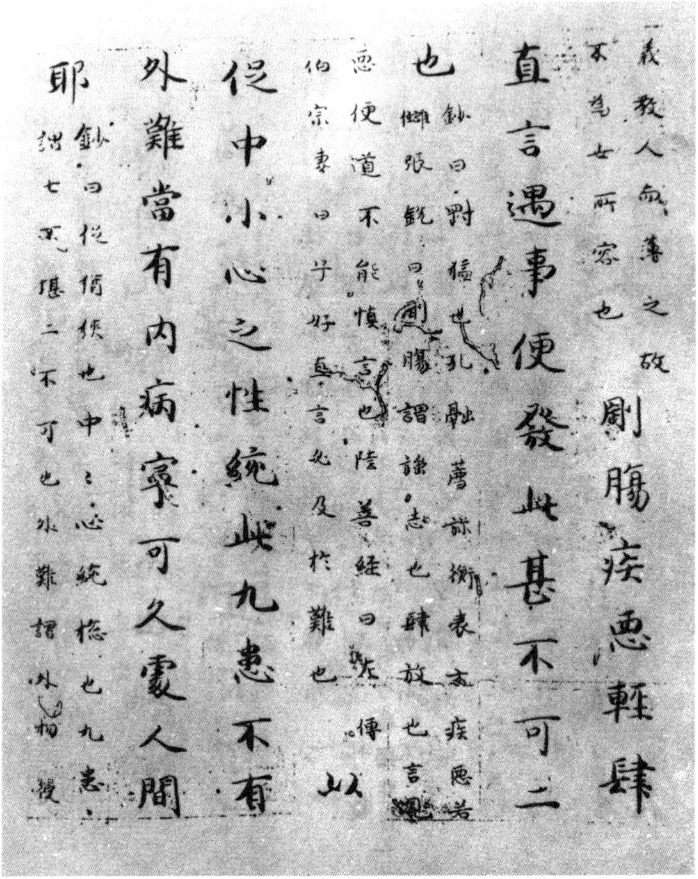
義教人命薄之故
不爲世所容也
剛腸疾惡輕肆
直言遇事便發此甚不可二
也 鈔曰對驕也孔融薦禰衡表云疾惡若
雖張銑曰剛腸謂論志也肆放也言
惡便道不能慎言也陸善經曰左傳
伯宗妻曰子好直言必及於難也
以
促中小心之性統此九患不有
外難當有內病寧可久處人間
耶 鈔曰促偪狹也中之心統總也九患
謂七不堪二不可也外難謂外相侵

《與山巨源絶交書一首》
《唐鈔文選集注彙存》，上海古籍出版社二〇〇〇年影印

出版説明

嵇康集校注，戴明揚撰。戴明揚（一九〇二—一九五三），一作名揚，字荔生，四川隆昌人。一九二九年畢業於北京大學中文系，曾先後任教於河北大學、北京大學、輔仁大學、浙江大學、四川大學等。

一九三〇年夏，戴氏任北京大學研究所國學門編輯、助教，纂輯慧琳一切經音義引用書索引。一九三二年四月，拜入黄侃門下，本書凡徵引黄侃之説，皆稱黄先生；五月，與陸宗達等結興藝社，由黄侃講授經學。一九三四年發表記周炤及祭文、詩作等，一九三六年發表校補天問閣集跋、廣陵散考；一九四〇年浙江大學内遷遵義，戴氏於文學院中國文學系任教，撰有聖賢高士傳贊校補、與嵇茂齊書作者辨。浙大遷返杭州後，戴氏任教於南充、資中中學及隆昌私立樓峰中學。一九四八年受聘爲四川大學教授，一九五三年病逝。

近世校勘嵇康集者，前有魯迅、馬叙倫、葉渭清等，至戴氏始通注全書。嵇康集校注詳校諸本，釐定文字，擇録舊注，徵引典故，廣輯嵇康事迹及其人其作之評論，用力甚勤。

我們此次整理再版嵇康集校注，以人民文學出版社一九六二年本爲基礎，覆校底本，核對徵引文獻，並施以全式標點。所做工作，概舉如下：

一、原雙行夾注移爲篇末注，並施注碼。戴氏校注體例，凡校文皆置句末，注文則置于本句文辭語意已盡處之句末，故注碼與注文有不相應者，讀者審之，亦可藉此尋繹戴氏句讀之意。

二、戴氏注文互見，凡云「見前某詩注」者，在「注」字後標示該注之注碼，以便按尋。一題數篇者，仿戴氏區別之例，在詩題後括注該篇首句。

三、戴氏正文一依底本，校正勘誤，俱見注文。爲便閱讀，凡戴氏以爲訛文、衍文，用圓括號標示，校正之字用方括號標示；所正之字，戴氏有以爲二字皆可通者，姑選其一，讀者可於校文詳之。

四、戴氏依底本，不提行，此次整理，將文章分段，以便閱讀。

五、覆核戴氏所引文獻，凡確屬錯訛者，徑改；文字雖有出入，而文意可通，或采自類書、他引者，則一仍其舊。

六、原書校注中有兩處編者案語，一爲駁正，一爲補苴，然於例不侔，今移録於此，聊備參考。其一，與山巨源絶交書注〔三二〕，戴氏以爲當作「張升友論」，編者案云：「文選注引張升反論，本不誤，作者牽於嵇文絶交主題，竟疑注文『反論』爲『友論』之誤，非是。舊注引張升文的，除此作張升反論外，文選鮑明遠代君子有所思詩注引作『張叔及論』，左昭七年傳疏又引作『張叔皮論』，實即一文，錯誤雖然不同，但還没有見作『友論』之本。據左傳疏引文『賓爵下華，田鼠上騰，牛哀虎變，鮌化爲熊，久血爲燐，積灰生蠅』來看，其內容當言物性之相反。張升反論，只有文選此注及魏都賦注、廣絶交論注引不誤，足訂他注徵引之誤。作者乃以不誤爲誤，此蓋沿襲嚴可均校輯全後漢文爲説，而不知其非也，今特爲訂正。」其二，家誡注〔九〇〕「冰矜」注後編者案：「方以智通雅卷五曰：『冰衿，猶言冷也。世説曰：「郗鑒欲規王導，意滿口重，言殊不流。王勸郗莫談，郗大瞋冰衿而出。」樂預傳：「人笑褚公，至今齒冷。」雲皋書：「冰衿齒冷。」正用此。』明鈔本太平廣記第三百二十六卷劉朗之條引述異記：『冰衿而立。』（諸刻本都誤作『歛衿』。）這些都作『冰衿』，且方説在前，亦當述及。」

限於學識與能力，書中錯訛在所難免，敬請讀者批評指正。

中華書局編輯部

二〇一四年四月

目録

嵇康集校注卷第二

例言

一、書中正文，依明黄省曾嘉靖乙酉年仿宋刻本，而以别本及諸書引載者校之。

一、黄本譌奪之處，但加校語於下，不逕改補，惟漏落較多，不成句讀者，乃依吴寬叢書堂鈔本補入。

一、是書以吴鈔本原鈔爲勝，其朱墨兩校，皆改從明刻之誤也；凡原鈔有異者，今皆校出。

一、吴鈔本有既鈔之後，又以别葉改鈔者；今稱「原鈔」「改鈔」以别之。

一、吴鈔本塗改之字，有鈔者當時所改，及校者後來所改；今既不易辨别，但稱「原鈔」如何，「墨校」如何。

一、吴鈔本改字之處，或有塗墨甚濃，致原鈔之字不可辨識；今但云某字塗改而成。

一、吴鈔本之外，所校以刻本嵇集及古總集、古類書等爲主，其明代總集類書，與此等相同者，今不盡列。

一、嚴氏全三國文中嵇康文，多從百三家集録來，其相異之字，今不盡指出。

一、總集、類書，各有數本，其相同者，但舉書名，有互異者，乃標出某本；七十二家集、百三家集相同者，但稱張本，有互異者，乃標出張燮本、張溥本；四庫有互異者，乃標出文津本、文瀾本。

一、文選各本注云「李善本作某，五臣本作某」，互有異同，今皆各引出之；茶陵陳氏所刻六臣文選，其注云「五臣作某」者，與宋刻本六臣文選多同，今舉四部本，即不再及陳本。

一、類書所引，每多删節，今但校其異處，至删節之句，不盡指出。

一、類書所引，於虚字每多省略，今不盡指出。

一、明代總集、類書，及文瀾閣四庫本，有顯係誤刻、誤鈔之字，今不盡指出。

一、通用之字，如「悟」與「寤」，易混之字，如「淩」與「凌」等，今於吴鈔本外，但云某字或作某字。

一、吴鈔本總目之題，與卷中各篇之題，其字數多寡，或有不同，又卷首總目之題，亦係校者後補，今皆省校。

一、嵇文有舊注者，先録舊注，次爲自加之注，中以墨圍間之。嵇文載於文選者，今全録李善注文，其五臣及唐人舊注，則擇録之，六臣本所載善注之文，比善本或多或少，均詳胡克家考異中，今不更著。

一、古人佚書、佚文，已多輯刻，今於注中直引書名篇名，不盡指出原引之書。

一、明、清諸人評語，今擇附各篇之後；稊文傳者已少，故此等評語，亦過而存之。

嵇康集校注卷第一

兄秀才公穆入軍贈詩十九首

秀才答四首附

幽憤詩一首

述志詩二首

游仙詩一首

六言十首

重作四言詩七首「七」原作「一」，刻板之誤也。

思親詩一首

郭遐周贈三首附

郭遐叔贈〔四〕〔五〕首附

答二郭三首

與阮德如一首

阮德如答二首附

酒會詩七首

雜詩一首

兄秀才公穆入軍贈詩十九首

六朝詩集，題目及序次與此同，餘書所題「兄公穆秀才」等字有無、多寡不同；又多以五言一首居末。

此十九首，吴鈔本分作兩題，第一首於集前總目中題作「五言古風一首」，於此處題作「五言」，下有註云：「一本作古意。」墨校改題「五言古意一首」，欄外上方有朱書校語云：「此首亦在贈兄秀才入軍内，共十九首。」此十五字，又爲墨校抹去。以下題作「四言十八首贈兄秀才入軍」，並註云：「兄秀才公穆入軍贈詩，劉義慶曰：『嵇熹字公穆，舉秀才。』」朱校於每首起句右側注一二三四等字。〇葉渭清曰：「按初學記十八引『雙鸞匿景曜』四句作嵇康贈秀才入軍詩，藝文類聚九十引六句亦作魏嵇叔夜贈秀才詩，二書均出唐人，又均引此首，然皆不云古意，必是嵇集舊不如此。」又曰：「文選嵇叔夜贈秀才入軍五首題下注所引兄秀才公穆入軍贈詩，上有『集云』二字，蓋是嵇集舊題之僅存者，幸賴選注知之，此不應省。嵇熹云云，選注引爲劉義慶集林，此亦節『集林』二字。」〇揚案：文選贈秀才入軍五首題下註云：「集云，兄秀才公穆入軍贈詩，劉義慶集林曰：『嵇憙字公穆，舉秀才。』」廣文選載此詩八首，亦以五言爲第一首。漢魏詩乘以五言爲其十九，註云：「康集此首第一。」據此，知題目及序次皆以此本爲合。

文選併「良馬既閑」「攜我好仇」兩首爲一首，合「輕車迅邁」「浩浩洪流」「息徒蘭圃」「閑夜肅清」四首共爲五首，文章辨體、文體明辨、詩治等因之。○選詩拾遺載五言一首，題作「雙鸞篇贈兄秀才公穆入軍」。○古詩評選併「閑夜肅清」「乘風高遊」兩首爲一，共十七首，題作「贈秀才入軍詩」，未選五言。采菽堂古詩選以「鴛鴦于飛」以下八首題作「四言詩八章」，又從文選併「良馬既閑」「攜我好仇」兩首爲一，亦題作「贈秀才入軍五章」，而附「凌高遠盼」一首於第一首後，以「乘風高遊」以下三首題作「四言詩三章」，以「雙鸞匿景曜」一首題作「五言詩」。其「四言詩八章」題下注云：「文選所載贈秀才入軍，取『良馬既閑』五章，頗有次序。今此八章，自是送別懷人之作，既匪贈兄，又匪入軍。『瞻仰弗及』二語，亦類結局，故應別爲一篇。而『乘風高遊』以下，自是感懷言志之作，與送別無與，亦應別爲一篇。其五言一篇，寄慨深遠，辭旨淋漓，或是贈秀才入軍之又一作，亦未可知，要不當比而一之，使章法紛紜，四五錯出也。即『凌高遠盼』，亦與上下不屬，無所可附，故綴秀才入軍詩內。」又「凌高遠盼」一首下注云：「今按上章曰『載我輕車』，下章即云『輕車迅邁』，文勢接連，不應中斷。『雖有好音』云云，與後章『旨酒鳴琴』語意疊出，『仰訊俯託』，又與上文『仰落俯引』相犯，古人必無此病，定非本有而文選删之也。時代既遠，傳寫淆訛，竟不知此章是何題，應在何處。」又「四言三章」題下注云：「皆言輕舉遠遁之情，都無别緒，與上文定非一篇。」又「五言一首」題下注云：「不知爲何而作，如云不忘故魏，叔夜未嘗仕，不得爲此等語。或者秀才入軍，亦是强赴，故又以此贈之與。四言詩五首題同，因混列其後，未可定也。」又嵇喜答弟叔夜四首題下注云：「按公穆答詩篇中，顧不言入軍。」○揚案：「五言一首」，傷爲當時所羈，非不忘故魏之旨，彼時魏亦未亡也。至叔夜於魏固爲婚姻，且嘗拜中散大夫矣。此十九首自非盡爲一時之作，後人編集歸入一題耳。陳氏分合，不必得之，姑録其言，以資參證。

文選張銑注：「秀才，叔夜弟。」○葛立方韻語陽秋曰：「文選載嵇叔夜贈秀才入軍詩，李善注謂兄喜秀才入軍，而張銑謂叔夜弟，不知其名。考五詩或曰『攜我好仇』，或曰『思我良朋』，或曰『佳人不在』，皆非兄弟之稱，善銑所注，恐未必然耳。」劉履選詩補注曰：「秀才，李善引本集作『兄公穆』，張銑曰：『康之從弟。』未知所據。」○吴景旭歷代詩話曰：「名氏鑿鑿，非不知名之謂。至於詩中稱謂，古人多不可拘，如五詩中『思我所欽』，則以所欽爲弟，陸機贈從兄詩：『願言思所欽』，則以所欽爲兄，又贈馮友詩：『願言懷所欽』，則以所欽爲友，此亦何常之有。楚辭樂府，往往以佳人比君王，何獨不可入兄弟用耶。」○揚案：「攜我好仇」，代從軍者言狩獵之樂爾。至詩中云「我友良朋」，明非兄弟矣。此十九首仍非盡爲贈兄之詩，亦編集者所入也。

晉書嵇康傳：「兄喜，有當世才，歷太僕、宗正。」又嵇含傳：「祖喜，徐州刺史。」○太平御覽四百五引王隱晉書曰：「兄喜，爲太僕廐騶，馮陵知其英俊，待以賓友之禮，以狀表上。」○古詩紀注：

「嵇喜字公穆，舉秀才，歷揚州刺史。晉百官名：『嵇喜，晉武帝太康三年，爲徐州刺史。』」○隋書經籍志：「晉宗正嵇喜集一卷，殘缺，梁二卷，録一卷。」

雙鸞匿景曜，戢翼太山崖〔一〕。抗首〔漱〕〔嗽〕朝露〔二〕，晞陽振羽儀〔三〕。長鳴戲雲中〔四〕，時下息蘭池〔五〕。自謂絶塵埃，終始永不虧〔六〕。何意世多艱，虞人來我疑〔七〕。雲網塞四區〔八〕，高羅正參差〔九〕。奮迅勢不便，六翮無所施〔一〇〕。隱姿就長纓，卒爲時所羈〔一一〕。單雄翻孤逝〔一二〕，哀吟傷生離〔一三〕。徘徊戀儔侶，慷慨高山陂〔一四〕。鳥盡良弓藏，謀極身〔心〕〔必〕危〔一五〕。吉凶雖在己，世路多嶮巇〔一六〕。安得反初服，抱玉寶六奇〔一七〕。逍遥遊太清〔一八〕，攜手長相隨〔一九〕。

〔一〕「崖」初學記十八引作「西」。○説文：「鸞，神靈之精也，赤色五彩，雞形，鳴中五音，頌聲作則至。」班固答賓戲曰：「含景曜，吐英精。」張衡西京賦：「流景曜之韡曄。」薛綜注：「曜，光也。」李善注：「景，光景也。」詩鴛鴦：「戢其左翼。」箋云：「戢，斂也。」趙壹窮鳥賦：「有一窮鳥，戢翼原野。」

〔二〕「抗」字吴鈔本塗改而成，原鈔不明。「首」藝文類聚九十引作「音」，誤也。「漱」吴鈔本作「嗽」，皕宋樓本校改作「嗽」。馬叙倫讀書續記曰：「按嗽，吮也，説文作『欶』；漱，盪口也，則作『嗽』爲是。」

〔三〕揚雄長楊賦：「莫不蹻足抗首。」廣韻：「抗，舉也。」韓子大體篇：「至安之世，法如朝露，純樸不散。」曹植蟬賦：「栖高枝而仰首，漱朝露之清流。」詩湛露：「匪陽不晞。」毛傳：「晞，乾也；陽，日也。」楚辭遠遊篇：「夕晞余身兮九陽。」易漸卦：「上九，鴻漸于陸，其羽可用爲儀。」

〔四〕「中」藝文類聚九十引作「裏」，詩雋類函九十引作「中」，百四十六引作「裏」。

〔五〕曹植鬬雞詩：「長鳴入青雲。」楚辭九歌：「猋遠舉兮雲中。」西征賦：「蘭池周曲。」

〔六〕淮南子修務訓：「君子逍遥彷徉於塵埃之外。」楚辭注：「振翅翱翔，絶塵埃也。」莊子達生篇：「形精不虧，是謂能移。」

〔七〕「疑」，吳鈔本作「維」，注云：「『維』一作『儀』。」皕宋樓鈔本有校語云：「各本作『疑』。案維繫意，尚在下文，『儀』字不可解，作『疑』爲是。」揚案：「維」字似不誤，下乃言所以維之之狀也。○離騷：「哀民生之多艱。」注：「艱，難也。」禰衡鸚鵡賦：「命虞人於壠坻。」尚書傳：「虞，掌山澤官也。」禮記注：「疑，恐也。」毛詩傳：「維，繫也。」呂氏春秋注：「儀，望也。」

〔八〕「網」吳鈔本作「罔」。

〔九〕鸚鵡賦：「冠雲霓而張羅。」張衡東京賦：「造窮六區。」文選注：「區，域也。」爾雅：「鳥罟謂之羅。」曹植公讌詩：「列宿正參差。」

〔一〇〕揚雄連珠曰：「鸞鳳養六翮以凌雲。」鸚鵡賦：「顧六翮之殘毁，雖奮迅其焉如。」爾雅：「迅，疾也。」又曰：「羽本謂之翮。」莊子山木篇：「處勢不便，未足以逞其能也。」漢書西南夷傳：「智勇無所施。」

〔一一〕漢書終軍傳：「自請願受長纓，必羈南越王而致之闕下。」文選注：「時亦世也。」説文：「羈，馬絡頭也。」曹植天地篇：「復爲時所拘，羈紲作微臣。」

〔一二〕「翻孤」吴鈔本作「翮獨」，周校本「翮」誤作「翩」，注云：「各本作『翻』。」○揚案：「翮」字乃鈔者承上而誤，此句初學記十八引作「單雌偏獨遊」。

〔一三〕張衡舞賦：「驚雄逝兮孤雌翔。」曹植鷂賦：「若有翻雄駭逝，孤雌驚翔。」文選注引韓詩章句曰：「翻，飛貌。」楚辭九歌：「悲莫悲兮生别離。」鸚鵡賦：「哀伉儷之生離。」

〔一四〕漢書息夫躬傳：「著絶命辭曰：『鷹隼横厲鸞徘徊兮。』」注：「徘徊，謂不得其所也。」文選思玄賦舊注：「儔，匹也。」玉篇引聲類曰：「侶，伴侶也。」古詩：「慷慨有餘哀。」説文：「慷慨，壯士不得志於心也。」戰國策楚策：「蔡聖侯南遊乎高陂。」古詩：「悠悠隔山陂。」説文：「陂，阪也。」

〔一五〕「極」下吴鈔本注云：「極」一作「損」。「心」吴鈔本作「必」，是也。○史記淮陰侯列傳：「信曰：『果若人言，狡兔死，走狗烹，高鳥盡，良弓藏，敵國破，謀臣亡。』」楚辭卜居篇：「寧正言不諱以危身乎。」東方朔詩曰：「才盡身危。」

〔一六〕「世」字吴鈔本塗改而成。○左氏僖公十六年傳：「周内史叔興曰：『吉凶由人。』」説苑敬慎篇：「孔子曰：『存亡禍福，皆在己而已。』」崔駰達旨曰：「子苟欲勉我以世路。」楚辭七諫：「何周道之平夷兮，然蕪穢而險戲。」注：「險戲，猶言顛危也。」古樂府滿歌行：「遭世險戲，逢此百離。」蔡邕汝南周勰碑：「世路多險，進非其時。」案「嶮巇」與「險戲」同。

〔一七〕離騷：「退將復修吾初服。」曹植七啓曰：「願反初服，從子而歸。」老子：「聖人被褐懷玉。」酈炎詩：「抱玉乘龍驥，不逢樂與和。」漢書陳平傳：「凡六出奇計，輒益邑封。」又叙傳曰：「六奇既設，我罔艱難。」

〔一八〕「太」吴鈔本作「大」，皕宋樓鈔本校改爲「太」，案二字同。

〔一九〕吴鈔本作「攜手相追隨」，注云：「一作『長相隨』。」皕宋樓鈔本校改「一」字爲「各本」二字。○詩白駒：「所謂伊人，於焉逍遥。」莊子有逍遥遊篇。淮南子俶真訓：「臺簡以遊太清。」潛夫論交際篇：「鸞徘徊太清之中。」文選注：「泰清，天也。」詩北風：「惠而好我，攜手同行。」杜篤首陽山賦：「遂相攜而隨之，冀寄命夫餘壽。」曹植公讌詩：「飛蓋相追隨。」

鍾嶸曰：「叔夜雙鸞，五言之警策者也。」詩品。

范大士曰：「氣體直逼東阿。」歷代詩發。

陳祚明曰：「詩頗矯健低徊。」采菽堂古詩選。

張琦曰：「『卒爲時所羈』以上，自傷之詞，下則送秀才，望其避患早歸，可以長相隨也。」古詩録。

鴛鴦于飛，肅肅其羽〔一〕。朝遊高原，夕宿蘭渚〔二〕。邕邕和鳴〔三〕，顧眄儔侶〔四〕。俛仰慷(慨)〔愷〕〔五〕，優遊容與〔六〕。

〔一〕詩鴛鴦：「鴛鴦于飛，畢之羅之。」又鴻雁：「鴻雁于飛，肅肅其羽。」毛傳：「鴛鴦，匹鳥；肅肅，羽聲也。」

〔二〕爾雅：「廣平曰原，小洲曰渚。」曹植應詔詩：「朝發鸞臺，夕宿蘭渚。」文選注：「蘭渚，以美言之。」

〔三〕「邕邕」藝文類聚九十二引作「嗈嗈」。

〔四〕「眄」吳鈔本及廣文選作「盻」。○楚辭九思：「鴛鴦兮噰噰。」注：「和鳴貌也。」案「邕」與「嗈」「噰」通。左氏莊公二十二年傳：「是謂鳳凰于飛，和鳴鏘鏘。」班固答賓戲曰：「虞卿以顧眄而捐相印。」説文：「眄，目偏合也。一曰衺視也。」

〔五〕案「慨」當爲「愷」，爾雅：「愷，康樂也。」此二首言相隨之樂，與前首殊。

〔六〕詩卷阿：「優遊爾休矣。」離騷：「遵赤水而容與。」注：「容與，遊戲貌。」案蘇武詩：「昔爲鴛與鴦。」曹植釋思賦：「樂鴛鴦之同池。」皆以鴛鴦喻兄弟。鄭豐答陸雲詩：「鴛鴦于飛，在江之涘，朝遊蘭池，夕宿蘭沚」云云。其序謂「以美陸氏兄弟」，蓋用叔夜此詩之意也。

鴛鴦于飛，嘯侶命儔〔一〕。朝遊高原，夕宿中洲〔二〕。交頸振翼，容與清流〔三〕。咀嚼蘭蕙〔四〕，俛仰優遊〔五〕。

〔一〕曹植洛神賦：「衆靈雜遝，命儔嘯侣。」

〔二〕「洲」吴鈔本同，皕宋樓鈔本原鈔作「州」，校改作「洲」，案二字同。○楚辭九歌：「蹇誰留兮中洲。」注：「中洲，洲中也，水中可居曰洲。」

〔三〕司馬相如琴歌：「何緣交頸爲鴛鴦。」蔡邕翠鳥詩：「振翼修容形。」馬融樗蒲賦：「臨激水之清流。」魏文帝善哉行：「離鳥夕宿，在彼中洲，延頸鼓翼，悲鳴相求。」又滄海賦：「仰唼芝芳，俛漱清流。」

〔四〕「蘭蕙」古詩類苑作「蕙蘭」。

〔五〕司馬相如上林賦：「咀嚼菱藕。」後漢書申屠蟠傳：「同郡黄忠書勸曰：『願先生優遊俛仰，貴處可否之間。』」

王夫之曰：「二章往復養勢，雖體似風雅，而神韻自别。」古詩評選。

陳祚明曰：「二章先叙同居之歡，下乃漸入言别，章法寬轉，惟言同居極樂，乃覺離别極悲也。但兩章中語無深淺，所以不及三百篇。」

泳彼長川，言息其滸〔一〕。陟彼高岡，言刈其楚〔二〕。嗟我征邁，獨行踽踽〔三〕。仰彼凱風，涕泣如雨〔四〕。

〔一〕爾雅：「泳，游也；滸，水涯。」曹植洛神賦：「浮長川而忘反。」毛詩傳：「言，我也。」馬瑞辰毛詩傳箋通釋曰：「以言爲我，亦語詞耳。」

〔二〕「楚」吳鈔本原鈔同，墨校改作「杞」，案此涉下而誤也。○詩卷耳：「陟彼高岡，我馬玄黃。」又漢廣：「翹翹錯薪，言刈其楚。」毛傳：「陟，升也；山脊曰岡。」釋文：「韓詩云：『刈，取也。』」説文：「楚，叢木，一名荆也。」

〔三〕詩小宛：「我日斯邁，而月斯征。」又杕杜：「獨行踽踽。」鄭箋：「邁，征，皆行也。」毛傳：「踽踽，無所親也。」

〔四〕「涕泣」吳鈔本作「泣涕」。○詩凱風：「凱風自南。」又燕燕：「瞻望弗及，涕泣如雨。」毛傳：「南風謂之凱風。」曹植橘賦：「仰凱風以傾葉。」又朔風詩：「仰彼朔風，用懷魏都。」

泳彼長川〔一〕，言息其沚〔二〕。陟（陂）〔彼〕高岡〔三〕，言刈其杞〔四〕。嗟我獨征，靡瞻靡恃〔五〕。仰彼凱風，載坐載起〔六〕。

〔一〕「泳」吳鈔本作「沐」，皕宋樓鈔本有校語云：「『沐』，『泳』之誤。」周樹人曰：「案作『沐』亦通，『泳』或反誤也。」○揚案：「沐」字自係鈔者之誤，前二首亦皆以「鴛鴦于飛」爲起句也。

〔二〕爾雅：「小渚曰沚。」

〔三〕案「陂」爲「彼」字之誤，各本並作「彼」。

〔四〕詩北山：「陟彼北山，言采其杞。」爾雅：「杞，枸檵。」注：「杞，今枸杞也。」

〔五〕班彪冀州賦：「今匹馬之獨征。」詩雲漢：「大命近止，靡瞻靡顧。」魏文帝短歌行：「靡瞻靡恃，泣涕漣漣。」

〔六〕張衡怨詩：「我聞其聲，載坐載起。」毛詩傳：「載，辭也。」箋云：「載之言則也。」

王夫之曰：「二章似可節其一，然欲事安詳，故不得不爾，非强學三百篇也。」

陳祚明曰：「二章語淒切，亦無淺深。」

穆穆惠風，扇彼輕塵〔一〕。弈弈素波，轉此遊鱗〔二〕。伊我之勞，有懷佳人〔三〕。寤言永思，實鍾所親〔四〕。

〔一〕詩蒸民：「穆如清風。」箋云：「穆，和也。」古詩：「穆穆清風至。」崔駰扇銘：「惠風時披。」東京賦薛綜注：「惠，恩也。」李康遊山序曰：「若輕塵之栖弱草。」

〔二〕廣雅：「弈弈，盛也。」漢武帝秋風辭：「横中流兮揚素波。」吕氏春秋注：「鱗，魚屬也。」

〔三〕「佳」吴鈔本作「遐」，皕宋樓鈔本改作「佳」。葉渭清曰：「各本並作『佳人』，別首亦云『佳人不存』，作『佳』者是。」○爾雅注：「伊，發語詞。」詩小宛：「明發不寐，有懷二人。」楚辭九歌：

「聞佳人兮召予。」

〔四〕「實」或作「寔」。○詩終風：「寤言不寐。」箋云：「寤，覺也。」楚辭七諫：「獨永思而憂悲。」曹植門有萬里客行：「褰裳起從之，果得心所親。」文選注引曹植九詠章句曰：「鍾，當也。」案杜甫送李判官兄武判官弟詩曰：「憑高送所親。」以所親稱兄弟，亦本於此。

所親安在，舍我遠邁。棄此蓀芷，襲彼蕭艾〔一〕。雖曰幽深，豈無顛沛〔二〕。言念君子，不遐有害〔三〕。

〔一〕離騷：「何昔日之芳草兮，今直爲此蕭艾也。」注：「蕭艾，賤草，以喻不肖。」又注：「蓀，香草也；芳芷，香草也。」

〔二〕張衡怨詩：「雖曰幽深，厥美彌嘉。」論語：「顛沛必於是。」集解：「馬融曰：『顛沛，僵仆也。』」李尤鞍銘：「雖其捷習，亦有顛沛。」

〔三〕詩小戎：「言念君子，温其如玉。」又泉水：「遄臻於衛，不瑕有害。」毛傳：「瑕，遠也。」箋云：「瑕猶過也，害，何也。」案「遐」與「瑕」通。

王夫之曰：「忽出精警，疑且收矣，下二章又縱令舒緩。」

陳祚明曰：「此章用情懇至，味語氣則所去所從，是類非類，中多感歎，其非送入軍可知，特不知何所指耳。」

人生壽促，天地長久〔一〕。百年之期，孰云其壽〔二〕。思欲登仙〔三〕，以濟不朽〔四〕。攬轡踟蹰，仰顧我友〔五〕。

〔一〕老子：「天長地久。」高彪清誡曰：「天長而地久，人生則不然。」魏武帝秋胡行：「天地何長久，人道居之短。」

〔二〕禮記曲禮上：「百年曰期頤。」注：「人壽以百年爲期，故曰期。」列子楊朱篇：「百年，壽之大齊。」後漢書馮衍傳：「田邑報書曰：『百年之期，未有能至。』」

〔三〕「欲」文瀾本誤作「彼」。

〔四〕「濟」吴鈔本同，皕宋樓鈔本校改作「躋」，程本、汪本、四庫本亦作「躋」。○楚辭遠遊篇：「美往世之登仙。」爾雅：「濟，成也，躋，升也。」左氏襄公二十四年傳：「穆叔曰：『太上有立德，其次有立功，其次有立言，雖久不廢，此之謂不朽。』」案此詩不朽，謂不老也，其義微殊。

〔五〕楚辭九辯：「攬騑轡而下節。」詩静女：「愛而不見，搔首踟蹰。」毛傳：「言志往而行止。」曹植贈白馬王彪詩：「欲還絶無蹊，攬轡止踟蹰。」釋名：「攬，斂也，斂置手中也。」詩沔水：「我友敬矣。」

陳祚明曰：「前數章皆規模三百篇，此章忽作健語，體氣高古，遠似孟德。」

我友焉之，隔茲山岡〔一〕。誰謂河廣，一葦可航〔二〕。徒恨永離，逝彼路長〔三〕。瞻仰弗及〔四〕，徙倚彷徨〔五〕。

〔一〕「岡」吴鈔本作「梁」。○論語：「山梁雌雉。」説文：「梁，水橋也。」爾雅：「山脊，岡。」

〔二〕詩河廣：「誰謂河廣，一葦杭之。」毛傳：「杭，渡也。」案「杭」與「航」通。

〔三〕曹植贈白馬王彪詩：「汎舟越洪濤，怨彼東路長。」

〔四〕「瞻」吴鈔本誤作「贍」。

〔五〕詩燕燕：「瞻望弗及，實勞我心。」毛傳：「瞻，視也。」楚辭哀時命篇：「獨徙倚而彷徨。」注：「徙倚，猶低徊也。」莊子逍遥遊篇：「彷徨乎無爲其側。」釋文：「彷徨猶翱翔。」

陳祚明曰：「分明是末章語，此下何能忽接入軍，且我友之云，顯非贈秀才。」又曰：「以處此爲極歡，虞適彼之有害，思欲登仙，其意不可一世。」

良馬既閑〔一〕，麗服有暉〔二〕。左攬繁弱〔三〕，右接忘歸〔四〕。風馳電逝〔五〕，躡景追飛〔六〕。淩厲中原〔七〕，顧（眄）〔盼〕生姿〔八〕。

〔一〕「閑」或作「閒」，案二字古多通。

〔二〕「暉」，或作「輝」，吴鈔本作「睴」，誤也。○李善注：毛詩曰：「良馬四之。」又曰：「君子之馬，既閑且馳。」鄭玄曰：「閑，習也。」廣雅曰：「麗，好也。」揚雄反騷曰：「素初貯厥麗服兮。」説文：「暉，光也。」

〔三〕「弱」周校本誤作「若」。

〔四〕李善注：新序曰：「楚王載繁弱之弓，忘歸之矢，以射兕於雲夢。」劉履注：「接」與「插」同，亦通作「捷」。○陳思王七啓云：「捷忘歸之矢。」應瑒馳射賦：「左攬繁弱，右接淇衞。」左傳注：「繁弱，大弓名也。」

〔五〕「電」文選四部本同，注云：「五臣作『雷』。」袁本作「雷」，注云：「善本作『電』字。」

〔六〕「景」文選四部本同，注云：「五臣作『影』。」袁本作「影」，注云：「善本作『景』字。」○李善注：四子講德論曰：「風馳雨集，雜襲並至。」孫該琵琶賦曰：「飄風電逝，舒疾無方。」七啓曰：「忽躡景而輕騖。」○蔡邕釋誨曰：「電駭風馳。」曹植七啓曰：「飛軒電逝。」崔豹古今注曰：「秦始皇有名馬曰追風、躡景。」崔駰七依曰：「騰勾喙以追飛。」素問注：「飛，羽蟲也。」

〔七〕「淩」或作「凌」。

〔八〕「眄」吴鈔本、張本及選詩、詩紀作「盻」，古今詩删作「盼」，文選袁本、茶陵本作「眄」，四部本作「盻」，胡刻本作「盼」，宋本、安政本、太平御覽三百二十八引作「盻」，別本作「盼」，胡克家文選考異曰：「袁本、茶陵本『盼』作『眄』，注同，案『眄』字是也，『眄』爲『眄』之別體字，不知者多改爲『盻』，茶陵改刻如此，後又誤成『盼』也。」○馬叙倫曰：「宋刻本文選及鮑刻太平御覽引亦作『眄』，當從之。」○揚案：此處用陳琳書語，則作「盼」爲是。○李善注：劉歆遂初賦曰：「登句注以凌厲。」廣雅曰：「凌，馳也；厲，上也。」風俗通曰：「顏色厚所顧盼，若以親密也。」○劉履注：「生姿猶孟子所謂生色，言其意氣自得見於顏面也。」○詩吉日：「瞻彼中原。」馬瑞辰曰：「凡詩言中字在上者，皆語詞。」王粲雜詩：「方軌策良馬，並驅厲中原。」陳琳爲曹洪與魏太子書：「凌厲清浮，顧盼千里。」古詩：「顧盼生光輝。」

王夫之曰：「此章突兀拔起，墨氣噴霧，而當首只用一意磅礴，不作陡陗騰裊之色，神于勇矣。」邵長蘅曰：「清思峻骨，別開生面，劉舍人目爲清峻，信矣。陶公四言，便是此種。」又曰：「脱去風雅陳言，自有一種生新之致。」文選評。陳祚明曰：「起八句即言入軍，激昂有氣，然似嘲之。」案陳氏從文選併下首爲一首。

攜我好仇，載我輕車〔一〕。南凌長皐〔二〕，北厲清渠〔三〕。仰落驚鴻，俯引淵魚〔四〕。盤于遊畋〔五〕，其樂只且〔六〕。

〔一〕李善注：毛詩曰：「君子好仇。」○吕延濟注：好，匹，則秀才也。○揚案：此代秀才言之，好仇指秀才軍中之侣也。詩關雎：「君子好逑。」釋文：「『逑』本亦作『仇』。」又詩兔罝：「赳赳武夫，公侯好仇。」叔夜此詩，蓋用「武夫」之義。爾雅：「仇，匹也。」邊讓章華臺賦：「爾乃攜窈窕，從好仇。」戰國策齊策：「仗輕車鋭騎衝雍門。」周禮注：「輕車，所用馳敵致師之車也。」

續漢書輿服志：「輕車，古之戰車也。洞朱輪輿，不巾不蓋，建矛戟幢麾轓輙弩服。」案此處謂以戰車爲獵也。張衡羽獵賦：「輕車颷厲。」

〔二〕「淩」或作「凌」。

〔三〕李善注：廣雅曰：「凌，乘也。」王逸楚辭注曰：「厲，度也。」○爾雅：「大陸曰阜。」班彪冀州賦：「臨孟津而北厲。」曹植節遊賦：「臨漳滏之清渠。」説文：「渠，水所居。」

〔四〕詩鶴鳴：「魚潛在淵。」曹植洛神賦：「翩若驚鴻。」又求自試表曰：「淵魚未懸於鈎餌。」應璩與從弟書曰：「弋下高雲之鳥，餌出深淵之魚。」國語注：「引，取也。」張衡歸田賦：「仰飛纖繳，俯釣清流。」

〔五〕「盤」吴鈔本作「槃」，「畋」吴鈔本及文選、詩紀作「田」。案皆通。吴鈔本原鈔「于遊」二字倒，墨校改。

〔六〕李善注：西京賦曰：「盤于游畋，其樂只且。」○西京賦薛綜注曰：「盤，樂也。」李善注曰：「尚書曰：『不敢盤于遊畋。』毛詩曰：『其樂只且。』且，辭也。」

劉履曰：「此詩蓋叔夜於秀才從戎後所寄，故首述其軍中驍勇之情，及盤游于田之樂也。」選詩補注。

王夫之曰：「補前章意，又一逗。」

淩高遠眄〔一〕，俯仰咨嗟〔二〕。怨彼幽縶〔三〕，邈爾路遐〔四〕。雖有好音，誰與清歌〔五〕。雖有姝顔〔六〕，誰與發華〔七〕。仰訊高雲〔八〕，俯託輕波〔九〕。乘流遠遁，抱恨山阿〔一〇〕。

〔一〕「淩」文選袁本作「凌」無注。「眄」張燮本及詩紀萬曆本作「盼」。

〔二〕蔡邕述行賦：「登長坂以淩高。」蘇武詩：「俯仰内傷心。」毛詩傳：「咨，嗟也。」

〔三〕「怨」吴鈔本作「宛」，皕宋樓鈔本校改作「怨」，有校語云：「各本作『怨』，據改。」

〔四〕「邈爾」吴鈔本作「室邇」。○詩小宛：「宛彼鳴鳩。」毛傳：「宛，小貌。」左傳注：「縶，拘執也。」廣雅：「邈，遠也。」詩東門之墠：「其室則邇，其人甚遠。」司馬相如琴歌：「室邇人遐毒我腸。」爾雅：「遐，遠也。」

〔五〕詩匪風：「誰將西歸，懷之好音。」案此處謂歌音也。傅毅七激曰：「太師奏操，榮期清歌。」

〔六〕「姝」吴鈔本作「朱」，皕宋樓鈔本校加「女」旁。

〔七〕楚辭招魂篇：「美人既醉，朱顔酡些。」古歌：「清樽發朱顔。」説文：「姝，好也。」禮記樂記篇：「和順積中，而英華發外。」隋書五行志引洪範五行傳曰：「華者，猶榮華容色之象也。」

〔八〕「訊」吴鈔本作「訴」，皕宋樓鈔本校改作「訊」。讀書續記曰：「以次句『俯託輕波』校之，則『訴』字爲長。」

〔九〕「託」或作「托」，「輕」周校本作「清」，注云：「黄本作『輕』。」揚案：吴鈔本亦作「輕」。○楚辭九章：「願寄言於浮雲兮。」又九辯：「仰浮雲而永歎。」毛詩傳：「訊，告也。」曹植洛神賦：

「託微波而通辭。」

〔一〇〕賈誼鵩鳥賦：「乘流則逝兮，得坻則止。」廣雅：「遁，隱也。」漢書王嘉傳：「死者不抱恨而入地。」楚辭九歌：「若有人兮山之阿。」又九歎：「徐徘徊於山阿兮。」注：「阿，曲隅也。」

王夫之曰：「以下五章，平叙雜舉，意言酣飽。」

陳祚明曰：「雖有四句，宛轉入情，發華字老。」

輕車迅邁，息彼長林〔一〕。春木載榮，布葉垂陰〔二〕。習習谷風〔三〕，吹我素琴〔四〕。咬咬黄鳥〔五〕，顧儔弄音〔六〕。感寤馳情〔七〕，思我所欽〔八〕。心之憂矣，永嘯長吟〔九〕。

〔一〕陳琳詩：「逍遥步長林。」

〔二〕曹植臨觀賦：「南園薆兮果載榮。」爾雅：「木謂之華，草謂之榮。」案散文則木亦曰榮，説文：「華，榮也。」漢中山王勝文木賦：「拂天河而布葉。」

〔三〕「谷風」文選江文通恨賦注引同，謝玄暉郡内高齋閒坐答吕法曹詩注引作「和風」。

〔四〕李善注：毛詩曰：「習習谷風。」秦嘉婦徐氏書曰：「芳香既珍，素琴又好。」〇毛詩傳：「習習，和舒貌；東風謂之谷風。」秦嘉贈婦詩曰：「素琴有清聲。」

〔五〕「咬咬」張本及詩紀作「交交」，皕宋樓鈔本校删「口」旁，有校語云：「『咬』者『交』之俗。」百三家集正作「交」。

〔六〕「儔」吴鈔本及文選作「疇」，茆宋樓鈔本校改作「儔」，有校語云：「字雖通，從『儔』爲優。」○李善注：毛詩曰：「交交黄鳥。」古歌曰：「黄鳥鳴相追，咬咬弄好音。」○方以智通雅曰：「嵇叔夜詩：『咬咬黄鳥。』集韻：『咬咬通作膠膠。』然詩註『交交，好貌』，則與『佼』通。」○揚案：玉篇：「咬，鳥聲。」文選鸜鵒賦注引韻略曰：「咬咬，鳥鳴也。」

〔七〕「寤」張本及文選、詩紀等作「悟」。張溥本及詩紀注云：「集作『悟』。」詩所注云：「『悟』一作『寤』。」揚案：二字通。

〔八〕文選謝宣遠於安城答靈運詩注引嵇康秀才詩曰：「思我所欽，我勞如何。」次句不知本在何首。○李善注：古詩曰：「馳情整巾帶。」○吕延濟注：欽，敬也；所敬，謂秀才也。○史記晏嬰列傳：「夫子既以感悟而贖我。」葛立方韻語陽秋曰：「嵇康贈秀才四言詩云：『感悟馳情，思我所欽。』則以所欽爲弟。」○詩紀雜解曰：「嵇康詩以所欽爲弟，陸機贈從兄車騎詩云：『寤寐靡安豫，願言思所欽。』則以所欽爲兄，又贈馮文羆詩云：『慷慨誰爲感，願言懷所欽。』則以所欽爲友。」○揚案：下章稱良朋，則此章所欽，未必爲兄弟之稱也。

〔九〕李注：毛詩曰：「心之憂矣，我歌且謡。」杜篤連珠曰：「能離光明之顯，長吟永嘯。」○楚辭九歎：「長吟永欷，涕究究兮。」

王夫之曰：「『春木』四句，寫氣寫光，幾非人造。」

陳祚明曰：「『布葉』句，『顧儔』句，並有雋致，喜其不襲三百篇語，故能自作致也。」

又曰：「此章興意生動。」

浩浩洪流〔一〕，帶我邦畿〔二〕。萋萋緑林，奮榮揚暉〔三〕。魚龍瀺灂，山鳥羣飛〔四〕。駕言出遊〔五〕，日夕忘歸〔六〕。思我良朋，如渴如饑〔七〕。願言不獲，愴矣其悲〔八〕。

〔一〕「流」文津本作「河」。

〔二〕李善注：毛萇詩傳曰：「畿，疆也。」○楊慎丹鉛雜録曰：「蔡邕漢津賦：『夫何大川之浩浩兮，洪荒淼以元清。』嵇康詩『浩浩洪流，帶我邦畿』本於此句。」○揚案：管子小問篇曰：「詩有之：『浩浩者水。』」楚辭九章曰：「浩浩沅湘。」嵇詩不必本於蔡賦也。○楚辭注：「浩浩，廣大貌。」傅毅洛都賦：「被崑崙之洪流。」詩玄鳥：「邦畿千里。」班固西都賦：「帶以洪河涇渭之川。」

〔三〕「揚」吴鈔本誤作「楊」，「暉」或作「輝」，吴鈔本誤作「睴」。○詩葛覃：「維葉萋萋。」毛傳：「萋萋，茂盛貌。」張衡南都賦：「布緑葉之萋萋。」古詩：「含英揚光輝。」曹植大暑賦：「玄木奮榮。」又芙蓉賦：「其揚暉也，晃若九陽出暘谷。」文選注：「奮，動也。」

〔四〕李善注：樂動聲儀曰：「風雨動魚龍，仁義動君子。」上林賦曰：「瀺灂賈墜。」劉向七言曰：「山鳥善鳴我心懷。」○宋玉高唐賦：「巨石溺溺之瀺灂。」文選注：「埤蒼曰：『瀺灂，水流聲貌。』王逸機婦賦：『游魚銜餌，瀺灂其陂。』」

〔五〕「出遊」吴鈔本作「遊之」，皕宋樓鈔本有校語云：「各本『出遊』義勝之。」文選四部本作「出遊」，注云：「五臣作『遊之』。」袁本作「游之」，注云：「善本作『出游』。」

〔六〕「夕」吴鈔本原鈔誤作「久」，墨校塗改成「夕」，皕宋樓鈔本原鈔亦作「久」，校者以朱筆改註「夕」字。○李善注：毛詩曰：「駕言出遊。」楚辭曰：「日將暮兮悵忘歸。」詩：「君子于役，日之夕矣。」

〔七〕「饑」吴鈔本及選詩作「飢」，文選袁本作「饑」，四部本、胡刻本作「飢」，袁本無注，四部本注云：「五臣作『饑』。」○李善注：毛詩曰：「每有良朋。」曹植責躬詩曰：「遲奉聖顔，如渴如飢。」○張銑注：良朋，謂秀才也。

〔八〕李善注：張衡詩曰：「願言不獲，終然永思。」曹植責躬詩曰：「心之云慕，愴矣其悲。」○詩二子乘舟：「願言思子。」毛傳：「願，每也。」箋云：「願，念也。」○案世説新語雅量篇曰：「桓公伏甲設饌，廣延朝士，因此欲誅謝安、王坦之，謝望階趨席，方作洛生詠，諷『浩浩洪流』，桓憚其曠遠，乃趣解去。」安石所詠即此詩也。

劉履曰：「此叔夜自叙其與秀才别後之情，言見洪流尚縈帶而相近，緑林且榮耀而悦人，魚龍亦共聚而游，山鳥有羣飛之樂，是以覽物興懷，思得同趣之人，相與遊娱，以忘晨夕，今乃不獲所願，使我思之不已，至於悲傷也。魏志稱其『文辭壯麗』，觀此詩，亦可見矣。」

王夫之曰：「峥嶸蕭瑟者，至『魚龍瀺灂，山鳥羣飛』止矣，過此則爲思語。」

陳祚明曰：「『魚龍』八字，是晉人語，然頗生動。詳此稱良朋，則秀才未定是兄，題固不言兄耳。」

何焯曰：「洪流則魚龍聚焉，春林則羣鳥集焉，此謂生才之盛，然必待同志者而招焉，故思我友朋也。」義門讀書記。

又曰：「『瀺灂』『羣飛』，皆謂同類之相求也。」文選評。

息徒蘭圃〔一〕，秣馬華山〔二〕。流磻平皐，垂綸長川〔三〕。目送歸鴻，手揮五絃〔四〕。俯仰自得，遊心太玄〔五〕。嘉彼釣叟，得魚忘筌〔六〕。郢人逝矣，誰可盡言〔七〕。

〔一〕「徒」初學記十八引誤作「造」。

〔二〕李善注：蘭圃，蕙圃也。毛詩曰：「之子于歸，言秣其馬。」毛萇詩傳曰：「秣，養也。」華山，山有光華也。○劉履注：華山，蓋借用歸馬華山之意。○公羊昭公八年傳：「簡車徒也。」注：「徒，衆也。」藝文類聚六十五引楚辭曰：「忽死蘭圃。」子虛賦郭璞注引張揖曰：「蕙圃，蕙草之圃也。」曹植閒居賦：「過蘭蕙之長圃。」○楊慎丹鉛雜録曰：「夏侯湛獵兔賦：『息徒蘭圃，秣驥華田，目送歸波，手揮五絃，優哉游哉，聊以永年。』其詩與嵇叔夜同，嵇與夏侯同時，其偶同耶，其相取耶？嵇詩作『華山』，夏侯作『華田』，田字覺勝，蓋魏都在鄴，不應言『華山』，當是『華田』。華音花，言華茂之田也。」○葉渭清曰：「歸馬華山，借用經語，何必當地。文選善注華山，但云『山有光華』，初不實指其地，說詩不當如是耶？惟『目送』『手揮』，詩中雋語，學者習聞中散，罕道夏侯，附此以傳，足資談助，文章天成，妙手偶得，必屬之嵇，毋乃固歟？」○揚案：晉書顧愷之傳：「每重嵇康四言詩，因爲之圖，恒云：『手揮五絃易，目送歸鴻難。』」是知夏侯「歸波」二句，取之於嵇，則「華山」二句，必亦嵇之語也。至「華山」與「蘭圃」對文，皆以美言之，楊氏自誤解耳。

〔三〕李善注：說文曰：「磻，以石著弋繳也。」鄭玄毛詩箋曰：「釣者以絲爲之綸。」○梁章鉅文選旁證曰：「今說文：『磻，以石著隹繳也。』玉篇：『磻，以石維繳也。同文，碆。』」○毛詩傳：「皐，澤也。」司馬相如宜春宮賦：「注平皐之廣衍。」

〔四〕「絃」吳鈔本作「弦」，讀書續記曰：「選本作『絃』，是。」○揚案：二字古多通用。○李善注：漢書曰：「周亞夫趨出，上以目送之。」歸田賦：「彈五絃於妙指。」○左氏桓公元年傳：「目逆而送之。」淮南子要略：「五絃之琴，必有細大駕和，而後可以成曲。」說文：「琴，神農所作，洞越，練朱五絃，周加二絃。」○陳暘樂書曰：「揚雄謂陶唐氏加二絃，以會君臣之恩，桓譚以爲文王加少宮少商二絃，釋智匠以爲文王武王各加一，以爲文絃武絃。」吳穎芳吹豳録曰：「尸佼、韓非、子華子皆云：『虞帝彈五絃以歌南風』，張平子云：『彈五絃之妙音』，蔡伯喈云：『五絃琴，象五行』，高誘云：『古琴五絃，至周有七律，增爲七絃。』然則自上古以及漢晉，俱上五絃。揚子雲云：『琴本五絃，陶唐氏加二絃。』桓君山、許叔重、釋智匠均以周加二絃，大抵二絃是周時所加。」〇揚案：風俗通義謂七絃者法七星，此臆説也，二絃是周時所加，説更可信。又案琴用正聲，罕取二變，故古琴或以五絃，五絃之琴，唐代尚或用之，元氏長慶集有五絃彈之詩。

〔五〕「太」吳鈔本及文選胡刻本作「泰」，文選袁本、四部本作「太」，並注云：「善本作『泰』字。」〇李善注：楚辭曰：「漠虛静以恬愉兮，澹無爲而自得。」泰玄，謂道也。〇淮南子曰：「自得者，全其身者也，全其身，則與道爲一矣。」〇劉履注：太玄，謂老莊之道。淮南子原道訓：「與陰陽俯仰兮。」班固西都賦：「俯仰極樂。」莊子應帝王篇：「汝遊心於淡，合氣於漠。」漢書禮樂志：「惟泰玄尊。」注：「泰玄，天也。」

〔六〕李善注：莊子曰：「莊子釣於濮水之上。」又曰：「筌者所以在魚也，得魚而忘筌；蹄者所以在兔也，得兔而忘蹄；言者所以在意也，得意而忘言，吾焉得夫忘言之人而與之言哉？」

〔七〕「可」張本及文選、詩紀、初學記十八引作「與」。〇李善注：莊子曰：「莊子送葬，過惠子之墓，顧謂從者曰：『郢人堊漫其鼻端若蠅翼，使匠石斲之，匠石運斤成風，聽而斲之，盡堊而鼻不傷，郢人立不失容。宋元君聞之，召匠石曰：嘗試爲寡人爲之。匠石曰：臣則嘗能爲之，雖然，臣質死久矣，自夫子之死也，吾無以爲質矣，吾無與言之矣。』」

范晞文曰：「古人句法極多，有相襲者，若嵇叔夜『目送歸鴻，手揮五絃，俯仰自得，遊心太玄』，則運思寫心，迥不同矣。」對牀夜語。

劉履曰：「此言秀才從軍多暇，既無事於戰鬥，惟以弋釣自娱，或目送飛鴻，或手彈五絃，而俯仰之間，游心道妙，如彼釣叟，得魚而忘筌，其自得如此，固可嘉矣。然在軍旅之中，誰可與論此者，正猶莊子之意，既無郢人之質，則匠石雖有運斤斲鼻之巧，而無所施也。」

王夫之曰：「前人寫景，較之檢書燒燭，看劍引盃，生死自別。」

何焯曰：「『嘉彼釣叟，得魚忘筌』二語，斷章以取忘言之義，此蓋諷其勿入軍也。」

王士禎曰：「『手揮五絃，目送歸鴻』，妙在象外。」古夫于亭雜録。

陳祚明曰：「高致超超，顧盼自得，竟不作三百篇語，然彌佳。」

于光華曰：「直會心語，非泛然爲佳句者。」文選評。

閑夜肅清〔一〕，(朗)〔明〕月照軒〔二〕。微風動袿〔三〕，組帳高褰〔四〕。旨酒盈尊〔五〕，莫與交歡〔六〕。瑟琴在御〔七〕，誰與鼓彈〔八〕。仰慕同趣，其馨若蘭〔九〕。佳人不存〔一〇〕，能不永歎〔一一〕。

〔一〕「閑夜」北堂書鈔百五十引誤作「開户」。孔廣陶曰：「本鈔『户』誤『衣』，照陳本訂正。」○葉渭清曰：「『開衣』是『閒夜』之誤，誤爲『開衣』，其誤易察，改作『開户』，則去之彌遠矣。」

〔二〕「朗」吴鈔本原鈔作「明」，墨校改。案由李注觀之，作「明」是也。○李善注：舞賦曰：「夫何皦皦之閑夜，明月列以施光。」軒，長廊之有窻也。○班固終南山賦：「天氣肅清。」曹植大暑賦：「閑房肅清。」魏文帝與吴質書：「白日既匿，繼以朗月。」

〔三〕文選袁本「袿」下有注云：「一本作『幃』字。」

〔四〕李善注：方言曰：「袿謂之裾。」音圭。「袿」或爲「幃」。周禮曰：「幕人掌帷幕幄帟綬之事。」鄭司農曰：「帟，平帳也。綬，組綬，所以繫帷也。」王逸楚辭注曰：「以幕組結束玉璜爲帷帳也。」○朱珔文選集釋曰：「廣雅云：『袿，袖也。』又曰：『長襦也。』釋名云：『婦人上服曰袿，其下垂者，上廣下狹如刀圭也。』既言下垂即是裾，説文襦訓短衣，而曰長襦，固言其裾之垂也，然則此動袿即動裾耳。若幃乃香囊之屬，見思玄賦『風不應動』之注，下説帷帳，或以『幃』通『帷』，又與下『組帳高褰』複，知作『幃』者非也。」○文選注：「褰，開也。」

〔五〕「尊」吴鈔本、張本及詩紀，及文選四部本、胡刻本作「樽」，文選袁本作「罇」，注云：「善本從木。」文選謝玄暉休沐重還道中詩注引作「罇」，陶淵明歸去來辭注引作「樽」。案各字並通。

〔六〕李善注：毛詩曰：「旨酒欣欣。」漢書曰：「郭解入關，賢豪争交歡。」○李周翰注：莫與交歡，謂秀才不在此也。○李陵與蘇武詩：「獨有盈觴酒，與子結綢繆。」王粲公讌詩：「旨酒盈金罍。」史記司馬相如傳：「臨邛諸公，皆因門下獻牛酒以交歡。」

〔七〕「瑟琴」吴鈔本作「琴瑟」，張本及文選、詩紀作「鳴琴」。

〔八〕李善注：毛詩曰：「琴瑟在御，莫不静好。」○韓子説林下：「此人遺我鳴琴。」呂氏春秋察賢篇：「宓子賤治單父，彈鳴琴。」司馬相如美人賦：「設旨酒，進鳴琴。」

〔九〕李善注：六韜曰：「同好相趣。」薛綜西京賦注曰：「趣猶意也。」易曰：「同心之言，其臭如蘭。」○曹植聖皇篇：「俯仰慕同生。」

〔一〇〕「存」文選袁本同，四部本、胡刻本作「在」，袁本注云：「善本作『在』字。」四部本注云：「五臣作『存』。」

〔一一〕李善注：楚辭曰：「聞佳人兮召予。」毛詩曰：「假寐永歎。」○張銑注：佳人謂秀才。○爾雅：「存，在也。」

陳祚明曰：「別緒纏綿，言情深至；如此結頗悠然有餘致，不須下文。」

乘風高遊〔一〕，遠登靈丘〔二〕。託好松喬〔三〕，攜手俱遊〔四〕。朝發太華〔五〕，夕宿神州〔六〕。彈琴詠詩，聊以忘憂〔七〕。

〔一〕「遊」吳鈔本作「逝」。

〔二〕曹植升天行：「乘風忽登舉。」班彪覽海賦：「因離世而高遊。」賈誼弔屈原賦：「鳳縹縹其高逝兮。」楚辭九懷：「飛翔兮靈丘。」曹大家大雀賦：「生崑崙之靈丘。」

〔三〕「託」吳鈔本作「結」。

〔四〕列仙傳：「赤松子，神農時雨師也，服水玉以教神農，能入火不燒，至崑崙山上，常止西王母石室中，隨風雨上下。」又曰：「王子喬者，周靈王太子晉也，好吹笙，作鳳鳴，遊伊洛之間，道人浮邱公接以上嵩山，後於緱山乘白鶴駐山頭，數日，舉手謝時人而去。」楚辭哀時命篇：「與赤松而結友兮，比王喬而爲耦。」東觀漢記：「光武帝詔曰：『安得松喬與之而共遊乎？』」曹植釋愁文曰：「使王喬與子攜手而遊。」王褒四子講德論曰：「相與結侶，攜手俱遊。」

〔五〕「太」吴鈔本作「泰」，二字通。

〔六〕「州」吴鈔本作「洲」。○山海經西山經：「松果之山，西六十里曰太華之山，削成而四方，其高五千仞，其廣千里。」古樂府長歌行：「導我上太華，攬芝獲赤幢。」史記孟荀列傳：「中國名曰赤縣神州。」河圖括地象曰：「崑崙東南，地方五千里，名曰神州。」楚辭九章：「朝發枉渚兮，夕宿辰陽。」

〔七〕尚書大傳：「子夏曰：『深山之中作壤室，彈琴詠先王之道，則可以發憤矣。』」東方朔非有先生論曰：「積土爲室，編蓬爲户，彈琴其中，以詠先王之風，亦可以樂而忘死矣。」毛詩箋：「聊，且略之詞。」論語：「樂以忘憂。」楚辭七諫：「聊愉娱以忘憂。」

王夫之曰：「但用『聊以忘憂』，略帶風旨，來縱衍作三章，更不似送秀才入軍詩矣。含情之妙，山遠天高。俗筆至此，如鉤著魚吻，至死不敢脱離，而爲之名曰鉤鎖，曰照應，誰畫地者，遂作千年犴狴，悲夫。」

方廷珪曰：「讀叔夜詩，能消去胸中一切宿物，由天資高妙，故出口如脱，在魏、晉間，另是一種手筆。」文選集成。

琴詩自樂〔一〕，遠遊可珍〔二〕。含道獨往〔三〕，棄智遺身〔四〕。寂乎無累，何求於人〔五〕。長寄靈岳〔六〕，怡志養神〔七〕。

〔一〕「自」吴鈔本作「可」。

〔二〕劉歆遂初賦：「玩琴書以條暢。」楚辭遠遊篇：「悲時俗之迫阨兮，願輕舉而遠遊。」

〔三〕「含」吴鈔本、張燮本作「舍」。讀書續記曰：「以全章讀之，作『含』爲是。」

〔四〕老子：「含德之厚，比於赤子。」又曰：「絶聖棄智，民利百倍。」淮南子注：「含，懷也。」莊子在宥篇：「獨往獨來，是謂獨有。」又天下篇：「慎到棄智去己。」文選注引淮南王莊子要略曰：「江海之士，山谷之人，輕天下細萬物而獨往者也。」司馬彪曰：「獨往，任自然不復顧也。」

〔五〕莊子天下篇：「忽乎若亡，寂乎若清。」又達生篇：「棄世則無累。」

〔六〕「岳」或作「嶽」。

〔七〕王粲白鶴賦：「餐靈岳之瓊蕊。」淮南子泰族訓：「治身太上養神，其次養形。」

陳祚明曰：「無累故無求，名言也。」

流俗難悟〔一〕，逐物不還〔二〕。至人遠鑒，歸之自然〔三〕。萬物爲一，四海同宅〔四〕。與彼共之，予何所惜〔五〕。生若浮寄，暫見忽終〔六〕。世故紛紜，棄之八〔成〕〔戎〕〔七〕。澤雉雖饑〔八〕，不願園林〔九〕。安能服御，勞形苦心〔一〇〕。身貴名賤，榮辱何在。貴得肆志，縱心無悔〔一一〕。

〔一〕「俗」吴鈔本作「代」，「悟」吴鈔本原鈔作「寤」，墨校改。

〔二〕禮記射義篇：「化民成物，不從流俗。」説文：「悟，覺也。」莊子天下篇：「惠施逐萬物而不反。」

〔三〕莊子逍遥遊篇：「不離於真，謂之至人。」毛詩箋：「鑑，視也。」老子：「道法自然。」史記老莊列傳：「莊子散道德，放論要，亦歸之自然。」

〔四〕「同」吴鈔本作「爲」。○莊子齊物論篇：「天地與我並生，而萬物與我爲一。」張衡西京賦：「然而四海同宅西秦，豈不詭哉。」薛綜注：「宅，居也。」案此謂同居一域也，其義有殊。

〔五〕莊子大宗師篇：「孔子曰：『丘，天之戮民也，雖然，吾與汝共之。』」郭象注：「雖爲世所桎梏，但爲與汝共之耳，明己恒自在外也。」

〔六〕莊子刻意篇：「其生若浮。」曹植魏文帝誄：「生若浮寄，德貴長傳。」

〔七〕「八成」吴鈔本作「八戎」，程本、汪本、四庫本作「無成」。讀書續記曰：「此詩十韻，每四句換韻，此『戎』字與上『終』字韻，作『戎』爲長，八戎猶八方矣。」○列子楊朱篇：「不治世，故放意所好。」崔駰達旨曰：「子苟欲勉我以世故。」楚辭注：「紛紜，亂貌也。」史記商君列傳：「施德諸侯，而八戎來服。」又匈奴列傳：「西戎八國服於秦。」案此八戎，猶言八蠻，本集卜疑篇即云

「遊八蠻」，文選注：「八戎，八方也。」此別一義。又案經傳所稱戎狄之數，參差不同，此文「八」字又或爲「六」字之譌，白虎通禮樂篇引曾子問云：「九夷八蠻，六戎五狄，百姓之難至者也。」禮記王制疏引李巡注爾雅云：「六戎：一曰僥夷，二曰戎夷，三曰老白，四曰耆羌，五曰鼻息，六曰天剛。」大戴禮用兵篇：「六蠻四夷，交伐於中國。」「八戎」之或作「六戎」，猶「八蠻」之或作「六蠻」矣。

〔八〕「饑」吴鈔本及詩紀作「飢」。

〔九〕「願」吴鈔本及詩紀萬曆本作「顧」。○莊子養生主篇：「澤雉十步一啄，百步一飲，不蘄畜乎樊中。」

〔一〇〕「苦」字吴鈔本塗改而成。○楚辭九辯：「驥不驟進而求服兮。」説文：「服，用也，一曰車右騎所以舟旋。」莊子應帝王篇：「是於聖人也，胥易技係，勞形怵心者也。」又漁父篇：「苦心勞形，以危其真。」淮南子原道訓：「任耳目以聽視者，勞形而不明，以知慮爲治者，苦心而無功。」

〔一一〕史記魯仲連傳：「魯連逃隱於海上，曰：『吾與富貴而詘於人，寧貧賤而輕世肆志焉。』」張衡歸田賦：「苟縱心於物外，安知榮辱之所如。」楚辭遠遊篇注：「縱心肆志，所願高也。」

陳祚明曰：「超語不恒。」

胡應麟曰：「叔夜送人從軍至十九首，已開晉、宋四言門户，然雄辭彩語，錯互其間，未令人厭。」詩藪。

王夫之曰：「有養有長，有坎有流，相會成章，不拘拘於小宛、桑柔，而神同栖，氣同遊矣。文選割裂，僅存得句耳。世有得句爲詩，得字爲詩者，如村醫合藥，記本草主治，遂欲以芎藭愈頭，杜仲愈脊，頭脊雙病，且合芎藭杜仲而飲之，不殺人者幾何哉。」

秀才答四首附

吴鈔本題下注云：「三五言，一四言。」○凡集中所附他人詩文，吴鈔本皆不低格。○各書或題「答嵇康四首」，或題「答弟叔夜四首」，又多以四言一首居前。采菽堂古詩選題作「答弟叔夜四首」，又分題「四言一章，五言三章」，注云：「凡同時與叔夜訓答諸詩，四言五言，往往錯出，似是意不盡而别作，如劉琨之重贈盧諶，必非共爲一篇者，故輒分之。」

吴鈔本此詩第一首後，原鈔有十四行，前二行共三十八字，其前段爲「飾車駐駟」一首中之前二十一字，惟「飾」字作「飭」，又「茂」下「青」字作「春」，後段爲本集雜詩之末十七字，第三行行中題「五言詩」三字，亦低四格，第四行以下爲五言詩三首，各本所無，今附録卷後，此十四行，校者皆以朱筆抹之，更於每行縫中以墨筆改鈔此詩，第二第三第四首以後，仍接鈔幽憤詩。○原鈔將「飾車駐駟」一首中「鳥」字以下至於「虧」字接鈔雜詩「綿」字之下，其後爲此詩「君子體通變」「達人與物化」二首，次爲幽憤詩一題，次爲幽憤詩之文，由起句至篇中「近」字止。校者由「鳥」字起，以墨筆及朱筆分抹之，更於行縫中「綿」字之下朱書「駒」字，「駒」字下則以墨筆改鈔雜詩，由「流」字至「符」字。○兩處改鈔之文，與此本同，而原鈔時有異字，今仍於句下注云原鈔作某。

華堂臨浚沼，靈芝茂清泉〔一〕。仰瞻青禽翔〔二〕，俯察緑水濱〔三〕。逍遥步蘭渚，感物懷古人〔四〕。李叟寄周朝，莊生遊漆園〔五〕。時至忽蟬蜕，變化無常端〔六〕。

〔一〕魏文帝鶯賦：「升華堂而進御。」毛詩傳：「浚，深也；沼，池也。」酈炎詩：「靈芝生河洲。」王粲大暑賦：「就清泉以自沃。」

〔二〕「青」吴鈔本作「春」。

〔三〕「緑」詩雋類函作「渌」。○易繫辭上：「仰以觀於天文，俯以察於地理。」王褒洞簫賦：「春禽羣嬉，翺翔乎其巔。」傅毅洛都賦：「弭節容與，渌水之濱。」曹植情詩：「游魚潛渌水，翔鳥薄天飛。」○案張彦遠法書要録引王羲之曲水詩曰：「仰眺碧天際，俯盤渌水濱。」即祖此語。

〔四〕魏文帝芙蓉池詩：「逍遥步西園。」「蘭渚」見前贈詩（鴛鴦于飛，肅肅其羽）注〔二〕。古樂府傷歌行：「感物懷所思。」詩緑衣：「我思古人。」

〔五〕史記老莊列傳：「老子名耳，字聃，姓李氏，周守藏室之史也。莊子名周，嘗爲漆園吏。」

〔六〕戰國策秦策：「聖人不能爲時，時至弗失也。」春秋繁露天道施篇：「蜩蜕濁穢之中。」史記屈賈列傳：「蟬蜕於濁穢。」莊子天下篇：「芴漠無形，變化無常。」淮南子主術訓：「運轉而無端。」

注：「端，厓也。」

陳祚明曰：「將爲用世之言，首章翻作此語，轉宕得宜。」

君子體變通〔一〕，否泰非常理〔二〕。當流則義行〔三〕，時（遊）〔逝〕則鵠起〔四〕。達者鑒通塞〔五〕，盛衰爲表裏〔六〕。列仙徇生命〔七〕，松喬安足齒〔八〕。縱軀任世度〔九〕，至人不私己〔一〇〕。

〔一〕「變通」吳鈔本原鈔作「通變」。

〔二〕崔駰達旨曰：「君子通變，各審所履。」淮南子注：「體，法也。」易繫辭下：「變通者，趣時者也。」又雜卦傳：「否泰，反其類也。」

〔三〕「義」吳鈔本、程本、汪本、四庫本作「蟻」。案「義」爲「蟻」省。

〔四〕「遊」吳鈔本原鈔作「逝」，是也。○賈誼鵩鳥賦：「乘流則逝兮。」文選謝玄暉和伏武昌登孫權故城詩注引莊子曰：「鵠上城之垝，巢於高榆之顛，城壞巢折，淩風而起。故君子之居世也，得時則義行，失時則鵠起。」案藝文類聚八十八及九十二亦引莊子此語，今本莊子無之。

〔五〕「塞」吳鈔本原鈔作「機」。

〔六〕莊子齊物論篇：「唯達者知通爲一。」易節卦象曰：「不出户庭，知通塞也。」

〔七〕「仙」或作「僊」。「徇」或作「殉」，或作「狥」。
〔八〕「松喬」見前贈詩（乘風高遊）注〔四〕。左傳注：「齒，列也。」
〔九〕「世度」胡應麟詩藪引作「度世」。
〔一〇〕鵩鳥賦：「縱軀委命，不私與己。」風俗通義：「語曰：『金不可作，世不可度。』」抱朴子黄白篇：「經曰：『金可作也，世可度也。』」莊子逍遥遊篇：「至人無己。」

陳祚明曰：「『縱軀』句，意異語蒼。」

達人與物化，（世俗安可論）〔無俗不可安〕〔一〕。都邑可優游，何必棲山原〔二〕。孔父策良駟，不云世路難〔三〕。出處因時資，潛躍無常端〔四〕。保心守道居，視變安能遷〔五〕。

〔一〕此句吴鈔本原鈔作「無俗不可安」。葉渭清曰：「原鈔義似更勝。」○左氏昭公七年傳：「其後必有達人。」莊子天地篇：「方且與物化而未始有恒。」淮南子原道訓：「外與物化，而内不失其情。」楚辭漁父篇：「安能以皓皓之白，蒙世俗之塵埃乎。」又七諫曰：「世俗更而變化兮。」
〔二〕張衡歸田賦：「游都邑以永久。」漢書段會宗傳：「谷永與書曰：『若子之材，可優游都城而取卿相，何必勒功昆山之仄。』」莊子山木篇：「豐狐文豹，棲於山林。」崔駰達旨曰：「士或盥耳而山棲。」國語注：「山處曰棲。」
〔三〕後漢書申屠剛傳：「對策曰：『損益之際，孔父攸歎。』」方言：「凡尊老，南楚謂之父。」楚辭九思：「放余轡兮策駟。」毛詩箋：「駟，四馬也。」史記孔子世家：「南宮敬叔言于魯君曰：『請與孔子適周。』魯君與之一乘車，兩馬，一豎子，俱適周問禮。」說苑貴德篇：「孔子歷七十二君，冀道之一行，而得施其德。」「世路」見前贈詩（雙鸞匿景曜）注〔一六〕。

〔四〕易繫辭上：「君子之道，或出或處。」韓子喻老篇：「隨時而舉事，因資而立功。」傅毅扇銘：「知進能退，隨時出處。」易乾卦：「初九，潛龍勿用。九四，或躍在淵，無咎。」

〔五〕「視」吳鈔本原鈔作「覩」。○禮記曲禮上：「安安而能遷。」注：「安者，仁之順，遷者，義之決。」

陳祚明曰：「各自道其懷來，不畏叔夜聞而攢眉，語亦條暢古樸。」

飾車駐駟〔一〕，駕言出遊〔二〕。南厲伊渚，北登邙丘〔三〕。（青）〔春〕林華茂〔四〕，青鳥羣嬉〔五〕。感悟長懷〔六〕，能不永思〔七〕。永思伊何，思齊大儀〔八〕。淩雲輕邁〔九〕，託身靈螭〔一〇〕。遥集芝圃〔一一〕，釋轡華池〔一二〕。華木夜光，沙棠離離〔一三〕。俯漱神泉，仰嘰瓊枝〔一四〕。結心皓素〔一五〕，終始不虧〔一六〕。

〔一〕「飾」吳鈔本原鈔作「飭」，案二字通。

〔二〕詩六月：「戎車既飭。」毛傳：「飭，正也。」說文：「駐，馬立也。」詩泉水：「駕言出游，以寫我憂。」

〔三〕水經：「伊水東北至洛陽縣。」説文：「邙，河南洛陽北山上邑。」

〔四〕周樹人曰：「案秀才詩止此，已下當是中散詩也。原本蓋每葉二十二行，行二十字，而闕第四葉，鈔者不察，寫爲一篇，後來衆家刻本，遂並承其誤。詩紀迻此爲第一首，尤謬。」

〔五〕「青」字吴鈔本原鈔作「春」，改鈔作「青」。葉渭清曰：「原鈔僅有『春』字，『鳥羣嬉』下，誤續入卷末雜詩『歎過綿』後，合觀之，知鈔者所據本作『春鳥』，不作『青鳥』也。『春』『青』形近，第一首『春禽』各本作『青禽』，即其例。」○揚案：原鈔是也，古人用「青鳥」處亦多，但此處必仍用王褒洞簫賦語。○揚雄羽獵賦：「布乎青林之下。」曹植洛神賦：「華茂春松。」又離思賦：「林修茂而鳥喜。」淮南子主術訓：「木茂而鳥集。」洞簫賦：「春禽羣嬉，翱翔乎其顛。」

〔六〕「悟」或作「寤」。

〔七〕「感悟」見前贈詩（輕車迅邁）注〔八〕。楚辭九歎：「情慨慨而長懷。」

〔八〕「齊」與「躋」通，爾雅：「躋，陞也。」「大」與「太」通，楚辭遠遊篇：「朝發軔於太儀兮。」注：「太儀，天帝之庭。」文選注：「大儀，太極也，以生天地，謂之大成，形之始謂之儀。」

〔九〕「淩」或作「凌」。

〔一〇〕管子水地篇：「龍生於水，故神欲上，則淩雲氣。」史記司馬相如列傳：「相如既奏大人之頌，天子大悦，飄飄有淩雲之氣，遊天地之間意。」楚辭九歌：「駕兩龍兮驂螭。」

〔一一〕「芝」吴鈔本原鈔作「玄」。

〔一二〕司馬相如大人賦：「登閬風而遥集。」張衡羽獵賦：「夐遥集乎南圃。」劉邵七華曰：「芝圃揚芳。」十洲記：「鍾山，在北海之子地，仙家數千萬，耕田種芝草。」易林：「釋轡繫馬，西南廡下。」崔駰七言詩：「啄食竹實飲華池。」史記大宛傳曰：「禹本紀言：『河出崑崙，其上醴泉瑶池。』」揚案：海内西經：「崑崙之墟。」郭璞注：「上有醴泉華池，蓋天地之中也，見禹本紀。」今本史記「華池」作「瑶池」，惟論衡談天篇及藝文類聚七引史記此文，仍作「華池」。

〔一三〕楚辭天問篇：「羲和之未陽，若華何光？」注：「日未出之時，若木何能有明赤之光華。」淮南子墬形訓：「扶木在陽州，日之所曊。建木在都廣。若木在建木西，末有十日，其華照下地。」曹植芙蓉賦：「其始榮也，皎若夜光尋扶木。」案此處謂若木之光華，於夜中明照，非謂月或夜光珠也。文選西都賦注曰：「夜光爲通稱，不繫之珠璧」，是已。山海經西山經：「崑崙之丘，有木焉，其狀如棠，黄華赤實，其味如李而無核，名曰沙棠，可以禦水，食之使人不溺。」吕氏春秋本味篇：「果之美者，沙棠之實。」詩湛露：「其桐其椅，其實離離。」毛傳：「離離，垂也。」

〔一四〕「嘰」程本作「采」，「瓊」詩紀、六朝詩集等作「璚」。○張衡思玄賦：「漱飛泉之瀝液兮。」淮南子墬形訓：「河水赤水弱水洋水，凡四水者，帝之神泉，以和百藥，以潤萬物。」列仙傳：「岑山上有神泉。」離騷：「折瓊枝以爲羞兮。」司馬相如大人賦：「噍咀芝英兮嘰瓊華。」漢書注張晏曰：「嘰，食也。瓊樹生崑崙西。」文選江文通雜體詩注及藝文類聚九十引莊子曰：「南方有鳥，其名曰鳳，居積石千里，河海出下，鳳凰居上，天爲生樹名瓊枝，高百二十仞，大三十圍，以琳琅爲實。」

〔一五〕吴鈔本原鈔作「棲心浩素」。

〔一六〕潛夫論讚學篇：「結心於夫子之遺訓。」班固幽通賦：「皓爾太素，曷渝色兮。」列子天瑞篇：「太素者，質之始也。」「不虧」見前贈詩（雙鸞匿景曜）注〔六〕。

陳祚明曰：「『青林』二句，『華木』二句，微有雋致。公穆用世人，强作高語，其情不深。」揚案：此首不必盡爲公穆之詩也，説見注中。

胡應麟曰：「嵇喜，叔夜之兄，吕安所爲題鳳，阮籍因之白眼者，疑其不識一丁。及讀喜詩，有答叔夜四章四言，殆相伯仲。五言『列仙狥生命，松喬安足齒，縱軀任度世，至人不私己』。其識趣非碌碌者，或韻度不侔厥弟，然以凡鳥流俗遇之，亦少冤矣。」

幽憤詩一首

李善注：魏氏春秋曰：「康及吕安事，爲詩自責。」干寶晉書曰：「康有潛遯之志，不能被褐懷寶，矜才而上人。安，巽庶弟，俊才，妻美，巽使婦人醉而幸之，醜惡發露，巽病之，告安謗己。巽於鍾會有寵，太祖遂徙安邊郡，遺書與康：『昔李叟入秦，及關而歎』云云，太祖惡之，追收下獄，康理之，俱死。」魏氏春秋曰：「康寓居河内之山陽，鍾會爲大將軍所昵，聞而造之，康方箕踞而鍛，會至不爲禮，會深恨之。康與東平吕昭子巽及弟安親善，會巽婬安妻徐氏，而誣安不孝，囚之。安引康爲證，義不負心，保明其事。安亦至烈，有濟世志。鍾會勸大將軍因此除之，殺安及康。」班固史遷述曰：「幽而發憤，乃思乃精。」

王楙野客叢書曰：「石林詩話曰：『嵇康幽憤詩：昔慙柳下，今愧孫登。蓋志鍾會之事。』僕謂鍾會之所以害康者，因吕安兄訟弟之故，觀其集有與吕長悌絶交一書甚詳。蓋康爲安致解於其兄，兄紿其和，密致其罪，康悔，因爲是書與其兄絶交，遂牽連入獄。幽憤之詩，正志其事，所以繼有『内負宿心，外恧良朋』之語。」○揚案：此詩志巽、安之事，誠如王氏所論，惟叔夜入獄，或在吕安追收下獄之後，不必因與吕巽絶交，遽致牽連也。漢書司馬遷傳：「既陷極刑，幽而發憤。」案叔夜亦被誣下獄，故以幽憤名詩。崔寔政論曰：「屈子所以攄其幽憤。」

嗟余薄祜〔一〕，少遭不造〔二〕。哀煢靡識〔三〕，越在繦緥〔四〕。母兄鞠育〔五〕，有慈無威〔六〕。恃愛肆姐〔七〕，不訓不師〔八〕。爰及冠帶，馮寵自放〔九〕。抗心希古，任其所尚〔一〇〕。託好老莊〔一一〕，賤物貴身〔一二〕。志在守樸〔一三〕，養素全真〔一四〕。曰余不敏〔一五〕，好善闇人〔一六〕。子玉之敗，屢增惟塵〔一七〕。大人含弘，藏垢懷恥〔一八〕。民之多僻〔一九〕，政不由己〔二〇〕。惟此褊心，顯明臧否〔二一〕。感悟思愆〔二二〕，怛若創痏〔二三〕。欲寡其過，謗議沸騰〔二四〕。性不傷物〔二五〕，頻致怨憎〔二六〕。昔慙柳惠〔二七〕，今愧孫登〔二八〕。内負宿心，外恧良朋〔二九〕。仰慕嚴、鄭，樂道閑居〔三〇〕。與世無營，神氣晏如〔三一〕。咨予不淑〔三二〕，嬰累多虞〔三三〕。匪降自天，寔由頑疎〔三四〕。理（弊）〔蔽〕患結〔三五〕，卒致囹圄〔三六〕。對答鄙訊，縶此幽阻〔三七〕。實恥訟免〔三八〕，時不我與〔三九〕。雖曰義直，神辱志沮〔四〇〕。澡身滄浪，豈云能補〔四一〕。嗈嗈鳴鴈〔四二〕，奮翼北遊〔四三〕。順時而動，得意忘憂〔四四〕。嗟我憤歎，曾莫能儔〔四五〕。事與願違，遘茲淹留〔四六〕。窮達有命，亦又何求〔四七〕。古人有言：「善莫近名〔四八〕。」奉時恭默，咎悔不生〔四九〕。萬石周慎，安親保榮〔五〇〕。世務紛紜，祇攪予情〔五一〕。安樂必誡〔五二〕，迺終利貞〔五三〕。煌煌靈芝，一年三秀〔五四〕。予獨何爲〔五五〕，有志不就〔五六〕。懲難思復，心焉内疚〔五七〕。庶朂將來，無馨無臭〔五八〕。采薇山阿，散髮巖岫〔五九〕。永嘯長吟，頤性養壽〔六〇〕。

〔一〕「祜」吴鈔本原鈔作「祐」，百衲本晉書本傳作「祐」，殿本作「祜」，文選袁本作「祐」，四部本作「祜」，袁本注云：「善本作『祜』字。」四部本注云：「五臣作『祐』。」

〔二〕李善注：蔡邕書曰：「邕薄祜，早喪二親。」毛詩曰：「閔予小子，遭家不造。」鄭玄曰：「造，成也，言家道未成也。」○張奂誡兄子書曰：「汝曹薄祜，早失賢父。」蔡琰悲憤詩：「嗟薄祜兮遭世患。」説文：「祜，福也。」

〔三〕「識」，宋樓鈔本誤作「適」，校改。

〔四〕「繦緥」，吴鈔本及本傳作「襁褓」，文選袁本作「襁褓」，四部本作「繦緥」，袁本注云：「善本作『繦緥』字。」四部本注云：「五臣作『襁褓』字。」○李善注：左氏傳：「后成叔曰：『聞君越在他境。』」淮南子曰：「成王幼，在襁褓之中。」張華博物志曰：「繦，織縷爲之，廣八寸，長丈二，以約小兒於背上。」韋昭漢書注曰：「褓，若今時小兒腹衣。」李奇曰：「褓，小兒大藉也。」吕氏春秋注：「緥，小兒被也。繦，縷絡上繩也。」○胡克家文選考異曰：「陳云：『后』當作『郈』。今案『后』即『郈』也。」○魏文帝爲武帝哀策文曰：「矧乃小子，夙遭不造，煢煢在疚。」楚辭注：「煢，孤也。」後漢書桓郁傳：「竇憲上疏曰：『昔成王幼小，越在襁褓。』」

〔五〕「鞠」，張燮本及詩紀作「鞫」，案二字通。

〔六〕「無」本傳作「无」，下同。○李善注：嵇氏譜曰：「康兄喜，字公穆，歷徐、揚州刺史，太僕宗正卿。母孫氏。」毛萇詩傳曰：「鞠，養也。」毛詩曰：「父兮生我，母兮鞠我。」○揚案：叔夜思親詩曰：「嗟母兄兮永潛藏。」其詩作於兄死之後，而公穆之死，則固後於叔夜，是此處所謂兄者，必非公穆，當别有長兄也。蔡邕議郎胡公夫人哀讚：「母氏鞠育，載矜載憐。」

〔七〕「姐」本傳作「好」，吴鈔本原鈔作「坦」，改鈔作「姐」。讀書續記曰：「作『姐』是，選本亦作『姐』，『姐』爲『㜘』省，説文：『㜘，驕也。』與山巨源絶交書：『母兄見驕。』可證。」

〔八〕李善注：賈逵國語注曰：「肆，恣也。」説文曰：「姐，嬌也。」嬌與姐同耳。姐，子豫切。○李周翰注：恃母兄之慈，縱而成嬌，不垂訓教，不立師傅。○梁章鉅文選旁證曰：「『姐』當作『𡟖』，本書琴賦：『或怨𡟖而躊躇。』」注引同此。徐鍇曰：「嵇詩借『姐』字也。『嬌』玉篇作『驕』。」○周樹人曰：「尤袤本文選李善注作『姐』，舊寫本文選集注殘卷引李善注仍作『姐』。」○揚案：集注本誤寫也，此注明言「子豫切」，琴賦注亦言「子也切」，皆非「姐」字之音。○毛詩傳：「訓，教也。」

〔九〕「馮」或作「憑」，此二句文選胡刻本有之，四部本、袁本、茶陵本並注云：「善無此二句。」胡克家文選考異曰：「袁、茶陵二本有校語云：『善無此二句。』案二本所見非也，此與下二句爲韻，善不容無，但傳寫脱去。又其下當有善注，爲脱去一節也，尤本有者是，然恐屬據五臣校補，尚少善注耳。」○西京賦薛綜注：「冠帶猶搢紳，謂吏人也。」蔡邕袁滿來墓碑：「雖冠帶之中士，校材考行，無以加焉。」案此處承上文而言，當指加冠束帶，謂成年也。爾雅：「爰，曰也；憑，依也。」呂氏春秋注：「放，縱也。」

〔一〇〕「尚」各本及本傳、文選胡刻本同，文選四部本、袁本、茶陵本並注云：「善作『上』。」胡克家文選考異曰：「袁本、茶陵本有校語云：『善作上』，注『各崇所尚』，二本『尚』皆作『上』。案善下注又云：說文：『尚，庶幾也。』不作『上』字，尤本以此校改，然恐善注未全，或於末有『上』『尚』異同之語，而今失之。」○揚案：四部本善注亦作「各崇所上」。○李善注：廣雅曰：「希，庶也。」趙岐孟子章句曰：「各崇所尚，則義不虧矣。」說文曰：「尚，庶幾也。」○廣雅：

「尚，高也。」案此處謂中心之所崇尚也。

〔一一〕「託」或作「托」，「老莊」本傳作「莊老」。

〔一二〕李善注：嵇喜謂康長好老莊之業，恬静無欲。淮南子曰：「原道者，欲一言而寤，則尊天而保真，欲再言之而通，則賤物而貴身也。」

〔一三〕「樸」吴鈔本原鈔作「璞」。

〔一四〕李善注：老子曰：「見素抱樸，少私寡欲。」河上公曰：「抱，守也。」薛綜東京賦注曰：「樸，質也。」莊子：「盜跖謂孔子曰：『子之道，非可以全真者也。』又曰：『真者，精誠之至也。』」○莊子刻意篇：「能體純素，謂之真人。」曹植玄暢賦：「取全真而保素。」楚辭注：「真，本心也。」

〔一五〕「余」吴鈔本原鈔作「予」。

〔一六〕李善注：謂與呂安交也。孝經曰：「參不敏，何足以知之。」左傳：「吴公子札來聘，見叔孫穆子，曰：『子好善而不能擇人也。』」○呂向注：常好善道，而闇於人事。○李贄焚書曰：「世未有託孤寄命之臣，既許以死，乃臨死而自責者，好善闇人之云，豈别有所指，而非以指呂安乎？」○陳祚明采菽堂古詩選曰：「子文薦子玉而子玉敗，或以比己友呂安而安及於禍，爲不能擇人也。」○陳僅讀選意箋曰：「注謂與呂安交也。案康、安交誼至篤，如禍及而悔尤，何以爲叔夜。淪注闇人謂鍾會，近是。」○揚案：此指呂巽言之，謂指呂安、鍾會者，皆非也。叔夜與巽友，後又信其許和之言，因即慰解呂安，不爲之備，皆所謂闇人也。諸葛亮與來敏教曰：

「吾闇於知人。」

〔一七〕李善注：子玉，楚大夫也。左氏傳曰：「楚子將圍宋，使子文治兵於睽，終朝而畢，不戮一人。子玉復治兵於蔿，終日而畢，鞭七人，貫三人耳。國老皆賀子文，子文飲之酒。蔿賈尚幼，後至，不賀，子文問之，對曰：『不知所賀。子之傳政於子玉，子玉之敗，子之舉也，舉以敗國，將何賀焉。』」毛詩曰：「無將大車，維塵冥冥。」鄭玄曰：「喻大夫進舉，小人適自作憂患也。」○李周翰注：康此意所以憤呂巽有穢行，大將軍用爲長史，是不知人，亦如子文之用子玉不當也。「惟塵」謂詩人刺進舉小人也，鍾會有言於大將軍，將害康，比會爲小人也。「屢增」者，言當朝此類多矣。○陳祚明曰：「屢增惟塵」者，己與安禍，皆興讒口，讒人之言，積漸日進，如塵之積，聽者不覺也。○揚案：上文「好善闇人」云云，固就己身言之也。司馬昭之不知人，叔夜何暇爲之惜哉？呂安欲告巽遺妻，而叔夜爲二人作和，故巽得先發制安。子玉之敗，由子文舉之，以比呂巽之惡，由己寬而信之耳。荀子大略篇：「取友善人，不可不慎，是德之基也。詩曰：『無將大車，維塵冥冥。』言無與小人處也。」韓詩外傳：「簡主謂子質曰：『春樹蒺藜，夏不可采其葉，秋得其刺焉。今子所樹，非其人也。詩曰：『無將大車，維塵冥冥。』』」叔夜之言，正同此意。

〔一八〕李善注：周易曰：「含弘光大，品物咸亨。」左氏傳：「伯宗謂晉侯曰：『國君含垢。』」杜預曰：「忍垢恥也。」說文曰：「懷，藏也。」○易乾卦：「九五，飛龍在天，利見大人。」魏文帝太宗論：

「賈誼之才敏，豈若孝文大人之量哉。」

〔一九〕「民」本傳作「人」。

〔二〇〕「由」或作「繇」，吴鈔本原鈔缺此二句。○李善注：毛詩曰：「民之多僻，無自立辟。」鄭玄曰：「民行多邪僻者，汝君臣之過，無自謂得法度。」論語曰：「爲仁由己。」○張銑注：大人，天子也，言天子能含其大道，包藏垢穢，懷納諸恥，謂不察臣下之過，致使左右多邪臣，政不由天子之己，而任無辜獲罪僻邪也。○何焯義門讀書記曰：「『民之多僻』，乃引司馬叔游誡祁盈之言，以況吕安事也。」○揚案：左氏昭公二十八傳：「晉祁勝與鄔臧通室，祁盈將執之，訪於司馬叔游，叔游曰：『無道立矣，子懼不免。詩曰：民之多僻，無自立辟。姑已若何？』祁盈曰：『祁氏私有討，國何有焉。』遂執之。祁勝賂荀躒，荀躒爲之言於晉侯，晉侯執祁盈。夏六月，晉殺祁盈。」何氏謂叔夜以此比況吕安之事，似矣。然巽淫安妻，而誣安不孝，叔夜義不負心，保明其事，是則安、巽之臧否，自應顯明，叔夜何必以此爲悔哉？此禍成於巽、會，此詩亦追悔平昔之言，「民之多僻」，當指鍾會等言之也。左氏宣公九年傳：「陳靈公與孔寧、儀行父通於夏姬，皆衷其衵服，以戲於朝。洩冶諫，公告二子，二子請殺之，公弗禁，遂殺洩冶。孔子曰：『詩云：「民之多僻，無自立辟。」其洩冶之謂乎！』」杜預注：「邪僻之世，不可立法，國無道危行言孫。」家語子路初見篇：「孔子曰：『洩冶之於靈公，位在大夫，無骨肉之親，懷寵不去，仕於亂朝，以區區之一身，欲正一國之婬昏，死而無益，可謂狷矣。詩云：「民之多僻，無自立辟。」其洩冶之謂乎！』」案政不由己，而顯明臧否，洩冶以此殺身；叔夜峻拒鍾會等人，不能危行言遜，正如洩冶，故曰「感悟思愆」也。若保明吕安之冤，則何愆之有哉？此亦斷章取義，不必專指婬昏。下文「孫登」「萬石」云云，仍即此旨。至張銑之謬，則不足辯矣。

〔二一〕李善注：褊心，康自謂也。郭璞爾雅注曰：「惟，發語辭也。」○毛詩曰：「惟是褊心，是以爲刺。」又曰：「於乎小子，未知臧否。」毛詩傳：「褊，急也。」張衡西京賦：「街談巷議，彈射臧否。」毛詩箋：「臧，善也；否，惡也。」

〔二二〕吴鈔本原鈔「悟」作「寤」，「愆」作「僁」，案「僁」俗字。

〔二三〕「怛」殿本晉書本傳及選詩、選詩拾遺作「恒」，「創」吴鈔本作「瘡」。案「恒」字闕筆作「怛」，故易混於「怛」也。「創」與「瘡」同。○李善注：西京賦曰：「所惡成創痏。」蒼頡篇曰：「痏，毆傷也。」方言曰：「怛，痛也。」説文曰：「痏，瘢也。」漢書音義曰：「以杖毆擊人，剥其皮膚，起青黑無創者，謂疻痏。」○朱珔文選集釋曰：「今説文：『疻，毆傷也。痏，疻痏也，又瘢痍也。』無『痏，瘢也』之訓。所引漢書音義本應劭語，段氏謂有譌脱。據急就篇顔注云：『毆人皮膚腫起曰疻，毆傷曰痏。』蓋應注當作『無創瘢者謂疻，其有創瘢者謂痏』。此注引説文『痏，瘢也』，正與應語合，皆本漢律也。」○「感悟」見前贈秀才詩（輕車迅邁）注〔八〕。爾雅：「諐，過也。」案「諐」古「愆」字，後漢書馬防傳：「肅宗詔曰：『其令許侯思愆田廬。』」

〔二四〕李善注：論語曰：「蘧伯玉使人於孔子，孔子問焉，曰：『夫子何爲？』對曰：『夫子欲寡其過而未能也。』」漢賈山曰：「古者庶人謗於道，商旅議於市。」毛詩曰：「百川沸騰。」○劉良注：謂鍾會譖之，云：「嵇康，卧龍也。」○揚案：不止謂鍾會也，觀與山巨源書可知。

〔二五〕「傷」後村詩話引作「忤」。

〔二六〕「頻」後村詩話引作「頗」。○李善注：莊子：「仲尼謂顔回曰：『聖人處物不傷者，物亦不能傷也。』」○申鑒俗嫌篇：「仁者内不傷性，外不傷物。」廣雅：「頻，比也；憎，惡也。」

〔二七〕「柳惠」吴鈔本原鈔作「柳下」，魏志王粲傳注引魏氏春秋，及野客叢書引此詩，同。晉書孫登傳引作「柳下」，本傳作「柳惠」。世説新語棲逸篇注引文士傳，及石林詩話引此詩，作「下惠」，詩所、詩紀作「柳惠」，詩所注云：「一作『下』。」

〔二八〕李善注：論語：「柳下惠爲士師，三黜，人曰：『子未可以去乎？』曰：『直道而事人，焉往而不三黜。』」魏氏春秋曰：「初康采藥於中山北，見隱者孫登，欲與之言，登默然不對，踰年將去，康曰：『先生竟無言乎？』登乃曰：『子才多識寡，難乎免於今之世矣。』」○許巽行文選筆記曰：「當作『采藥於汲郡共北山中』。」

〔二九〕「恧」魏志王粲傳注引魏氏春秋作「赧」。○李善注：鄭玄禮記注曰：「負之言背也。」趙壹報羊陟書曰：「惟君明叡，平其宿心。」爾雅曰：「恧，慙也。」毛詩曰：「每有良朋。」○許巽行曰：「當作皇甫規謝趙壹書。」○吕向注：「宿心」謂宿昔本心也，謂慕養生之道，今則辜負本心矣。○後漢書和熹鄧皇后紀：「詔曰：『下不違人負宿心。』」

〔三〇〕「閑」或作「閒」。○李善注：漢書曰：「谷口有鄭子真，蜀有嚴君平，皆修身保性。成帝時元舅王鳳以禮聘子真，子真遂不詘而終。君平卜筮於成都市，以爲卜筮賤業，而可以惠衆，日閱數人，得百錢，足以自養，則閉肆下簾而授老子，年九十餘，遂以其業終。」論語：「子曰：『貧而樂。』」漢書曰：「司馬相如稱疾閑居。」○梁章鉅曰：「此證『樂道』二字，當引作『貧而樂道』，今論語義疏本有『道』字，集解亦有『道』字，史記弟子傳亦載『不如貧而樂道』。」○荀子解蔽篇：「閑居静思則通。」

〔三一〕李善注：蔡邕釋誨曰：「安貧樂賤，與世無營。」淮南子曰：「古人神氣不蕩於外。」漢書曰：「揚雄室亡儋石之儲，猶晏如也。」○文選雪賦注、補亡詩注引梁鴻安丘嚴平頌曰：「無營無欲，澹爾淵清。」嚴可均全後漢文注曰：「此蓋頌安丘望之、嚴君平二人也。」吕氏春秋尊師篇：「心則無營。」注：「營，惑也。」

〔三二〕「予」吴鈔本同，皕宋樓鈔本朱筆校改作「余」，欄外上方有校語云：「『予』『余』通，各本及文選並作『予』，可隨本，不煩改字也。」

〔三三〕「嬰」吴鈔本原鈔作「纓」。○李善注：毛萇詩傳曰：「咨，嗟也。」毛詩曰：「子之不淑，云如之何。」左氏傳：「趙孟曰：『以晉國之多虞。』」○文選陸士衡赴洛道中作：「世網嬰我身。」注：「說文曰：『嬰，繞也。』」

〔三四〕「疎」吴鈔本原鈔作「疏」，二字同。○李善注：毛詩曰：「下民爲孽，匪降自天，噂喈背增，職競由人。」○曹大家女誡曰：「吾性疏頑。」

〔三五〕「弊」文選袁本及四部本作「蔽」，袁本無注，四部本注云：「善作『弊』。」尤袤文選考異曰：「五臣『弊』作『蔽』。」○揚案：作「蔽」更合，本集聲無哀樂論亦云：「理蔽則雖近不見。」

〔三六〕「圄」文選四部本同，注云：「五臣作『圉』。」袁本作「圉」，注云：「善本作『圄』字。」○李善注：杜預左氏傳注曰：「弊，壞也。」禮記曰：「仲春省囹圄。」鄭玄曰：「所以守禁繫者，秦曰囹圄，漢曰獄。」○呂延濟注：邪臣協用，私情擁蔽。○揚案：此謂公理障蔽，非謂私情擁蔽也。

〔三七〕李善注：言己對答之辭，鄙於見訊也。張晏漢書曰：「訊者三日復問，知之與前辭同不也。」杜預左氏傳注曰：「縶，拘執也；鄙，俚也；訊，問也。」○呂向注：答對獄吏，恥爲其所問。幽阻，與親友不通。○揚案：鄙訊，即指獄吏之訊。傅毅雅琴賦：「睹鴻梧於幽阻。」

〔三八〕「免」吴鈔本原鈔作「寃」，張本及晉書本傳同，文選袁本、四部本及詩紀亦作「寃」，並注云：「善作『免』。」

〔三九〕李善注：論語曰：「陽貨曰：『日月逝矣，歲不我與。』」文雖出此，而意微殊，亦不以文害意也。「免」或爲「寃」，非也。○張銑注：恥謗訟之寃濫。「時不我與」，謂不遇明君，時使我然也。揚案：訟寃，訟己之被寃也。

〔四〇〕「沮」張溥本作「阻」，字通。○李善注：毛萇詩傳曰：「沮，壞也」，才與切。○李周翰注：沮，亂也。

〔四一〕「豈」本傳作「曷」。○李善注：孟子：「孺子歌曰：『滄浪之水清，可以濯吾纓；滄浪之水濁，可以濯吾足。』孔子曰：『小子聽之，清斯濯纓，濁斯濯足，自取之也。』」劉歆答父書曰：「誠思拾遺，冀以云補。」○許巽行曰：「當作『答文學書』。」禮記儒行篇：「儒有澡身而浴德。」王粲七釋曰：「濯身乎滄浪。」漢書諸葛豐傳：「上書曰：『獨恐未有云補，而爲衆邪所排。』」

〔四二〕「嗈嗈」吳鈔本原鈔及本傳作「雍雍」，文選袁本作「雝雝」，注云：「善本作『嗈』字。」四部本作「嗈嗈」，注云：「五臣作『雝』字。」○揚案：諸字並通。

〔四三〕「奮」吳鈔本原鈔及本傳作「厲」，文選袁本作「勵」，注云：「善本作『奮』字。」四部本作「奮」，注云：「五臣作『勵』。」

〔四四〕「忘」吳鈔本原鈔作「無」。○李善注：毛詩曰：「雍雍鳴鴈。」管子：「桓公曰：『夫鴻鵠有時而南，有時而北。』」又曰：「鴻鵠秋南而不失時。」○楚辭九辯：「鴈廱廱而南遊兮。」宋玉高唐賦：「振鱗奮翼。」左氏隱公十一年傳：「相時而動，無累後人。」莊子外物篇：「言者所以在意也，得意而忘言。」論語：「樂以忘憂。」

〔四五〕「儔」周校本同，吳鈔本原鈔及本傳作「疇」，文選袁本同，無注，四部本作「儔」，注云：「五臣作『疇』。」○李善注：毛詩曰：「嗟我懷人。」説文曰：「曾，辭之舒也；儔，等也。」

〔四六〕李善注：淹留，謂囚縶而留也。○爾雅曰：「淹，久留也。」爾雅：「遘，遇也。」

〔四七〕李善注：王命論曰：「窮達有命，吉凶由人。」毛詩曰：「謂我何求。」

〔四八〕李善注：莊子曰：「爲善莫近名，爲惡莫近形。」司馬彪曰：「勿修名也，被褐懷玉，穢惡其身，以無陋於形也。」郭象曰：「忘善惡而居中，任萬物之自爲也。」○李治敬齋古今黈曰：「莊子養生篇：『爲善無近名，爲惡無近刑。』猶言毋爲善以取名，毋爲惡以取刑。近，親附之謂。」○揚案：此意自合，惟「刑」字司馬彪本作「形」耳。

〔四九〕李善注：尚書曰：「恭默思道。」周易曰：「悔吝者，憂虞之象也。」曾子曰：「懽欣忠信，咎故不生，可謂孝矣。」○後漢書清河孝王慶傳：「慶到國，下令曰：『望上遵策戒，下免悔咎。』」蔡邕議郎胡公夫人哀讚：「用免咎悔，踐繼先祖。」

〔五〇〕李善注：漢書曰：「萬石君奮，長子建爲郎中令，建老白首，萬石君尚無恙，每五日休沐，歸謁親。建爲郎中令奏事，事下，建自讀之，驚恐曰：『書馬者與尾而五，今乃四，不足一，獲譴死矣。』其爲謹慎，雖他皆如此。」論語摘輔像讖曰：「曾子未嘗不問安親之道也。」孔安國尚書注曰：「周，至也。」

〔五一〕「予」本傳作「余」，文選四部本「予」下注云：「五臣作『子』。」袁本、茶陵本仍作「予」，無注。○李善注：漢書曰：「嚴安徐樂，上書言世務。」毛詩曰：「祇攪我心。」攪，亂也；祇，適也。○「紛紜」見前贈秀才詩（流俗難悟）注〔七〕。

〔五二〕「誡」吴鈔本原鈔作「戒」，墨校改。案二字通。

〔五三〕「廼」或作「乃」。○李善注：家語：「金人銘曰：『安樂必戒，無行所悔。』」王肅曰：「雖處安樂，必警戒也。」周易曰：「乾，元亨利貞。」

〔五四〕李善注：西京賦曰：「擢靈芝之朱柯。」楚辭：「采三秀於山間。」王逸曰：「三秀，謂芝草也。」○徐幹齊都賦：「靈芝生乎丹石，發翠華之煌煌。」繆襲神芝贊：「煌煌神芝，吐葩揚榮。」張衡思玄賦：「冀一年之三秀兮。」爾雅注：「芝，一歲三華，瑞草。」

〔五五〕「予」下文選四部本注云：「五臣作『子』。」袁本、茶陵本仍作「予」，無注。「爲」吴鈔本作「人」。

〔五六〕李善注：楚辭曰：「云有志而無謗。」爾雅：「就，成也。」

〔五七〕李善注：潘元茂九錫文曰：「懲難念功。」毛詩曰：「既往既來，我心永疚。」疚，病也。○揚案：今毛詩大東作「使我心疚」。易小畜卦：「初九，復自道，何其咎。」又繫辭下曰：「復，德之本也。」後漢書安帝紀：「詔曰：『其務思變復，以助不逮。』」詩：「防有鵲巢，心焉忉忉。」後漢書光武帝紀：「詔曰：『永念厥咎，内疚於心。』」

〔五八〕「馨」文選袁本作「聲」。○李善注：爾雅曰：「勗，勉也。」毛詩曰：「上天之載，無聲無臭。」

〔五九〕李善注：史記曰：「武王平殷，伯夷、叔齊恥之，義不食周粟，隱於首陽山，采薇而食之。」琴操：「許由曰：『散髮優遊，所以安己不懼也。』」范曄後漢書曰：「袁閎散髮絶世。」○「山阿」見前贈秀才詩（淩高遠眄）注〔一〇〕。糜元譏許由曰：「至乃抽簪散髮，背時逆命。」郭泰答友人書曰：「未若巖岫頤神，娱心彭老。」爾雅：「山有穴爲岫。」

〔六〇〕「性」本傳及匡謬正俗卷八引作「神」。○李善注：杜篤連珠曰：「能離光明之顯，長吟永嘯。」爾雅曰：「頤，養也。」東方朔非有先生論曰：「故養性受命之士莫肯進。」禮記曰：「百年曰期頤。」鄭玄曰：「頤，猶養也。」○史記老莊列傳：「老子百有六十歲，或言二百餘歲，以其修道而養壽也。」

蘇軾曰：「嵇中散作幽憤詩，知不免矣，而卒章乃曰：『采薇山阿，散髮巖岫，永嘯長吟，頤性養壽』者，悼此志之不遂也。司馬景王既殺中散而悔，使悔於未殺之前，中散得免於死者，吾知其掃跡滅形於人間，如脱兔之投林也。采薇散髮，豈其所難哉！」苕溪漁隱叢話後集引。

劉克莊曰：「嵇康幽憤詩云：『性不忤物，頗致怨憎。』按康傲鍾會不與語，與山濤書自言：『薄周、孔而非湯、武。』其所忤也大矣。子元、子上見書自無可全之理，況加以士季乎？雖欲采薇散髮，頤性養壽，豈可得也！」後邨詩話。

李贄曰：「康詣獄明安無罪，此義之至難者也，詩中多自責之辭，何哉？若果當自責，此時而後自責，晚矣，是畏死也，既不畏死，以明友之無罪，又復畏死而自責，吾不知之矣。夫天下固有不畏死而爲義者，是故終其身樂義而忘死，則此死固康之所快也，何以自責爲也？亦猶世人畏死而不爲義者，終其身寧無義，自不肯以義而爲朋友死也，則亦無自責時矣。朋友君臣，莫不皆然。世未有託孤寄命之臣，既許以死，乃臨死而自責者，『好善闇人』之云，豈別有所指，而非以指吕安乎？當時太學生三千人，同曰伏闕上書，以爲康請，則康益可以死而無責矣。鍾會以反虜，乘機害康，豈康尚未之知，而猶欲頤性養壽，改絃易轍於山阿巖岫之間邪？此豈嵇康頤性養壽時也？余謂叔夜何如人也，臨終奏廣陵散，必無此紛紜自責，錯謬幸生之賤態，或好事者增飾於其間耳。覽者自能辨之。」李氏焚書。○揚案：何焯曰：「天下不平之事，至嵇、吕一案，無以加矣。」誠然此案而至於殺身，亦叔夜所未及料者也，此詩安得有增飾哉！

孫鑛曰：「麗藻中不失古雅，堪諷堪頌，自是四言之儁。」文選評。

沈德潛曰：「通篇直直叙去，自怨自艾，若隱若晦，好善闇人，牽引之由，顯明臧否，得禍之由也；至云『澡身滄浪，豈云能補』，悔恨之詞切矣。末托之頤性養壽，正恐未必能然之詞，華亭鶴唳，隱然言外。」古詩源。

何焯曰：「嗣宗至慎，卒得保持。非薄湯武，徒騰口説，亦何爲哉？蓋悔之也。」又曰：「四言不爲風雅所羈，直寫胸中語，此叔夜所以高於潘、陸也。」文選評。

陳祚明曰：「直叙懷來，喜其暢達，怨尤之辭少，而悔禍之意真，如得免者，當知所戒矣。」又曰：「『澡身滄浪，豈云能補』，悔恨之辭，沈至警切。」

方廷珪曰：「詩之格律，文之結構意趣，純得之西漢；哀而不傷，怨而不亂，性情品格，高出魏、晉幾許，然卒無救於東市之戮也，哀哉！」

述志詩二首

書舜典曰：「詩言志。」陸機遂志賦序曰：「昔崔篆作詩，以明道述志，而馮衍又作顯志賦，班固作幽通賦，皆相依倣焉。」

潛龍育神軀，濯鱗戲蘭池〔一〕。延頸慕大庭，寢足俟皇羲〔二〕。慶雲未垂景〔三〕，盤桓朝陽陂〔四〕。悠悠非我(匹)〔儔〕〔五〕，(疇肯)〔圭步〕應俗宜〔六〕。殊類難徧周，鄙議紛流離〔七〕。轗軻丁悔吝，雅志不得施〔八〕。耕耨感甯越，馬席激張儀〔九〕。逝將離羣侶，杖策追洪崖〔一〇〕。焦(鵬)〔明〕振六翮〔一一〕，羅者安所羈〔一二〕。浮遊太清中〔一三〕，更求新相知〔一四〕。比翼翔雲漢，飲露湌瓊枝〔一五〕。多念世間人〔一六〕，夙駕咸驅馳〔一七〕。沖靜得自然，榮華安足爲〔一八〕！

〔一〕「濯」吴鈔本作「躍」。○阮瑀爲曹公與孫權書曰：「濯鱗清流，飛翼天衢。」「蘭池」見前贈秀才詩(雙鸞匿景曜)注〔五〕。

〔二〕莊子胠篋篇：「今遂至使民延頸舉踵。」又曰：「昔大庭氏、伏羲氏結繩而用之，此時則至治已。」漢書注：「寢，息也。」楚辭九思：「將諮詢兮皇羲。」注：「伏羲稱皇。」春秋運斗樞曰：「三皇垂拱無爲，道德玄泊，有似皇天，故稱曰皇。」

〔三〕「景」吴鈔本作「降」。

〔四〕「盤」吴鈔本作「槃」，字通。○董仲舒雨雹對曰：「雲五色而爲慶。」史記天官書：「若煙非煙，若雲非雲，郁郁紛紛，蕭索輪囷，是謂慶雲。」易屯卦象曰：「雖磐桓，志行正也。」班固幽通賦：「竚盤桓而且俟。」曹大家注：「盤桓，不進也。」詩卷阿：「梧桐生矣，于彼朝陽。」爾雅：「山東曰朝陽。」説文：「陂，阪也。」揚雄反離騷曰：「懿神龍之淵潛，竢慶雲而將舉。」曹植詩：「慶雲未時興，雲龍潛作魚。」

〔五〕「我」張本及詩紀、六朝詩集等作「吾」。

〔六〕此二句，吴鈔本原鈔作「悠悠非我儔，□步應俗宜」，「儔」字屬上句，墨校改同。此本「步」上之字，墨校塗成「肯」字，原鈔似作「圭」字。案原鈔是也，「圭」借爲「跬」，此句連上，謂世人但修俗事也。○史記孔子世家：「桀溺曰：『悠悠者，天下皆是也。』」集解：「孔安國曰：『悠悠者，周流之貌也。』」揚案：此史記用論語之文，魯論語作「滔滔」，古論語作「悠悠」。詩黍苗：「悠悠南行。」毛傳：「悠悠，行貌。」列子楊朱篇：「老子曰：『名者，實之賓，而悠悠者，趨名不已。』」皆與古論語同義。爾雅：「疇，誰也；宜，事也。」説文：「跬，半步也。」

〔七〕淮南子要略訓：「應變化，通殊類。」廣雅：「周，徧也；議，言也。」文選上林賦注引張揖曰：「流離，放散也。」

〔八〕古詩：「轗軻長苦辛。」楚辭七諫：「然埳軻而留滯。」注：「埳軻，不遇也；『埳』一作『轗』。」爾雅：「丁，當也。」易繫辭上：「悔吝者，憂虞之象也。」後漢馬援傳：「朱勃上書曰：『援與妻子生訣，無悔吝之心。』」注：「吝，猶恨也。」袁山松後漢書曰：「太學謡云：『天下雅志蔡夢喜。』」

〔九〕周禮天官：「甸師，掌帥其屬而耕耨王藉。」注：「耨，芸芓也。」呂氏春秋博志篇：「甯越苦耕稼之勞，謂其友曰：『何爲而可以免此苦也？』其友曰：『莫如學。』甯越曰：『請以十歲。人將休，吾不敢休，人將臥，吾不敢臥。』十五歲而周威公師之。」藝文類聚六十九引史記曰：「蘇秦激張儀令相秦，以馬韉席坐之。」案杜甫秋日夔府詠懷詩舊注引此，又作戰國策，今本國策無此文，今本史記張儀列傳曰：「張儀之趙，上謁求見，蘇秦坐之堂下，賜僕妾之食。」

〔一〇〕詩碩鼠：「逝將去汝。」箋云：「逝，往也。」禮記檀弓上：「子夏曰：『吾離羣而索居，亦已久矣。』」莊子讓王篇：「太王居邠，狄人攻之，太王杖策而去之。」呂氏春秋注：「策，箠也。」神仙傳：「衞叔卿與數人博，其子度曰：『向與博者爲誰？』叔卿曰：『是洪崖先生。』」列仙傳：「洪崖先生，姓張氏，堯時已三千歲。」魏志管寧傳：「太僕陶丘一等薦寧曰：『追迹洪崖，參踪巢許。』」

〔一一〕「鵬」吴鈔本原鈔作「朋」，墨校改。周樹人曰：「案當作『明』，程本並改『焦』爲『鵑』，尤謬。」

〔一二〕司馬相如難蜀父老曰：「鷦鵬已翔乎寥廓之宇，而羅者猶視乎藪澤。」文選注：「樂緯曰：『鷦鵬，狀如鳳凰。』」法言寡見篇：「鷦明沖天，不在六翮乎！」繁欽建章鳳闕賦：「焦鵬振而不及。」

〔一三〕「遊」字，吴鈔本塗改而成，原鈔似誤作「逝」。「太」字，吴鈔本原鈔作「泰」，墨校改。

〔一四〕楚辭離騷：「聊浮遊以逍遥。」又九歌曰：「樂莫樂兮新相知。」楊修神女賦：「澹浮遊乎太清。」

〔一五〕「滄」或作「滄」，或作「餐」，吳鈔本原鈔作「食」，墨校改。○爾雅：「南方有比翼鳥焉，不比不飛，其名謂之鶼鶼。」毛詩箋：「雲漢，天河也。」孔融薦禰衡表：「振翼雲漢。」莊子逍遥遊篇：「藐姑射之山，有神人居焉，不食五穀，吸風飲露。」「瓊枝」見前秀才答詩（飾車駐駟）注〔一四〕。

〔一六〕「念」吳鈔本原鈔作「謝」，墨校改。

〔一七〕「夙」「咸」二字，吳鈔本塗改而成，原鈔似作「息」「感」，周校本「咸」誤作「惑」，「驅馳」誤作「馳驅」。○詩定之方中：「星言夙駕。」論衡程材篇：「材能之士，隨世馳驅。」

〔一八〕「安」吳鈔本原鈔作「何」，墨校改。○淮南子注：「沖，虚也。」蔡邕荆州刺史庾侯碑：「仗沖静以臨民。」淮南子説林訓：「有榮華者必有憔悴。」魏文帝善哉行：「比翼翔雲漢，羅者安所羈？沖静得自然，榮華何足爲？」

陳祚明曰：「超曠沈鬱，俯視六合，特憤世之辭，一往太盡，都無含蓄婉轉。」又曰：「嘗試推原此種詩，其格本於漢人趙壹、仲長之流，亦小雅之遺音也，蘊藉低徊，斯爲貴矣。晉太沖之傑氣類此，而長在跌宕；元亮之古質類此，而長在舒徐；不似叔夜之直致也。然風氣固殊，二家命語，終覺漸趨於近，又不能及叔夜之高蒼矣。」

成書曰：「『疇肯應俗宜』，是他一生性氣；『更求新相知』，是坐實非吾匹意，不必定作出世想。」多歲堂古詩存。

斥鷃〔檀〕〔擅〕蒿林〔一〕，仰笑神鳳飛〔二〕。坎井蝤〔蛭〕〔蛙〕宅〔三〕，神龜安所歸〔四〕。恨自用身拙，任意多永思〔五〕。遠實與世殊，義譽非所希〔六〕。往事既已謬〔七〕，來者猶可追〔八〕。何爲人事間〔九〕，自令心不夷〔一〇〕？慷慨思古人，夢想見容輝〔一一〕。願與知己遇〔一二〕，舒憤啓其微〔一三〕。巖穴多隱逸，輕舉求吾師〔一四〕。晨登箕山巔〔一五〕，日夕不知饑〔一六〕。玄居養營魄，千載長自綏〔一七〕。

〔一〕「檀」吴鈔本同。讀書續記曰：「『檀』字不可解，此用莊子逍遥遊篇文意，『檀』蓋『搶』字之譌。」○揚案：「檀」字各本作「擅」，皕宋樓鈔本亦校改作「擅」。

〔二〕「神」吴鈔本作「鸞」。「飛」下，張本及詩紀注云：「一作『姿』。」○莊子逍遥遊篇：「窮髮之北，有冥海者，天池也。有鳥焉，其名爲鵬，摶扶摇而上者九萬里，絶雲氣，負青天，然後圖南，且適南冥也。斥鴳笑之曰：『彼且奚適也？我騰躍而上，不過數仞而下，翱翔蓬蒿之間，此亦飛之至也。』」釋文：「司馬云：『斥，小澤；鴳，鴳雀也。』鴳字亦作鷃。鵬，崔音鳳，云：『鵬即古鳳字，非來儀之鳳也。』説文云：『朋及鵬皆古文鳳字也。』」説文：「擅，專也。」

〔三〕「蛭」字，吴鈔本塗改而成，原鈔似作「蛙」，選詩拾遺亦作「蛙」，案「蛙」字是也。

〔四〕莊子秋水篇：「埳井之鼃謂東海之鼈曰：『吾樂與，吾擅一壑之水，而跨跱埳井之樂，此亦至矣，夫子奚不時來入觀乎？』東海之鼈，左足未入，而右膝已縶矣。」釋文：「埳音坎，『鼃』本又作『蛙』，司馬云：『埳井，壞井也。』」爾雅：「一曰神龜。」注：「龜之最神明。」

〔五〕廣雅：「拙，鈍也。」仲長統述志詩：「任意無非，適物無可。」「永思」見前秀才答詩（穆穆惠風）注〔四〕。

〔六〕易蒙卦象曰：「困蒙之吝，獨遠實也。」莊子人間世篇：「彼其所保與衆異，而以義譽之，不亦遠乎？」又讓王篇：「夫希世而行。」釋文：「司馬云：『希，望也。』」

〔七〕「謬」吴鈔本原鈔作「繆」，墨校改，選詩拾遺亦作「繆」，案二字通。

〔八〕論語：「往者不可諫，來者猶可追。」史記袁盎列傳：「盎曰：『上自寬，此往事，豈可悔哉。』」

〔九〕歷代詩選作「何爲人間事」。

〔一〇〕史記留侯世家：「願棄人間事，從赤松子游耳。」仲長統述志詩：「人事可遺，何爲局促？」詩風雨：「既見君子，云胡不夷？」毛傳：「夷，説也。」

〔一一〕「輝」吴鈔本作「暉」，字同。○詩緑衣：「我思古人，實勞我心。」古詩：「獨宿累長夜，夢想見容輝。」

〔一二〕「遇」字，吴鈔本塗改而成，原鈔似作「過」。

〔一三〕「其」吴鈔本作「幽」。○晏子春秋内篇雜上：「越石父曰：『士者伸於知己。』」古樂府傷歌行：「舒憤訴穹蒼。」

〔一四〕莊子讓王篇：「其隱巖穴也，難於爲布衣之士。」楚辭遠遊篇：「悲時俗之迫阨兮，願輕舉而遠遊。」

〔一五〕「巔」吴鈔本作「嶺」，讀書續記曰：「似作『巔』是。」「箕」下張溥本及詩紀注云：「拾遺作『西』。」

〔一六〕「饑」吴鈔本作「飢」。○史記伯夷列傳：「伯夷、叔齊，義不食周粟，隱於首陽山，采薇而食之，及餓且死，作歌曰：『登彼西山兮，采其薇矣。』」「日夕」見前贈秀才詩（浩浩洪流）注〔六〕。

〔一七〕荀子注：「玄，深隱也。」老子：「載營魄抱一，能無離乎？」毛詩傳：「綏，安也。」陳祚明曰：「登山不饑，明明首陽之志矣。通首並直遂。」成書曰：「『輕舉求吾師』，亦是求新相知意。」

游仙詩一首

楚辭遠遊章句曰：「屈原履方直之行，不容於世，章皇山澤，無所告訴，遂叙妙思，託配仙人與俱遊。」

遥望山上松，隆（谷）〔冬〕鬱青葱〔一〕。自遇一何高，獨立迥無雙〔二〕。願想遊其下，蹊路絶不通〔三〕。王喬（棄）〔弃〕我去〔四〕，乘雲駕六龍〔五〕。飄颻戲玄圃，黄老路相逢〔六〕。授我自然道，曠若發童蒙〔七〕。採藥鍾山隅〔八〕，服食改姿容〔九〕。蟬蜕棄穢累，結友家板桐〔一〇〕。臨觴奏九韶，雅歌何邕邕〔一一〕。長與俗人別，誰能覩其蹤〔一二〕。

〔一〕「谷」各本同，案當爲「冬」字之誤，藝文類聚八十八引晉王凝之妻謝氏擬嵇中散詩云：「遥望山上松，隆冬不能彫。」即仍作「冬」字。○劉楨贈從弟詩：「亭亭山上松。」漢書武帝紀：「迫隆冬至。」注：「隆冬，猶言盛冬也。」揚雄長楊賦：「翠玉樹之青葱。」

〔二〕「迥」字吳鈔本塗改而成，原鈔似作「邊」，張溥本誤作「迴」。「雙」字吳鈔本原鈔作「叢」，墨校改。○魏文帝折楊柳行：「西山一何高。」易大過象曰：「君子以獨立不懼。」爾雅：「迥，遠也。」東方朔答客難文曰：「自以爲智能海内無雙。」

〔三〕釋名：「步所用道曰蹊。」

〔四〕「棄」吳鈔本作「弃」，周校本曰：「『弃』當爲『弆』」，説文云：『舉也。』」

〔五〕淮南子泰族訓：「王喬赤松，蹀虚輕舉，乘雲遊霧。」楚辭九歎：「若王喬之乘雲。」魏武帝氣出唱：「駕六龍，乘雲而行，行四海外。」枚乘七發曰：「六駕蛟龍。」文選注：「以蛟龍若馬而駕之，其數六也。」

〔六〕張衡思玄賦：「飄颻神舉逞所欲。」離騷：「夕余至乎縣圃。」楚辭注：「縣圃，神山，在崑崙之上。」案「玄」與「縣」通。論衡自然篇：「賢之純者，黄老是也。」黄者，黄帝也；老者，老子也。

〔七〕「曠」吳鈔本作「曠」，誤也。○老子：「道法自然。」論衡譴告篇：「黄老之家，論説天道。」説文：

「曠，明也。」易蒙卦：「初六發蒙。」又曰：「匪我求童蒙。」後漢書竇融傳：「光武帝詔報曰：『義士則曠若發矇。』」應璩與滿公琰書：「登芒濟河，曠若發蒙。」

〔八〕「隅」吴鈔本作「嵎」，二字通。

〔九〕十洲記：「北海外有鍾山，自生千芝及神草。」楚辭哀時命篇：「采鍾山之玉英。」注：「鍾山，在崑崙山西北，采玉英咀而嚼之，以延壽也。」淮南子注：「鍾山即崑崙。」古樂府平陵東篇：「靈芝採之可服食。」曹植五遊詠：「服食享遐紀。」

〔一〇〕吴鈔本「友」作「交」，「板」作「梧」，皕宋樓鈔本有校語云：「板桐乃仙家所居，今依各本改。各本『結友』，集中答二郭云：『結友集靈岳』，句法一例。」○讀書續記曰：「『板』字即『梧』字之譌，此詩亦多用莊子文義，此句蓋用秋水篇『鵷鶵非梧桐不止』文義也。」○揚案：「板」字不誤，此用崑崙山義，灼然無疑。○「蟬蜕」見前秀才答詩（華堂臨浚沼）注〔六〕，曹植遊仙詩：「蟬蜕同松喬。」楚辭哀時命篇：「除穢累而反真。」高彪清誡曰：「滌蕩棄穢累。」淮南子墬形訓：「縣圃、涼風、樊桐，在崑崙閶闔之中。」楚辭哀時篇：「望閬風之板桐。」注：「板桐，山名也，在閬風之上。」水經河水注：「崑崙之山三級，下曰樊桐，一名板桐，二曰玄圃，一名閬風，上曰層城，一名天庭。」

〔一一〕曹植求通親親表曰：「臨觴而歎息。」離騷：「奏九歌而舞韶兮。」楚辭注：「韶，九韶，舜樂也。尚書『簫韶九成』是也。」漢書藝文志：「雅歌四篇。」「邕邕」見前贈秀才詩（鴛鴦于飛，肅肅其羽）注〔四〕。

〔三〕「蹤」或作「蹤」。○楚辭注：「蹤，迹也。」

王夫之曰：「叔夜七言煩淺，此篇出入深折，遂有蒼瑟之風。」

陳祚明曰：「輕世肆志，所託不羣，非真欲仙也，所願長與俗人別耳。」

六言十首惟上古堯舜

吴鈔本原鈔但題「六言詩」三字，其「惟上古堯舜」五字，在「二人功德齊均」句上，墨校點去，改鈔於「六言詩」三字上，又於「惟」字右側上方作一斜勒，加「十首」二字。朱校又於「上」字右側註一「題」字。○張燮本以「六言十首」四字爲一行，「惟上古堯舜」五字爲一行。○張溥本無「六言十首」四字。

以下九首之題，吴鈔本原鈔亦皆在本詩之首，與詩句相連，墨校皆於末字下端向右作鉤識，朱校又於第二字右側註一「題」字。○案吴鈔本原鈔是也，「惟上古堯舜」十句，爲十首之起句，並非題名。張溥本但以起句爲各首之題名，更誤。又案愛日齋叢鈔云：「予觀嵇叔夜有『六言詩十首』，視唐人體裁固先矣。」據此，是宋人所見之本亦十首也。

二人功德齊均，不以天下私親〔一〕。高尚簡樸（兹）〔慈〕順〔二〕，寧濟四海蒸民〔三〕。

〔一〕吕氏春秋去私篇：「堯有子十人，不與其子而授舜，舜有子九人，不與其子而授禹，至公也。」又曰：「子，人之所私也。」注：「私，愛也。」國語注：「親，六親也。」

〔二〕「兹」吴鈔本作「慈」，是也。○後漢書趙咨傳：「遺書敕子曰：『爰自陶唐，逮于虞夏，猶尚簡樸。』」淮南子修務訓：「堯立孝慈仁愛。」後漢書安帝紀：「皇太后策命曰：『惟侯孝章帝世嫡皇孫，謙恭慈順。』」

〔三〕「蒸」或作「烝」。○傅毅顯宗頌：「體天統物，濟寧兆民。」後漢書順帝紀：「詔曰：『朕奉承大業，未能寧濟。』」詩蕩：「天生烝民。」箋云：「烝，衆也。」

唐虞世道治〔一〕

萬國穆親無事〔二〕，賢愚各自得志〔三〕。晏然逸豫内忘〔四〕，佳哉爾時可喜〔五〕。

〔一〕論語：「唐虞之際，於斯爲盛。」集解：「孔安國曰：『唐者，堯號；虞者，舜號。』」

〔二〕易乾卦彖曰：「首出庶物，萬國咸寧。」漢書高惠高后孝文功臣表：「杜業納説曰：『昔唐以萬國致時雍之政。』」毛詩傳：「穆，和也。」老子：「我無事而民自化。」

〔三〕莊子繕性篇：「樂全之謂得志。」

〔四〕史記呂后本紀：「天下晏然。」漢書注：「晏然，自安意也。」詩白駒：「逸豫無期。」後漢書竇武傳：「上疏曰：『天下逸豫，謂當中興。』」文選注：「內，心也。」莊子大宗師篇：「其心忘，其容敬。」

〔五〕「喜」吳鈔本作「熹」，墨校於字下注云：「即『喜』字。」○說文：「佳，善也。」

知慧用有爲〔一〕

（爲法）〔法令〕滋章寇生〔二〕，紛然相召不停〔三〕。大人玄寂無聲〔四〕，鎮之以靜自正〔五〕。

〔一〕「有爲」二字，各本皆脱，惟吳鈔本有之，今據補。周校本曰：「『有』當作『何』。」揚案：「有」字不誤。○韓子忠孝篇：「今民儇詗智慧，欲自用，不聽上。」老子：「智慧出，有大僞。」案「爲」與「僞」通。

〔二〕「爲法」吳鈔本作「法令」，是也，「爲」字原屬上句，各本誤連下句。吳鈔本「寇」字塗改而成。○老子：「法令滋章，盜賊多有。」

〔三〕「紛」吳鈔本作「自」。○莊子山木篇：「物固相累，二類相召也。」

〔四〕「大人」見前幽憤詩注〔一八〕。說文：「玄，幽遠也；寂，無人聲也。」蔡邕彭城姜肱碑：「守此玄靜。」新語至德篇：「君子之爲治也，塊然若無事，寂然若無聲。」淮南子泰族訓：「聖王在上，廓然無形，寂然無聲。」

〔五〕老子：「我好静而民自正。」

名與身孰親〔一〕

哀哉世俗殉榮〔二〕，馳騖竭力喪精〔三〕。得失相紛憂驚〔四〕，自是勤苦不寧〔五〕。

〔一〕老子：「名與身孰親，身與貨孰多，得與亡孰病。」

〔二〕「殉」或作「徇」、「狥」。○離騷：「謇吾法夫前修兮，非世俗之所服。」魏志文帝紀：「令曰：『列士殉榮名。』」

〔三〕離騷：「忽馳騖以追逐兮。」注：「衆人所以馳騖惶遽者，争追逐權貴求財利也。」説文：「騖，亂馳也。」禮記燕義篇：「臣下竭力盡能以立功於國。」東方朔答客難曰：「竭精馳説，並進輻輳者，不可勝數。」國語注：「精，明也。」

〔四〕賈誼鵩鳥賦：「雲蒸雨降，錯繆相紛。」

〔五〕「是」吳鈔本作「貪」。○淮南子俶真訓：「所立於身者不寧，是非無所形。」

生生厚招咎〔一〕

金玉滿（堂）〔室〕莫守〔二〕，古人安此麤醜〔三〕。獨以道德爲友〔四〕，故能延期不朽〔五〕。

〔一〕老子：「人之生，動之死地亦十有三，夫何故，以其生生之厚。」莊子大宗師篇：「生生者不生。」釋文：「崔云：『常營其生爲生生。』」説文：「咎，災也。」

〔二〕「堂」吳鈔本作「屋」，皕宋樓鈔本校改爲「堂」，有校語云：「各本『堂』爲勝。」葉渭清曰：「老子：『金玉滿室，莫之能守。』畢沅曰：『諸本並作滿堂，依義作室是。』」愚按此『滿屋』亦當作『滿室』，各本作『堂』，非也。」

〔三〕應璩雜詩曰：「麤醜人所惡。」

〔四〕史記老莊列傳：「老子修道德，其學以自隱無名爲務。」揚雄羽獵賦：「建道德以爲師友。」

〔五〕爾雅：「延，長也。」「不朽」見前贈秀才詩（人生壽促）注〔四〕。

名行顯患滋〔一〕

位高〔世〕〔勢〕重禍基〔二〕，美色伐性不疑〔三〕。厚味腊毒難治〔四〕，如何貪人不思〔五〕。

〔一〕桓譚新論曰：「通經術，名行高，公輔之士也。」後漢書郎顗傳：「上書曰：『願汎問百僚，覈其名行。』」國語注：「滋，益也。」

〔二〕「世」吳鈔本及詩紀作「勢」。讀書續記曰：「作『勢』是。」○阮瑀爲曹公與孫權書曰：「孤之薄德，位高任重。」枚乘上書諫吳王曰：「福生有基，禍生有胎。」漢書注：「服虔曰：『基、胎，皆始也。』」

〔三〕呂氏春秋本生篇：「靡曼皓齒，鄭衛之音，務以自樂，命之曰伐性之斧。」漢書杜欽傳：「知好色之伐性短年。」高彪清誡曰：「美色伐我命。」

〔四〕「腊」周校本誤作「臘」。○國語周語：「單襄公曰：『厚味實腊毒。』」注：「腊，亟也。」

〔五〕詩桑柔：「大風有隧，貪人敗類。」

東方朔至清〔一〕

外（以）〔似〕貪汙内貞〔二〕，穢身滑稽隱名〔三〕。不爲世累所攖〔四〕，所（欲不）〔以知〕足無營〔五〕。

〔一〕東方朔事詳漢書本傳。淮南子精神訓：「契大渾之樸，而立至清之中。」

〔二〕「以」吴鈔本、程本作「似」。讀書續記曰：「『似』字是，或古本作『以』，即『似』之省。」○「汙」吴鈔本誤作「汗」，皕宋樓本校改爲「汙」。○莊子秋水篇：「不賤貪汙。」釋名：「貞，定也。」

〔三〕法言淵騫篇：「或問東方生，曰：『應諧似優，穢德似隱。』請問名，曰：『詼達惡比。』曰：『依隱玩世，詭時不逢，其滑稽之雄乎。』」「滑稽」詳後卜疑注〔三七〕。

〔四〕「攖」吴鈔本作「纓」，皕宋樓鈔本校改作「嬰」，有校語云：「古只作『嬰』，雖不可以例晉人，然前後數見作『嬰』，不如改從，以昭畫一。」

〔五〕吳鈔本作「所以知足無營」，是也。○老子：「知足不辱。」「無營」見前幽憤詩注〔三〕。

楚子文善仕〔一〕

三爲令尹不喜〔二〕，柳下降身蒙恥〔三〕。不以爵禄爲己，静恭古惟二子〔四〕。

〔一〕「仕」吳鈔本作「士」，案二字通。○史記佞幸傳：「諺曰：『力田不如逢年，善仕不如遇合。』」

〔二〕論語：「令尹子文，三仕爲令尹，無喜色，三已之，無愠色。」集解：「孔安國曰：『令尹子文，楚大夫，姓鬭，名穀，字於菟。』」

〔三〕論語：「柳下惠爲士師，三黜，人曰：『子未可以去乎？』曰：『直道而事人，焉往而不三黜；枉道而事人，何必去父母之邦。』」子曰：「柳下惠、少連，降志辱身矣。」列女傳：「柳下惠死，其妻誄之曰：『蒙恥救人，德彌大兮。』」

〔四〕「静」吳鈔本原鈔同，墨校改作「靖」，詩紀亦作「靖」，案二字通，韓詩外傳引詩亦作「静」。○詩小明：「靖恭爾位，好是正直。」毛傳：「靖，謀也。」曹植潛志賦：「且摧剛而和謀，接處肅以静恭。」

老萊妻賢〔名〕〔明〕〔一〕

不〔顧〕〔願〕夫子相荆〔二〕，相將避禄隱耕〔三〕。樂道閑居採萍〔四〕，終厲高節不傾〔五〕。

〔一〕「名」吴鈔本作「明」，是也。○列女傳：「老萊子逃世，耕於蒙山之陽，楚王駕至老萊子之門，曰：『守國之孤，願變先生之志。』老萊子曰：『諾。』王去，其妻戴畚挾薪樵而來，曰：『何車迹之衆也？』老萊子曰：『楚王欲使吾守國之政。』妻曰：『許之乎？』曰：『然。』妻曰：『妾聞之：可食以酒肉者，可隨以鞭捶；可授以官禄者，可隨以鈇鉞。今先生食人酒肉，受人官禄，爲人所制也，能免於患乎？妾不能爲人所制。』投其畚而去，至江南而止。老萊子乃隨其妻而居之，君子謂老萊子妻果於從善。」

〔二〕「顧」吴鈔本、張本及詩紀作「願」。讀書續記曰：「『願』字是。」○吕氏春秋注：「荆，楚也。秦莊王諱楚，避之曰荆。」

〔三〕「相將」吴鈔本塗改而成，原鈔似作「將身」。○漢書注：「將，從也。」

〔四〕「閑」或作「閒」，「萍」吴鈔本原鈔作「蓱」，墨校塗改作「萍」。○「樂道閑居」見前幽憤詩注〔三〇〕。詩采蘋：「于以采蘋，南澗之中。」毛傳：「蘋，大萍也。」説文：「萍，苹也，水艸也。」

〔五〕吕氏春秋離俗篇：「高節厲行，獨樂其意。」徐淑與兄弟書曰：「仁兄德弟，不能厲高節于弱志。」漢書傳喜傳贊曰：「守節不傾，亦蒙後凋之賞。」

嗟古賢原憲〔一〕

棄背膏粱朱顏〔二〕，樂此屢空饑寒〔三〕。形陋體逸心寬〔四〕，得志一世無患〔五〕。

〔一〕史記仲尼弟子列傳：「原憲，字子思。孔子卒，原憲亡在草澤之中。子貢相衛，結駟連騎，排藜藿，入窮閻，過謝原憲，憲攝敝衣冠見子貢，子貢恥之，曰：『夫子豈病乎？』原憲曰：『吾聞之：無財者謂之貧，學道而不能行者謂之病，貧也，非病也。』」莊子讓王篇：「原憲笑曰：『仁義之慝，輿馬之飾，憲不忍爲也。』」

〔二〕「粱」吳鈔本作「梁」，讀書續記曰：「『粱』蓋『梁』之譌。」○揚案：「膏粱」古亦通作「高梁」。○孟子：「所以不願人之膏粱之味也。」國語注：「粱，食之精者。」「朱顏」見前贈秀才詩（淩高遠眄）注〔七〕。

〔三〕「饑」吳鈔本作「飢」。○論語：「子曰：『回也其庶乎，屢空。』」集解：「雖數空匱，而樂在其中。」

〔四〕列子天瑞篇：「孔子遊於泰山，見榮啓期，曰：『善乎，能自寬者也。』」

〔五〕呂氏春秋注：「終一人之身爲世。」

朱嘉徵曰：「中散六言，歌内貞自樂閒静也；錯序中，衡斷不苟，尚論有法，雅似折楊柳古辭。」樂府廣序。

重作四言詩七首 一作「秋胡行」

吴鈔本原鈔題「重作六言詩十首代秋胡歌詩七首」，墨校改同此本，惟行上仍留「歌」字，又仍連寫，不作夾注，前四首原鈔相連，朱校於每首起句右側注一二三四等字。○張燮本題「秋胡行七首」，餘書多同。○詩紀、漢魏詩乘、古樂苑題下注云：「本集題曰『重作四言詩』。」周校本曰：「案『六言詩十首』蓋已佚，僅存其題，今所有者，『代秋胡行』也，舊校甚誤。」○揚案：原鈔「六言詩十首」五字，乃涉上而衍。

每首起二句，吴鈔本及詩所皆不重，詩所注云：「每首疊首二句。」○揚案：魏武帝秋胡行，每首皆疊首二句，此亦規其體也。

郭茂倩樂府詩集曰：「西京雜記曰：『魯人秋胡，娶妻三月而遊宦，三年休，還家，其婦採桑於郊，胡至郊，而不識其妻也，見而悦之，乃遺黄金一鎰。妻曰：「妾有夫，遊宦不返，幽閨獨處，三年於兹，未有如今日者也。」採桑不顧，胡慚而退。至家，問妻何在，曰：行採桑於郊，未返。既歸還，乃向所挑之婦也。夫妻並慚，妻赴沂水而死。』列女傳曰：『魯秋潔婦者，魯秋胡之妻也，既納之，五日，去而官於陳，五年乃歸，未至家，見路傍有美婦人，方採桑，而悅之，下車謂曰：「力田不如逢豐年，力桑不如見國卿，今吾有金，願以與夫人。」婦曰：「採桑力作，紡績織紝，以供衣食，奉二親，養夫子已矣，不願人之金。」秋胡遂去，歸至家，奉金遺母。使人呼其婦，婦至，乃嚮採桑者也。婦汙其行，去而東走，自投於河而死。』樂府解題曰：『後人哀而賦之，爲秋胡行，若魏文帝辭云：「堯任舜、禹，當復何爲。」亦題曰秋胡行。』廣題曰：『曹植秋胡行，但歌魏德，而不及秋胡事，與文帝之辭同也。』」○吴訥文章辨體曰：「若魏文帝辭云：『堯任舜、禹』，魏武帝云：『晨上散關山』，各言其事，俱題曰秋胡行，而不及秋胡事也。嵇康之作亦然。」○朱嘉徵樂府廣序曰：「案樂府備絃誦，存鑑戒焉，義或繫于本事者，或繫于殊事者。繫于本事者，如江南、平陵東、銅雀妓、從軍行是也；繫于殊事者，如陌上桑、豫章行、猛虎行、鰕䱇篇、秋胡行之類是也。」○朱乾樂府正義曰：「鄭樵云：『秋胡行亦曰在昔。』然則在昔疑是本辭，惜不可見矣。」○揚案：秋胡行，樂府爲相和歌辭清調曲。

富貴尊榮，憂患諒獨多〔一〕。富貴尊榮，憂患諒獨多。古人所懼，豐屋蔀家〔二〕。人害其上，獸惡網羅〔三〕。惟有貧賤，可以無他。歌以言之，富貴憂患多〔四〕。

〔一〕孟子：「君子之居是國也，其君用之，則安富尊榮。」

〔二〕黄節漢魏樂府風箋：易：「豐其屋，蔀其家，闚其户，闃其無人，三歲不覿凶。」○王弼易注：「蔀，覆也，屋厚覆，暗之甚也。」張衡應閒曰：「利端始萌，害漸亦芽，欲豐其屋，乃蔀其家。」

〔三〕黄箋：左傳：「盜憎主人，民怨其上。」○説苑敬慎篇：「金人銘曰：『盜怨主人，民害其貴。』」國語周語：「諺曰：『獸惡其網，民惡其上。』」

〔四〕魏武帝秋胡行：「歌以言志，晨上散關山。」

陳祚明曰：「既稱達者之言，乃未知貧賤亦能致患，語特古。」

貧賤易居，貴盛難爲工〔一〕。貧賤易居，貴盛難爲工。恥（佞）〔接〕直言〔二〕，與禍相逢〔三〕。變故萬端，俾吉作凶〔四〕。思牽黄犬，其計莫從〔五〕。歌以言之，貴盛難爲工。

〔一〕戰國策秦策：「蔡澤説范雎曰：『君之禄位貴盛。』」後漢書馮衍傳：「上疏曰：『富貴易爲善，貧賤難爲工也。』」潛夫論交際篇：「富貴易得宜，貧賤難得適。」揚案：此詩特反言之。説文：「工，巧也。」

〔二〕「佞」吴鈔本作「接」。馬叙倫曰：「此章意在貴盛難爲工，恥接直言，謂貴盛者不願受直言也，作『接』字是。」

〔三〕黄箋：左傳：「伯宗每朝，其妻戒之曰：『子好直言，必及於難。』」

〔四〕楊惲報孫會宗書曰：「遂遭變故，横被口語。」荀悦漢紀曰：「事物之類，變化萬端，不可齊一。」周禮注：「故，災也。」荀子賦篇曰：「以危爲安，以吉爲凶。」後漢書李固傳：「與胡廣趙戒書曰：『公等曲從，以吉爲凶，成事爲敗乎。』」爾雅：「俾，使也。」

〔五〕「計」吴鈔本作「志」，此句樂府詩集作「其莫之從」。○黄箋：史記：「李斯曰：『詬莫大於卑賤，而悲莫甚於窮困。』乃西説秦，爲丞相。二世在甘泉宫作觳抵優俳之觀，李斯不得見，因上書言趙高之短。於是二世以李斯屬郎中令趙高，案治李斯，榜掠千餘，不勝痛，自誣服。具斯五刑，論腰斬咸陽市。斯出獄，與其中子俱執，顧謂其中子曰：『吾欲與若復牽黄犬，俱出上蔡東門，逐狡兔，豈可得乎。』」○揚案：史記李斯傳：「爲丞相，置酒於家，喟然而歎曰：『嗟乎，吾聞之荀卿曰：物禁太盛。當今人臣之位，無居臣上者，可謂富貴極矣，物極則衰，吾未知所税駕也。』」則貴盛難爲工，斯亦自知之，惜不能決捨耳。

陳祚明曰：「此又昔人眉睫之喻也。」

勞謙寡悔〔一〕，忠信可久安〔二〕。勞謙寡悔，忠信可久安。天道害盈〔三〕，好勝者殘〔四〕。彊梁致災〔五〕，多事招患〔六〕。欲得安樂，獨有無愆〔七〕。歌以言之，忠信可久安。

〔一〕「寡」吴鈔本作「無」，樂府詩集作「有」，下同。

〔二〕黄箋：易謙之九三曰：「勞謙，君子有終吉。」又象傳：「勞謙，君子萬民服也。」○論語：「多見闕殆，慎行其餘，則寡悔。」又曰：「言忠信，行篤敬，雖蠻貊之邦行矣。」

〔三〕「害」下張本及詩紀注云：「一作『惡』。」

〔四〕黄箋：易彖傳：「天道虧盈而益謙，鬼神害盈而福謙。」

〔五〕「彊」吴鈔本作「强」。

〔六〕樂府詩集作「多招禍患」，古樂苑同，又注云：「『多』下一有『事』字。」張本及詩紀作「多事招禍患」，注云：「一無『事』字。」○黄箋：老子：「彊梁者不得其死。」莊子：「從其彊梁，隨其曲傳。」郭注：「彊梁，多力也。」○揚案：此注，乃莊子山木篇釋文，楚辭九章：「疾親君而無他兮，有招禍之道也。」論衡累害篇：「多言招患，高行招恥。」蔡邕自陳表曰：「臣愚以凡宂招致禍患。」

〔七〕「僁」或作「愆」，張溥本及詩紀注云：「集作『僁』。」皕宋樓鈔本有校語云：「案『愆』字爲正。」○黄箋：書：「鑒於先王成憲，其永無愆。」○儀禮士昏禮：「夙夜無愆。」注：「愆，過也。」

陳祚明曰：「甚有名言，『欲得安樂，獨有無僁』，語甚高古。」

役神者弊，（極欲疾枯）〔疾欲令人枯〕〔一〕。役神者弊，極欲疾枯。顔回短折，（不）〔下〕及童烏〔二〕。縱體淫恣，莫不早徂〔三〕。酒色何物，今自不辜〔四〕。歌以言之，酒色令人枯。

〔一〕吴鈔本原鈔作「疾欲令人枯」，墨校改。案此詩每首次句末句皆五字，且多相同，則原鈔是也。○黄箋：莊子：「平易恬淡，則憂患不能入，邪氣不能襲，故其德全而神不虧」；「形勞而不休則弊，精用而不已則勞」；「純素之道，惟神是守，守而勿失，與神爲一。」禮記：「飲食男女，人之大欲存焉。」詩大雅：「昊天疾威。」毛傳：「疾，猶急也。」此言疾枯，亦急也。説文：「枯，槁也。」康答難養生論：「欲勝則身枯。」○廣雅：「役，使也。」史記秦始皇本紀：「二世曰：『凡所爲貴有天下者，得肆意極欲。』」淮南子注：「枯，猶病也。」

〔二〕「不」吴鈔本作「下」。讀書續記曰：「『下』字是，蓋郎顗傳雖有十八而亡之説，然尚勝於童烏，此蓋言顏回以及童烏，皆從役神致短折也。」○黄箋：論語：「有顏回者好學，不幸短命死矣。」吴志孫登臨終疏云：「顏回有上智之才，而尚夭折。」法言：「育而不苗者，吾家之童烏乎！九齡而與我玄文。」李軌、柳宗元注：「童烏，子雲之子也。仲尼悼顏淵苗而不秀，子雲傷童烏育而不苗。顏淵弱冠而與仲尼言易，童烏九齡而與揚子論玄。」○書洪範篇：「六極：一曰凶短折。」僞孔傳：「折，未三十。」王楙野客叢書曰：「童烏爲子雲之子小名，南史王詢亦小字童烏。」御覽三百五十引劉向別傳云：「楊信字子烏，雄第二子，幼而聰慧。」桂馥札樸曰：「讀此乃知烏是字，而別傳亦稱烏者，猶曹孟德稱子建也。」朱亦棟羣書札記曰：「別傳之説，似不可信。」揚案：「別傳」爲「別録」之譌。

〔三〕荀悦漢紀論曰：「君子以道折中，不肆心焉，不縱體焉。」「徂」通作「殂」，説文：「殂，往死也。」

〔四〕「今自」吴鈔本作「自令」。讀書續記曰：「此句疑尚有譌，或當作『自令及辜』，言自貪酒色，令及於辜也。『不』『及』形近而譌。」○黄箋：書酒誥云：「亦罔非酒惟辜。」「酒色何物，今自不辜」，言人至縱恣早徂，仍不悟酒色之爲何物，而不以爲罪也。康養生論云：「飲食不節，以生百病，好色不倦，以致乏絶。」此篇末語意。○揚案：「不」字如非「及」字之譌，則謂無罪而自速其死也，本集聲無哀樂論云：「斯非吹萬不同耶。」此用莊子「吹萬不同，咸其自取也」之義，亦歇後語。爾雅：「辜，罪也。」

陳祚明曰：「童烏之殀，乃緣賦命；今有顔子之智，假令以極欲自戕，因致短折，則不及童烏矣。意蓋如此。不幸言非命也。」

黄節曰：「案叔夜答難養生論云：『顔子短折』，蓋謂穀食而不求上藥者，雖智如顔子，亦且短折也。至於童烏之年，短於顔子，乃由天命，不關養生。是顔子昧於養生而短折，不如童烏之委於天命也。原本斯意，較陳説爲良。」

絶智棄學，遊心於玄默〔一〕。絶智棄學，遊心於玄默。（遇過而悔）〔過而弗悔〕〔二〕，當不自得〔三〕。垂釣一壑，所樂一國〔四〕。被髪行歌，和（者）〔氣〕四塞〔五〕。歌以言之，遊心於玄默。

〔一〕黄箋：老子曰：「絶聖棄智。」又曰：「絶學無憂。」揚雄長楊賦：「人君以玄默爲神。」李善注云：「玄默，謂幽玄恬默也。」○莊子德充符篇：「遊心乎德之和。」又曰：「天道玄。」

〔二〕樂府詩集無「遇」字，吴鈔本作「過而復悔」。讀書續記曰：「此用莊子大宗師篇『過而不悔，當而不自得也』，疑『不』『復』聲近致誤。」○揚案：「復」爲「弗」字之誤。

〔三〕莊子大宗師篇：「古之真人，過而不悔，當而不自得也。」俞樾莊子平議曰：「過者，謂於事有所過失也；當者，謂行之而當也。在衆人之情，於事有所過失則悔矣，作之而當，則自以爲得矣。真人不然，故曰：『過而弗悔，當而不自得也。』」

〔四〕樂府詩集無「所」字，吴鈔本原鈔作「垂釣一壑如樂國」，墨校改，周校本「所」字誤作「好」。○漢書叙傳：「班嗣報桓生書曰：『若夫嚴子者，漁釣於一壑，則萬物不奸其志，栖遲於一邱，則天下不易其樂。』」

〔五〕「者」吴鈔本作「氣」。讀書續記曰：「『氣』字是。」○黄箋：莊子：「文王觀於臧，見一丈人釣，而其釣莫釣，非持其釣有釣者也，常釣也。文王遂迎臧丈人而授之政，典法無更，偏令無出。三年，文王觀於國，則列士壞植散羣，長官者不成德，斔斛不敢入四境。列士壞植散羣，則尚同也；長官者不成德，則同務也；斔斛不敢入於四境，則諸侯無二心也。文王於是焉以爲太師，北面而問政，曰：『政可以及天下乎？』臧丈人昧然而不應，泛然而辭，朝令而夜遁，終身無聞。」史記：「屈原至於江濱，被髮行吟澤畔，顏色憔悴，形容枯槁，乃作懷沙之賦，自投汨羅以死。屈原既死之後，楚有宋玉、唐勒、景差之徒，皆好辭而以賦見稱，皆祖屈原之從容辭令。後百有餘年，漢有賈生，爲長沙王太傅，過湘水，投書以弔屈原。」案詩用臧丈人、屈原，以釋遇過而悔，臧丈人之受政，屈原之直諫，是不能絶智棄學，遊心玄默，所謂過也。及其夜遁，及其自沈，所謂悔也。皆不自得也。○莊子達生篇：「孔子觀於吕梁，見一丈夫遊之，數百步而出，被髮行歌，而游於塘下。」後漢書申屠蟠傳：「同郡黄忠書勸曰：『昔人之隱，其不遇也，則裸身大笑，被髮狂歌。』」司馬相如封禪文：「旁魄四塞，雲布霧散。」揚案：遊心玄默者，雖過而弗悔，雖當而不自得，所謂真人也。「垂釣」二句用班嗣語。叔夜高士傳贊亦載之。「被髮」二句亦非指屈原，黄箋甚誤。

陳祚明曰：「『遇過而悔，當不自得』，名言也，雖使可悔，已不自得矣。『所樂一國』，謂隨遇而安；『和者四塞』，無人不可與羣也。」

思與王喬，乘雲遊八極〔一〕。思與王喬，乘雲遊八極。淩厲五岳〔二〕，忽行萬億〔三〕。授我神藥，自生羽翼〔四〕。呼吸太和，練形易色〔五〕。歌以言之，思行遊八極〔六〕。

〔一〕黄箋：劉向列仙傳曰：「王子喬者，周靈王太子晉也，好吹笙，作鳳鳴，遊伊、洛之間，道人浮丘公接以上嵩高山，三十餘年，後求之於山上，見桓良曰：『告我家，七月七日，待我於緱氏山頭。』至時，果乘白鶴駐山頭，望之不得到，舉手謝時人，數日而去。爲立祠於緱氏山下及嵩高之首焉。」吴旦生曰：「王喬有三人，一爲王子晉，二爲葉令王喬，三爲栢人令王喬，皆神仙也。史記封禪書注引裴秀冀州記云：『緱氏仙人廟，爲栢人令之王喬。』則誤矣。」胡元瑞曰：「汲冢書師曠稱晉爲王子，故樂府稱王子喬，非姓王也，喬當是晉别名。」荀子：「明參日月，天滿八極，夫是之謂大人。」〇「王喬乘雲」見前游仙詩注〔五〕。古樂府王子喬篇：「王子喬，參駕白鹿雲中遨。」又曰：「嗟行聖人遊八極。」魏武帝秋胡行：「名山歷觀，遨遊八極。」淮南子墬形訓：「天地之間，九州八極。」注：「八極，八方之極也。」

〔二〕「淩」或作「凌」，吴鈔本作「陵」。「岳」或作「嶽」。

〔三〕黄箋：爾雅：「太山爲東嶽，華山爲西嶽，霍山爲南嶽，恒山爲北嶽，嵩山爲中嶽。」○「淩厲」見前贈秀才詩（良馬既閑）注〔八〕。古樂府王子喬篇：「東遊四海五嶽山。」魏文帝折楊柳行：「輕舉乘浮雲，倏忽行萬億。」

〔四〕黄箋：淮南子曰：「羿請不死之藥於西王母，姮娥得之，服藥得仙，奔入月中，爲月之精。」○古樂府董逃行：「採取神藥若木端，服此藥可得神仙。」魏武帝秋胡行：「思得神藥，萬歲爲期。」曹植飛龍篇：「授我仙藥，神皇所造。」魏文帝折楊柳行：「與我一丸藥，光耀有五色，服藥四五日，身體生羽翼。」

〔五〕「太」吴鈔本作「大」，「練」張本及詩紀作「鍊」，案字各相通。○黄箋：黄庭經：「口爲玉池太和宫。」○易乾卦彖曰：「保合太和乃利貞。」淮南子俶真訓：「聖人呼吸陰陽之氣。」仲長統樂志論：「呼吸精和，求至人之彷彿。」神仙傳：「仙家有太陰鍊形之法。」案易色謂還童也，左思吴都賦：「桂父練形而易色。」即用此語。

〔六〕樂府詩集無「思」字，古樂苑注云：「『之』下一無『思』字。」揚案：有「思」字爲合。陳祚明曰：「終不能諧俗無違，故有離世之思。」

徘徊鍾山，息駕於層城〔一〕。徘徊鍾山，息駕於層城。上蔭華蓋，下采若英〔二〕。受道王母，遂升紫庭〔三〕。逍遥天衢，千載長生〔四〕。歌以言之，徘徊於層城。

〔一〕黄箋：淮南子曰：「譬若鍾山之玉。」許慎曰：「鍾山，北陸無日之地。」又淮南子曰：「崑崙山有層城九重。」水經注：「崑崙之山三級，下曰樊桐，一名板桐，二曰玄圃，一名閬風，上曰層城，一名天庭，是謂大帝之居。」○曹植美女篇：「行徒用息駕。」

〔二〕黄箋：王逸魯靈光殿賦：「高徑華蓋，仰看天庭。」古今注：「華蓋，黄帝所作也，與蚩尤戰於涿鹿之野，常有五色雲氣，金枝玉葉，止於帝上，故因而作華蓋也。」楚辭九歌：「浴蘭湯兮沐芳華，采衣兮若英。」王逸注：「若，杜若也。」○繁欽桑賦：「上似華蓋，下象鳳闕。」案此詩指雲氣言之，史記封禪書：「望華蓋。」索隱曰：「華蓋，星名。」楚辭九懷：「登華蓋兮乘陽。」注曰：「上攀北斗躡房星也。」晉書天文志：「天皇大帝上九星曰華蓋，所以蔽覆大帝之座也。」此「華蓋」爲星名，亦取蔽覆如蓋之義。藝文類聚七引葛仙公傳：「崑崙一曰華蓋。」則以華蓋爲崑崙山。此詩上文已云鍾山，此處不當再指崑崙矣。本集琴賦云：「背長林，翳華芝。」意亦同也。揚雄甘泉賦：「飲若木之露英。」文選注：「山海經曰：『灰野之山，有赤樹青葉，名曰若木。』」又月賦注：「若英，若木之英也。」

〔三〕黄箋：穆天子傳：「周穆王好神仙，觴西王母於瑤池之上。」○山海經西山經：「玉山是王母所居也。西王母其狀如人，豹尾虎齒，而善嘯，蓬髮戴勝。」郝懿行箋疏曰：「西王母，國名，見於竹書紀年及大戴禮，爾雅釋地以西王母與觚竹、北户、日下並數，謂之四荒，此經及穆天子傳始以爲人名。」神仙傳：「王母者，神人也，在崑崙山中。」尚書運期授曰：「凡得道受書者，皆朝王母於崑崙之上。」琴操：「成王援琴而歌曰：『鳳凰翔兮於紫庭。』」案此處則指天庭言之。張華白紵舞歌：「東造扶桑遊紫庭，西至崑崙戲層城。」抱朴子辯問篇：「年齊天地，朝於紫庭。」並與此同意。

〔四〕黄箋：易：「何天之衢。」○楚辭九思：「躡天衢以長驅。」

朱嘉徵曰：「秋胡行歌富貴思寡過也，叔夜自著琴賦曰：『清閑静謐，自然神麗。』余嘗移贈，以品其詩，樂府尚存古穆之氣。」

朱乾曰：「人未有不生於憂患，而死於安樂，多金者昏志，耽色者伐性，皆此五年宦陳心驕氣盈之所致也，故篇中以富貴貧賤發端，以極欲疾枯爲戒，而歎脱然於財色之不如神仙也。」樂府正義。揚案：此詩與秋胡本事無關。

陳祚明曰：「秋胡行别爲一體，貴取快意，此猶有魏武遺風。」

思親詩一首

吴鈔本原鈔此詩至「中夜」二字止，其後即爲郭遐叔贈詩「如何忽爾」以下四首，次爲答二郭詩第一首第二首，其第二首中「懔慄」二字之下，即接鈔此詩，由「悲兮」二字以至篇末，次爲郭遐周贈詩三首，次爲郭遐叔贈詩三首，其第二首「如何忽爾」以下，即接鈔答二郭詩第二首，由「趣」字起至篇末止，又次始爲與阮德如詩，墨校皆改易之，令同此本序次。

此詩朱嘉徵樂府廣序入琴曲類，題曰思親引，並注云：「凡琴曲，古無其辭，後人譜之，所云其聲備者，不必具其辭也。此與虞舜思親操同聲，然辭具而聲亦長。」揚案：此七言琴曲，蓋仿王逸琴思楚歌。

蔡邕琴操曰：「思親操，舜耕歷山，見鳩與母飛鳴，相哺食，感思作歌曰：『思我父母力耕，日與月兮往如馳，父母遠兮吾將安歸。』」

奈何愁兮愁無聊〔一〕，恒惻惻兮心若抽〔二〕。愁奈何兮悲思多，情鬱結兮不可化〔三〕。奄失恃兮孤煢煢〔四〕，内自悼兮啼失聲〔五〕。思報德兮邈已絶〔六〕，感鞠育兮情剥裂〔七〕。嗟母兄兮永潛藏〔八〕，想形容兮内摧傷〔九〕。感陽春兮思慈親〔一〇〕，欲一見兮路無因〔一一〕。望南山兮發哀歎〔一二〕，感机杖兮涕汍瀾〔一三〕。念疇昔兮母兄在〔一四〕，心逸豫兮（壽）〔輕〕四海〔一五〕。忽已逝兮不可追〔一六〕，心窮約兮但有悲〔一七〕。上空堂兮廓無依〔一八〕，覩遺物兮心崩摧〔一九〕。中夜悲兮當誰告〔二〇〕，獨抆淚兮抱哀戚〔二一〕。日遠邁兮思予心〔二二〕，戀所生兮淚不禁〔二三〕。慈母没兮誰予驕〔二四〕，顧自憐兮心忉忉〔二五〕。訴蒼天兮天不聞〔二六〕，淚如雨兮歎青雲〔二七〕。欲棄憂兮尋復來〔二八〕，痛殷殷兮不可裁〔二九〕。

〔一〕楚辭九歌：「愁人兮奈何。」漢書廣川惠王傳：「作歌曰：『愁莫愁，居無聊。』」急就篇：「謾訑首匿愁勿聊。」楚辭九思：「愁不聊兮遑生。」又曰：「心煩憒兮意無聊。」注：「聊，樂也。」

〔二〕太玄：「翕繳惻惻。」注：「惻，痛心也。」魏武帝善哉行：「其窮如抽裂，自以思所怙。」左氏昭公六年傳正義引服虔云：「抽，裂也。」

〔三〕詩都人士：「我心苑結。」毛傳：「苑猶屈也，積也。」箋云：「苑讀鬱。」司馬遷報任安書曰：「此人皆意有所鬱結。」楚辭注：「化，變也。」

〔四〕「失」字吴鈔塗改而成，原鈔似作「無」字。○方言：「奄，遽也。」詩蓼莪：「無母何恃。」釋文：「韓詩：『恃，負也。』」孟子：「幼而無父曰孤。」張衡思玄賦：「何孤行之煢兮。」文選舊注：「煢煢，獨也。」魏文帝短歌行：「我獨孤煢，懷此百離。」

〔五〕「啼」吴鈔本原鈔作「欷」。○詩氓：「靜言思之，躬自悼矣。」史記索隱曰：「欷，歎聲。」孟子：「相嚮而哭，皆失聲。」蔡琰悲憤詩：「兒呼母兮啼失聲。」

〔六〕詩蓼莪：「欲報之德，昊天罔極。」史記武帝本紀：「詔曰：『三代邈絶，遠矣難存。』」廣雅：「邈，遠也。」

〔七〕「鞠育」見前幽憤詩注〔六〕。漢費鳳碑：「見吾若君存，剥裂而不已。」楚辭九辯注：「中情恚恨，心剥切也。」

〔八〕易乾卦文言曰：「陽氣潛藏。」説文：「潛，藏也。」案此謂母兄已死而形體潛藏也。○葉渭清曰：「下云：『念疇昔兮母兄在』，與山巨源書：『吾新失母兄之歡』，並母兄連言，豈同時又有兄喪耶？按康兄喜死後於康，喜外不聞有兄，此兄字無以釋之。」○揚案：嵇喜而外，自當尚有一長兄也。

〔九〕琴操：「卞和歌曰：『俛仰嗟歎，心摧傷兮。』」楚辭九章：「心宛結而内傷。」蘇武詩：「中心傷已摧。」

〔一〇〕古樂府長歌行：「陽春布德澤。」禮記祭義篇：「春雨露既濡，君子履之，必有怵惕之心，如將見之。」鄭玄注曰：「爲感時念親也。」

〔一一〕古詩：「思還故里閭，欲歸道無因。」

〔一二〕馮衍自序曰：「孝子入舊室而哀歎。」

〔一三〕「机」或作「几」，程本、汪本、張本作「機」，由俗書「机」字而誤。○禮記曲禮上：「謀於長者，必操几杖以從之。」漢書息夫躬傳：「著絶命辭曰：『涕泣流兮萑蘭。』」注：「臣瓚曰：『萑蘭，涕泣闌干也。』」案「萑蘭」「汍瀾」通，馮衍顯志賦：「淚汍瀾而雨集兮。」

〔一四〕左氏宣公元年傳：「疇昔之羊，子爲政。」注：「疇昔，猶前日也。」禮記注：「疇，發語聲也。」

〔一五〕案「壽」字疑本作「輕」，二字行草相近，易致誤也。○張衡思玄賦：「收疇昔之逸豫兮。」曹植離繳雁賦：「情逸豫而永康。」潛夫論德北篇：「心堅金石，志輕四海。」

〔一六〕漢孔彪碑：「逝往不可追兮。」韓詩外傳：「曾子曰：『往而不可還者親也。』」

〔一七〕禮記坊記篇：「小人貧斯約。」注：「約猶窮也。」

〔一八〕禮記問喪篇：「入門而弗見也，上堂又弗見也。」司馬相如美人賦：「獨處室兮廓無依。」廣雅：「廓，空也。」

〔一九〕曹植王仲宣誄：「翩翩孤嗣，號慟崩摧。」

〔二〇〕「誰告」張本及詩紀作「告誰」。○楚辭九章：「憂心不遂，當誰告兮。」蔡琰胡笳詩：「遭惡辱兮當告誰。」

〔二一〕「抆」張本作「收」。「抱哀戚」三字吴鈔本原鈔同，改鈔作「傷懷抱」，皕宋樓鈔本有校語云：「各本作『抱哀戚』，則『告』字讀入聲，與『戚』字叶，此本則『告』讀如字，似更勝之。然太師箴亦『告』與『戚』叶，宜兩存之。」讀書續記曰：「『抱』與上句『告』韻，則作『傷懷抱』是。」周校本曰：「舊校作『傷懷抱』，未詳所本。」○揚案：此校者隨意改之，以爲叶也。○楚辭九章：「孤子唫而抆淚。」注：「抆，拭也。」

〔二二〕吴鈔本作「親日遠兮思日深」。○馮衍顯志賦：「念人生之不再兮，悲六親之日遠。」又曰：「歲忽忽而日邁兮。」

〔二三〕吴鈔本原鈔作「戀所生兮淚流襟」，改鈔作「念所生兮淚不禁」。○孝經曰：「夙興夜寐，無忝爾所生。」古樂府長歌行：「遠望使心思，遊子戀所生。」

〔二四〕「予」張本及詩紀作「與」。○古樂府猛虎行：「野雀安無巢，遊子爲誰驕。」又白頭吟：「無親爲誰驕。」

〔二五〕「忉忉」吳鈔本原鈔作「切切」，誤也。○楚辭九辯：「惆悵兮而私自憐。」詩甫田：「無思遠人，勞心忉忉。」毛傳：「忉忉，憂勞也。」

〔二六〕下「天」字吳鈔本作「遠」。○詩鴇羽：「悠悠蒼天，曷其有極。」蔡琰胡笳曲：「泣血仰頭兮訴蒼蒼。」

〔二七〕「歎青雲」吳鈔本原鈔作「歎成雲」，改鈔作「凝成冰」。周校本曰：「舊校作『凝成冰』，未詳所據。」○揚案：此亦校者以意改叶。○古樂府孤兒行：「孤兒淚下如雨。」蘇順和帝誄：「歔欷成雲，泣涕成雨。」阮瑀詠史詩：「歎氣若青雲。」

〔二八〕「尋」吳鈔本原鈔同，改鈔作「循」。○左傳注：「尋，重也。」

〔二九〕詩正月：「憂心慇慇。」毛傳：「慇慇然痛也。」又北門：「憂心殷殷。」爾雅：「裁，節也。」

郭遐周贈三首附

吳鈔本原鈔題「五言詩三首，郭延周贈附」，墨校抹去「五言」二字，改「延」爲「遐」，欄外上方原有校語云：「『延周』一作『遐周』。」亦爲墨校所抹。

吾無佐世才〔一〕，時俗不可量〔二〕。歸我北山阿，逍遥以倡佯〔三〕。同氣自相求，虎嘯谷風涼〔四〕。惟予與嵇生〔五〕，未面分好章〔六〕。古人美傾蓋，方此何不臧〔七〕。援箏執鳴琴〔八〕，攜手遊空房〔九〕。栖遲衡門下，何顧於姬姜〔一〇〕。予心好永年〔一一〕，年永懷樂康〔一二〕。我友不期卒〔一三〕，改計適他方〔一四〕。（巖東咸）〔嚴車感〕發日〔一五〕，翻然將高翔〔一六〕。離別在旦夕，惆悵以增傷〔一七〕。

〔一〕「吾」字吴鈔本塗改而成，原鈔似作「亮」。

〔二〕「不可」吴鈔本作「所不」。○離騷：「固時俗之工巧兮。」古詩：「自我別君後，人事不可量。」爾雅：「量，度也。」

〔三〕「倡」吴鈔本原鈔作「相」，墨校改作「倘」。○「山阿」見前贈秀才詩（淩高遠眄）注〔一〇〕。楚辭九辯：「聊逍遥以相羊。」注：「逍遥、相羊，皆遊也。」又惜誓篇：「託回飆乎尚羊。」注：「尚羊，遊戲也。」案「羊」爲「佯」省，「相」「倡」「尚」同聲通用。

〔四〕易乾卦文言曰：「同聲相應，同氣相求。」淮南子天文訓：「虎嘯而谷風至。」注：「虎，土物也，谷風，木風也，木生於土，故虎嘯而谷風至。」班固答賓戲曰：「虎嘯而谷風洌。」

〔五〕「予」吴鈔本作「余」。

〔六〕吴鈔本作「面分好文章」，誤也。馬叙倫曰：「明本作『朱面分好章』，當從之。朱面，猶朱顏；

分好，猶投分相好也。」○揚案：此本作「未」，不作「朱」。○儀禮注：「面亦見也。」淮南王安屏風賦：「分好沾渥。」文選注：「分，分義也。」周禮注：「章，明也。」

〔七〕韓詩外傳：「孔子遭齊程本子於剡之間，傾蓋而語終日。」漢書注：「文穎曰：『傾蓋，猶交蓋駐車也。』」呂氏春秋注：「方，比也。」詩雄雉：「何用不臧。」毛傳：「臧，善也。」

〔八〕「援」字吴鈔本塗改而成。

〔九〕説文：「箏，鼓弦竹聲樂器也。」「鳴琴」「攜手」見前贈秀才詩（閑夜肅清）注〔八〕、（雙鸞匿景曜）注〔一九〕。

〔一〇〕詩衡門：「衡門之下，可以棲遲。」毛傳：「衡門，横木爲門，言淺陋也。棲遲，遊息也。」案「棲」與「栖」同。左氏成公九年傳：「詩曰：『雖有姬姜，無棄蕉萃。』」注：「姬、姜，大國之女。」

〔一一〕「予」字吴鈔本塗改而成，原鈔似作「中」。周校本作「甘」，於義不合。

〔一二〕傅毅舞賦：「娱神遺老，永年之術。」楚辭九歌：「君欣欣兮樂康。」

〔一三〕「期」字吴鈔本塗改而成，原鈔似作「斯」字。案此謂不終處於斯也，如作「期」字，則卒當爲倉卒之義，謂不意卒然而去也。

〔一四〕案魏志注引魏氏春秋曰：「康從子不善，避之河東，或云避世。」此詩贈答，當即其時也。

〔一五〕「巖」詩紀作「嚴」，「咸」詩所作「鬻」，此句吴鈔本作「嚴車感發日」。讀書續記曰：「明本作『巖東咸發日』，不可從。蓋『車』譌『東』，因加『山』於『嚴』以就解耳。嚴車即裝車也，後答詩

『嚴駕不得停』，可證。『咸』乃『感』字之缺濫，或其省。」

〔一六〕楚辭九思：「嚴車駕以戲遊。」素問注：「嚴謂戒，所以禁非也。」司馬相如美人賦：「翻然高舉，與彼長辭。」楚辭九辯：「閔奇思之不通兮，將去君而高翔。」

〔一七〕離騷：「余不難夫離別兮。」注：「近曰離，遠曰別。」馮衍顯志賦：「情惆悵而增傷。」

風人重離別，行〔遒〕〔道〕猶遲遲〔一〕。宋玉哀登山〔二〕，臨水送將歸〔三〕。伊此往昔事，言之以增悲。歎我與嵇生〔四〕，倏忽將永違〔五〕。俯察淵魚遊，仰觀雙鳥飛〔六〕。厲翼太清中，徘徊於丹池〔七〕。欽哉得其所，令我心獨違〔八〕。言別在斯須，惄焉如調饑〔九〕。

〔一〕「遒」各本作「道」，是也。「猶」字吴鈔本塗改而成。○後漢書陰皇后紀：「帝詔大司空曰：『風人之戒，可不慎乎。』」詩谷風：「行道遲遲，中心有違。」毛傳：「遲遲，舒行貌。」

〔二〕「玉」汪本誤作「王」。

〔三〕楚辭九辯：「憭慄兮若將遠行，登山臨水兮送將歸。」王逸序曰：「九辯者，楚大夫宋玉之所作也。」

〔四〕「歎」字吴鈔本塗改而成。

〔五〕吴鈔本作「忽然將永離」。讀書續記曰：「下文『令我心獨違』，則『離』字是，古人雖不避重韻，既有作『離』字者，不必强謂重韻也。」○楚辭注：「儵忽，急疾貌也。」案「倏」與「儵」同。

廣雅：「違，離也。」

〔六〕易繫辭上：「俯以察於地理。」「淵魚」見前贈秀才詩（攜我好仇）注〔四〕。

〔七〕莊子大宗師篇：「且汝夢爲鳥而厲于天。」曹植贈白馬王彪詩：「歸鳥赴喬林，翩翩厲羽翼。」文選注：「厲，疾貌。」「太清」見前贈秀才詩（雙鸞匿景曜）注〔一九〕。山海經西山經：「南山多丹粟，丹水出焉。」楚辭惜誓篇：「涉丹水而馳騁兮。」注：「丹水，猶赤水也，淮南言『赤水出崑崙也』。」

〔八〕「獨」程本作「之」。○爾雅：「欽，敬也。」易繫辭下：「交易而退，各得其所。」徐幹西征賦：「雖身安而心違。」

〔九〕「惄」程本誤作「督」。「調饑」吴鈔本原鈔作「朝飢」，朱校改作「調飢」，選詩拾遺作「朝饑」，注云：「毛詩：『惄如調饑』，韓詩『調』作『朝』，訓云：『朝饑，難忍也。』此詩用『朝饑』字，蓋本之韓詩。」○李陵與蘇武詩：「長當從此別，且復立斯須。」禮記注：「斯須，猶須臾。」詩小弁：「我心憂傷，惄焉如擣。」又汝墳曰：「未見君子，惄如調饑。」毛傳：「惄，饑意也。調，朝也。」箋云：「惄，思也，未見君子之時，如朝饑之思食。」方言：「齊宋之間，或謂病爲惄。」蔡邕青衣賦：「思爾念爾，惄焉且饑。」

離別自古有，人非比目魚〔一〕。君子不懷土〔二〕，豈更得安居〔三〕。四海皆兄弟，何患無彼姝〔四〕。巖穴隱傅説，寒谷納白駒〔五〕。方各以類聚，物亦以羣殊〔六〕。所在有智賢，何憂

（此不）〔不此〕如〔七〕。所貴身名存，功烈在簡書〔八〕。歲時易過歷〔九〕，日月忽其除〔一〇〕。勗哉乎嵇生，敬德在慎軀〔一一〕。

〔一〕爾雅：「東方有比目魚焉，不比不行，其名謂之鰈。」

〔二〕「土」程本、汪本作「上」，刻板之誤也。

〔三〕論語：「君子懷德，小人懷土。」集解：「孔安國曰：『懷，安也。』」老子：「安其居，樂其俗。」

〔四〕論語：「子夏曰：『四海之内，皆兄弟也。』」詩干旄：「彼姝者子，何以畀之。」毛傳：「姝，順貌。」箋云：「時賢者既悦此卿大夫有忠順之德，又欲以善道與之。」

〔五〕「寒」吴鈔本作「空」。○「巖穴」見前述志詩（斥鷃擅蒿林）注〔一四〕。書序：「高宗夢得説，使百工營求諸野，得諸傅巖。」史記信陵君列傳：「信陵君之接巖穴隱者，不恥下交。」詩白駒：「皎皎白駒，在彼空谷。」毛傳：「宣王之末，不能用賢，賢者有乘白駒而去者。」

〔六〕易繫辭上：「方以類聚，物以羣分。」虞氏注：「方，道也。」

〔七〕吴鈔本作「何憂不此如」，是也。

〔八〕曹大家東征賦：「身既没而名存。」左氏襄公十九年傳：「銘其功烈，以示子孫。」詩出車：「豈不懷歸，畏此簡書。」毛傳：「簡書，戒命也。」

〔九〕「歲」吴鈔本作「年」。「歷」或作「曆」。

〔一〇〕説文：「歷，過也。」詩蟋蟀：「今我不樂，日月其除。」

〔一二〕「在」吴鈔本作「以」。○爾雅：「勗，勉也。」書召誥：「王其疾敬德。」陳祚明曰：「清氣相引，在情必宣。一首章法，亦頗條次。末句慎軀之勗，規戒更切。」又曰：「此云『功烈在簡書』，故康答以『功名何足殉』云云，訓贈詩各見懷抱若此。」

郭遐叔贈（四）〔五〕首附

案「四」字爲「五」字之誤。○吴鈔本題「詩五首郭遐叔贈附」，其下有「四言四首、五言一首」八字，行中直書，又第四首前行題「五言」二字，墨校抹去。○詩紀、漢魏詩乘注云：「拾遺作『郭遐卿』。」

每念遘會，惟日不足〔一〕。昕往宵歸〔二〕，常苦其速〔三〕。歡接無厭，如川赴谷〔四〕。如何忽爾，將適他俗〔五〕。言駕有日，巾車命僕〔六〕。思念君子〔七〕，温其如玉〔八〕。心之憂矣，視丹如緑〔九〕。

〔一〕「日」吴鈔本原鈔作「曰」，朱校改。○爾雅：「遘，遇也。」詩天保：「降爾遐福，維日不足。」

〔二〕「宵」吴鈔本誤作「霄」。

〔三〕廣雅：「昕，明也。」

〔四〕淮南子注：「接猶見也。」左氏桓公九年傳：「是無厭也。」國語注：「厭，足也。」爾雅：「水注谿曰谷。」蔡邕郭有道碑：「聆嘉聲而響和者，猶百川之歸巨海。」

〔五〕禮記注：「爾，語助也。」吕氏春秋注：「俗，土也。」

〔六〕詩泉水：「駕言出遊。」左氏定公八年傳：「行有日。」注：「有期也。」又襄公三十一年傳：「巾車脂轄。」注：「巾車，主車之官。」楚辭九思：「巾車兮命僕，將馳兮四荒。」韓滤澗泉日記曰：「陶淵明歸去來辭：『或命巾車。』吕延濟云：『巾，飾也。』周禮注云：『巾猶衣也。』然則所謂巾車者，命僕使巾其車也。或以爲小車，非也。」揚案：作衣飾解最合。三都賦：「吴王乃巾玉輅。」華嚴經音義下引珠叢曰：「以衣被車，謂之巾也。」

〔七〕「思」字吴鈔本塗改而成，原鈔似作「言」。

〔八〕詩小戎：「言念君子，温其如玉。」箋云：「念君子之性，温然如玉，玉有五德。」

〔九〕「緑」張燮本誤作「録」。○詩緑衣：「心之憂矣，如匪澣衣。」

陳祚明曰：「起處叙歡愛之情深至，結句新。『看朱成碧』，乃出於此。」

如何忽爾〔一〕，超將遠遊〔二〕。情以怵惕，惟思惟憂〔三〕。展轉反側，寤寐追求〔四〕。馳情運想，神往形留〔五〕。心之憂矣，增其勞愁。

〔一〕句上吴鈔本亦無別句，周樹人曰：「案當有脱文。」○揚案：以前後二首律之，則脱文必有也。

〔二〕「遊」吴鈔本原鈔作「逝」，改鈔作「遊」。○方言：「超，遠也。」楚辭有遠遊篇。劉歆遂初賦：「超絶轍而遠逝。」班彪北征賦：「超絶迹而遠遊。」

〔三〕「情」上吴鈔本原鈔有「心之憂矣」四字，又「怵惕」二字之下，各作重筆其下，更有「惟何」二字，皆爲墨校點去，似原鈔此處爲「心之憂矣，情以怵惕，怵惕惟何，惟思惟憂」。較各本多二句。○楚辭九辯：「心怵惕而震蕩兮，何所憂之多方。」廣雅：「怵惕，恐懼也。」

〔四〕詩關雎：「窈窕淑女，寤寐求之。」又曰：「悠哉悠哉，展轉反側。」毛傳：「寤，覺；寐，寢也。」箋云：「卧而不周曰展。」説文：「展，轉也。」楚辭九章：「介子忠而立枯兮，文君寤而追求。」

〔五〕「馳情」見前贈秀才詩（輕車迅邁）注〔八〕。曹植洛神賦：「背下陵高，足往神留，遺情想像，顧望懷愁。」

不見可欲，使心不亂〔一〕。譬彼造化，抗無崖畔〔二〕。封疆畫界〔三〕，事利任難〔四〕。惟予與子，□不同貫〔五〕。交重情親，欲面無筭〔六〕。如何忽爾，時適他館〔七〕。明發不寐，耿耿極旦〔八〕。心之憂矣，增其憤怨〔九〕。

〔一〕二句，老子之文也。案本集答難養生論所引同此，今本老子「使」下誤衍「民」字。

〔二〕淮南子注：「造化，天地；一曰道也。」莊子人間世篇：「彼且爲無崖，亦與之爲無崖。」廣雅：「亢，高也；厓，方也；畔，界也。」案「抗」「亢」、「崖」「厓」通。

〔三〕「疆」吴鈔本誤作「彊」，六朝詩集作「壃」。

〔四〕新語道基篇：「后稷乃列封疆，畫界畔，以分土地之所宜。」司馬相如上林賦：「封疆畫界者，非爲守禦，所以禁淫也。」周禮注：「封，起土界也。」左氏襄公二十七年傳：「子木曰：『晉楚無信久矣，事利而已。』」

〔五〕「不」上空格之字，吴鈔本作「本」，程本作「實」，汪本、張溥本、四庫本作「蔑」，張燮本及詩紀作「鮮」，注云：「一作『籍』。」案「籍」字不必合。○漢書文帝紀：「制曰：『帝王之道，豈不同條共貫與。』」

〔六〕「筭」吴鈔本作「算」，二字同。○儀禮特牲饋食禮：「爵皆無筭。」注：「筭，數也。」

〔七〕詩緇衣：「適子之館兮。」毛傳：「適，之；館，舍。」

〔八〕詩小宛：「明發不寐，有懷二人。」又栢舟曰：「耿耿不寐，如有隱憂。」毛傳：「明發，發夕至明。耿耿猶儆儆也。」楚辭遠遊篇：「夜耿耿而不寐兮，魂煢煢而至曙。」爾雅：「極，至也。」

〔九〕「怨」吴鈔本作「歎」。

天地悠長，人生若忽〔一〕。苟非知命，安保旦夕〔二〕。思與君子，窮年卒歲〔三〕。優哉逍遥，幸無隕越〔四〕。如何君子〔五〕，超將遠邁〔六〕。我情願關，我言願結〔七〕。心之憂矣，良以切怛〔八〕。

〔一〕魏文帝月重輪行：「悠悠與天地久長。」古詩：「人生忽如寄。」又曰：「人生寄一世，奄忽若飆塵。」

〔二〕易繫辭上：「樂天知命，故不憂。」

〔三〕莊子齊物論篇：「和之以天倪，因之以曼衍，所以窮年也。」詩七月：「何以卒歲。」

〔四〕詩采菽：「優哉游哉，亦是戾矣。」史記孔子世家：「歌曰：『優哉游哉，維以卒歲。』」左氏襄公二十七年傳：「恐隕越於下。」注：「隕越，顛墜也。」

〔五〕周校本曰：「案當作『忽爾』。」

〔六〕楚辭九辯：「衆踥蹀而日進兮，美超遠而愈邁。」

〔七〕「言」程本、汪本、張本、文津本及詩紀作「心」。○毛詩傳：「願，每也。」廣雅：「關，塞也。」詩正月：「心之憂矣，如或結之。」

〔八〕吳越春秋：「伍尚曰：『父繫三年，中心忉怛。』」王粲閑邪賦：「心忉怛而惕驚。」顔師古匡謬正俗曰：「爾雅：『切切，憂也。』後之賦者，叙憂慘之情，多爲忉怛，王仲宣登樓賦：『意忉怛而憯惻。』諸如此類，皆當音切。傳寫誤亂，或變爲忉。」揚案：詩甫田：「勞心忉忉」，「勞心怛怛。」毛傳：「忉忉，憂勞也。」「怛怛，猶忉忉也。」匪風傳：「怛，傷也。」

君子交有義〔一〕，不必常相從〔二〕。天地有明理，遠近無異同。三仁不齊迹，貴在等賢蹤〔三〕。衆鳥羣相追，鸑鳥獨無雙〔四〕。何必相呴濡，江海自可容〔五〕。願各保遐(心)〔年〕〔六〕，有緣復來東〔七〕。

〔一〕「有」漢魏詩乘作「以」。

〔二〕論語：「子曰：『君子義以爲質。』」

〔三〕論語：「微子去之，箕子爲之奴，比干諫而死。子曰：『殷有三仁焉。』」楚辭注：「迹，行也；蹤，迹也。」潛夫論實貢篇：「三仁齊致，事不一節。」

〔四〕「鷙」，吴鈔本作「摯」。讀書續記曰：「明本『摯』作『鷙』，是。」○揚案：二字古通。○王粲雜詩：「百鳥向繽翻，振翼羣相追。」離騷：「鷙鳥之不羣兮。」淮南子説林訓：「猛獸不羣，鷙鳥不雙。」

〔五〕「可」吴鈔本原鈔作「蹤」，墨校改作「兼」。周校本誤作「從」。案「蹤」字乃涉上而誤。○莊子大宗師篇：「泉涸，魚相處於陸，相呴以溼，相濡以沫，不如相忘於江湖。」廣韻：「呴，吐沫。」

〔六〕「心」吴鈔本原鈔作「年」，墨校改。案原鈔更合。

〔七〕曹植王仲宣誄：「庶幾遐年，攜手同征。」詩白駒：「毋金玉爾音，而有遐心。」文選注：「緣，因緣也。」

答二郭三首

吴鈔本題：「五言詩三首，答二郭。」

天下悠悠者，下京趨上京〔一〕。二郭懷不羣，超然來北征〔二〕。樂道託萊廬〔三〕，雅志無所營〔四〕。良時遘其願，遂結歡愛情〔五〕。君子義是親，恩好篤平生〔六〕。寡（志）〔智〕自生災〔七〕，屢使衆釁成〔八〕。豫子匿梁側〔九〕，聶政變其形〔一〇〕。顧此懷怛惕，慮在苟自寧〔一一〕。今當寄他域，嚴駕不得停〔一二〕。本圖終宴婉，今更不克并〔一三〕。（三）〔二〕子贈嘉詩〔一四〕，馥如幽蘭馨〔一五〕。戀土思所親，不知氣憤盈〔一六〕。

〔一〕吴鈔本作「不能趣上京」。○「悠悠」見前述志詩（潛龍育神軀）注〔六〕。抱朴子黄白篇引玉牒記云：「天下悠悠，皆可長生。」釋名：「疾行曰趨。」班固幽通賦：「有羽儀於上京。」

〔二〕曹植薤露篇：「懷此王佐才，慷慨獨不羣。」老子：「雖有榮觀，燕處超然。」楚辭九歌：「駕飛龍兮北征。」班彪北征賦：「遂奮袂以北征，超絶迹而遠遊。」

〔三〕「萊」吴鈔本作「蓬」。

〔四〕「樂道」見前幽憤詩注〔三〇〕。劉楨遂志賦：「託蓬廬以遊翔。」釋名：「寄止曰廬。」「雅志」見前述志詩（潛龍育神軀）注〔八〕。荀子禮論：「弟子勉學，無所營也。」注：「營，惑也。」

〔五〕李陵與蘇武詩：「良時不再至。」禮記樂記篇：「欣喜歡樂，愛之官也。」

〔六〕爾雅：「篤，厚也。」論語：「久要不忘平生之言。」張升與任彦堅書曰：「纏綿恩好，庶蹈高蹤。」論衡累害篇：「同心恩篤，異心疎薄。」

〔七〕「志」吴鈔本作「智」，讀書續記曰：「『智』字是。」

〔八〕國語晉語：「款也不才，寡智不敏。」左傳注：「舋，瑕隙也。」

〔九〕「子」下張溥本及詩紀注云：「一作『讓』。」

〔一〇〕史記刺客列傳：「豫讓事智伯，趙襄子與韓魏合謀，滅智伯。襄子當出，豫讓伏於所當過之橋下，襄子至橋，馬驚，使人問之，果豫讓也。豫讓曰：『今日之事，臣固伏誅，然願請君之衣而擊之，以致報讎之意。』於是襄子大義之，使使持衣與豫讓，豫讓拔劍三躍而擊之，遂伏劍自殺。」又曰：「濮陽嚴仲子事韓哀侯，與韓相俠累有郤，亡去游，求人可以報俠累者。至齊，或言聶政勇敢士，避仇隱於屠者之間。嚴仲子至門，備賓主之禮而去。久之，聶政母死，既已葬除服，乃西至濮陽見嚴仲子，仲子具告曰：『臣之仇韓相俠累。』聶政乃辭，獨行仗劍，至韓，俠累方坐府上，持兵戟而衛，侍者衆，聶政直入上階，刺殺俠累，因自皮面決眼，自屠出腸，遂以死。」

〔一一〕史記文帝本紀：「憂苦萬民，爲之怛惕不安。」爾雅：「慮，思也；寧，安也。」莊子天下篇：「惠施不能以此自寧。」古樂府滿歌行：「遂我所願以自寧。」

〔一二〕「得」古詩類苑作「能」。○廣雅：「寄，依也。」楚辭九思：「嚴車駕兮出戲遊。」曹植雜詩：「僕夫早嚴駕，吾行將遠遊。」

〔一三〕詩新臺：「嬿婉之求。」毛傳：「嬿，安；婉，順也。」曹植送應氏詩：「願得展嬿婉。」又贈白馬王彪詩：「本圖相與偕。」

〔一四〕「三」吴鈔本、張本及詩紀作「二」。讀書續記曰：「『二』字是。」

〔一五〕爾雅：「嘉，美也。」文選注引薛君韓詩章句曰：「馥，香貌也。」易繫辭上：「同心之言，其臭如蘭。」離騷：「結幽蘭而延佇。」

〔一六〕「不知」吴鈔本作「能不」。○論語：「小人懷土。」蘇武詩：「遊子戀故鄉。」國語周語：「陽癉憤盈。」注：「憤，積也；盈，滿也。」崔駰與竇憲書曰：「思效其區區，憤盈而不能已也。」

陳祚明曰：「此詩頗類黄初，以有質直之氣故也。『今當』四句，仲宣、偉長之流。」又曰：「自比豫、聶，情旨畢露。結語亦甚開激。」

昔蒙父兄祚，少得離負荷〔一〕。因疏遂成懶，寢跡北山阿〔二〕。但願養性命，終已靡有他〔三〕。良辰不我期，當年值紛華〔四〕。坎壈趣世教〔五〕，常恐嬰網羅〔六〕。羲農邈已遠〔七〕，拊膺獨咨嗟〔八〕。朔戒貴尚容〔九〕，漁父好揚波〔一〇〕。雖逸亦以難〔一一〕，非余心所嘉〔一二〕。豈若翔區外，飡瓊漱朝霞〔一三〕。遺物棄鄙累〔一四〕，逍遥遊太和〔一五〕。結友集靈岳〔一六〕，彈琴登清歌〔一七〕。有能從此者〔一八〕，古人何足多〔一九〕。

〔一〕爾雅：「祚，福也。」左氏昭公七年傳：「其父析薪，其子弗克負荷。」

〔二〕「跡」或作「蹟」，吴鈔本作「迹」。○文選注：「寢猶息也。」莊子漁父篇：「處静以息迹。」「山阿」見前贈秀才詩（淩高遠眄）注〔一〇〕。

〔三〕崔篆慰志賦：「守性命以盡齒。」魏文帝芙蓉池作詩曰：「遨遊快心意，保己終百年。」詩栢舟：「之死矢靡他。」

〔四〕楚辭九歌：「吉日兮辰良。」毛詩傳：「辰，時也。」廣雅：「期，會也。」墨子非樂上篇：「將必使當年。」王引之經義述聞曰：「丁、當，一聲之轉，當年者，丁年也。」史記禮書：「子夏，門人之高第也，猶云出見紛華盛麗而説。」

〔五〕「坎壈」吴鈔本改鈔同，原鈔作「懍慓」，周校本作「坎懍」。「趣」吴鈔本作「趍」。「教」張本及詩紀作「務」。案吴鈔本原鈔「慓」字爲「慄」字之誤，周校本誤也。

〔六〕「嬰」吴鈔本原鈔作「纓」，改鈔作「攖」，皕宋樓鈔本校改作「嬰」，有校語云：「『攖』字説文所無，集中每用『嬰』字，今依例改。」○楚辭九辯：「坎廩兮貧士失職而志不平。」又九歎曰：「志坎壈而不違。」注：「坎壈，不遇貌也。」漢書叙傳：「班嗣報桓生書曰：『今吾子既繫攣於世教矣。』」韓子解老篇：「好用其私智而棄道理，則網羅之爪角害之。」説苑敬慎篇：「行者比於鳥，上畏鷹鸇，下畏網羅。」

〔七〕「農」程本、汪本、四庫本作「皇」，吴鈔本原鈔「農」，改鈔作「皇」。「已」吴鈔本作「以」，案二字通。

〔八〕「獨咨嗟」程本誤爲「獲治正」。○班固答賓戲曰：「基隆於羲農。」楚辭遠遊篇：「高陽邈已遠兮，余將焉所程。」列子楊朱篇：「乃拊膺而恨。」家語子夏問篇：「無拊膺。」注：「拊，撫也；膺，胸也。」

〔九〕此句吴鈔本改鈔同，原鈔作「□式貴尚用」，「式」上之字，似爲「明」字，墨校塗其左旁而成「明」字。案「明」爲「朔」字之誤，「用」爲「中」字之誤，「戒」字有寫作「戎」者，故誤爲「式」也。

〔一〇〕法言淵騫篇：「或問東方生，曰：『非夷齊而是柳下惠，誡其子以尚容。』」漢書注師古曰：「容身避害也。」案藝文類聚二十三引東方朔戒子曰：「明者處世，莫尚於中。」楚辭漁父篇：「聖人不凝滯於物，而能與世推移，世人皆濁，何不淈其泥而揚其波。」

〔一一〕「雖」程本誤作「難」。「以」張本及詩紀作「已」。

〔一二〕楚辭九辯：「處濁世而顯榮兮，非余心之所樂。」

〔一三〕「湌」或作「飡」，或作「餐」，周校本誤作「飧」。○蔡邕郭有道碑：「翔區外以舒翼。」離騷：「折瓊枝以爲羞兮，精瓊爢以爲粻。」王粲白鶴賦：「粲靈岳之瓊蘂。」楚辭遠遊篇：「漱陽而含朝霞。」

〔一四〕「遺」程本誤作「遷」。

〔一五〕莊子天道篇：「外天地，遺萬物，而神未嘗有所困也。」又山木篇：「吾願去君之累，除君之憂，而獨與道遊於大莫之國。」莊子有逍遥遊篇。「太和」見前秋胡行（思與王喬）注〔五〕。

〔一六〕「岳」或作「嶽」。

〔一七〕「靈岳」見上注〔三〕。禮記注：「登，進也。」「清歌」見前贈秀才詩（淩高遠眄）注〔五〕。

〔一八〕「此」吴鈔本改鈔同，原鈔作「我」。

〔一九〕「何」吴鈔本改鈔同，原鈔似作「有」，亦爲墨校塗成「何」字。張本、文津本及詩紀作「豈」。○論語：「子曰：『道不行，乘桴浮於海，從我者，其由與。』」漢書注：「多，重也。」

陳祚明曰：「慨世甚深，故決意高蹈，不能隨世浮沈，雖逸亦已難，蓋欲矯拂本性，此事誠甚難也。羲皇已遠，與非薄湯、武同意。」

詳觀淩世務〔一〕，屯險多憂虞〔二〕。施報更相市，大道匿不舒〔三〕。夷路值枳棘〔四〕，安步將焉如〔五〕。權智相傾奪，名位不可居〔六〕。鸞鳳避罻羅，遠託崑崙墟〔七〕。莊周悼靈龜，（越稷）〔越搜〕嗟王輿〔八〕。至人存諸己，隱璞樂玄虚〔九〕。功名何足殉，乃欲列簡書〔一〇〕。所好亮若茲，楊氏歎交衢〔一一〕。去去從所志，敢謝道不俱〔一二〕。

〔一〕「淩」或作「凌」。

〔二〕「虞」張溥本誤作「慮」。○聞人倓箋：漢書成帝紀：「日以陵夷。」又主父偃傳：「是時徐樂嚴安亦俱上書言世務。」周易：「悔吝者，憂虞之象也。」○廣雅：「屯，難也；虞，驚也。」

〔三〕聞箋：禮記：「其次務施報。」爾雅釋詁：「貿，賈，市也。」國策注：「市猶求也。」廣雅：「舒，展也。」

〔四〕「値」吴鈔本改鈔同，原鈔作「殖」。

〔五〕「安步」吴鈔本改鈔同，原鈔作「心安」。案作「安步」更合。○聞箋：毛詩：「有夷之行。」後漢書黄瓊傳：「立足枳棘之林。」○毛詩傳：「夷，平也。」韓子外儲説左下：「樹枳棘者，成而刺人。」戰國策齊策：「顔斶曰：『願得安步以當車。』」楚辭九章：「南渡之焉如。」又九思曰：「欲竄伏其焉如。」爾雅：「如，往也。」

〔六〕曹植輔臣論：「文武並亮，權智時發。」史記春申君列傳：「争下士，招致賓客，以相傾奪。」左氏莊公十八年傳：「名位不同，禮亦異數。」

〔七〕「託」或作「托」。○聞箋：楚辭：「罻羅張而在下。」説文：「罻，捕鳥網也。」又：「古者芒氏初作羅。」爾雅：「鳥罟謂之羅。」王逸離騷經章句序曰：「虯龍鸞鳳，以託君子。」陳琳檄吴將校部曲曰：「鳳鳴高岡，以遠罻羅。」楚辭惜誓篇：「休息乎崑崙之墟。」説文：「墟，大丘也，崑崙謂之墟。」

〔八〕「稷」張本及詩紀作「穆」，注云：「一作『稷』。」古詩箋改作「搜」，箋云：「按向作『穆』或作『稷』，皆誤。」讀書續記曰：「此用莊子讓王篇文義，莊子王子名搜不名稷，吕氏春秋貴生篇亦作『搜』，淮南原道訓作『翳』，『翳』爲『翳』譌，『翳』『搜』聲近通假。此作『稷』無考，疑『稷』與『搜』字形相近而譌也。」○揚案：吕氏春秋審己篇又有越王授，則知作「搜」爲合，「搜」「授」形近聲同，「稷」「穆」亦與「搜」「授」形近而誤。○「嗟」吴鈔本改鈔同，原鈔作「畏」。○聞箋：莊子：「楚有神龜，死已三千歲矣，王巾笥而藏之廟堂之上，寧其死爲留骨而貴乎？寧其生而曳尾於塗中乎？」莊子：「越人三世弑其君，王子搜患之，逃乎丹穴，而越國無君，求王子搜不得，從之丹穴，王子搜不肯出，越人薰之以艾，乘以王輿，王子搜援綏登車，仰天而呼曰：『君乎君乎，獨不可以舍我乎。』」○爾雅：「一曰神龜，二曰靈龜。」注：「神龜，龜之最神明。靈龜，甲可以卜。」案神靈散言亦通。

〔九〕「璞」吴鈔本改鈔同，原鈔作「樸」。○聞箋：莊子：「至人無己。」玉篇：「璞，玉未治。」廣韻：「玄，幽遠也。」○莊子人間世篇：「古之至人，先存諸己，而後求諸人。」戰國策秦策：「鄭人謂玉未理者曰璞。」淮南子原道訓：「其全也純兮若璞。」韓子解老篇：「聖人觀其玄虚，用其周行，强字之曰道。」仲長統樂志論：「思老氏之玄虚。」

〔一〇〕聞箋：毛詩：「畏此簡書。」○班固幽通賦：「豈余身之足殉兮。」文選注：「殉，營也。」曹植玄暢賦：「或有受性命以殉功名者。」

〔一一〕聞箋：列子：「楊子之鄰人亡羊，楊子曰：『何追者之衆？』曰：『多歧路。』既反，問：『獲羊乎？』曰：『亡之矣。』曰：『奚亡之？』曰：『歧路之中，又有歧焉，吾不知所之。』楊子戚然變容。門人怪之，心都子曰：『大道以多歧亡羊，學者以多方喪身。』」周禮地官注：「舞交衢。」○論語：「從吾所好。」爾雅：「亮，信也。」又曰：「四達謂之衢。」

〔三〕「敢」張溥本作「致」，詩所「敢」下注云：「一作『致』。」○聞箋：俱，同也。○蘇武詩：「去去從此辭。」史記伯夷列傳：「子曰：『道不同，不相爲謀，亦各從其志也。』」賈誼鵩鳥賦：「至人遺物兮，動與道俱。」史記蔡澤列傳：「聖人志不溢，行不驕，常與道俱而不失。」

陳祚明曰：「傾奪可憎，功名不足殉，深譏『典午』，語取快意，不能含蓄，固已罔慮其禍。」又曰：「語氣古質，有沈傑之氣，陶元亮便是此種，而稍能舒婉不迫。」

方東樹曰：「陳義甚高，然文平事繁，以詩論之，無可取則。」昭昧詹言。

與阮德如一首

吴鈔本題：「五言詩一首，與阮德如。」○世説新語賢媛篇注：「陳留志名曰：『阮共，尉氏人，仕魏至衛尉卿。少子侃，字德如，有俊才，而飭以名理，風儀雅潤，與嵇康爲友，仕至河内太守。』」宋書符瑞志：「晉武帝太康二年六月丁卯，白雀二見河内，南陽太守阮侃獲以獻。」○案阮侃嘗爲詩音，見經典釋文叙録，又釋文注云：「侃字德恕。」揚案：阮氏之字當取論語「侃侃如也」之義，「恕」字誤也。

含哀還舊廬，感切傷心肝〔一〕。良時遘數子〔二〕，談慰臭如蘭〔三〕。疇昔恨不早，既面侔舊歡〔四〕。不悟卒永離，念隔悵（憂）〔增〕歎〔五〕。事故無不有，別易會良難〔六〕。郢人忽已逝〔七〕，匠石寢不言〔八〕。澤雉窮野草，靈龜樂泥蟠〔九〕。榮名穢人身，高位多災患〔一〇〕。未若捐外累〔一一〕，肆志養浩然〔一二〕。顔氏希有虞〔一三〕，隰子慕黄軒〔一四〕。涓彭獨何人，唯志在所安〔一五〕。漸漬殉近欲，一往不可攀〔一六〕。生生在豫積〔一七〕，勿以怵自寬〔一八〕。南土旱不涼〔一九〕，衿計宜早完〔二〇〕。君其愛德素〔二一〕，行路慎風寒〔二二〕。自力致所懷，臨交情辛酸〔二三〕。

〔一〕楚辭九歎：「内惻隱而含哀。」曹植答詔示平原公主誄表曰：「句句感切。」漢書注：「切，深也。」王粲七哀詩：「喟然傷心肝。」

〔二〕「數」吳鈔本作「吾」。

〔三〕「良時」見前答二郭詩（天下悠悠者）注〔五〕。易繫辭上：「同心之言，其臭如蘭。」

〔四〕「疇昔」見前思親詩注〔四〕。廣雅：「侔，齊也。」

〔五〕「悵」張本及古今詩删、詩紀作「增」。此句吳鈔本原鈔作「念鬲悵增歎」，墨校改，案原鈔是也。○張衡四愁詩：「路遠莫致倚增歎。」王粲贈蔡子篤詩：「瞻望東路，慘愴增歎。」

〔六〕「會良」吳鈔本作「良會」。○周禮秋官小行人：「凡此五物者，治其事故。」魏文帝燕歌行：「別日何易會日難。」

〔七〕「已」吴鈔本作「以」。

〔八〕「郢人」「匠石」見前贈秀才詩（息徒蘭圃）注〔七〕。

〔九〕「澤雉」見前贈秀才詩（流俗難悟）注〔九〕。「靈龜」見前首注〔八〕。班固答賓戲曰：「泥蟠而天飛者，應龍之神也。」廣雅：「蟠，屈也。」

〔一〇〕戰國策齊策：「魯連書遺燕將曰：『惡小恥者，不能立榮名。』」曹植七啓曰：「名穢我身，位累我躬。」孟子：「不仁而在高位，是播其惡於衆也。」

〔一一〕「若捐」吴鈔本原鈔作「看背」，墨校改。「累」古今詩删誤作「纍」。「累」下張本及詩紀注云：「拾遺作『慮』。」詩所注云：「一作『慮』。」

〔一二〕説文：「捐，棄也。」論衡累害篇：「累害自外，不由其内。」「肆志」見前贈秀才詩（流俗難悟）注〔一二〕。孟子：「我善養吾浩然之氣。」

〔一三〕「希」選詩拾遺作「晞」，案「晞」當爲「睎」之誤。

〔一四〕法言學行篇：「顔嘗睎夫子矣。」説文：「睎，望也。」史記五帝本紀：「帝舜爲有虞。」莊子徐無鬼篇：「隰朋愧不若黄帝，而哀不己若者。」張衡東京賦：「登封降禪，則齊德乎黄軒。」薛綜注：「與黄帝軒轅齊其功德。」周嬰卮林曰：「孫奭孟子正義不恥章疏曰：『趙註今有以隰朋不及黄帝，佐齊桓公以有勳，顔淵慕虞舜，仲尼歎庶幾也。』案春秋傳，隰朋，齊大夫也，史記註徐廣曰：『朋或作崩。』常愧恥不若黄帝之爲人，後齊桓得之，輔佐桓公四十一年。經云，顔淵曰：『舜何人也，予何人也，有爲者亦若是。』孔子曰：『回也其庶乎。』是其歎也。趙註所以引爲解文。隰朋數語，趙註乃無之。爽自云『文繁不録』，則爽翦截之矣。隰朋醜不若黄帝，而哀不己若者，語出列子。高誘曰：『醜，恥也。』嵇叔夜與阮德如詩：『顔氏希有虞，隰子慕黄軒』，蓋采邠卿語。」

〔一五〕「志在」吴鈔本作「在志」。○列仙傳：「涓子者，齊人也，好餌术，接食其精，至三百年乃見於齊，著天人經四十八篇。後釣於荷澤，得鯉魚，腹中有書。隱於宕山，能致風雨。受伯陽九仙法。」彭祖者，殷大夫也，姓籛，名鏗，帝顓頊之孫，陸終氏之子，歷夏至殷末，八百餘歲。常食桂枝，善導引行氣。」論語：「察其所安。」

〔一六〕史記禮書：「而況中庸以下，漸漬於失教，被服於成俗乎？」廣雅：「漸，漬也。」魏文帝與吴質書：「年一過往，何可攀援。」案陳琳檄吴將校部曲曰：「漸漬荒沈，往而不反，下愚之蔽也。」曹植三良詩：「長夜何冥冥，一往不復還。」叔夜亦謂人多促生，故上舉涓彭言之。

〔一七〕下「生」字汪本、文津本誤作「一」。「在」古今詩删誤作「有」。

〔一八〕「怵」吴鈔本作「休」。讀書續記曰：「明本作『怵』，是，上句『生生在豫積』，故此言不可以怵懼而自寬佚也。」葉渭清曰：「各本並作『怵』，案『怵』與『訹』通。廣雅：『訹，誘也。』」○揚案：「休」字鈔者之誤，説文：「訹，誘也。」管子心術上篇：「不怵乎好，不迫乎惡。」韓子解老篇：「得於好惡，怵於淫欲。」皆以怵爲誘訹之義，兩漢用此者頗多，漢書武帝紀：「怵於邪説。」注：

「『怵』或體『訹』字耳，今俗猶云相謏訹。」此處承上文近欲而言，不訓懼也。○易繫辭上：「生生之謂易。」説苑談叢篇：「不窮在於早豫。」列子天瑞篇：「孔子曰：『善乎能自寬者也。』」

〔一九〕「旱」吴鈔本原鈔作「晘」，墨校改。案「晘」不成字，廣韻：「垾，堤也。」於此亦不合，當爲鈔者之誤。廣文選誤作「早」。

〔二〇〕「衿」吴鈔本及選詩拾遺作「衿」，汪本、四庫本作「矜」，皆誤也。「完」吴鈔本原鈔作「看」，墨校改。○詩江漢：「我圖爾居，莫如南土。」楚辭九章：「汩徂南土。」注：「南方之土。」方言：「衿謂之交。」注：「衣交領也。」案此謂當於未涼之時，早完冬計也。

〔二一〕「君其」吴鈔本原鈔作「谷土」，墨校改。

〔二二〕淮南子俶真訓：「平易者，道之素。」注：「素，性也。」墨子辭過篇：「聖王作爲宮室，高足以辟潤溼，邊足以圉風寒。」素問玉機真藏論：「風寒客於人，使人毫毛畢直，皮膚閉而爲熱。」

〔二三〕毛詩箋：「力猶勤也。」禮記曲禮下：「臨文不諱。」

陳祚明曰：「下方元亮，以調生故不近；上類偉長，以詞繁故不高。」

阮德如答二首 附

吴鈔本題：「五言詩二首，阮德如答附。」張燮本「阮德如」作「阮侃」。

早發温泉廬〔一〕，夕宿（宣）〔宜〕陽城〔二〕。顧眄懷惆悵〔三〕，言思我友生〔四〕。會遇一何幸，及子遘歡情。交際雖未久，恩愛發中誠〔五〕。良玉須切磋，璵璠就其形〔六〕。隨珠豈不曜〔七〕，雕瑩啓光榮〔八〕。與子猶蘭石，堅芳互相成〔九〕。庶幾行古道〔一〇〕，伐檀俟河清〔一一〕。不謂中離別，飄飄然遠征〔一二〕。臨輿執手決〔一三〕，良誨一何精〔一四〕。佳言盈我耳〔一五〕，援帶以自銘〔一六〕。唐虞曠千載，三代不可并〔一七〕。洙泗久已往〔一八〕，微言誰共聽〔一九〕？曾參易簀斃，仲由結其纓〔二〇〕。晉楚安足慕，屢空守以貞〔二一〕。潛龍尚泥蟠，神龜隱其靈〔二二〕。庶保吾子言，養貞以全生〔二三〕。東野多所患，暫往不久停〔二四〕。幸子無損思，逍遥以自寧〔二五〕。

〔一〕「早」吴鈔本作「旦」。

〔二〕「陽」程本誤作「暢」。○道光修武縣志故城考：「後魏宜陽郡。」註云：「案宜陽恐係宣陽之譌，舊志引魏河南太守阮德如答嵇康詩，有云：夕宿宣陽城。今縣東南十八里宣陽驛，尚有廢城址。」○揚案：宜陽，邑名，漢置，屬弘農郡。後漢屬司隸弘農郡，晉屬司州弘農郡，北魏兼置郡，爲陽州宜陽郡。太平御覽四十二引有阮籍宜陽記，又卷七十一引王孚安城記曰：「宜陽縣南鄉，有温泉焉，以生雞卵投其中，熟如煮也。」此詩「宣」字當爲「宜」字。修武志所云宣陽驛，「宣」字亦後世所譌也。古邑名無宣陽。

〔三〕「眄」吴鈔本作「盻」，詩所作「盼」。

〔四〕孝經鉤命決曰：「又有顧眄之義。」列子力命篇：「窮年不相顧眄。」楚辭九辯：「惆悵兮而私自憐。」詩伐木：「雖有兄弟，不如友生。」曹植求存問親戚疏曰：「下思伐木友生之義。」

〔五〕「恩」張燮本及詩紀作「思」，吴鈔本作「忠」。此句吴鈔本原鈔作「□我愛發誠」，「我」上之字，墨校塗成「思」字，朱校又改作「恩」字，原鈔不可辨。○孟子：「萬章問曰：『敢問交際何心也。』」注：「際，接也。」潛夫論有交際篇。管子形勢解：「中情信誠，則名譽美矣。」阮瑀爲曹公與孫權書曰：「以明雅素中誠之效。」

〔六〕詩淇澳：「如切如磋，如琢如磨。」毛傳：「治骨曰切，象曰磋，玉曰琢，石曰磨。」案切磋琢磨散言亦通也。左氏定公五年傳：「陽虎將以璵璠斂。」注：「璵璠，美玉也。」法言寡見篇：「玉不彫，璵璠不成器。」爾雅：「就，成也。」

〔七〕「隨」或作「隋」。

〔八〕淮南子覽冥訓：「隨侯之珠。」注：「隨侯見大蛇傷斷，以藥傅而塗之，後蛇於夜中銜大珠以報之，因名曰隨侯之珠，蓋明月珠也。」莊子讓王篇成玄英疏：「隨國近濮水，濮水出寶珠。」仲長統昌言曰：「瑩之以發其光。」蔡邕勸學篇：「明珠不瑩，焉發其光。」

〔九〕家語六本篇：「與善人居，如入芝蘭之室，久而不聞其香。」史記蘇秦列傳：「此所謂棄仇讎而得石交者也。」漢書注：「稱金石者，取其堅固。」淮南子說林訓：「石生而堅，蘭生而芳。」論衡本性篇：「稟蘭石之性，故有堅香之驗。」

〔一〇〕「行」吳鈔本作「弘」。

〔一一〕論語：「人能弘道。」詩伐檀：「坎坎伐檀兮。」毛傳：「伐檀以俟世用。」左氏襄公八年傳：「詩有之曰：『俟河之清，人壽幾何？』」注：「詩，逸詩也。」易乾鑿度：「帝王將起，河水先清。」後漢書襄楷傳：「京房易傳曰：『河水清，天下平。』」

〔一二〕史記司馬相如傳：「相如既奏大人之頌，天子大説，飄飄有淩雲之氣。」

〔一三〕「輿」字吳鈔本塗改而成。「決」吳鈔本及詩紀作「訣」，案二字通。

〔一四〕「一」吳鈔本原鈔作「壹」，朱校改。○李陵與蘇武詩：「執手野踟躕。」史記孔子世家：「相決而去。」索隱曰：「決，別也。」廣雅：「誨，教也。」

〔一五〕「佳」字吳鈔本塗改而成。「且」吳鈔本作「身」，誤也。

〔一六〕論語：「師摯之始，關雎之亂，洋洋乎盈耳哉。」又曰：「子張書諸紳。」説文：「帶，紳也。」禮記注：「銘謂書之刻之以識事者也。」

〔一七〕「可」字吳鈔本原鈔作「我」，墨校改。「并」字亦墨校塗改而成。○楚辭九懷：「唐虞兮不存。」班固答賓戲曰：「曠千載而流光。」劉歆遂初賦：「雖韞寶而求價兮，嗟千載其焉合。」論語：「斯民也，三代之所以直道而行也。」集解：「馬融曰：『三代：夏，殷，周。』」

〔一八〕「已」吳鈔本作「以」。

〔一九〕「共」吳鈔本作「爲」。○禮記檀弓上：「曾子曰：『吾與汝事夫子於洙泗之間。』」注：「洙、泗，魯水名。」漢書藝文志：「仲尼没而微言絶。」

〔二〇〕禮記檀弓上：「曾子寢疾，病，童子曰：『華而睆，大夫之簀與？』曾子曰：『然，斯季孫之賜也，我未之能易也。元起易簀。吾得正而斃焉，斯已矣。』舉扶而易之，反席未安而没。」注：「簀，謂牀笫也。」左氏哀公十五年傳：「蒯聵迫孔悝於廁，强盟之，遂刧以登臺。欒寧使告季子，季子入，石乞、盂黶敵子路，以戈擊之，斷纓。子路曰：『君子死，冠不免。』結纓而死。」史記仲尼弟子列傳：「仲由，字子路。」家語弟子解：「仲由，一字季路。」説文：「纓，冠系也。」

〔二一〕「守以」吴鈔本作「以守」。○孟子：「曾子曰：『晉楚之富，不可及也。彼以其富，我以吾仁，彼以其爵，我以吾義，吾何慊乎哉。』」應璩與從弟書曰：「曾參不慕晉楚之富。」論語：「子曰：『回也其庶乎，屢空。』」周書謚法解：「清白守節曰貞。」

〔二二〕「潛龍」見前述志詩（潛龍育神軀）注〔四〕。「泥蟠」「神龜」見前首注〔九〕。

〔二三〕莊子養生主篇：「爲善無近名，爲惡無近刑，緣督以爲經，可以保身，可以全生。」

〔二四〕「暫」吴鈔本作「蹔」。○戰國策齊策：「封衛之東野。」後漢書劉陶傳：「上議曰：『臣東野狂闇，不達大義。』」案陶潁川潁陰人，此詩東野，亦當指潁川也。

〔二五〕莊子大宗師篇：「彼有駭形而無損心。」郭象注：「不以死生損累其心。」廣雅：「損，減也。」「自寧」見前答二郭詩（天下悠悠者）注〔一二〕。

成書曰：「後半滔滔説下，不假雕琢，自堪玩味，是文以意勝者。」

雙美不易居，嘉會故難常〔一〕。爰處憩斯土〔二〕，與子遘蘭芳〔三〕。常願永遊集，拊翼同迴翔〔四〕。不悟卒永離，一別爲異鄉〔五〕。四牡一何速，征人告路長〔六〕。顧步懷想象〔七〕，遊目屢（太）〔不〕行〔八〕。撫軨增歎息〔九〕，念子安能忘〔一〇〕。恬和爲道基，老氏惡强梁〔一一〕。患至有身災，榮子知所康〔一二〕。神龜實可樂〔一三〕，明戒在刳腸〔一四〕。新詩何篤穆，申詠增慨忼〔一五〕。舒檢話良訊〔一六〕，終然（永）〔未〕猒藏〔一七〕。還誓必不食，復與同故房〔一八〕。願子盪憂慮，無以情自傷〔一九〕。俟路忘所以〔二〇〕，聊以酬來章〔二一〕。

〔一〕離騷：「兩美其必合兮。」李陵與蘇武詩：「嘉會難再遇。」曹植送應氏詩：「清時難屢得，嘉會不可常。」荀子注：「故猶本也。」

〔二〕「處」吴鈔本作「自」。

〔三〕詩擊鼓：「爰居爰處。」爾雅：「憩，息也。」楚辭招魂篇：「結撰至思，蘭芳假兮。」注：「蘭芳，以喻賢人也。」蔡邕太尉楊秉碑：「與之同蘭芳，任鼎重。」

〔四〕「廻」或作「迴」。○蔡邕郭有道碑：「周流華夏，遊集帝學。」漢書叙傳曰：「擕手遂秦，拊翼俱起。」注：「拊翼以鷄爲喻，言知將旦，則鼓擊其翼而鳴也。」楚辭九歌：「君迴翔兮以下。」

〔五〕「一一」吴鈔本原鈔作「壹」，朱校改。

〔六〕「告」吴鈔本作「去」，皕宋樓鈔本有校語云：「黄本作『告』，較勝。」○詩四牡：「四牡騑騑。」

〔七〕吴鈔本作「步顧懷想像」。

〔八〕「太」吴鈔本作「大」，案此當爲「不」字之誤。○西京雜記：「路喬如鶴賦曰：『宛修頸而顧步。』」毛詩箋：「回首曰顧。」楚辭遠遊篇：「思舊顧以想像兮。」離騷：「忽反顧以遊目兮。」又曰：「僕夫悲予馬懷兮，睠局顧而不行。」

〔九〕「軨」吴鈔本作「軫」，皕宋樓鈔本有校語云：「案楚辭九辯云：『倚結軨兮長太息。』又云：『中結軫而增傷。』是兩本皆通，『軨』義較優。」○揚案：「結軫」與「撫軫」之義不同。

〔一〇〕禮記注：「撫猶據也。」説文：「軨，車轖間横木。」後漢書東平王蒼傳：「帝詔曰：『辭别之後，獨坐不樂，誦及采菽，以增歎息。』」

〔一一〕方言：「恬，静也。」文選張景陽雜詩注引莊子曰：「無爲而治，謂之道基。」老子：「强梁者，不得其死。」莊子山木篇：「從其强梁。」釋文：「强梁，多力也。」

〔一二〕荀子大略篇：「患至而後慮者謂之困，困則禍不可禦。」新書大政篇：「愚者易言易行，以爲身災。」列子天瑞篇：「榮啓期曰：『貧者，士之常也，死者，人之終也，處常得終，當何憂哉。』」爾雅：「康，樂也。」

〔一三〕「神」字吴鈔本塗改而成，原鈔似作「蟠」。

〔一四〕莊子外物篇：「宋元君夜半夢人被髮闚阿門，曰：『予自宰路之淵，爲清江使河伯之所，漁者余且得予。』元君覺，使人占之，曰：『此神龜也。』明日，余且朝，君曰：『獻若龜。』龜至，君再欲殺之，再欲活之，心疑，卜之，曰：『殺龜以卜吉。』乃刳龜，七十二鑽而無遺筴。仲尼曰：『神龜能見夢於元君，而不能避余且之網，知能七十二鑽而無遺筴，不能避刳腸之患，如是，則知有所困，神有所不及也。』」

〔一五〕「慨」吳鈔本作「愷」，「忼」張燮本及詩紀作「慷」。○徐幹贈五官中郎將詩曰：「貽爾新詩。」詩烝民：「吉甫作誦，穆如清風。」箋云：「穆，和也。」曹植與吳季重書：「申詠反覆，曠若復面。」爾雅：「申，重也。」史記項羽本紀：「項王于是悲歌忼慨。」説文：「忼，慨也。」

〔一六〕「檢」字吳鈔本塗改成「衿」，原鈔不可辨。周校本曰：「疑亦『檢』字。」「話」字吳鈔本亦塗改而成，原鈔似作「詔」。

〔一七〕「永」字吳鈔本塗改成「未」，汪本、四庫本亦作「未」，周校本作「永」，注云：「舊校爲『來』，原字滅盡，今從刻本。」揚案：「未」字是也，吳鈔本校改爲「未」，不作「來」。○説文：「檢，書署也。」荀子注：「訊，書問也。」

〔一八〕吳鈔本作「復得同林房」。

〔一九〕「盪」與「蕩」通，禮記注：「蕩蕩，滌去穢惡也。」

〔二〇〕「俟」吳鈔本塗改而成，原鈔似作「候」。「以」吳鈔本作「次」。

〔二一〕「酬」吳鈔本作「疇」，二字通。○論語：「視其所以。」集解：「以，用也。」爾雅：「酬，報也。」

陳祚明曰：「規戒懇切，既中叔夜之病，末段慰藉殷勤，情辭篤至，雖樸近固不可廢。」

酒會詩七首

吴鈔本原鈔無「七首」二字，朱校補，題下有「五言一首四言六首」八字，行中直書。又原鈔次首前行題「四言」二字，亦低四格，墨校删。○吴鈔本序次與此本同，餘書多以五言一首居末。○此詩「猗猗蘭藹」一首之後，吴鈔本更有四言詩四首，各本所無，朱校抹去，亦無校語，今附録於後。

樂哉苑中遊〔一〕，周覽無窮已〔二〕。百卉吐芳華，崇基邈高跱〔三〕。林木紛交錯，玄池戲魴鯉〔四〕。輕丸斃翔禽〔五〕，纖綸出鱣鮪〔六〕。坐中發美讚〔七〕，異氣同音軌〔八〕。臨川獻清酤，微歌發皓齒〔九〕。素琴揮雅操，清聲隨風起〔一〇〕。斯會豈不樂，恨無東野子〔一一〕。酒中念幽人，守故彌終始〔一二〕。但當體七絃，寄心在知己〔一三〕。

〔一〕「苑」吴鈔本作「菀」，張燮本作「宛」。馬叙倫曰：「明本『菀』作『苑』，是。」

〔二〕説文：「苑，所以養禽獸也。」宋玉登徒子好色賦：「臣少曾遠遊，周覽九土。」

〔三〕「基」吴鈔本作「臺」。「跱」或作「峙」。○詩谷風：「百卉具腓。」王粲公讌詩：「百卉挺葳蕤。」宋玉登徒子好色賦：「贈以芳華辭甚妙。」班固西都賦：「承以崇臺閒館。」曹植七啓曰：「崇景山之高基。」張衡思玄賦：「松喬高跱孰能離。」文選注：「峙，立也。」案「跱」字古作

「峙」。

〔四〕「戲」古今詩删誤作「獻」。○司馬相如子虛賦：「交錯糾紛，上干青雲。」魏文帝於譙作詩曰：「獻酬紛交錯。」穆天子傳：「天子西征，至於玄池。」案此處玄池，但以美言之。說文：「魴，赤尾魚。」

〔五〕「翔」吳鈔本作「飛」。

〔六〕廣韻：「丸，彈丸。」說文：「纖，細也。」毛詩箋：「綸，釣繳也。」詩碩人：「鱣鮪發發。」毛傳：「鱣，鯉也；鮪，鮥也。」

〔七〕「坐」吳鈔本原鈔作「研」，朱校改。案「研」當爲「妍」之誤，此謂弋釣之善中也。

〔八〕劉楨射鳶詩：「庶士同聲讚，君射一何妍。」釋名：「稱人之美曰讚。」韓子八姦篇：「一辭同軌，以移主心。」廣雅：「軌，道也。」

〔九〕曹植幽思賦：「重登高以臨川。」又正會詩：「清酤盈爵。」說文：「酤，一宿酒。」楚辭九懷：「聞素女兮微歌。」曹植雜詩曰：「誰爲發皓齒。」吕氏春秋注：「皓齒，謂齒如瓠犀也。」

〔一〇〕「素琴」見前贈秀才詩（輕車迅邁）注〔四〕。劉向雅琴賦：「伏雅操之循則。」仲長統樂志論：「彈南風之雅操。」張衡舞賦：「展清聲而長歌。」

〔一一〕案，東野子當謂阮德如也，阮氏答詩，有「暫往東野」之言。

〔一二〕司馬相如上林賦：「酒中樂酣。」文選注：「郭璞曰：『中，半也。』」易履卦：「九二，履道坦坦，幽人貞吉。」○惠棟後漢書補注曰：「漢儒以幽人爲幽繫之人，故虞仲翔注易履之九二云：『履自訟來訟，時二在坎獄中，故稱幽人之正。』荀子曰：『公侯失禮則幽。』後世輒目高士爲幽人，失之。」丁泰尗廬札記曰：「魏志管寧傳：明帝詔青州刺史曰：『雖有素履幽人之貞，而考父滋恭之義。』據此，則三國時即以高士爲幽人矣。」○揚案：班固幽通賦：「覿幽人之髣髴。」漢書注：「張晏曰：『幽人，神人也。』」神人與高士近，亦非幽繫之義。○曹植陳審舉表：「遵常守故。」西京賦薛綜注：「彌，猶極也。」「終始」見前贈秀才詩（雙鸞匿景曜）注〔六〕。

〔一三〕曹植洛神賦：「長寄心於君王。」「知己」見前述志詩（斥鷃擅蒿林）注〔一三〕。

陳祚明曰：「酒中二句，致淡情長。」又曰：「風格介在魏、晉之間，去漢益遠。」

淡淡流水〔一〕，淪胥而逝〔二〕。汎汎柏舟〔三〕，載浮載滯〔四〕。微嘯清風，鼓檝容裔〔五〕。放櫂投竿，優游卒歲〔六〕。

〔一〕太平御覽六百十七引作「淵淵緑水」。

〔二〕「胥」御覽引作「湑」。○宋玉高唐賦：「潰淡淡而並入。」文選注：「淡淡，安流平滿貌。」詩雨無正：「淪胥以鋪。」毛傳：「淪，率也。」箋云：「胥，相也。」論語：「子在川上曰：『逝者如斯夫。』」

〔三〕「栢」御覽引作「虛」。

〔四〕「浮」宋本、安政本御覽引作「停」，別本作「亭」。○詩菁菁者莪：「汎汎楊舟，載沈載浮。」又栢舟曰：「汎彼栢舟，亦汎其流。」毛傳：「汎汎，流貌。」説文：「滯，凝也。」

〔五〕毛詩箋：「嘯，蹙口而出聲也。」儀禮注：「鼓，猶擊也。」楚辭九章：「楫齊揚以容與。」注：「船櫂也。」方言：「楫或謂之櫂。」高唐賦：「決波淫淫之溶滴。」文選注：「溶滴，猶蕩動也。」案「容裔」「容與」「溶滴」並通。

〔六〕末四句御覽所引，節爲二句，云：「鼓枻投竿，優游卒歲。」○莊子外物篇：「任公子蹲乎會稽，投竿東海。」「卒歲」見前郭遐叔贈詩（天地悠長）注〔三〕。

陳祚明曰：「興急不近。」

婉彼鴛鴦，戢翼而遊〔一〕。俯唼緑藻〔二〕，託身洪流〔三〕。朝翔素瀨，夕棲靈洲〔四〕。搖蕩清波，與之沉浮〔五〕。

〔一〕詩小宛：「宛彼鳴鳩。」毛傳：「宛，小貌。」阮瑀爲曹公作書與孫權曰：「婉彼二人，不忍加罪。」文選注：「婉，猶親愛也。」案此詩「婉」借爲「宛」。「戢翼」見前贈秀才詩（雙鸞匿景曜）注〔一〕。

〔二〕「唼」字吳鈔本塗改而成，程本誤作「接」，藝文類聚九十二引作「吮」。

〔三〕楚辭九辯：「鳧雁皆唼夫粱藻。」魏文帝濟川賦：「俯唼菁藻，仰餐若芳。」説苑：「上士可以託身。」「洪流」見前贈秀才詩（浩浩洪流）注〔二〕。

〔四〕「靈」歷代詩選作「虛」。○楚辭七諫：「戲疾瀨之素水兮。」説文：「瀨，水流沙上也。」

〔五〕「沉」程本作「汎」，誤也。○司馬相如上林賦：「與波摇蕩，奄薄水渚。」楚辭哀時命篇：「不如下游乎清波。」史記游俠傳：「豈若卑論儕俗，與世沉浮，而取榮名哉。」王粲游海賦：「烏則繽紛往來，沈浮翱翔。」

王夫之曰：「賦即事自遠，淺夫或以比求之。」

陳祚明曰：「每能於風雅體外，别造新聲，淡宕有致。」

□□蘭池〔一〕，和聲激朗〔二〕。操縵清商，遊心大象〔三〕。傾昧脩身〔四〕，惠音遺響〔五〕。鍾期不存，我志誰賞〔六〕。

〔一〕「池」吳鈔本作「沚」。「蘭」上空格之字，張本、四庫本及詩紀作「流詠」，吳鈔本原鈔作「藻汜」，朱校改作「流詠」。

〔二〕「蘭池」見前贈秀才詩（雙鸞匿景曜）注〔五〕。爾雅：「水決復入爲汜。」書舜典：「聲依永，律和聲。」馬融長笛賦：「激朗清厲，隨光之介也。」

〔三〕禮記學記篇：「不學操縵，不能安絃。」注：「操縵，雜弄。」韓子十過篇：「師涓援琴鼓之，平公問師曠曰：『此何聲也？』師曠曰：『此所謂清商也。』」楚辭惜誓篇：「二子擁琴而調均兮，余因稱夫清商。」注：「清商，歌曲也。」西京賦薛綜注：「清商，鄭音。」老子：「執大象，天下往。」
河上公注：「象，道也。」

〔四〕「傾」字吴鈔本原鈔同，墨塗作「頃」，汪本、四庫本亦作「頃」。

〔五〕「響」六朝詩集誤作「嚮」。○老子：「明道若昧。」河上公注：「明道之人，若闇昧無見。」宋玉登徒子好色賦：「絜齋俟兮惠音聲。」

〔六〕吕氏春秋本味篇：「伯牙鼓琴，鍾子期聽之，方鼓琴而志在太山，鍾子期曰：『善哉夫鼓琴，巍巍乎若太山。』少選之間，而志在流水，鍾子期又曰：『善哉乎鼓琴，湯湯乎若流水。』鍾子期死，伯牙破琴絶絃，終身不復鼓琴，以爲世無足復爲鼓琴者。」

陳祚明曰：「『傾昧脩身』，鷄鳴不已之意，其嫉世也深矣。」

斂絃散思〔一〕，遊釣九淵〔二〕。重流千仞，或餌者懸〔三〕。猗與莊老〔四〕，棲遲永年〔五〕。寔惟龍化，蕩志浩然〔六〕。

〔一〕「絃」或作「弦」。

〔二〕馮衍顯志賦：「誦古今以散思兮。」莊子應帝王篇：「淵有九名。」賈誼弔屈原賦：「襲九淵之神龍兮。」漢書注：「九旋之淵，言至深也。」

〔三〕「或」張燮本及詩紀作「惑」。○吕氏春秋功名篇：「善釣者出魚乎千仞之下，餌香也。」

〔四〕「與」或作「歟」。

〔五〕詩潛：「猗與漆沮。」箋云：「猗與，歎美之言也。」「莊老」見前幽憤詩注〔三〕。「棲遲永年」見前郭遐周贈詩（吾無佐世才）注〔一〇〕〔一二〕。

〔六〕史記老莊列傳：「孔子曰：『吾今日見老子，其猶龍乎。』」楚辭九章：「吾將蕩志而愉樂兮。」「浩然」見前與阮德如詩注〔三〕。

陳祚明曰：「『重流』二句名言，造語亦健，類孟德。」

肅肅（笭）〔泠〕風〔一〕，分生江湄〔二〕。却背華林，俯泝丹坻〔三〕。含陽吐英，履霜不衰〔四〕。嗟我殊觀，百卉具腓〔五〕。心之憂矣，孰識玄機。

〔一〕「笭」吴鈔本作「冷」，張溥本及詩紀作「苓」。案「冷」當爲「泠」之誤。說文：「笭，車笭也。」玉篇：「笭，舟中牀也。」笭爲舟車中薦物者，於此處不洽。

〔二〕王粲贈蔡子篤詩：「肅肅淒風。」莊子齊物論篇：「泠風則小和。」毛詩傳：「苓，大苦也。」漢書注：「苓，香草名。」埤雅：「苓，喜生下溼。詩曰『隰有苓』是也。」詩蒹葭：「在水之湄。」毛傳：「湄，水隒也。」

〔三〕「坻」下張溥本及詩紀注云：「一作『漪』。」○詩蒹葭：「泝游從之，宛在水中坻。」毛傳：「坻，小渚也。」案華林、丹坻，皆以美言之，非指魏之華林園也。

〔四〕爾雅：「華而不實者謂之英。」易坤卦：「初六，履霜堅冰至。」

〔五〕曹植洛神賦：「仰以殊觀。」詩四月：「秋日淒淒，百卉具腓。」毛傳：「卉，草也；腓，病也。」

猗猗蘭藹〔一〕，殖彼中原〔二〕。緑葉幽茂，麗蘂濃繁〔三〕。馥馥蕙芳〔四〕，順風而宣〔五〕。將御椒房，吐薰龍軒〔六〕。瞻彼秋草〔七〕，悵矣惟騫〔八〕。

〔一〕「藹」字吴鈔本塗改而成，原鈔似作「靄」。

〔二〕詩淇澳：「緑竹猗猗。」毛傳：「猗猗，美盛貌。」張衡怨篇曰：「猗猗秋蘭，植彼中阿，有馥其芳，有黄其葩。」曹植洛神賦：「微幽蘭之芳藹兮。」廣韻：「藹，晻藹，樹繁茂。」吕氏春秋注：「殖，長也。」詩吉日：「瞻彼中原。」

〔三〕「蘂」或作「蕋」，周校本誤作「藻」。「濃」張燮本、四庫本及詩紀作「穠」，吴鈔本原鈔作「農」，墨校補加禾旁，周校本誤作「豐」。○楚辭九歌：「秋蘭兮青青，緑葉兮紫莖。」王粲槐樹賦：「豐茂葉之幽藹。」

〔四〕「蕙」吴鈔本、張溥本作「惠」。

〔五〕蘇武詩：「馥馥秋蘭芳。」廣雅：「馥馥，香也。」傅毅舞賦：「順微風，揮若芳。」爾雅：「宣，偏也。」

〔六〕三輔黄圖曰：「未央宫有椒房殿，以椒和泥塗，取其温而芬芳也。」應劭漢官儀曰：「皇后稱椒房，以椒塗室，取温暖，袪惡氣也。」文選注：「薰，香也。」説文：「軒，曲輈藩車。」

〔七〕「瞻」吴鈔本誤作「贍」。

〔八〕古詩：「將隨秋草萎。」毛詩傳：「騫，虧也。」

王夫之曰：「整刷留放，無不矜愛，但此去小雅不遥。蓋詩自有教，或温或慘，總不可以赤頰熱耳争也。」

陳祚明曰：「未有酒會之意，但覺身世之感甚深。」

雜詩一首

吴鈔本原鈔無此題，朱校補加。○詩雋類函卷一百載此詩，改題「訪友」，又注云：「原作『雜詩』。」○文選王仲宣雜詩李善注曰：「雜者，不拘流例，遇物即言，故云雜也。」李周翰注曰：「興致不一，故云雜詩。」○遍照金剛文鏡祕府論曰：「雜詩者，古人所作，元有題目，撰入文選，文選失其題目，古人不詳，名曰雜詩。」

微風清扇〔一〕，雲氣四除〔二〕。皎皎亮月〔三〕，麗于高隅〔四〕。興命公子，攜手同車〔五〕。龍驥翼翼，揚（鏕）〔鑣〕踟躕〔六〕。肅肅宵征〔七〕，造我友廬〔八〕。光燈吐輝〔九〕，華幔長舒〔一〇〕。鸞觴酌醴，神鼎烹魚〔一一〕。絃超子野〔一二〕，歎過緜駒〔一三〕。流詠太素，俯讚玄虛〔一四〕。孰克英賢〔一五〕，與爾剖符〔一六〕。

〔一〕「清」吳鈔本作「輕」。

〔二〕呂向注：扇，動也。○李善注：漢書：「張竦爲陳崇作奏曰：『日不移軌，霍然四除。』」○魏文帝柳賦：「景風扇而增暖。」延篤與段紀明書曰：「莫不魚爛雲除。」詩斯干：「風雨攸除。」釋文：「除，去也。」

〔三〕吳鈔本作「曒曒朗月」。

〔四〕「于」吳鈔本原鈔作「乎」，朱校改。○李善注：古詩曰：「明月何皎皎。」亮，明也。周禮曰：「城隅之制九隅。」○秦嘉贈婦詩：「皎皎明月，煌煌列星。」周禮注：「麗，附也。」

〔五〕李善注：毛詩曰：「惠而好我，攜手同車。」○禮記注：「興之言喜也。」廣雅：「命，呼也。」

〔六〕「揚」吳鈔本誤作「楊」。「鏕」張燮本及文選作「鑣」，是也。○李善注：毛詩曰：「四牡翼翼。」舞賦曰：「揚鑣飛沫。」○陳琳答東阿王牋：「飛兔流星，龍驥所不敢追。」周禮夏官庾人：「馬八尺以上爲龍。」毛詩箋：「翼翼，壯健貌。」文選舞賦注：「鑣，馬勒旁鐵也。」

〔七〕「宵」吳鈔本作「霄」。自此以下四句，白帖四引作嵇康燈詩，嚴輯全三國文作燈銘，未注出處，當緣白帖而誤。

〔八〕「廬」或作「盧」。○李善注：毛詩曰：「肅肅宵征。」○毛詩傳：「肅肅，疾貌。宵征，夜行。」

〔九〕「輝」吴鈔本作「耀」，白帖引作「曜」，文選袁本同，注云：「善本作『輝』字。」四部本注云：「五臣作『曜』。」

〔一〇〕「幔」白帖十七引作「縵」。○説文：「幔，幕也；舒，伸也。」

〔一一〕張銑注：鸞觴，盃也，刻爲鸞鳥之文。神鼎，鐵器，不汲自滿，不炊自沸，故曰神鼎。○李善注：毛詩曰：「且以酌醴。」又曰：「誰能烹魚。」○方廷珪文選集成曰：「鑄鼎以象神奸，故爲神鼎，舊注謬。」○揚案：稱神，但以美言之耳，史記封禪書：「聞昔泰帝興神鼎一。」亦非此處之義。

〔一二〕「絃」吴鈔本原鈔同，墨校改作「玄」，程本、汪本、四庫本亦作「玄」。讀書續記曰：「明本『玄』作『絃』，是，選本亦作『絃』。」

〔一三〕「緜」或作「綿」。○李善注：杜預左氏傳注曰：「子野，師曠字也。」孟子：「淳于髡曰：『昔緜駒處高唐，而齊右善歌。』」○李周翰注：絃，琴；歎，歌也。

〔一四〕李善注：列子曰：「太初形之始，太素質之始。」老子曰：「玄之又玄，衆妙之門。」管子曰：「虚無無形謂之道。」史記：「太史公曰：『老子所貴道，虚無應用，變化無方。』」○張銑注：太素、玄虚，皆自然也。○「玄虚」見前答二郭詩（詳觀淩世務）注〔九〕。

〔一五〕「孰克」吴鈔本改鈔同，原作「疇尅」。

〔一六〕李善注：言詠讚妙道，遊心恬漠，誰能以英賢之德，與爾剖符而仕乎？班固漢書述曰：「漢興柔遠，與爾剖符。」然文雖出彼，而義微殊。東觀漢記：「韋彪上議曰：『二千石皆以選出京師，剖符典千里。』」○何焯義門讀書記曰：「剖符乃同樂之意，不謂仕也。」○梁章鉅文選旁證曰：「此亦望文生義，別無所據。」○揚案：何説是也，史記六國表：「雖置質剖符，猶不能約束也。」鹽鐵論世務篇：「宋華元、楚司馬子反之相親也，符契内合，誠有以相信也。」崔駰達旨曰：「獨師友道德，合符曩真。」皆契合之意，叔夜謂孰爲英賢之士，當與之契合耳。李善注誤。○説文：「符，信也，漢制以竹長六寸分而相合。」

許學夷曰：「叔夜四言『微風清扇』一篇，雖調越風雅，而情興躍如，蓋三曹樂府之流也。」詩源辨體。

方廷珪曰：「另是一樣氣色，讀之心情俱曠。」

王夫之曰：「中散五言頹唐，不成音理，而四言居勝，足知五言之檠括爲尤難。或謂四言有三百篇在前，非相沿襲，則受壓抑。乃如此篇章，絶不從南雅風頌求步趨，而清光如月，又豈日之所能抑哉？」

陳祚明曰：「造語清婉。」

泆泆白雲，順風而回。淵淵緑水，盈坎而頹。乘流遥邁〔一〕，（自）〔息〕躬蘭隈〔二〕。杖策答諸，納之素懷。長嘯清原，惟以告哀。

〔一〕「遥邁」周校本誤作「遠逝」。

〔三〕周樹人曰：「『自』或『息』字之誤。」

（抄抄）〔眇眇〕翔鸞〔一〕，舒翼太清。俯眺紫辰，仰看素庭。凌躡玄虛，浮沉無形。將遊區外，嘯侶長鳴。神不存〔二〕，誰與獨征。

〔一〕周樹人曰：「『抄抄』或『眇眇』之誤。」

〔二〕案「神」上或「神」下當奪一字。

有舟浮覆〔一〕，紼纚是維。栝檝松櫂，汎若龍微〔二〕。津經險〔三〕，越濟不歸。思友長林，抱璞山湄〔四〕。守器殉業，不能奮飛。

〔一〕周樹人曰：「『覆』當是誤字。」

〔二〕「汎」周校本誤作「有」。

〔三〕案「津」上當奪一字。

〔四〕「璞」周校本誤作「樸」。

羽化華岳，超遊清霄。雲蓋習習，六龍飄飄。左佩椒桂，右綴蘭苕。凌陽讚路，王子奉軺。婉孌名山，真人是要。齊物養生，與道逍遥。

案吴鈔本原鈔，但有「酒會詩」之題，題下「七首」二字，乃朱校所加，其「五言一首四言六首」之注，亦墨校所加也。又原鈔此四首後，即接「微風清扇」一首，朱校於前行縫中補題「雜詩一首」四字，合而觀之，知原鈔所據之本，此四首及「微風清扇」一首，皆屬所題四言詩中，今本分出「微風清扇」一首，改題「雜詩」，乃據文選爲之也。

人生譬朝露，世變多百羅。苟必有終極，彭聃不足多。仁義澆淳樸，前識喪道華。留弱喪自然，天真難可和。郢人審匠石，鍾子識伯牙。真人不屢存，高唱誰當和。

倏夜（家）〔寂〕無爲〔一〕，獨步光庭側。仰首看天衢，流光曜八極。撫心悼季世，遥念大道逼。飄飄當路士，悠悠進自棘。得失自己求〔二〕，榮辱相蠶食。朱紫（雖）〔雜〕玄黄〔三〕，太素貴無色。淵淡體至道，色化同消息〔四〕。

〔一〕周樹人曰：「『家』疑當作『寂』，由『家』而誤。」
〔二〕「求」周校本誤作「來」。
〔三〕周樹人曰：「『雖』疑當作『雜』。」
〔四〕周樹人曰：「『色』當誤。」

俗人不可親，松喬是可鄰。何爲穢濁間，動摇增垢塵。慷慨之遠遊，整駕俟良辰。輕舉翔區外，濯翼扶桑津。徘徊戲靈岳，彈琴詠太真〔一〕。滄水澡五藏，變化忽若神。姮娥進妙藥〔二〕，毛羽翕光新。一縱發開陽，俯視當路人。哀哉（世間人）〔人間世〕〔三〕，何足久託身。

〔一〕「太」周校本作「泰」。

〔二〕「姮」原鈔誤作「恒」。

〔三〕周樹人曰：「疑當作『人間世』。」

案吳鈔本原鈔於秀才答詩「飾車駐駟」一首中，誤接「微風清扇」一首之末十七字，其次行題「五言詩」三字，以下各行，即爲此詩三首，已詳前注。此詩之後，爲一空行，又後一行，即題「嵇康集一」四字仍齊格，皆爲朱校删去。葉渭清曰：「其分卷相違如是，必因抄校異本而致，非盡書人之誤也。」揚案：合而觀之，原鈔所據之本，爲「酒會詩一首」「四言十首」「五言三首」，而此卷即以此詩終也。

此多出之「四言四首」「五言三首」，皕宋樓鈔本亦未迻録，觀其結體用韻，當爲魏、晉，而屬詞寄意，亦與叔夜略同，想皆今集所佚耶？今集酒會詩中「淡淡流水」句，御覽引作「淵淵緑水」，即此四言詩中之句也。

嵇康集校注卷第二

琴賦一首并序

吴鈔本題「琴賦有序」。〇以下各篇，吴鈔本皆無「幾首」字。〇李善注：尸子曰：「舜作五絃之琴以歌南風：『南風之薰兮，可以解吾人之愠。』是舜歌也。」白虎通曰：「琴者，禁也，禁人邪惡，歸於正道，故謂之琴。」〇案琴之始制，古説各殊，馬融長笛賦曰：「昔庖羲作琴。」文選注：琴操曰：「昔伏羲氏之作琴，所以修身理性，反天真也。」風俗通義引世本曰：「神農作琴。」新論曰：「神農氏爲琴七絃，足以通萬物而考理亂也。」説文：「琴，禁也，神農所作，洞越，練朱五絃，周加二絃。」李冶敬齋古今黈曰：「説者曰：軒轅以前衣皮，其制短小，今衣絲麻布帛，所作衣裳，其制長大，故云垂衣裳也。然則羲、農之世，其無絲也審矣。此時無絲，又焉得以爲絃索者乎？吾謂蔡邕及世本諸家之説皆妄也，絃索之音，必自夫黄帝時有之。」

余少好音聲，長而翫之〔一〕，以爲物有盛衰，而此無變〔二〕，滋味有猒，而此不勌〔三〕，可以導養神氣，宣和情志〔四〕，處窮獨而不悶者，莫近於音聲也〔五〕。是故復之而不足，則吟詠以肆志，吟詠之不足，則寄言以廣意〔六〕。然八音之器〔七〕，歌舞之象〔八〕，歷世才士，並爲之賦頌〔九〕，其體制風流，莫不相襲〔一〇〕，稱其材幹，則以危苦爲上〔一一〕，賦其聲音，則以悲哀爲主，美其感化，則以垂涕爲貴〔一二〕，麗則麗矣，然未盡其理也〔一三〕。推其所由，似元不解音聲〔一四〕，覽其旨趣，亦未達禮樂之情也〔一五〕。衆器之中，琴德最優〔一六〕，故綴叙所懷，以爲之賦〔一七〕，其辭曰：

惟椅梧之所生兮〔一八〕，託峻嶽之崇岡〔一九〕，披重壤以誕載兮〔二〇〕，參辰極而高驤〔二一〕，含天地之醇和兮〔二二〕，吸日月之休光〔二三〕，鬱紛紜以獨茂兮〔二四〕，飛英蕤於昊蒼〔二五〕，夕納景於虞淵兮，旦晞幹於九陽〔二六〕，經千載以待價兮，寂神跱而永康〔二七〕。

且其山川形勢，則盤紆隱深〔二八〕，磪嵬岑嵓〔二九〕，互嶺巉巖〔三〇〕，岞崿嶇崯〔三一〕，丹崖嶮巇，青壁萬尋〔三二〕。若乃重巘增起，偃蹇雲覆〔三三〕，邈隆崇以極壯，崛巍巍而特秀〔三四〕，蒸靈液以播雲，據神淵而吐溜〔三五〕。爾乃顛波奔突，狂赴争流〔三六〕，觸巖觝隈，鬱怒彪休〔三七〕，洶涌騰薄〔三八〕，奮沫揚濤〔三九〕，瀄汩澎湃，蜿蟺相糾〔四〇〕，放肆大川，濟乎中州〔四一〕，安回徐邁〔四二〕，寂爾長浮〔四三〕，澹乎洋洋，縈抱山丘〔四四〕。詳觀其區土之所産毓，奥宇之所寶殖〔四五〕，珍怪琅玕〔四六〕，瑶瑾翕赩〔四七〕，叢集累積，奂衍於其側〔四八〕。若乃春蘭被其東，沙棠殖其西〔四九〕，涓子宅其陽，玉醴涌其前〔五〇〕，玄雲蔭其上，翔鸞集其巔，清露潤其膚〔五一〕，惠風流其間〔五二〕，竦肅肅以静謐，密微微其清閑〔五三〕，夫所以經營其左右者〔五四〕，固以自然神麗，而足思願愛樂矣〔五五〕。

於是遯世之士〔五六〕，榮期、綺季之疇〔五七〕，乃相與登飛梁，越幽壑〔五八〕，援瓊枝，陟峻崿，以遊乎其下〔五九〕，周旋永望，邈若淩飛〔六〇〕，邪睨崑崙，俯闞海湄〔六一〕，指蒼梧之迢遞〔六二〕，臨迴江之威夷〔六三〕，悟時俗之多累〔六四〕，仰箕山之餘輝〔六五〕，羨斯嶽之弘敞，心慷慨以忘歸〔六六〕。情舒放而遠覽，接軒轅之遺音〔六七〕，慕老童於騩隅〔六八〕，欽泰容之高吟〔六九〕，顧兹梧而興慮〔七〇〕，思假物以託心〔七一〕，乃斲孫枝〔七二〕，準量所任〔七三〕，至人攄思〔七四〕，制爲雅琴〔七五〕。

乃使離子督墨，匠石奮斤〔七六〕，夔、襄薦法，般、倕騁神〔七七〕，鎪會裛厠，朗密調均〔七八〕，華繪彫琢〔七九〕，布藻垂文〔八〇〕，錯以犀象，籍以翠緑〔八一〕，絃以園客之絲〔八二〕，徽以鍾山之玉〔八三〕。爰有龍鳳之象，古人之形〔八四〕，伯牙揮手，鍾期聽聲〔八五〕，華容灼爚〔八六〕，發采揚明〔八七〕，何其麗也〔八八〕。伶倫比律，田連操張〔八九〕，進御君子，新聲熮亮〔九〇〕，何其偉也〔九一〕。

及其初調，則角羽俱起，宫徵相證〔九二〕，參發並趣，上下累應〔九三〕，踸踔磥硌〔九四〕，美聲將興〔九五〕，固以和昶而足耽矣〔九六〕。爾乃理正聲，奏妙曲〔九七〕，揚白雪，發清角〔九八〕，紛淋浪以流離，奂淫衍而優渥〔九九〕，粲奕奕而高逝，馳岌岌以相屬〔一〇〇〕，沛騰遌而競趣，翕韡曄而繁縟〔一〇一〕。狀若崇山，又象流波，浩兮湯湯，鬱兮峨峨〔一〇二〕，怫憒煩冤〔一〇三〕，紆餘婆娑〔一〇四〕，陵縱播逸〔一〇五〕，霍濩紛葩〔一〇六〕。檢容授節，應變合度〔一〇七〕，兢名擅業〔一〇八〕，安軌徐步〔一〇九〕，洋洋習習，聲烈遐布〔一一〇〕，含顯媚以送終〔一一一〕，飄餘響乎泰素〔一一二〕。若乃高軒飛觀，廣夏閑房〔一一三〕，冬夜肅清〔一一四〕，朗月垂光〔一一五〕，新衣翠粲，纓徽流芳〔一一六〕。於是器冷絃調〔一一七〕，心閑手敏〔一一八〕，觸攙如志，唯意所擬〔一一九〕，初涉淥水〔一二〇〕，中奏清徵〔一二一〕，雅昶唐堯，終詠微子〔一二二〕，寬明弘潤，優遊躇跱〔一二三〕，拊絃安歌〔一二四〕，新聲代起〔一二五〕。歌曰：凌扶摇兮憩瀛洲〔一二六〕，要列子兮爲好仇〔一二七〕，餐沆瀣兮帶朝霞，眇翩翩兮薄天遊〔一二八〕，齊萬物兮超自得，委性命兮任去留〔一二九〕，激清響以赴會，何絃歌之綢繆〔一三〇〕。

於是曲引向闌〔一三一〕，衆音將歇〔一三二〕，改韻易調，奇弄乃發〔一三三〕，揚和顏，攘皓腕〔一三四〕，飛纖指以馳騖，紛儮譶以流漫〔一三五〕，或徘徊顧慕〔一三六〕，擁鬱抑按〔一三七〕，盤桓毓養，從容秘翫〔一三八〕，闥爾奮逸，風駭雲亂〔一三九〕，牢落凌厲〔一四〇〕，布濩半散〔一四一〕，豐融披離，斐韡奂爛〔一四二〕，英聲發越，采采粲粲〔一四三〕。或間聲錯糅，狀若詭赴〔一四四〕，雙美並進，駢馳翼驅〔一四五〕，初若將乖，後卒同趣〔一四六〕。或曲而不屈，直而不倨〔一四七〕，或相凌而不亂，或相離而不殊〔一四八〕，時劫掎以慷慨〔一四九〕，或怨嫭而躊躇〔一五〇〕，忽飄颻以輕邁〔一五一〕，乍留聯而扶疏〔一五二〕。或參譚繁促，複疊攢仄〔一五三〕，從横駱驛，奔遯相逼〔一五四〕，拊嗟累讚，間不容息〔一五五〕，瓌豔奇偉，殫不可識〔一五六〕。

若乃閑舒都雅，洪纖有宜〔一五七〕，清和條昶，案衍陸離〔一五八〕，穆温柔以怡懌，婉順叙而委蛇〔一五九〕，或乘險投會，邀隙趨危〔一六〇〕，嚶若離鵾鳴清池〔一六一〕，翼若（浮）〔游〕鴻翔曾崖〔一六二〕，紛文斐尾，慊縿離纚〔一六三〕，微風餘音〔一六四〕，靡靡猗猗〔一六五〕。或摟攙擽捋〔一六六〕，縹繚潎冽〔一六七〕，輕行浮彈，明嫿瞭慧〔一六八〕，疾而不速〔一六九〕，留而不滯〔一七〇〕，翩緜飄邈，微音迅逝〔一七一〕。遠而聽之，若鸞鳳和鳴戲雲中〔一七二〕，迫而察之〔一七三〕，若衆葩敷榮曜春風〔一七四〕，既豐贍以多姿〔一七五〕，又善始而令終〔一七六〕，嗟姣妙以弘麗，何變態之無窮〔一七七〕。

若夫三春之初，麗服以時〔一七八〕，乃攜友生，以遨以嬉〔一七九〕，涉蘭圃，登重基〔一八〇〕，背長林，翳華芝〔一八一〕，臨清流，賦新詩〔一八二〕，嘉魚龍之逸豫，樂百卉之榮滋〔一八三〕，理重華之遺操〔一八四〕，慨遠慕而長思〔一八五〕。

若乃華堂曲宴，密友近賓〔一八六〕，蘭肴兼御〔一八七〕，旨酒清醇〔一八八〕，進南荆，發西秦〔一八九〕，紹陵陽，度巴人〔一九〇〕，變用雜而並起，竦衆聽而駭神〔一九一〕，料殊功而比操，豈笙籥之能倫〔一九二〕。若次其曲引所宜〔一九三〕，則廣陵止息，東武太山〔一九四〕，飛龍鹿鳴，鵾鷄遊絃〔一九五〕，更唱迭奏〔一九六〕，聲若自然〔一九七〕，流楚窈窕，懲躁雪煩〔一九八〕。下逮謠俗，蔡氏五曲〔一九九〕，王昭楚妃〔二〇〇〕，千里別鶴〔二〇一〕，猶有一切，承間簉乏〔二〇二〕，亦有可觀者焉〔二〇三〕。然非夫曠遠者，不能與之嬉遊〔二〇四〕，非夫淵靜者，不能與之閑止〔二〇五〕，非夫放達者，不能與之無吝〔二〇六〕，非夫至精者，不能與之析理也〔二〇七〕。

若論其體勢，詳其風聲〔二〇八〕，器和故響逸〔二〇九〕，張急故聲清〔二一〇〕，間遼故音(痺)〔庳〕〔二一一〕，絃長故徽鳴〔二一二〕，性絜靜以端理〔二一三〕，含至德之和平〔二一四〕，誠可以感盪心志，而發洩幽情矣〔二一五〕。是故懷戚者聞之〔二一六〕，莫不憯懍慘悽〔二一七〕，愀愴傷心〔二一八〕，含哀懊咿〔二一九〕，不能自禁〔二二〇〕；其康樂者聞之，則欨愉懽釋〔二二一〕，抃舞踊溢〔二二二〕，留連瀾漫，嗢噱終日〔二二三〕；若和平者聽之，則怡養悦愉〔二二四〕，淑穆玄真〔二二五〕，恬虛樂古，棄事遺身〔二二六〕。是以伯夷以之廉，顔回以之仁〔二二七〕，比干以之忠，尾生以之信〔二二八〕，惠施以之辯給〔二二九〕，萬石以之訥慎〔二三〇〕。其餘觸類而長〔二三一〕，所致非一，同歸殊途，或文或質〔二三二〕，揔中和以統物〔二三三〕，咸日用而不失〔二三四〕，其感人動物，蓋亦弘矣〔二三五〕。

于時也〔二三六〕，金石寢聲，匏竹屏氣〔二三七〕，王豹輟謳，狄牙喪味〔二三八〕，天吳踊躍於重淵，王喬披雲而下墜〔二三九〕，舞鸑鷟於庭階，游女飄焉而來萃〔二四〇〕，感天地以致和，況蚑行之衆類〔二四一〕，嘉斯器之懿茂，詠兹文以自慰，永服御而不厭，信古今之所貴〔二四二〕。

亂曰〔二四三〕：愔愔琴德，不可測兮〔二四四〕，體清心遠，邈難極兮〔二四五〕，良質美手，遇今世兮〔二四六〕，紛綸翕響，冠衆藝兮〔二四七〕，識音者希，孰能珍兮〔二四八〕，能盡雅琴，唯至人兮〔二四九〕。

〔一〕李善注：杜預左氏傳注曰：「翫，習也。」○漢書張禹傳：「禹性習知音聲。」

〔二〕李善注：文子曰：「夫物盛則衰。」

〔三〕李善注：莊子曰：「聲色滋味之於人心，不待學而樂之。」左氏傳：「閻没、女寬曰：『及饋之畢，願以小人之腹，爲君子之心，屬猒而已。』」説文曰：猒，从甘由犬，會意字也。○梁章鉅文選旁證曰：「今説文：『猒，飽也，从甘从肰。』」○玉篇：「勌，勞也。」漢書注：「『勌』亦『倦』字。」

〔四〕李善注：管子曰：「導血氣而求長年。」淮南子曰：「古之人，神氣不蕩乎外。」○論衡道虚篇：「道家或以導氣養性，度世而不死。」古詩曰：「蕩滌放情志。」

〔五〕李善注：孟子曰：「柳下惠遺佚而不怨，阨窮而不憫。」○文選四部本李善注，「憫」作「悶」，與山巨源書善注引仍作「憫」。案孟子注：「憫，懣也。」淮南子注：「憫，憂也。」説文：「悶，懣也。」廣雅：「憫，懣也。」三字同爲憂懣之義。○孟子：「窮則獨善其身。」易乾卦文言曰：「遯世無悶。」家語弟子行篇：「處賤不悶。」注：「悶，憂。」

〔六〕李善注：毛詩序曰：「言之不足，故詠歌之，詠歌之不足，不知手之舞之。」杜預左氏傳注曰：「肆，申也。」尚書曰：「詩言志。」○毛詩箋：「復，反復也。」毛詩序：「吟詠性情，以風其上。」

「肆志」見前贈秀才詩（流俗難悟）注〔二〕。説文：「寄，託也。」莊子天下篇曰：「以寓言爲廣。」荀子樂論篇：「聽其雅頌之聲，志意得廣焉。」揚雄答劉歆書曰：「得肆心廣意以自見。」○蘄春黄先生曰：「復之，謂取其音聲而反復之；吟詠，謂以詩歌譜之音聲。」

〔七〕「器」文選四部本同，注云：「五臣作『氣』。」袁本作「氣」，注云：「善本作『器』。」

〔八〕書堯典：「四海遏密八音。」僞孔傳：「八音：金、石、絲、竹、匏、土、革、木。」漢書禮樂志：「樂有歌舞之容。」

〔九〕「世」文選四部本同，注云：「五臣作『代』。」袁本作「代」，注云：「善本作『世』字。」○張衡東京賦：「歷世彌光。」薛綜注：「歷，經也。」

〔一〇〕李善注：淮南子曰：「晚世風流俗敗，禮義廢。」仲長子昌言：「乘此風順此流而下走，誰復能爲此限者哉？」孔安國尚書傳曰：「襲，因也。」○漢書趙充國辛慶忌傳贊曰：「今之歌謡慷慨，風流猶存。」

〔一一〕吕延濟注：危苦，謂生於高峻也。○漢書貨殖傳：「萑蒲，材幹器械之資。」又淮南厲王傳：「薄昭與王書曰：『高帝爲子孫成萬世之業，艱難危苦甚矣。』」

〔一二〕長笛賦：「危殆險巇之所迫也，衆哀集悲之所積也。」又曰：「放臣逐子，棄妻離友，攢乎下風，收精注耳，泣血泫流，交横而下。」案此等即叔夜所譏矣。

〔一三〕李善注：高誘戰國策注曰：「麗，美麗也。」

〔一四〕「音聲」張本作「聲音」，文選四部本、袁本、茶陵本同，並於「覽」字下注云：「善本作『音聲者覽』。」胡刻本仍無「者」字，胡克家文選考異曰：「袁本、茶陵本云：『善作音聲者覽。』案此少『者』字，或尤本脱耳。」

〔一五〕李善注：趣，意也。禮記曰：「故知禮樂之情者能作。」○後漢書郎顗傳：「顗對狀曰：『謹條序前章，暢其旨趣。』」

〔一六〕李善注：桓譚新論曰：「八音廣博，琴德最優。」馬融琴賦曰：「曠三奏而神物下降，何琴德之深哉。」

〔一七〕「以」北堂書鈔一百九引作「次」。○説文：「綴，合箸也。」

〔一八〕「梧」藝文類聚四十四及琴史引作「桐」，北堂書鈔一百九兩引此句，一作「梧」，一作「桐」。

〔一九〕「託」或作「托」，「嶽」或作「岳」。○李善注：毛詩曰：「椅桐梓漆，爰伐琴瑟。」毛萇曰：「椅，梓屬。」史記曰：「龍門有桐樹，高百尺，無枝，堪爲琴。」○方以智通雅曰：「椅桐，榮桐，白桐，即泡桐也。陶貞白云：『白桐即椅桐。』陸璣曰：『白桐宜琴。』又曰：『梓實桐皮曰椅。』智按：古人以椅爲高大疏理之稱，故曰椅梓、曰椅桐，以別於本梓本桐耳。」○張雲璈選學膠言曰：「詩傳：『椅，梓屬。』言梓屬，則椅、梓别，而釋木椅、梓爲一者，陸璣云：『梓者，楸之疏理白色而生子者爲梓，梓實桐皮曰椅。』則大同而小别。方氏『椅爲高大疏理』之説，未必然矣。」○崔駰七依曰：「爰有洞庭之椅桐，依峻岸而旁生。」馬融琴賦曰：「惟梧桐之所生兮，在衡山之峻陂。」文選注引字林曰：「惟，有也。」詩崧高：「崧高維嶽，駿極於天。」毛傳：「嶽，四嶽也。」魏文帝瑪瑙賦：「寄中山之崇岡。」

〔二〇〕「誕」文選袁本作「誔」，注云：「善本作『誕』字。」北堂書鈔一百九引作「延」。

〔二一〕李善注：披，開也。重壤，謂地也，泉壤稱九，故曰重也。毛萇詩傳曰：「誕，大也。載，生也。」爾雅曰：「北極，北辰也。」孔安國尚書傳曰：「襄，上也。」「驤」與「襄」同。○吕向注：誕，生；參，近也。○蔡邕漢律賦：「披厚土而載形。」曹植芙蓉賦：「結修根於重壤。」古樂府滿歌行：「遥望辰極，天曉月移。」爾雅：「北極謂之北辰。」注：「北極，天之中，以正四方。」班固西都賦：「荷棟桴而高驤。」

〔二二〕「含」文選四部本、茶陵本同，四部本注云：「五臣作『合』。」茶陵本注云：「五臣作『荅』。」袁本作「合」，注云：「善本作『含』字。」○揚案：「荅」字當爲「合」字之誤，北堂書鈔一百九引亦作「合」。

〔二三〕李善注：謂包含天地醇和之氣，引日月光明也。周易曰：「天地絪緼，萬物化醇。」○王延壽夢賦曰：「吾含天地之純和。」案「醇」與「純」同。漢書注：「醇者，不雜也。」曹植橘賦：「稟太陽之烈氣，嘉杲日之休光。」

〔二四〕「以」琴史引作「而」。

〔二五〕「昊」藝文類聚四十四、事文類聚續集三十二引作「旻」。○李善注：說文曰：「蘤，草木花貌，汝誰切。」○梁章鉅曰：「今説文：『蕤，草木華垂貌。』」○繁欽柳賦：「鬱青青以暢茂。」文選注：「鬱，盛貌。」爾雅：「春爲蒼天，夏爲昊天。」班固答賓戲曰：「超忽荒而躆昊蒼。」文選注：「項岱曰：『昊、蒼，皆天名也。』」

〔二六〕「幹」文選四部本同，注云：「五臣本作『榦』。」袁本作「榦」，注云：「善本作『幹』。」○李善注：納，藏也。淮南子曰：「日入于虞淵之汜。」又曰：「入于虞淵，是謂黄昏。」高誘曰：「視物黄也。」晞，乾也；幹，本也。楚辭曰：「夕晞余身乎九陽。」王逸曰：「九陽，謂九天之崖也。」○説文：「景，日光也。」

〔二七〕李善注：論語：「子曰：『我待價者也。』」價者，物之數也。康，安也。○梁章鉅曰：「今論語作『賈』，古字通。」○廣雅：「跱，立也。」

〔二八〕「深」藝文類聚四十四引作「嶙」，事文類聚續集三十二引作「璘」。

〔二九〕「嵬」或作「磈」或作「魂」，「嵓」或作「喦」。○李善注：盤，曲；紆，屈；隱，幽；深，邃也。崔嵬，高峻之貌。岑嵓，危嶮之形。字林曰：「嵓，山巖也。」○案文選六臣注本：「善注曰：『盤紆，詘屈也。崔嵬、岑嵓，高峻之貌也。』」○司馬相如子虛賦：「其山川則盤紆岪鬱。」傅毅七激曰：「窮林薄，歷隱深。」詩卷耳：「陟彼崔嵬。」毛傳：「崔嵬，土山之戴石者。」管子宙合篇：「山陵岑巖。」穀梁僖公三十三年傳：「必於殽之巖崯之下。」

〔三〇〕「互」張本及琴史引作「玄」，文選胡刻本作「互」，四部本、袁本、茶陵本作「玄」，胡克家文選考異曰：「袁本、茶陵本『互』作『玄』。」案此無可考也，或尤本字譌。

〔三一〕「崿」文選四部本、袁本、茶陵本作「峈」，並注云：「善本作『崿』。」琴史亦引作「峈」。〇李善注：皆山石崖巘嶮峻之勢。〇宋玉高唐賦：「登巉巖而下望兮。」張衡南都賦：「岝峉嶵嵬。」文選注：「埤蒼曰：『岝峉，山不齊也。』」黃香九宮賦：「枉矢持芒以岝崿。」王褒洞簫賦：「徒觀其旁山側兮，則嶇嶔巋崎。」楚辭九思：「叢林兮崯崯。」注：「崯崯，衆饒貌。」案「崿」與「峈」「峉」、「崯」與「嶔」，皆聲近相通。

〔三二〕說文：「崖，高邊也。」「嶮巇」見前贈秀才詩（雙鸞匿景曜）注〔一六〕。毛詩傳：「八尺曰尋。」

〔三三〕李善注：偃蹇，高貌，言高在上，偃蹇然如雲覆下也。〇張衡西京賦：「陵重巘。」薛綜注：「山之上大下小者曰巘。」馬融長笛賦：「夫其面旁，則重巘增石。」廣雅：「增，重也。」離騷：「望瑤臺之偃蹇兮。」注：「偃蹇，高貌。」

〔三四〕「崛」張本作「堀」，誤也。「巍巍」文選四部本同，注云：「五臣作『嵬嵬』。」袁本作「嵬嵬」，注云：「善本作『巍巍』。」〇李善注：巍巍，高大貌。〇廣雅：「秀，出也。」廣雅：「邈，遠也。」子虛賦：「隆崇嵂崒。」郭璞注：「隆崇，站起也。」西京賦：「神明崛其特起。」薛綜注：「崛，高貌。」

〔三五〕「淵」文選四部本同，注云：「五臣作『泉』。」袁本作「泉」，注云：「善本作『淵』字。」〇李善注：蒸，氣上貌。言山能蒸出雲以沾潤萬物。播，布也。孔子曰：「夫山者，興吐風雲，以通乎天地之間。」説文曰：「津，液也。溜，水流也。」○朱珔文選集釋曰：「案今説文水部津字云：『水渡也』；又液，『𧖴也』。血部𧖴字云：『气液也。』是津液字當作『𧖴』，經傳多借『津』爲『𧖴』，此處正文是液字，則當云『液，津也』。」○曹植七啓曰：「觀游龍於神淵。」

〔三六〕王延壽魯靈光殿賦：「盜賊奔突。」張載注：「突，唐突也。」史記魯仲連列傳：「遺燕將書曰：『業與三王争流。』」

〔三七〕李善注：⿰舟氐，至也。隈，水曲也。彪休，怒貌。○傅毅舞賦：「或有宛足鬱怒。」

〔三八〕「騰」吴鈔本作「滕」，鈔者偶誤也。

〔三九〕司馬相如上林賦：「沸乎暴怒，洶涌彭湃。」文選注：「司馬彪曰：『洶涌，跳起也。彭湃，波相戾也。』」魏文帝濟川賦：「濞騰揚以相薄。」廣雅：「薄，迫也。」班固西都賦：「揚波濤於碣石。」

〔四〇〕李善注：瀄汩，去疾貌。澎湃，相戾之形也。⿱夗虫蟺，展轉也。糾，繚也。⿱夗虫，於阮切。蟺音善。糾，己求切。○上林賦：「蜿灗膠戾。」王粲游海賦：「洪濤奮蕩，大浪踊躍，山隆谷窊，宛亶相搏。」説文：「蟺，⿱夗虫蟺也。」玉篇：「蟺，蚯蚓也。」案「⿱夗虫」與「宛」「蜿」通，「亶」與「蟺」「灗」通，此處謂波如⿱夗虫蟺之糾繚也。

〔四一〕李善注：肆猶縱也。中州，猶中國也。○史記天官書：「衡，殷中州河、濟之間。」

〔四二〕「回」或作「迴」。

〔四三〕李善注：安回，波静遠去象。上林賦曰：「安翔徐回。」又曰：「寂漻無聲。」

〔四四〕李善注：說文曰：「澹，水摇也。」○賈誼鵩鳥賦曰：「澹乎若深淵之静。」詩碩人：「河水洋洋。」毛傳：「洋洋，盛大也。」曹植文章序曰：「汜乎洋洋。」毛詩傳：「縈，旋也。」

〔四五〕李善注：廣雅曰：「奥，藏也。」毛萇詩傳曰：「宇，居也。」○廣雅：「毓，長也；殖，積也。」西京賦：「實惟地之奥區神皋。」

〔四六〕「琅」文選袁本作「瑯」。

〔四七〕李善注：高唐賦曰：「珍怪奇偉。」尚書曰：「球琳琅玕。」皆美玉名。說文：「瑾，玉名。」翕艴，盛貌。詩傳曰：「艴，赤色貌。」○梁章鉅曰：「今說文『瑾』『瑜』二字，並訓『美玉也』。」○吕向注：山有玉則草木滋潤，此可以益於桐，故述之。○班固終南山賦：「爾其珍怪，碧玉挺其阿，蜜房溜其巔。」何晏景福殿賦：「菡萏艴翕。」

〔四八〕「奐」文選四部本同，注云：「五臣本作『渙』。」袁本作「渙」，注云：「善本作『奐』。」琴史引亦作「渙」。○李善注：蒼頡篇曰：「奐，散貌。」衍，溢也。

〔四九〕「殖」文選四部本同，注云：「五臣作『植』。」袁本作「植」，注云：「善本作『殖』。」○李善注：楚辭曰：「春蘭兮秋菊。」山海經曰：「崑崙之丘，有木焉，其狀如棠，而黄華赤實，其味如李而無核，御水人食之，使不溺。」

〔五〇〕李善注：列仙傳曰：「涓子者，齊人，好餌朮，著天地人經三十八篇。釣於澤，得符鯉魚中，隱於宕山，能致風雨，造伯陽九山法。淮南王少得其文，不能解其音旨。其琴心三篇，有條理也。」揚雄泰玄賦曰：「茹芝英以禦飢，飲玉醴以解渴。」宋玉笛賦曰：「丹水涌其左，醴泉流其右。」○梁章鉅曰：「董氏斯張廣博物志云：『魯謝涓子，常遊江淮，鼓琴於水側，遇一女，抱小綠綺撫弄，涓子訝之。曰：妾北陵之女也。因授清江引。』」○毛詩傳：「山南曰陽。」班固覽海賦：「涌醴漸於中唐。」

〔五一〕「露」下文選四部本、袁本、茶陵本並注云：「善本作『霧』」，胡刻本仍作『露』。」胡克家文選考異曰：「案此尤改之，蓋以五臣亂善。」

〔五二〕李善注：邊讓章華臺賦曰：「惠風春施。」○楚辭九歌：「紛吾乘兮玄雲。」事類賦引淮南子曰：「桐木成雲。」注曰：「取十石甕，滿以水，置桐其中，三四日間，氣似雲作。」魏明帝猛虎行：「雙桐生空井，枝葉自相加。通泉浸其根，玄雲潤其柯。」李尤靈壽杖銘：「甘泉潤根，清露流莖。」蔡邕琴賦：「甘露潤其末，涼風扇其枝，鸞鳳翔其巔，玄鶴巢其岐。」

〔五三〕「閑」或作「閒」。○李善注：爾雅曰：「謐，靜也。」微微，幽靜也。○古詩：「長松千餘丈，肅肅臨澗水。」淮南子時則訓：「草木皆肅。」注：「草木上竦曰肅。」南都賦：「清廟肅以微微。」

〔五四〕呂向注：經營，猶優游也。○書召誥：「厥既得卜則經營。」楚辭九歎：「經營原野。」注：「南北爲經，東西爲營。」

〔五五〕李善注：東都主人曰：「闕庭神麗。」○漢書李廣傳：「士以此愛樂爲用。」

〔五六〕「世」文選四部本同，注云：「五臣作『俗』。」袁本作「俗」，注云：「善本作『世』字。」琴史亦引作「俗」。

〔五七〕「疇」吴鈔本、四庫本及琴史引作「儔」。○李善注：周易曰：「遯世無悶。」列子曰：「孔子遊於泰山，見榮啟期，行乎郕之野，鹿裘帶索，鼓琴而歌。孔子曰：『先生何以爲樂？』曰：『天地萬物，惟人爲貴，吾得爲人，一樂也；男貴女賤，吾得爲男，二樂也；生有不見日月，不免襁褓者，吾年九十，是三樂也；貧者士之常，死者人之終，處常得終，復何憂乎？』孔子曰：『能自寬也。』」班固漢書贊曰：「漢興，有東園公、綺季、夏黄公、甪里先生，當秦之時，避世而入商洛深山，以待天下之定，即四皓也。」皇甫謐高士傳曰：「四皓皆河内軹人，一曰在汲。」○胡克家文選考異曰：「注『列子曰』袁本、茶陵本『列子』作『新序』，案二本最是。」○梁章鉅曰：「此即榮啓期也。列子天瑞篇、淮南主術訓、齊俗訓、弘明集正誣論，亦皆作『榮期』。」○班固終南山賦：「榮期、綺季，此焉恬心。」

〔五八〕李善注：飛梁，橋也。甘泉賦曰：「歷側景而絶飛梁。」○西京賦：「陵巒超壑。」薛綜注：「壑，坑谷也。」

〔五九〕李善注：莊子曰：「南方生樹名瓊枝。」○爾雅：「陟，陞也。」文選注引文字集略：「崿，崖也。」

〔六〇〕「淩」文選四部本同，注云：「五臣作『凌』。」袁本作「凌」，無注。○李善注：言若鳥之淩飛。左氏傳：「史克曰：『奉以周旋。』」○張衡冢賦：「周旋顧盼，亦各有行。」

〔六一〕「闞」或作「瞰」。○李善注：説文曰：「睨，邪視也。」崑崙，山名也。闞，視也。毛萇詩傳曰：「水草交曰湄。」○西京賦：「遷延邪睨。」東京賦：「左瞰暘谷，右睨玄圃。」薛綜注：「瞰，望也；睨，視也。」劉劭趙都賦：「靈丘平囿，邪接崑崙。」

〔六二〕「遞」琴史引作「遰」。

〔六三〕「迴」張本及文選四部本、袁本、茶陵本作「迴」。○李善注：漢書有蒼梧郡。山海經曰：「南方蒼梧之丘，其中有九嶷山，舜之所葬，在長沙零陵界。」洞簫賦曰：「迴江流而溉其山。」韓詩曰：「周道威夷。」○梁章鉅曰：「毛本『威』作『倭』，按本書注引韓詩並作『威夷』。」○魯靈光殿賦：「浮柱岹嵽以星懸。」文選吴都賦注：「迢遞，遠貌。」案「迢遞」與「岹嵽」通。

〔六四〕「悟」或作「寤」。

〔六五〕李善注：高士傳曰：「堯讓位於許由，由辭曰：『鷦鷯巢在深林，不過一枝，偃鼠飲河，不過滿腹。』隱乎沛澤。堯讓不已，於是遁於中岳，潁水之陽，箕山之下。死因葬於箕山之巔十五里，堯因就封其墓，號曰箕公。字仲武，陽城槐里人也。」吕氏春秋曰：「昔堯朝許由於沛澤之中，曰：『請屬天下於夫子。』許由遂之箕山之下。」○楚辭遠遊篇：「悲時俗之迫阨兮。」

〔六六〕李善注：西京賦曰：「赫昈昈以宏敞。」爾雅曰：「愷，慷，樂也。」史記曰：「穆天子見西王母，樂之忘歸。」○胡克家文選考異曰：「案『慷慨』當作『愷慷』，善引爾雅：『愷，慷，樂也。』『慷』即『康』字，是其本作『愷慷』，甚明。袁、茶陵二本所載五臣翰注，乃云：『慷慨，歎聲也。』乃誤作『慊慨』，大違嵇賦之意。各本以五臣亂善，失著校語，更誤，今特訂正之。」○王念孫讀書雜志餘編曰：「案如李注，則正文本作『心康愷以忘歸』，今作『慊慨』者，後人據五臣注改之也。爾雅曰：『愷，康，樂也。』説文曰：『愷，康也。』則李注引爾雅本作『康』，今作『慊』者，又後人據已誤之正文改之也。神女賦曰：『心凱康以樂歡。』『凱』與『愷』同。此言山形宏敞，令人樂而忘歸，故李注又引史記『樂之忘歸』爲證，若改『康愷』爲『慊慨』，則與上下文都不相屬矣。五臣本作『慊慨』，訓爲歎聲，皆非是。」○許巽行文選筆記曰：「説文：『忼慨，壯士不得志也。』義與『愷慊』不同。」○揚案：作「愷慊」或「康愷」皆合。

〔六七〕李善注：軒轅，黄帝也。遺音，謂琴也。○呂延濟注：昔黄帝使伶倫入嶰谷，取竹調律。令遠覽，思接其遺音，欲取椅桐爲琴也。○梁章鉅曰：「黄帝使伶倫截竹，樂律起於黄帝，故云『接軒轅之遺音』。若琴原始，本神農所造，非黄帝也。」○漢書陳湯傳：「耿育上書曰：『遠覽之士，莫不計度。』」馮衍顯志賦：「獨慊慨而遠覽兮。」

〔六八〕「隗」文選四部本同，注云：「五臣作『隗』。」袁本作「隗」，注云：「善本作『隗』字。」琴史亦引作「隗」。

〔六九〕李善注：山海經曰：「隗山，神耆童居之，其音常如鐘聲音。」郭璞曰：「耆童，老童也，顓頊之子。」山海經曰：「顓頊生老童。」思玄賦曰：「太容吟曰念哉。」隗山，在三危西九十里。○梁章鉅曰：「今山海經西山經：『三危之山，西一百九十里曰隗山。』此注『九十』上，疑脱『百』字。」

○劉良注：泰容，黃帝樂師，故慕而欽之，以爲高吟，而引清志也。

〔七〇〕「梧」張本及北堂書鈔一百九、初學記十六、琴史引作「桐」，文選四部本、袁本作「桐」，並注云：「善本作『梧』。」尤袤文選考異曰：「五臣『梧』作『桐』。」「而」初學記十六引作「以」。

〔七一〕李善注：莊子曰：「不以身假物。」○傅毅琴賦：「蹈通涯而將圖，遊茲梧之所宜。」說文：「興，起也。」荀子勸學篇：「君子生非異也，善假於物也。」劉劭瑞龍賦：「聊假物以擬身。」

〔七二〕「斲」北堂書鈔一百九及琴史引作「斷」。

〔七三〕李善注：說文曰：「斲，斫也。」張衡應間曰：「可剖其孫枝。」鄭玄周禮注曰：「孫竹，枝根之末生者也。」蓋桐孫亦然。○胡克家文選考異曰：「注『枝』當作『竹』，各本皆誤。」○傅毅琴賦：「蓋雅琴之麗樸，乃升伐其孫枝。」○余蕭客文選音義曰：「風俗通：『梧桐生於嶧山之陽，嵒石之上，採東南孫枝爲琴，極清麗。』蘇軾志林曰：『凡木本實而末虛，惟梧反之，試取小枝削，皆堅實如蠟，而其本皆中虛空，故世所以貴孫枝者，貴其實也，實故絲中有木聲。』」○曾敏行獨醒雜志曰：「或謂桐本已伐，旁有蘖者爲孫枝；或謂自本而岐者爲子幹，自子幹而岐者爲孫枝。凡桐遇伐去，隨其萌蘖，不三年可材矣，而自子幹岐生者，雖大不能拱把。唐人有百衲琴，雖未詳其取材，然以百衲之意推之，似謂衆材皆小，綴葺乃成，故意其取自幹而岐出者爲孫枝也。」○說文：「準，平也。」廣雅：「任，使也。」

〔七四〕「至」琴史引作「聖」。

〔七五〕李善注：莊子曰：「不離於真，謂之至人。」又曰：「至人無己，神人無功。」郭象曰：「無己故順物，順物而至。」劉向有雅琴賦。〇梁章鉅曰：「漢書藝文志：『雅琴趙氏七篇，雅琴師氏八篇，雅琴龍氏九十九篇。』」〇廣雅：「攄，舒也。」司馬相如長門賦：「援雅琴以變調兮。」文選注引七略曰：「雅琴，琴之言禁也，雅之言正也，君子守正以自禁也。」蔡邕琴賦：「爰制雅琴，協之鍾律。」曹植神農贊：「正爲雅琴，以暢風俗。」

〔七六〕李善注：孟子注曰：「離婁，黄帝時人，黄帝亡其玄珠，使離婁索之，能視百里之外，見秋毫之末。」離子，離朱也。淮南子曰：「離朱之明，察鍼末於百步之外。」按慎子爲「離珠」。周禮：「禁督逆祀者。」鄭玄曰：「督，正也。」字書曰：「督，察也。」莊子曰：「匠石之齊，見櫟社樹，觀者如市，匠石不顧。」司馬彪曰：「匠石字伯。」〇馬叙倫曰：「案此用莊子徐無鬼篇：『郢人堊漫其鼻端，若蠅翼，使匠石斲之，匠石運斤成風聲，聽而斲之。』非人間世篇『匠石過櫟社』事也。」〇廣雅：「奮，動也。」説文：「斤，斫木也。」

〔七七〕「般」張燮本作「班」，文選胡刻本作「般」，四部本、袁本、茶陵本作「班」，四部本、茶陵本注云：「五臣作『般』。」袁本注云：「善本作『般』字。」胡克家文選考異曰：「案尤所見，蓋與袁同也。」〇李善注：尚書：「帝曰：『夔，命汝典樂，教胄子。』」家語：「孔子學琴於師襄。」淮南子：「魯般，古之巧人。」注：「公輸班也，爲木鳶而飛。」論衡曰：「魯班刻木爲鳶，飛三日不下。爲母作木車，木人爲御，機關一發，遂去不還，人謂班母亡。」尚書曰：「倕，汝作共工。」般，魯般也。「般」與

「班」同。倕音垂。○案文選李善注本洞簫賦：「於是般匠施巧，夔妃准法。」六臣注本「妃」作「襄」。長笛賦：「夔襄比律。」廣雅：「薦，進也。」揚雄甘泉賦：「般、倕棄其剞劂兮。」尸子：「古者倕爲規矩準繩，使天下倣焉。」

〔七八〕二句琴史引作「鎪裛厠朗，密調齊均」。案「厠朗」不成詞。○李善注：鎪會，謂鎪鏤其縫會也。裛厠，謂裛纏其填厠之處也。説文曰：「裛，纏也。」廣雅曰：「厠，間也。」○張銑注：鎪，謂斤去木之中也。會，合縫也。裛厠，謂相比密緻也。○爾雅注：「刻鏤物爲鎪。」周禮注：「會，縫中也。」

〔七九〕「彫」或作「雕」，或作「琱」。「琢」文選四部本、袁本、茶陵本作「瑑」，並注云：「善本作『琢』。」尤袤文選考異曰：「五臣『琢』作『瑑』。」

〔八〇〕李善注：孔安國尚書傳曰：「繪，會五采也。」胡憒切。○傅毅琴賦：「遂彫琢而成器，揆神農之初制。」初學記二十七引逸論語曰：「玉謂之琢，亦謂之雕。」孟子注：「彫琢，治飾玉也。」尚書傳：「藻，水草有文者。」楚辭九歎：「垂文揚采，遺將來兮。」

〔八一〕「籍」或作「藉」，二字通。○李善注：犀象，二獸名。翠緑，二色也。○毛詩傳：「錯，雜也。」易大過：「初六，藉用白茅，无咎。」釋文：「馬云：『在下曰藉。』」揚掄太古遺音曰：「犀象，琴軫雁足之類；翠緑，琴薦琴囊之屬。」

〔八二〕「絃」或作「弦」，下同。

〔八三〕「鍾」能改齋漫録卷六引作「荆」。○李善注：列仙傳曰：「園客者，濟陰人也，常種五色香草，積數十年，食其實。一旦，有五色神蛾，止香樹末，客收而薦之以布，生桑蠶焉。時有好女夜至，自稱我與君作妻，道蠶狀，客與俱，蠶得百頭，繭皆如甕，繅繭六十日乃盡，訖則俱去，莫知所如。」淮南子曰：「譬若鍾山之玉。」許慎曰：「鍾山，北陸無日之地，出美玉。」○朱珔曰：「案注所引淮南子見俶真訓，高誘注：『鍾山，崑崙也。』海内西經：『流沙出鍾山，西行，又南行昆侖之虚。』可知其相屬，故莊忌哀時命篇云：『願至崑崙之懸圃兮，采鍾山之玉英』也。」○崔駰七依曰：「紘以山柘之絲，飾以和氏之璧。」漢書注：「徽，琴徽也，所以表發撫抑之處。」

〔八四〕李善注：西京雜記曰：「趙后有寶琴曰鳳凰，皆以金玉隱起，爲龍螭鸞鳳古賢列女之象。」○吕向注：琴有龍脣鳳足。○何薳春渚紀聞曰：「秦漢之間，所製琴品，多飾以犀玉金彩，故有瑶琴緑綺之號。西京雜記：『趙后有琴名鳳凰，皆用金石隱起，爲龍鳳古賢列女之像。』嵇叔夜琴賦所謂『錯以犀象，藉以翠緑，爰有龍鳳之象，古人之形』是也。」

〔八五〕李善注：廣雅曰：「揮，動也。」吕氏春秋曰：「伯牙鼓琴，鍾子期聽之，志在泰山，鍾子期曰：『善哉，巍巍乎若太山。』須臾，志在流水，子期曰：『湯湯乎若流水。』子期死，伯牙破琴絶絃，終身不復鼓琴，以爲世無賞音。」列子曰：「伯牙善鼓琴，鍾子期善聽，伯牙鼓琴，每奏，鍾期輒窮其趣，伯牙捨琴而嘆曰：『善哉，子之聽，夫志相象，猶吾心也，吾於何逃聲哉。』」○崔琦七蠲曰：「子野調操，鍾期聽聲。」

〔八六〕「爚」張本及初學記十六、藝文類聚四十四、事文類聚後集二十二及琴史引作「爍」，文選四部本、袁本、茶陵本同，並注云：「善本作『爚』。」尤袤文選考異曰：「五臣『爚』作『爍』。」

〔八七〕「采」或作「彩」，下同。

〔八八〕李善注：説文曰：「灼，明也。」又曰：「爚，火光也。」○朱珔曰：「今説文：『灼，灸也。』又焯字云：『明也』，下引周書：『焯見，三有俊心。』今書立政作『灼見』，是『灼』與『焯』通，故此以灼爲明。爚，今説文云：『火飛也。』而此注及景福殿賦注俱作『火光』。一切經音義九亦作『火光』，疑説文本作『光』也。」○揚案：揚雄羽獵賦：「隨珠和氏，焯爍其陂。」文選注：「『焯』古『灼』字。」漢書注：「焯爍，光貌。」蔡邕觀舞賦：「光灼爍以發揚。」「爚」與「爍」通，則火光之訓，比火飛爲合。○崔駰七依曰：「昭灼爍而復明。」蔡邕彈棊賦：「榮華灼爍。」文選注：「灼爍，豔色也。」魏文帝車渠椀賦：「發符采而揚榮。」

〔八九〕「連」初學記十六引誤作「建」。○李善注：漢書曰：「黄帝使伶倫自大夏之西，崑崙之陰，取竹之嶰谷，斷兩節間而吹之，以爲黄鍾之宫，制十二簫，以聽鳳凰之音，以比黄鍾之宫，皆可以生之，是爲律本。」韓子曰：「田連成竅，天下善鼓琴者也。然而田連鼓上，成竅擫下，而不成曲。」或曰：成連古之善音者。琴操：「伯牙學琴於成連先生，先生曰：『吾能傳曲而不能移情，吾師有方子春，善於琴，能作人之情，今在東海上，子能與我同事之乎？』伯牙曰：『夫子有命，敢不敬從。』乃相與至海上，見子春，受業焉。」○史記樂書：「協比音律。」長笛賦：「夔、襄比律。」周禮注：「比，次也。」吕氏春秋先己篇：「琴瑟不張。」注：「張，施也。」

〔九〇〕「熮」張本及文選、琴史引作「憀」，初學記十六引作「寥」，程本及藝文類聚四十四、事文類聚後集二十二引作「嘹」。

〔九一〕李善注：憀亮，聲清澈貌。亦與「聊」字義同。○古詩：「新聲妙入神。」桂馥札樸曰：「笙賦：『勃慷慨以憀亮。』李善云：『憀亮，聲清也。』案『憀』當爲『漻』，説文：『漻，清深也。』」

〔九二〕李善注：王逸楚辭注曰：「證，驗也。」

〔九三〕廣雅：「參，分也。」毛詩傳：「趣，趨也。」淮南子覽冥訓：「夫調絃者，叩宫宫應，彈角角應，此同聲相和者也。」揚案：上下謂徽位上下，初調絃時，取五聲相應也。

〔九四〕「⿰足累」吴鈔本、張本及文選作「磥」。

〔九五〕李善注：踸踔，無常也。磥硌，壯大貌。磥與磊同，力罪切。○馬融樗蒲賦：「磊落踸踔，并來猥至。」阮瑀箏賦：「慷慨磊落，卓礫盤紆。」楚辭注：「踸踔，暴長貌也。」説文：「踸踔，行無常貌。」王念孫廣雅疏證曰：「暴長即無常之意，無常謂之踸踔，非常亦謂之踸踔，趙岐注孟子盡心篇云：『子張之爲人，踸踔譎詭』是也。」

〔九六〕李善注：廣雅曰：「衵，通也，勑兩切。」○李周翰注：角羽俱起，宫徵相證，謂調齪取聲韻中適也。參發並趣，以指俱歷，七絃參而審之也。上下累應，謂聲調合韻也。踸踔，初聲布散貌。磥硌，大聲貌。調絃既畢，將奏雅曲，故美聲是興，故乃和通情性，此足耽樂也。○洞簫賦：

「優游流離，躊躇稽詣，亦足耽兮。」毛詩傳：「耽，樂也。」案「躭」爲「耽」之俗字。

〔九七〕荀子樂論篇：「正聲感人，而順氣應之。」桓譚新論曰：「黄門工鼓琴者，有任真卿，虞長倩能傳其度數，妙曲遺聲。」仲長統樂志論：「彈南風之雅操，發清商之妙曲。」

〔九八〕「雪」孔本北堂書鈔一百九引誤作「日」。○李善注：淮南子曰：「師曠奏白雪而神禽下。」白雪五十弦琴樂曲，未詳。韓子曰：「昔衛公之晉，於濮水上宿，夜有鼓新聲者，召師涓撫琴寫之。公遂之晉，晉平公曰：『試聽之。』師曠援琴，一奏有玄鶴二八來舞，再奏而列，三奏延頸鳴舒而舞，音中宫商。師曠曰：『不如清角。』師曠奏之，有雲從西北方起之，大風起，天雨隨之。」此言感天地，清角爲勝。宋玉對問曰：「其爲陽春白雪。」韓子：「師曠曰：『清徵之聲，不如清角。』」○韓子十過篇：「師曠曰：『黄帝合鬼神于西泰山之上，作爲清角。』」淮南子俶真訓：「耳聽白雪清角之聲。」注：「白雪，師曠所奏，太一五弦之琴樂曲，神物爲下降者。清角，商聲也。」文選南都賦注引許慎淮南子注曰：「清角，絃急，其聲清也。」司馬相如美人賦：「臣遂撫絃爲幽蘭白雪之曲。」魏文帝答繁欽書：「激清角，揚白雪。」

〔九九〕「奂」文選四部本同，注云：「五臣本作『涣』。」袁本作「涣」，注云：「善本作『奂』字。」初學記十六及琴史引亦作「涣」。「而」初學記引作「以」。○揚雄羽獵賦：「聊浪乎宇内。」文選注：「聊浪，放蕩也。」吴都賦劉淵林注：「聊浪，放曠貌。」揚案：淋浪，猶聊浪也，淋與聊一聲之轉。洞簫賦：「優游流離。」文選上林賦注引張揖曰：「流離，放散也。」禮記檀弓下：「美哉奂焉。」

注：「奂言衆多。」張衡舞賦：「叛淫衍兮漫陸離。」詩信南山：「既優既渥。」廣雅：「渥，厚也。」

〔一〇〇〕李善注：廣雅曰：「奕奕，盛貌。」王逸楚辭注曰：「岌岌，高貌。」廣雅：「粲，明也；屬，續也。」賈誼弔屈原賦：「鳳縹縹其高逝兮。」〇廣雅：「岌岌，盛也。」

〔一〇一〕「韡曄」張本作「暐爗」，文選四部本、袁本、茶陵本同，四部本、袁本注云：「善作『韡曄』。」茶陵本注云：「善作『韡曄』二字。」琴史引作「暐熚」。〇李善注：韡曄，盛貌。繁縟，聲之細也。郭璞爾雅注曰：「遻，相觸遻也。」〇洞簫賦：「或漫衍而駱驛兮，沛焉競溢。」文選注：「沛，多貌。」爾雅：「翕，合也。」西京賦：「流景曜之韡曄。」薛綜注：「韡曄，言明盛也。」長笛賦：「繁縟駱驛，范蔡之説也。」説文：「縟，繁采色也。」

〔一〇二〕兩「兮」字北堂書鈔一百九引作「乎」。〇李善注：列子曰：「伯牙鼓琴，志在高山，鍾子期曰：『善哉，峩峩兮若泰山。』志在流水，鍾子期曰：『洋洋兮若江河。』」已見上文。〇案文選胡刻本注文，無「鍾子期曰：『洋洋兮若江河』」句，今據六臣注本補。又案吕氏春秋本味篇載此云「湯湯乎若流水」。〇上林賦：「崇山矗矗。」洞簫賦：「狀若捷武，又象流波。」尚書傳：「湯湯，流貌。」廣雅：「峩峩，高貌。」

〔一〇三〕「愲」琴史引作「悁」。

〔一〇四〕李善注：佛愲煩寃，聲蘊積不安貌。佛，扶味切。愲，音渭。風賦曰：「勃鬱煩寃。」上林賦曰：「紆餘委蛇。」○呂向注：佛愲煩寃，聲多而不散貌。紆餘婆娑，曲旋而亂繁或散之聲。○洞簫賦：「故其武聲，則若雷霆輘輷，佚豫以佛愲。」文選注：「埤蒼曰：『沸愲，不安貌。』」案「佛」與「沸」通。班固竇車騎北征頌：「士佛愲以争先。」楚辭九章：「煩寃瞀容，實沛徂兮。」說文：「紆，詘也，一曰縈也。」洞簫賦：「優嬈嬈以婆娑。」文選注：「婆娑，分散貌。」

〔一〇五〕「陵」文選四部本同，注云：「五臣作『淩』。」袁本作「淩」，注云：「善本作『陵』。」琴史引作「淩」。

〔一〇六〕李善注：言聲陵縱播布而起，霍濩然似水聲。紛葩，開張貌。霍濩，盛貌。魯靈光殿賦曰：「霍濩燐亂。」○張銑注：陵縱播逸，聲高而分布也。霍濩，波浪聲。紛葩，繁亂之音。○西京賦：「起彼集此，霍繹紛泊。」薛綜注：「霍繹紛泊，飛走之貌。」案「濩」「繹」音近，「葩」與「泊」一聲之轉也。長笛賦：「紛葩爛漫，誠可喜也。」文選注：「紛葩，盛多貌。」

〔一〇七〕李周翰注：授，付也。謂曲節將至，則當緩而分布，故須端檢其容，以定其聲，乃付手指以成其節，則應合於度。○書伊訓：「檢身若不及。」孔疏曰：「檢，謂自攝斂也。」爾雅：「和樂謂之節。」

〔一〇八〕「兢」張本及琴史引作「競」，孫志祖文選考異曰：「『兢』當作『競』，李周翰注：『兢，懼也。』亦强解。」

〔一〇九〕說文：「兢，競也。」廣雅：「徐，遲也。」

〔一〇〕傅毅舞賦：「或有矜容愛儀，洋洋習習。」毛詩傳：「洋洋，衆多也；習習，和舒貌。」班固典引曰：「扇遺風，布芳烈。」廣雅：「布，散也。」

〔一一〕「含」文選四部本同，注云：「五臣作『合』。」袁本作「合」，注云：「善本作『含』字。」琴史引亦作「合」。

〔一二〕「飄」吳鈔本作「流」。「乎」吳鈔本作「于」，張本及琴史引作「於」，文選四部本、袁本同，並注云：「善作『乎』。」○李善注：含顯媚之聲，以送曲終也。列子：「太素者，質之始也。」○張大命琴經曰：「含其明美之音，以送初終之曲。」○長笛賦：「衆音猥積，以送厥終。」

〔一三〕「夏」張本及文選四部本、初學記十六、藝文類聚四十四及琴史引作「廈」，案二字通。「閑」或作「閒」。○李善注：軒，長廊之有牕。○崔駰達旨曰：「據高軒，望朱闕。」魯靈光殿賦：「陽榭外望，高樓飛觀。」爾雅：「觀謂之闕。」列子楊朱篇：「宋有田夫，不識廣廈綿縞之屬。」楚辭九懷：「息陽城兮廣夏。」注：「大屋廬也。」説苑善説篇：「雍門周以琴見孟嘗君曰：『今足下千乘之君也，居則廣廈邃房。』」曹植七啓曰：「踐飛除，即閑房。」

〔一四〕「冬夜」北堂書鈔一百九引作「夜色」。

〔一五〕「朗」北堂書鈔一百九引作「明」，青蓮舫琴雅同，太音大全引作「朝」，誤也。此句，初學記十六引作「月明垂光」。○曹植大暑賦：「雲屋重構，閑房肅清。」

〔一六〕李善注：子虛賦曰：「翕呷萃蔡。」張揖曰：「萃蔡，衣聲也。」班婕妤自傷賦曰：「紛綷縩兮紈素聲。」洛神賦曰：「披羅衣之璀粲兮。」字雖不同，其義一也。爾雅曰：「婦人之徽謂之縭。」郭璞曰：「今之香纓也。」○李周翰注：翠粲，鮮色也。○楊慎丹鉛雜録曰：「綷縩是衣聲，翠粲是鮮明之貌。」○孫志祖文選理學權輿補曰：「翠粲，鮮明之貌，注引班姬自悼賦：『紛綷縩兮紈素聲』，以爲衣聲，非也。綷縩自是衣聲，翠粲自是鮮明之貌，不必同也。駱賓王文：『縟翠萼於詞林，綷鮮花於筆苑。』又東坡詩：『兩朵妖紅翠欲流。』高似孫緯略云：『翠謂鮮明之貌，非色也，今俗猶然。』」○許巽行文選筆記曰：「『萃蔡』『綷縩』『璀粲』『翠粲』，四者皆同。」○揚案：「翠」「璀」同音，故翠粲亦謂鮮明，不必方俗字義，乃證知也。應瑒迷迭賦：「振纖枝之翠粲。」儀禮注：「婦人年十五許嫁，笄而禮之，因著纓，明有繫也，蓋以五采爲之。」說文：「徽，衺幅也；一曰三糾繩。」

〔二七〕「冷」文選袁本同，並注云：「善本作『泠』。」四部本作「泠」，注云：「五臣本作『冷』。」胡刻本仍作「冷」，胡克家文選考異曰：「此以五臣亂善。」北堂書鈔一百九引「冷」作「泠」，事文類聚後集二十二及青蓮舫琴雅引作「治」，太音大全引作「洽」，案「治」「洽」皆刻木之誤。

〔二八〕李善注：毛萇詩傳曰：「閑，習也。」○張大命琴經曰：「器，琴也。」○楚辭注：「泠泠，清涼貌。」

〔二九〕李善注：說文曰：「批，反手擊也，與搲同，蒲結切。」如志，謂如其志意。○朱琦曰：「今說文正作『搲』，玉篇引左傳：『宋萬遇仇牧于門，搲而殺之。』今左傳作『批』，俗字也。此注『批』

『攙』二字當互易。下文『或樓攙櫟捋』，注引不誤。」○說文：「擬，度也。」

〔二〇〕「淥」文選四部本同，注云：「五臣作『緑』。」袁本作「緑」，注云：「善本作『淥』字。」

〔二一〕李善注：淮南子曰：「手會淥水之趣。」高誘曰：「淥水，古詩。」韓子曰：「師曠奏清徵，有玄鶴二八集廊門。」○案今本淮南子俶真訓注曰：「緑水，舞曲也；一曰，緑水，古詩也。」

〔二二〕李善注：七略：「雅暢第十七曰琴道曰：『堯暢逸。』又曰：『達則兼善天下，無不通暢，故謂之暢。』」「袓」與「暢」同。又曰：「微子操，微子傷殷之將亡，終不可奈何，見鴻鵠高飛，援琴作操。」○胡克家文選考異曰：「袁本、茶陵本『達』作『堯』，案尤未必是也。」○揚案：注文「達」字不誤，文選四部本亦作「堯」，蓋此處引書有省耳。○薛傳均文選古字通疏證曰：「案枚叔七發：『師堂操暢。』注：『琴道曰：堯暢，達則兼善天下，無不通暢，故謂之暢。』本賦上文：『固以和袓而足耽矣』，廣雅：『袓，通也。』此『袓』『暢』通用之證。」○桓譚新論曰：「古者聖賢玩琴以養心，窮則獨善其身，而不失其操，故謂之操，達則兼善天下，無不通暢，故謂之暢。」

〔二三〕「跱」文選四部本同，注云：「五臣作『峙』。」袁本作「峙」，注云：「善本『跱』字。」此句，琴史引作「優遊踟躕」，誤也。○李善注：躇跱，躊躇竦跱。○案「躇跱」猶「跱躇」也，古樂府日出東南隅行：「五馬立跱躇。」宋書樂志作「峙躇」，說文：「躍，峙躇不前也。」「躇」「躍」音近，此與「踟躇」、「踟蹰」、「躊躇」等語，皆相通。洞簫賦：「優遊流離，躊躇稽詣。」叔夜正用此語，善注以爲「竦跱」，誤也。

〔二四〕「拊」下，文選四部本、袁本、茶陵本並注云：「善作『持』。」胡刻本仍作「拊」。胡克家文選考異曰：「案此，尤改之。」○初學記十六引「拊」作「撫」，「安」作「按」。○揚案：「拊」與「撫」同。

〔二五〕李善注：楚辭曰：「翔江舟而安歌。」王逸曰：「安意歌吟也。」漢書曰：「李延年善歌，爲新變之聲。」○劉良注：代，更代也。○說文：「拊，循也。」淮南子修務訓：「搏琴撫絃。」曹植僊人篇：「湘娥拊琴瑟。」楚辭九歌：「舒緩節兮安歌。」

〔二六〕「淩」文選四部本作「淩」，注云：「五臣作『陵』。」袁本作「陵」，注云：「善本作『淩』字。」

〔二七〕「仇」琴史引作「逑」。○李善注：爾雅曰：「扶搖，風也。」莊子曰：「搏扶搖而上者九萬里。」史記曰：「瀛洲，海中神山也。」莊子：「列子御風，泠然者風仙也。」劉向上列子表曰：「列子者，鄭人，與鄭穆公同時。」漢書曰：「列子名禦寇，先莊子，莊子稱之。」毛詩曰：「窈窕淑女，君子好仇。」○梁章鉅曰：「『逑』與『仇』二字，古以同音通用，故爾雅釋詁訓合訓匹，皆作仇字。」許巽行曰：「注『史記曰瀛洲海中仙山也』十字，五臣注，當削。又李注『莊子曰：列子御風而行，泠然善也』。今此注『列子御風冷然者風仙也』，亦五臣注。」

〔二八〕李善注：鄭玄曰：「餐，夕食也。」說文曰：「餐，吞也。」楚辭曰：「餐六氣而飲沆瀣兮，漱正陽而食朝霞。」凌陽子明經曰：「夏食沆瀣。」沆瀣，北方夜半氣也。廣雅曰：「薄，至也。」○張衡思玄賦：「餐沆瀣以爲糧。」蔡邕釋誨曰：「踔宇宙而遺俗兮，眇翩翩而獨征。」廣雅：「眇，遠也。」毛詩傳：「翩翩，往來貌。」莊子外物篇：「心有天遊。」

〔一九〕李善注：莊子有齊物篇。楚辭曰：「漠靈静以恬愉，憺無爲而自得。」服鳥賦曰：「縱區委命，不私與己。」○上林賦：「超若自失。」曹大家東征賦：「靖恭委命，唯吉凶兮。」儀禮注：「委，安也。」曹植桂之樹行曰：「乘蹻萬里之外，去留隨意所欲存。」

〔二〇〕李善注：會，節會也。論語曰：「子之武城，聞絃歌之聲。」毛詩傳曰：「綢繆，猶纏緜也。」○吕延濟注：以此歌奏於琴曲，而相赴會，絃與歌音，混合而綢繆。○邊讓章華臺賦：「清聲發而響激。」王粲七哀詩：「流波激清響。」曹植詩：「張琴撫節，爲我絃歌。」

〔二一〕「曲引」事文類聚後集二十二及青蓮舫琴雅、太音大全引作「雅曲」。

〔二二〕「音」太音大全引作「手」。○李善注：引亦曲也。半在半罷謂之闋。○長笛賦：「聆曲引者，觀法於節奏。」蔡邕琴賦：「曲引興兮繁絃撫。」樂府詩集引琴論曰：「引者，進德修業，申達之名。」

〔二三〕「奇弄」初學記十六引作「奇音」，藝文類聚四十四引作「奇巧」，太音大全引作「音弄」。○淮南子氾論訓：「事猶琴瑟，每絃改調。」邊讓章華臺賦：「琴瑟易調，繁手改彈。」蔡邕琴賦：「哀聲既發，祕弄乃開。」梁元帝纂要曰：「琴曲有暢，有操，有引，有弄。」琴論曰：「弄者，情性和暢，寬泰之名。」文選洞簫賦注：「弄，小曲也。」

〔二四〕「攘」琴史引作「擐」。○李善注：舞賦曰：「嚴顔和而怡懌。」洛神賦曰：「攘皓腕於神滸。」○班婕妤自悼賦：「顧左右兮和顔。」劉楨魯都賦：「和顔揚眸，眄風長歌。」

〔一三五〕「⿰亻歰」張燮本及文選四部本、袁本作「⿰彳歰」，北堂書鈔一百九引作「掍」。○李善注：⿰亻歰譶，聲多也。⿰亻歰，不定也，師立切。説文曰：「譶，疾言也，徒合切。」○李周翰注：⿰亻歰譶流漫，亂急長遠聲也。○案文選六臣本善注曰：「⿰亻歰譶，疾貌。」○説文：「⿰彳歰，行貌。」淮南子本經訓：「五采争勝，流漫陸離。」注：「流漫，采色相參和也。」風俗通義曰：「琴者，樂之統也，大聲不讙譁而流漫。」

〔一三六〕「徘」或作「裴」。「顧」初學記十六引作「頋」。

〔一三七〕蔡邕琴賦曰：「左手抑揚，右手徘徊，指掌反覆，抑案藏摧。」

〔一三八〕「翫」或作「玩」。○李善注：廣雅曰：「盤桓，不進貌。」從容，舉動也。「毓」與「育」同。○呂向注：徘徊，聲旋繞也。顧慕、擁鬱、抑按，聲駐而下不散貌。盤桓，謂以指轉歷於絃上也。毓養，從容，謂安息其聲也。秘翫，謂閑緩而弄也。○國語注：「毓即育字，生也。」洞簫賦：「趣從容其勿迷兮。」

〔一三九〕李善注：闉，疾貌。七發曰：「波湧而雲亂。」○上林賦：「陵驚風，歷駭飆。」劉廣世七興曰：「飆駭風逝。」呂氏春秋注：「駭，擾也。」

〔一四〇〕「牢」青蓮舫琴雅引作「半」，誤也。「凌」或作「淩」。

〔一四一〕「半」青蓮舫琴雅引作「涣」。○李善注：牢落，猶遼落也。洞簫賦曰：「翩緜連以牢落。」劉歆遂初賦曰：「過句注而凌厲。」上林賦曰：「布濩宏澤。」甘泉賦曰：「半散照爛，粲以成章。」○

上林賦郭璞注：「布濩，猶布露也。」漢書揚雄傳注：「半散照爛，言其分布而光明也。」揚案：「半」與「泮」通，毛詩傳：「泮，散也。」

〔四二〕「韡奐」文選四部本同，注云：「五臣作『暐渙』。」袁本作「暐渙」，注云：「善本作『韡奐』二字。」琴史亦引作「暐渙」。○李善注：豐融，盛貌。風賦曰：「被麗披離。」斐韡，明貌。斐，敷尾切；韡，于鬼切。風賦曰：「眴奐粲爛。」○張銑注：闥爾，猶豁然也。奮逸，騰起也。牢落凌厲，希疎貌。布濩，長多貌。半散，欲散而還聚也。豐融披離，聲通暢而清也。斐韡渙爛，聲繁盛貌。○甘泉賦：「肸蠁豐融。」楚辭九辯：「奄離披此梧楸。」又曰：「妬被離而障之。」注：「離披，分散貌。『被』一作『披』。」文選風賦注：「被麗披離，四散之貌。」爾雅：「斐，文貌。」説文：「韡，盛貌。」文選風賦注：「眴奐粲爛，鮮盛貌。」

〔四三〕「采采」或作「彩彩」。○李善注：廣雅曰：「英，美也。」○司馬相如封禪書曰：「蜚英聲。」又上林賦曰：「郁郁菲菲，衆香發越。」郭璞注：「香氣射散也。」詩蜉蝣：「采采衣服。」又大東：「粲粲衣服。」毛傳：「采采，衆多也。粲粲，鮮盛貌。」

〔四四〕李善注：言其狀若詭詐而相赴也。鄭玄禮記注曰：「糅，雜也。」○呂延濟注：詭，疾。駢，並也。言間聲錯雜，如疾而相赴並走，如鳥翼之相驅逐也。○王念孫讀書雜志曰：「詭詐相赴，於義未安；訓詭爲疾，尤未之前聞。今案：詭者，異也。赴，趨也。言間聲錯出，若與正聲異趨也。下文曰：『初若相乖，後卒同趣』，是其明證矣。」○揚案：間聲即姦聲，與上文正聲對言也，禮記樂記篇：「姦聲以亂。」蓋正聲之外，繁手而淫者爲姦聲，猶正色之外，雜互而成者爲姦色矣。又案：長笛賦：「窊隆詭戾。」李善注：「詭戾，乖違貌。」此處狀若詭赴，亦謂初之赴節，若相乖違也。善注得於彼而失於此，何耶？六臣注本，善注無此句，爲是。

〔一四五〕李善注：騈，併也。翼，疾貌。蒼頡篇曰：「隨後曰驅。」

〔一四六〕廣雅：「乖，背也。」毛詩傳：「趣，趨也。」

〔一四七〕「直」上，張本有「或」字，文選四部本、袁本同，並注云：「善本無『或』字。」○李善注：左傳：「吴公子季札聞歌頌，曰：『直而不倨，曲而不屈。』」杜預曰：「倨，傲也，居預切。」○李周翰注：凡彈琴初緩其聲，乍似相乖，曲度相調，後終同爲趣會也。其聲雖曲，而志不屈，其聲直，而志不倨傲也。

〔一四八〕李善注：左氏傳曰：「武城人斷其後之木而不殊。」漢書音義曰：「殊，猶絶也。」

〔一四九〕「時」張本作「或」。

〔一五〇〕「嫭」文選四部本同，注云：「五臣作『沮』。」袁本作「姐」，注云：「善本作『嫭』。」琴史引亦作「沮」。○李善注：説文曰：「掎，偏引也。」嫭，嬌也，子庶切，或作「姐」，古字通，假借也。姐，子也切。韓詩曰：「愛而不見，搔首躊躇。」躊躇，猶躑躅也。○張銑注：怨沮躊躇，怨而不散聲也。○朱珔曰：「説文女部別有姐字，云：『蜀人謂母曰姐，淮南謂之社。』故此注以爲假借。」○戰國策燕策：「荆軻復爲慷慨羽聲。」洞簫賦：「躊躇稽詣。」

〔一五一〕「飆」吴鈔本同，周校本作「摇」，琴史引作「飄」。

〔一五二〕「疏」或作「踈」。○李善注：言扶疏四布也。○吕延濟注：邁，風輕行之聲也。留聯，相連聲也。扶疏，四散聲也。○邊讓章華臺賦：「忽飄飄以輕逝兮。」宋玉笛賦：「敷紛茂盛，扶疏四布。」案「聯」與「連」同，説文：「聯，連也，从耳，耳連於頰也，从絲，絲連不絶也。」易蹇卦：「六四，往蹇來連。」釋文引鄭注曰：「連，遲久之意。」此處上句言聲之速，下句言其遲也。

〔一五三〕李善注：參譚，相隨貌。參，七感切；譚，徒感切。一音並依字。攢仄，聚聲。長笛賦曰：「踾踧攢仄。」○薛傳均曰：「案吴都賦注：『⿺走參⿺走覃⿰犭立⿰犭彔，相隨驅逐衆多貌。』嘯賦注：『參譚不絶。』⿺走參字參聲，譚字⿺走覃字，俱覃聲，故可通用。」○玉篇：「⿺走參⿺走覃，驅步。」

〔一五四〕「遯」或作「遁」。○李善注：魯靈光殿賦曰：「從横駱驛。」○劉良注：皆聲繁急重疊，從横相連貌。○洞簫賦：「或漫衍而駱驛兮。」文選注：「駱驛，相連延貌。」

〔一五五〕李善注：淮南子曰：「時之反側，間不容息。」高誘曰：「不容氣息，促之甚也。」○長笛賦：「留眎⿰目菐眙，累稱屢讚。」

〔一五六〕李善注：高唐賦曰：「譎詭奇偉，不可究陳。」○西京賦：「紛瑰麗以侈靡。」薛綜注：「瑰，奇也。」案「瓌」與「瑰」同。説文：「殫，盡也。」

〔一五七〕李善注：説文曰：「閑，雅也。」毛萇詩傳曰：「都，閑也。」○班固典引曰：「綜觀三代洪纖之度。」説文：「纖，細也。」

〔一五八〕李善注：案衍，不平貌。上林賦曰：「陰淫案衍之音。」衍，弋戰切。廣雅曰：「陸離，參差也。」楚辭九思：「聲嗷咷兮清和。」阮瑀箏賦：「稟清和於律吕。」李尤琴銘：「條暢和樂，樂而不淫。」離騷：「班陸離其上下。」注：「陸離，猶嵾嵯衆貌也。」揚雄甘泉賦：「聲駍隱以陸離。」

〔一五九〕「叙」或作「序」，「委蛇」或作「逶迤」。○李善注：毛萇詩傳曰：「婉然，美貌。委蛇，聲長貌。」鄭玄毛詩箋曰：「委蛇，委曲自得之貌。」○吕向注：此皆和樂順序之聲也。○禮記經解篇：「温柔敦厚，詩教也。」王褒四子講德論曰：「怡懌而悦服。」爾雅：「懌，樂也。」洞簫賦：「其妙聲則清静厭瘱，順叙卑达。」

〔一六〇〕「隟」文選袁本同，注云：「善本作『隙』。」四部本作「隙」，注云：「五臣作『隟』。」「趨」或作「趣」。○李善注：會，節會也。邀，要也。○劉向杖銘：「歷危乘險，匪杖不行。」

〔一六一〕「譻」或作「嚶」，「鶤」或作「昆」。

〔一六二〕「浮」張本及初學記十六、藝文類聚四十四、事文類聚後集二十二引作「游」，文選同。讀書續記曰：「選本『浮』作『游』，『浮』『游』字義最近，沿用多作『游』，宜作『游』。」○「曾」吴鈔本及琴史引作「層」，文選四部本仍作「曾」，注云：「五臣作『增』。」袁本作「增」，注云：「善本作『曾』字。」初學記十六、藝文類聚四十四引作「增」。案三字並通。○李善注：蒼頡篇曰：「譻譻，鳥聲也。」張衡舞賦曰：「含清哇而吟詠，若離鶤鳴姑耶。」琴道曰：「伯夷操似鴻雁之音。」○李周翰注：琴有鶤鷄鴻雁之曲。○案文選胡刻本注文無「伯夷」二字，今據六臣本善注補。長笛賦注引此文亦云伯夷操也。○文選思玄賦李善注曰：「嚶，古嚶字。」子虛賦：「怠而後發，游於清池。」西都賦：「仍層崖而衡閾。」楚辭注：「曾，重也。」

〔一六三〕「慊縿」張本作「綝縿」，文選六臣注本劉良注作「綝繆」。○李善注：紛文斐尾，文彩貌。慊縿離纚，羽毛貌。○梁章鉅曰：「倪氏思寬曰：尾當作娓，説文訓美，若尾字，古但通微，無文彩義也。」○揚案：「尾」爲「娓」省，自可相通。○方以智通雅曰：「『簁襹』反之爲『襹褷』，陸羽茶經作『籭簁』，嵇康琴賦作『離纚』，古樂府作『離簁』。」○説文：「襂，旌旗之斿也。」禮記注：「縿，縑也。」案「慊」與「縑」通，慊縿喻下垂之狀。洞簫賦：「鎪鏤離灑。」又曰：「被淋灑其靡靡兮。」文選注：「離灑，鎪鏤之貌；淋灑，不絶貌。」楚辭九懷：「舒佩兮綝灑。」注：「綝灑，衣裳毛羽垂貌。」木華海賦：「被羽翮之縿纚。」文選注：「襂灑，羽垂之狀。」案「離灑」「淋灑」「離纚」「綝纚」「襂纚」，皆喻連續不絶。此處「紛文斐尾」，喻文彩，「慊縿離纚」，喻下垂而連屬也。下文「靡靡」二字，亦用洞簫賦語。

〔一六四〕「餘」文津本作「清」。

〔一六五〕李善注：靡靡，順風貌。猗猗，衆盛貌。○洞簫賦：「終詩卒曲，尚餘音兮。」又曰：「吟氣遺響，聯緜漂撇，生微風兮。」阮瑀箏賦：「浮沉抑揚，升降猗靡。」文選洞簫賦注：「靡靡，聲之細好也。」

〔一六六〕吴鈔本同，張本及文選、藝文類聚四十四引「樓」作「摟」。又張本「櫟」作「擽」，皕宋樓鈔本有校語云：「摟搀櫟捋」，張本及文選皆從手，是也。○揚案：文選「櫟」不從手，周校本四字皆從手，亦與吴鈔本未合。

〔一六七〕「潎洌」事文類聚後集二十二及太音大全引作「撇洌」，文選袁本作「洌」。○許巽行曰：「『洌』當作『洌』，从水不从仌。」○李善注：摟搀櫟捋，皆手撫絃之貌。爾雅曰：「摟，牽也。」劉熙孟子注曰：「摟，牽也，力頭切。」説文曰：「搀，反手擊也。」廣雅曰：「櫟，擊也。」毛詩曰：「薄言捋之。」傳曰：「捋，取也。」縹繚潎洌，聲相糾激之貌。説文：「繚，纏也。」上林賦曰：「轉騰潎洌。」潎洌，水波貌。言聲似也。○太音大全彈琴法曰：「齊嵩云：『琴賦：摟搀櫟捋，縹繚撇洌，調絃手勢也。』」○張大命琴經曰：「摟搀，即今圓摟。餘皆指訣名，但古今字譜不同矣。」○祝鳳喈與古齋琴譜曰：「右手彈出之名曰托挑剔摘，彈入之名曰擘抹句打，四指彈絃出入，不外此八法，即嵇康琴賦所謂：『摟（擘）搀（托）櫟（挑）捋（抹），摽（句）撩（剔）撇（摘）捌（打）』是也。」○楊宗稷琴話曰：「琴賦原文下四字不從手，上四字爲當日指法，毫無疑義，然必謂某字即今某法，縹繚潎洌皆從手，則不知其所本也。琴賦中彷彿指法字者，恐尚不止此，惜當日箋註家，不能以彈琴指法註出，今亦不敢遽以爲是也。」○揚案：本篇行文至此，不當更言調絃手勢矣。陳暘樂書琴論曰：「吟木、沈散、抑抹、剔操、櫟擘、偏綽、齪瓅之類，聲音之法也。」此處，摟搀櫟捋，當即指法；縹繚潎洌，自是狀聲之詞。楊氏之説是也。

〔一六八〕「慧」張本及文選四部本、袁本、茶陵本及琴史引作「惠」，文選胡刻本仍作「慧」。胡克家文選考異曰：「案此似尤改之也。」○李善注：説文曰：「嫿，静好也。 瞭，察也，七祭切。」○李周翰注：輕行，謂輕歷之；浮彈，謂浮絃上而彈之。○孫志祖文選考異曰：「笙賦：『壹何察慧。』『瞭慧』，猶『察慧』也，『慧』『惠』古字通。」

〔一六九〕「疾」張本作「集」。

〔一七〇〕李善注：左氏傳：「吴公子札觀頌曰：『處而不底，行而不流。』」淮南子曰：「流而不滯。」

〔一七一〕吕向注：翩緜飄邈，聲飛而遠也。○張衡南都賦：「翩緜緜其若絶。」廣雅：「緜，連也；邈，遠也。」邊讓章華臺賦：「微音逝而流散。」爾雅：「迅，疾也。」

〔一七二〕左氏莊公二十二年傳：「是謂鳳皇于飛，和鳴鏘鏘。」

〔一七三〕「之」初學記十六及青蓮舫琴雅引作「也」。

〔一七四〕李善注：古本「葩」字爲「蘤」。郭璞曰：「『蘤』古『花』字，今讀韋彼切。」字林：「于彼切。」張衡思玄賦曰：「天地烟熅，百卉含蘤，鳴鶴交頸，雎鳩相和。」以韻推之，所以不惑。○揚案：文選六臣注本無此注，胡刻本此注，文義多不通，今依梁章鉅説改。○傅毅洛都賦：「垂菡萏之敷榮。」邊讓章華臺賦：「榮曜春華。」

〔一七五〕「豊」吴鈔本誤作「豈」。琴史引「贍」作「詹」，「姿」作「爽」，皆誤也。

〔一七六〕李善注：字書曰：「贍，足也。」封禪書曰：「豈不善始善終哉。」毛詩曰：「高朗令終。」令，善也。

〔一七七〕李善注：西京賦曰：「盡變態乎其中。」○漢書司馬相如傳：「作賦甚弘麗。」西京賦薛綜注：「變，奇也；態，巧也。」傅毅琴賦曰：「盡聲變之奧妙。」

〔一七八〕李善注：班固終南山賦曰：「三春之季，孟夏之初。」纂要曰：「一時三月謂之三春，九十日謂之九春。」西京賦曰：「麗服揚菁。」

〔一七九〕李善注：毛詩曰：「雖有兄弟，不如友生。」又曰：「以遨以遊。」説文曰：「嬉，樂也。」○曹植節遊賦：「攜友生而游觀。」

〔一八〇〕李善注：春秋運斗樞曰：「山者，地之基。」○「蘭圃」見前贈秀才詩（息徒蘭圃）注〔二〕。曹植離友詩：「臨淥水兮登重基。」

〔一八一〕李善注：甘泉賦曰：「登夫鳳皇而翳華芝。」○李周翰注：翳，蔭也。華芝，蓋也。言長林之翳如蓋也。○「長林」見前贈秀才詩（輕車迅邁）注〔一〕。文選甘泉賦注：「翳，隱也。」服虔曰：「華芝，華蓋也。」善曰：「言以華蓋自翳也。」西京賦：「芝蓋九葩。」揚案：此謂華蓋如芝形也。

〔一八二〕馬融樗蒲賦：「臨激水之清流。」

〔一八三〕李善注：樂動聲儀：「孔子曰：『風雨動魚龍，仁義動君子。』」歸田賦曰：「百卉滋榮。」○詩白駒：「逸豫無期。」曹植遊觀賦：「樂時物之逸豫。」

〔一八四〕「操」琴史引作「藻」，誤也。

〔一八五〕「長」吴鈔本作「常」。馬叙倫曰：「明本『常』作『長』，是。」○李善注：重華，謂舜也。琴道曰：「舜操者，昔虞舜聖德玄遠，遂升天子，喟然念親，巍巍上帝之位不足保，援琴作操。」○東京賦：「慨長思而懷古。」禰衡鸚鵡賦：「長吟遠慕。」

〔一八六〕「華堂」見前秀才答詩（華堂臨浚沼）注〔一〕。曹植贈丁翼詩：「曲宴此城隅。」

〔一八七〕「肴」或作「殽」。

〔一八八〕李善注：邊讓章華臺賦曰：「蘭肴山竦，椒酒淵流。」毛詩曰：「旨酒思柔。」醇，厚也。○楚辭九歌：「蕙肴烝兮蘭藉。」曹植九詠：「蘭肴御兮玉俎陳。」楚辭注：「御，用也。」司馬相如美人賦：「設旨酒，進鳴琴。」

〔一八九〕李善注：南荆即荆豔，楚舞也。古妾薄命行歌曰：「齊謳楚舞紛紛。」漢書有秦倡員。

〔一九〇〕李善注：宋玉對問曰：「既而曰陵陽、白雪，國中唱而和者彌寡。」然集所載，與文選不同，各隨所用而引之。又對曰：「客有歌於郢中者，始曰巴人。」○案文選對楚王問作「陽春白雪」。

〔一九一〕漢書禮樂志：「聽者無不虚己竦神。」注：「竦，敬也。」楊修答臨淄侯牋：「聽者傾首而竦耳。」後漢書陳元傳：「上疏曰：『至音不合衆聽。』」曹植洛神賦：「於是精移神駭。」

〔一九二〕「之」北堂書鈔一百九引作「而」。○儀禮注：「倫，比也。」

〔一九三〕劉良注：引亦曲也。○梁章鉅曰：「郭茂倩樂府五十七琴論云：『引者，進德修業，申達之名。』」

〔一五四〕「太」琴史引作「泰」，二字通。○李善注：廣陵等曲，今並猶存，未詳所起。應璩與劉孔才書曰：「聽廣陵之清散。」傅玄琴賦曰：「馬融覃思於止息。」魏武帝樂府有東武吟，曹植有泰山梁甫吟。左思齊都賦注曰：「東武，太山，皆齊之土風謡歌謳吟之曲名也。」然引應及傅者，明古有此曲，轉以相證耳，非嵇康之言，出於此也。佗皆類此。○梁章鉅曰：「僧居月琴曲譜録云：『東武太山操，仲尼製。』按郭茂倩樂府云：『王僧虔技録，楚調曲有泰山吟行、東武琵琶吟行，其器有笙、笛、弄節、琴、箏、琵琶、瑟七種。』是東武太山，不僅琴曲有之也。」○揚案：孫該琵琶賦曰：「淮南廣陵，郢中激楚。」潘岳笙賦曰：「彈廣陵之名散。」是廣陵之曲，他種樂器亦有之，不僅東武太山也。又案琴苑要録引琴書所列曲名，有東武引，僧居月以東武太山爲仲尼製，此出後世傅會，且誤以二曲爲一曲也。廣陵止息，詳後附考。

〔一五五〕李善注：漢書曰：「房中祠樂有飛龍章。」毛詩序曰：「鹿鳴，宴羣臣也。」蔡邕琴操曰：「鹿鳴者，周大臣之所作也，王道衰，大臣知賢者幽隱，故彈絃風諫。」古相和歌者有鵾鷄曲。遊絃，未詳。○吕延濟注：八者並曲名。○梁章鉅曰：「今本琴操，有詩歌五曲，一鹿鳴，二伐檀，三騶虞，四鵲巢，五白駒。熊朋來琴譜載開元十二譜即鹿鳴十二篇。考漢宗廟樂用登歌，而猶仿清廟遺音，晉正會樂奏於赫，而不改鹿鳴音節，則知古樂雖屢變，而音節不能盡變也。姜氏皋曰：『郭氏樂府引古今樂録云：但曲七曲，廣陵散，黄老彈，飛龍引，大胡笳鳴，小胡笳鳴，鵾鷄遊絃，流楚窈窕，并琴箏笙筑之曲，王録所無也。』是遊絃者，但曲中之一曲。」○孫志祖文選李注補正曰：「葉引朱超之云：『考古人琴式，有所謂一絃者，孫登當魏末時，居白鹿蘇門二山，彈一絃琴，每感風雷。又王志真者，西王母小女也，彈一絃琴，時乘白龍，周遊四海。遊絃當即指此。』」○朱琦曰：「以上文例之，遊絃蓋古曲名，此説因一絃傳會周遊字，未爲的義。」○揚案：朱氏之説是也。合鵾鷄遊絃二曲爲一曲，且以流楚窈窕爲曲名，皆後人之傅會耳。琴曲譜録有鵾鷄吟，宋書戴顒傳曰：「其三調遊絃廣陵止息之流，皆與世異。」琴史曰：「薛易簡傳遊絃三弄。」是遊絃本古琴曲名，唐代尚有習之者也。樂府詩集六十四曰：「楚辭離騷曰：『爲余駕飛龍兮，離瑶象以爲車。』曹植飛龍篇亦言求仙者乘飛龍而昇天，與楚辭同意，琴曲亦有飛龍引。」

〔一九六〕「奏」北堂書鈔一百九引作「和」。

〔一九七〕李善注：高唐賦曰：「更唱迭和。」○方言：「迭，代也。」上林賦：「文成顛歌，族舉遞奏。」

〔一九八〕李善注：言流行清楚窈窕之聲，足以懲止躁競，雪蕩煩懣也。懲，直陵切。○李周翰注：流楚，怨聲也。窈窕，意深貌。○毛詩傳：「楚，列貌；窈窕，幽閒也。」楚辭注：「懲，止也。」淮南子注：「雪，除也。」

〔一九九〕李善注：歌録曰：「空侯謠俗行，蓋亦古曲，未詳本末，俗傳蔡氏五曲，遊春、淥水、坐愁、秋思、幽居也。」○梁章鉅曰：「案藝文類聚引琴操曰：『朝鮮津卒霍里子高，晨刺船而濯。有一狂夫被髮提壺而渡，其妻追止之，不及，墮河而死，乃號天噓唏，鼓箜篌而歌，曲終投河而死。子高援琴，作其歌聲，故曰箜篌引。』又古今樂録引張永技録：『相和有四引，一曰箜篌。』」○揚案：此箜篌引，不必即謡俗行也。○史記貨殖列傳：「人民謡俗。」樂府詩集五十九曰：「琴歷曰：『琴曲有蔡氏五弄。』琴集曰：『五弄，遊春、渌水、幽居、坐愁、秋思，並宮調，蔡邕所作也。』琴書曰：『邕，嘉平初，入青溪訪鬼谷先生，所居山有五曲，一曲製一弄。山之東曲，常有仙人遊，故作遊春；南曲有澗，冬夏常渌，故作渌水；中曲即鬼谷先生舊所居也，深邃岑寂，故作幽居；北曲高巖，猿鳥所集，感物愁坐，故作坐愁；西曲灌木吟秋，故作秋思。三年曲成，出示馬融，甚異之。』」

〔二〇〇〕「楚」北堂書鈔一百九引作「樊」。

〔二〇一〕「鶴」太平御覽九百十六引作「鵠」。

〔二〇二〕「猶」北堂書鈔一百九，兩引均作「乃」。

〔二〇三〕李善注：琴操曰：「王襄女，漢元帝時獻入後宮，以妻單于，昭君心念鄉土，乃作怨曠之歌。」歌録曰：「石崇楚妃歎歌辭曰：『楚妃歎，莫知其所由。楚之賢妃，能立德著勳，垂名於後，唯樊姬焉，故令歎詠聲永世不絶，疑必爾也。』」相鶴經曰：「鶴一舉千里。」蔡邕琴操曰：「商陵牧子，娶妻五年，無子，父兄欲爲改娶。牧子援琴鼓之，歎別鶴以舒其憤懣，故曰別鶴操。鶴一舉千里，故名千里別鶴也。」崔豹古今注曰：「別鶴操商陵牧子所作也。牧子娶妻，五年無子，父母將爲之改娶，妻聞之，中夜起，聞鶴聲，倚户而悲。牧子聞之，愴然歌曰：『將飛比翼隔天端，山川悠遠路漫漫。』攬衣不寢食。後人因以爲樂章也。」漢書音義曰：「一切，權時也。」○李周翰注：王昭、楚妃、千里別鶴，三者曲名也。簉，雜也。言此諸曲，權時以承古雅之間，以雜於頓乏之際，亦有可觀也。○蔡邕琴賦：「楚妃遺歎，雞鳴高桑。」又曰：「青鳥西飛，別鶴東翔。」琴曲譜録有昭君怨，明妃製；楚妃歎，息嬀製；別鶴操，商陵穆子製；千里吟，不注製者。琴苑要録亦同。案此等自爲後人撰製，然知千里當本爲古琴曲名，善注誤也。史記李斯列傳：「秦宗室大臣，請一切逐客。」索隱曰：「一切猶一例，言切者，譬若利刀之割，一運斤無不斷者。解漢書者，以一切爲權時義，亦未爲得也。」揚案：「權時」爲古義，秦策：「呂不韋曰：『説有可以一切，而使君富貴千萬歲。』」即權時之義。兩漢所用，亦莫不如此也。楚辭九章：「願承閒而自察。」左傳注：「簉，副倅也。」長笛賦：「聽簉弄者，遥思於古者。」文選注：「簉弄，小曲也。説文曰：『簉，倅字如此。』」錢大昕養新録曰：「造次爲雙聲，造有次義。長笛賦注引説文『簉倅字如此』，今説文無『倅』字。」○琴史曰：「蔡氏五曲，今人以爲奇聲異弄，難工之操，而叔夜時特謂之淫俗之曲，且曰『承間簉乏，亦有可觀』，蓋言其非古也。」

〔二〇四〕「遠」琴史引作「達」。

〔二〇五〕「淵」上，琴史引無「夫」字。「閑」或作「閒」。○李善注：莊子：「老聃曰：『其居也淵而靜。』」○呂向注：非深靜之志，不能與琴閑居也。止，居也。○莊子天地篇：「淵靜而百姓定。」

〔二〇六〕「放」上，張本及琴史引無「夫」字，文選惟胡刻本有之。下句「夫」字亦同。胡克家文選考異曰：「袁本、茶陵本無『夫』字，下『非夫至精者』同。案此，似尤添之也。」梁章鉅曰：「六臣本無『夫』字，下『非夫至精者』句同，然以上『曠遠』『淵静』二句例之，是六臣本偶脱耳。」○「達」琴史引作「逸」。○李善注：說文曰：「𠫺，亦貪惜也。」○梁章鉅曰：「今說文：『吝，恨惜也。』」○劉良注：吝，捨也。非放達之士，不能與琴無捨矣。謂翫之無已也。○揚案：劉氏亦臆解。

〔二〇七〕「至」上，張本及琴史引無「夫」字，文津本無「也」字。○李善注：周易曰：「非天下之至精，其孰能與於此。」莊子曰：「判天下之美，析萬物之理。」○張大命琴經曰：「四『與之』，皆指琴而言。」

〔二〇八〕「詳」北堂書鈔一百九引作「覩」。○洞簫賦：「生不覩天地之體勢。」封禪書：「逖聽者風聲。」

〔二〇九〕「故」初學記十六引作「則」。

〔二一〇〕李善注：說苑曰：「應侯與賈子坐，聞有鼓瑟之聲，應侯曰：『今瑟一何怨也？』賈子曰：『張急調下，使之怨也。夫張急者，良材也，調下者，官卑也，取良材而卑官之，能無怨乎！』」蔡邕月令章句曰：「凡絃之緩急爲清濁，琴緊其絃則清，緩則濁。」○古詩：「彈箏奮逸響。」

〔二一一〕「間」初學記十六、藝文類聚四十四引作「閑」，誤也。「痺」文選胡刻本作「庳」，藝文類聚四十四、事文類聚後集二十二引作「埤」，案「庳」字是也。

〔三三〕「故」初學記十六引作「則」。○李善注：間遼，謂絃間遼遠也；絃長，謂徽闊而絃長也。阮籍樂論曰：「琵琶箏笛，間促而聲高，琴瑟之體，間遼而音埤。」義與此同。鄭玄周禮注曰：「庳，短也，音婢。」傅毅雅琴賦曰：「時促均而增徽，接角徵而控商。」○劉良注：遼，遠；庳，下也。言聲閑緩而相去遠，故音下，絃長其應響清高，故沈放，徽聲，乃鳴於常也。○蘇軾志林曰：「所謂庳者，猶今俗云敉聲也，敉音鮮，出羯鼓録。兩絃之間遠則有敉，故曰間遼則音庳。徽鳴者，今之所謂泛聲也，絃虚而不按乃可泛，故曰絃長則徽鳴也。五臣皆不曉，妄注。」○王觀國學林曰：「琴之有敉聲者，以琴面不平，或焦尾與嶽高低不相應，則阻絃，而其聲敉，此琴之病聲也。叔夜賦四句，曰逸，曰清，曰庳，曰鳴，皆美聲也。蓋琴操弄中自有庳下聲，非病聲也，非病聲，則非敉聲矣。間音去聲，謂徽間也。間遼，徽之遠處，若十三徽外近焦尾處聲，以手取之，自然庳下。」○李治敬齋古今黈曰：「嵇賦琴，自説琴德，必不得説琴病，若謂音庳爲敉撒，則正是説琴病耳，嵇意必不其然。竊意間遼爲徽外，音庳爲聲緩，其或近之。」○朱珔曰：「玉篇：『敉，散也。』沈存中云：『絃之有十二泛韻，此十二律自然之節。』是泛聲非病聲，則敉當亦非病聲矣。」○梁章鉅曰：「五臣訓『間』爲『閑』固誤，東坡説亦非也。」○揚案：朱氏以敉作散解，散聲自非病聲。然蘇王兩氏所云敉聲者，皆非指散聲而言；如其所言，則自是病聲矣。王氏以間遼爲徽之遠處，而非蘇氏所謂兩絃之間，其説本不誤；但云間謂徽間，則强詞也。間者，謂嶽山與左手取音處之間隔，去嶽愈遠，則音愈低，固不必十三徽外矣。琴之間隔最遠，故能取庳下之音也。次句，蘇氏以泛音爲説，泛音固於徽位取之，説亦不誤；但以絃虛解絃長，則亦强詞也。淮南子主術訓注：「徽，鷰彈也。」文選文賦注引許慎淮南子注曰：「鼓琴循絃謂之徽。」朱駿聲説文通訓定聲曰：「琴軫係絃之繩謂之徽，琴賦：『絃長故徽鳴。』傅毅雅琴賦：『時促均而增徽。』文賦：『猶絃么而徽急。』皆言糾弦也。後人乃以琴面識點爲徽。」朱氏此説甚是，琴絃最長，音高則須緊之，徽鳴者，糾徽索而取音也，此自總泛聲按聲而言之。此處上二句，曰逸曰清，言其風聲之美，下二句，則言其體勢殊於衆器耳。曰音庳，曰徽鳴，但指取聲之方，不指發聲之美也。王氏説誤。李善注云：「絃間云徽闊。」亦不了了。又案所引樂論，當爲叔夜聲無哀樂論之誤。

〔二三〕「絜」吳鈔本作「潔」，二字通。

〔二四〕李善注：禮記曰：「絜靜精微，易教也。」孝經曰：「昔者，先王有至德要道。」禮記曰：「樂行血氣和平。」○老子：「含德之厚，比於赤子。」淮南子原道訓：「含德之所致也。」注：「含，懷也。」

〔二五〕「洩」或作「泄」，文選四部本作「洩」，注云：「五臣作『渫』。」袁本作「渫」，注云：「善本作『洩』字。」琴史亦引作「渫」。案三字並同。「幽」北堂書鈔一百九引作「機」。「矣」初學記十六引作「云」。「矣」上，藝文類聚四十四引有「者」字。○李善注：説文曰：「泄，除去也。」舞賦曰：「幽情形而外揚。」○班固西都賦：「發思古之幽情。」王粲神女賦：「探懷授心，發露幽情。」

〔二六〕「戚」文選四部本同，注云：「五臣作『慼』。」袁本作「慼」，注云：「善本作『戚』字。」北堂書鈔一百九及琴史引作「感」。

〔二七〕「莫」上，周校本有「則」字。案吴鈔本無之，北堂書鈔亦有「則」字。又「懔」作「慄」。

〔二八〕李善注：字林曰：「慘，毒也。」漢書音義：「郭璞曰：『愀，變色貌。』」説文曰：「愴，傷也。」憯，七哀切；慘，七敢切；愀，七小切。○説文：「憯，痛也。」廣韻：「懍，畏也。」漢書張釋之傳：「上自倚瑟而歌，意悽愴悲懷。」

〔二九〕「咿」吴鈔本作「吚」。

〔三〇〕李善注：字林曰：「噢咿，内悲也。」列子曰：「喜躍抃舞，不能自禁。」噢，於六切，咿音伊。○「含哀」見前與阮德如詩注〔二〕。

〔三一〕「懽」或作「歡」。

〔三二〕「抃」吴鈔本及六朝詩集作「忭」。○李善注：説文曰：「欨，笑貌也。況于切。」○梁章鉅曰：「今説文：『呴，吹也，一曰笑意。』」○禮記樂記篇：「嘽諧漫易，繁文簡節之音作，而民康樂。」莊子駢拇篇：「呴俞仁義。」方言：「怤愉，悦也。」注：「怤愉，猶呴愉也。」案「欨愉」「呴俞」字通。列子湯問篇：「韓娥曼聲長歌，一里長幼，喜躍抃舞，弗能自禁。」楚辭注：「釋，解也。」又曰：「擊手曰抃。」孔融難曹操禁酒書：「邦人咸忭舞踊躍，以望我后。」廣韻：「忭，喜貌。」廣雅：「踊，跳也。」

〔三三〕「噓」各本作「噱」，是也，「噓」俗字。○李善注：服虔通俗篇曰：「樂不勝謂之嗢噱。」嗢，烏没切；噱，巨略切。○梁章鉅曰：「六臣本無『服虔』二字，『通俗篇』即『通俗文』。」○淮南子本經訓：「愚夫蠢婦，皆有流連之心。」注：「流連，猶爛漫，失其職業也。」案「留連」與「流連」同。上林賦：「爛漫遠遷。」洞簫賦：「憛恅爛漫。」文選注：「爛漫，分散也。」

〔三四〕「愉」程本誤作「揄」，文選作「悆」，琴史引作「豫」。

〔三五〕李善注：廣雅曰：「養，樂也。」○梁章鉅曰：「韓詩外傳云：『聞其角聲，使人惻隱而愛仁，聞其徵聲，使人樂養而好施。』白虎通義『樂養』作『喜養』，皆可與廣雅訓『樂』相證。」○魏武帝步出東西門行：「養怡之福，可得永年。」説文：「悆，喜也。」班固兩都賦序曰：「衆庶悦豫。」爾雅：「豫，樂也。」蔡邕槃銘曰：「外若玄真。」

〔三六〕李善注：莊子曰：「虛静恬淡者，道德之至也。」又曰：「棄事則形不勞。」○後漢書安帝紀：「皇太后詔曰：『長安侯祜，篤學樂古。』」「遺身」見前贈秀才詩（琴詩自樂）注〔四〕。

〔三七〕李善注：論語：「子曰：『伯夷叔齊，餓於首陽之下。』」又曰：「顔回問仁，子曰：『克己復禮爲仁。』」列子：「子夏問孔子曰：『顔回之爲仁奚若？』子曰：『回之仁賢於丘。』」○孟子：「聞伯夷之風者，頑夫廉。」

〔三八〕李善注：論語曰：「比干諫而死。」莊子盜跖曰：「尾生與女子期於梁下，女子不來，水至不去，抱柱而死。」高誘注淮南子曰：「尾生，魯人，與婦人期於梁下，不至，而水溺死。」○梁章鉅曰：「尾生高亦見戰國燕策蘇代謂燕昭王章，論語微生高也。吴氏玉搢别雅云：『尚書：鳥獸孳尾。史記五帝紀作字微，二字一音相轉，故多通用。』」

〔二九〕「辯」琴史引作「辨」，二字通。

〔三〇〕李善注：莊子曰：「惠施多方，其書五車。」高誘曰：「惠施，宋人，仕魏，爲惠王相。」漢書曰：「萬石君奮，恭謹，舉朝無比。奮長子建，次甲，次乙，慶，皆以馴行孝謹，官至二千石。景帝曰：『石君及四子皆二千石，人臣尊寵，迺舉集其門，凡號奮爲萬石君，建郎中令。』奏下，建讀之，驚恐，曰：『書馬者，與尾而五，今迺四，不足一，譴死矣。』其爲謹雖佗皆如是。」服虔曰：「作『馬』字下四而爲五，建上書奏，誤作四。慶爲太僕，御出，上問車中幾馬，慶策數馬，舉手曰四馬。」孔安國曰：「訥，遲鈍也。」○韓子説難篇：「捷敏辨給，繁於文采。」漢書萬石君傳贊曰：「仲尼有言：『君子欲訥於言。』其萬石君之謂與！」

〔三一〕文選四部本同，「長」下注云：「五臣有『之』字。」袁本有「之」字，注云：「善本無『之』字。」琴史引亦有「之」字。

〔三二〕李善注：周易曰：「引而伸之，觸類而長之。」又曰：「天下同歸而殊途，一致而百慮。」禮記曰：「虞夏之質，殷周之文，至矣。」○李周翰注：文聲婉轉而豔媚，質聲淡薄而疏散也。

〔三三〕「摠」吴鈔本作「總」，文選胡刻本作「摠」，四部本、袁本作「緫」，並注云：「善本作『揔』字。」案「緫」「揔」「摠」均俗字。「以」琴史引作「而」。

〔三四〕李善注：禮記曰：「樂者，天地之命，中和之紀。」周易曰：「百姓日用而不知。」○蔡邕太傅胡公碑：「總天地之中和。」長笛賦：「皆反中和，以美風俗。」

〔二三五〕李善注：禮記曰：「樂其感人深。」○長笛賦曰：「可以通靈感物，寫神喻意。」

〔二三六〕北堂書鈔一百九引作「於是」二字，無「也」字。

〔二三七〕「竹」北堂書鈔引作「土」。○李善注：孔安國曰：「屏，除也。」○論語：「屏氣似不息者。」

〔二三八〕李善注：孟子：「淳于髡曰：『昔王豹處淇而河西善謳。』」說文曰：「謳，歌也。」淮南子曰：「淄澠之水合，狄牙嘗而知之。」○朱珔曰：「案狄牙即易牙，白虎通禮樂篇：『狄者，易也，辟易無別也。』管子戒篇易牙，大戴禮保傅篇、論衡譴告篇皆作『狄牙』。」

〔二三九〕李善注：山海經曰：「朝陽之谷，有神名曰天吳，是爲水伯。其形首足尾並，人面而色青。」楚辭曰：「譬若王喬之乘雲兮，載赤霄而凌太清。」○尚書大傳：「蛟龍踊躍於其淵。」長笛賦：「魚鼈禽獸，聞之者，莫不踊躍抃譟。」莊子列禦寇篇：「千金之珠，必在九重之淵。」班固答賓戲曰：「懷汎濫而測深乎重淵。」曹植九愁賦：「披輕雲而下觀。」

〔二四〇〕「焉」張本、四庫本作「然」。○李善注：說文曰：「鸑鷟，鳳屬，神鳥也。」國語曰：「周文王時，鸑鷟鳴於岐山。」韓詩曰：「漢有游女，不可求思。」薛君曰：「游女，漢神也，言漢神時見，不可求而得之。」列女傳曰：「游女，漢水神，鄭大夫交甫，於漢皋見之，聘之橘柚。」張衡南都賦曰：「游女弄珠於漢皋之曲。」○梁章鉅曰：「今列女傳無此語，當是列仙傳之誤。」○蔡邕琴操曰：「成王即位，麒麟遊苑囿，鳳凰舞於庭，頌聲並作。」劉劭嘉瑞賦：「舞鸑鳥於中唐，聆鸑鷟之和嗚。」廣雅：「萃，聚也。」

〔二四一〕李善注：禮記曰：「聖人作樂以應天，制禮以應地，此則樂者天之和也。」洞簫賦曰：「蟋蟀蚸蠖，蚑行喘息，垂喙蜜轉，瞪瞢忘食。」説文曰：「蚑，行也，凡生之類，行皆曰蚑。」○漢書禮樂志：「樂者，聖人所以感天地，通神明。」禮記樂記篇：「大樂與天地同和。」東觀漢記：「馬防奏曰：『聖人作樂，所以宣氣致和。』」

〔二四二〕李善注：懿，美也。傅毅雅琴賦曰：「明仁義以厲己，故永御而密親。」○洞簫賦：「吹參差而入道德兮，故永御而可貴。」戰國策趙策：「涇陽君之車馬衣服，無非大王之服御。」

〔二四三〕楚辭注：「亂，理也，所以發理詞旨，總撮其要也。」

〔二四四〕李善注：劉向雅琴賦曰：「遊予心以廣觀，且德樂之愔愔。」韓詩曰：「愔愔，和悦貌。」聲類曰：「和静貌。」○李周翰注：愔愔，静深也。○李治敬齋古今黈曰：「左傳：『子革誦祈招之詩曰：祈招之愔愔，式昭德音。』杜預曰：『愔愔，安和貌。』又韻書愔字訓靖，故嵇康琴賦曰：『愔愔琴德。』李周翰注：『愔愔，静深也。』李善又引劉向雅琴賦曰：『且德樂之愔愔。』然則愔愔者，所以形容德音之美也。」

〔二四五〕廣雅：「邈，遠也。」

〔二四六〕吕延濟注：良質，琴之善質；美手，人之妙手也。

〔二四七〕後漢書注：「紛綸，猶浩博也。」爾雅：「翕，合也。」

〔二八〕「孰」張本及琴史引作「誰」，文選四部本、袁本同，並注云：「善作『孰』。」○李善注：古詩曰：「不惜歌者苦，但傷知音希。」○左傳注：「珍，貴也。」

〔二九〕李善注：賈逵曰：「唯，獨也。」

黃道周曰：「日張生數來，與論理樂之故，欲於器數間求之，以爲贊理性情，藏發中和。因見嵇叔夜琴賦，以爲陶寫要事，亦欲數時游心於此。再取叔夜所論琴德，但欲去其危苦，去其悲哀，以求情於麗偉之外，至於按節徵音，開此道之玄微，疑未之傳也。今世之士，不復尋其德意，而重其材本，以爲器不千年，其韻不神，兼以胸無逸致，而屈指前徽，乃欲想周文之黯然，追箕山之飄爾，不亦難乎！叔夜此道，已極玄微，而於論材徵聲，意實闕焉。其擇於霜陽，高於噭嘯，但一時而用之，發以朗閣，撫以清夕，改調殊音，唯其所適，亦無之不可也。故曰：『器冷絃調，心閒手敏，觸攙如志，唯意所擬。』要之，曲而不屈，直而不倨，相凌而不亂，相雜而不殊，雖復不衵唐堯，異音箕子，未爲過也。故論聲勢，四言而已：『器和故響逸，張急故聲清，間遼故音庳，絃長故徽鳴。』至其精要所在，神明在人，與德相宜，性情斯洽，故曰：『非夫曠遠者，不能與之嬉游，非夫淵靜者，不能與之閑止，非夫放達者，不能與之無悶，非夫至精者，不能與之全理也。』每想斯道，禮樂之原，寄興陶情，其途廣□；文章之微，蓋亦如斯。僕於此，皆未能涉也。」書嵇康琴賦後。

陸彥龍曰：「流連酒德，嘯歌琴緒，非達士風流，安能耽茲佳況耶！」漢魏別解引（漢魏名文乘作鍾伯敬）。

陳繼儒曰：「嵇生病嬾，妙體琴德，稱情寫狀，筆無留響。」漢魏名文乘引。

余元熹曰：「『器冷絃調，心閒手敏』八字，便可悟琴道之妙，所謂以無累之神，合有道之器也。」又曰：「極狀琴德，便覺他器自不能擬。自叔夜賦琴後，惟韓退之、蘇子瞻詩，曲盡琴中之妙。」同右。

朱嘉徵曰：「琴歌超然自得，莊、列度世之言，當不爲世所度。」

何焯曰：「音樂諸賦，雖微妙古奥不一，而精當完密，神解入微，當以叔夜此作爲冠。」又曰：「極寫『琴德最優』四字，亦自『心閒手敏』。」文選評。

劉熙載曰：「賦必有關著自己痛癢處，如嵇康叙琴，向秀感笛，豈可與無病呻吟者同語。」藝槩。

方廷珪曰：「從來賦物，多彼此可移用，合此賦前中後觀之，定是切琴，非中散思敏心精，亦不能刻畫至此，自是千秋絶調。」文選集成。

與山巨源絶交書一首

李善注：魏氏春秋曰：「山濤爲選曹郎，舉康自代，康答書拒絶，因自説『不堪流俗，而非薄湯、武』，大將軍聞而惡焉。」○白氏六帖事類集卷十六曰：「山濤爲三公，舉嵇康自代，康聞，與書絶之。」○孫志祖讀書脞録曰：「案魏志王粲傳云：『時又有譙郡嵇康，至景元中，坐事誅。』裴注引山濤行狀：『濤始以景元二年除吏部郎。』舉康自代，蓋在此時。」○揚案：各書皆稱濤爲吏部郎舉康自代，白帖誤也。

張雲璈選學膠言曰：「王志堅古文瀾編作『與山巨源書』，後題曰：『此書舊題作與山巨源絶交書，叔夜簡傲，其言傷於峻則有之，非有惡於山公也。臨終謂子紹曰：巨源在，汝不孤矣。此豈絶交者乎？書題本出自後人，今去之。』雲璈案：篇中並無絶交之語，去之良是。野客叢書云：『叔夜有與吕長悌絶交書，今選不載，見嵇集中，或因此絶交二字而誤與。』」○梁章鉅文選旁證曰：「今按王楙野客叢書云：『僕得毘陵賀方回家所藏繕寫嵇康集十卷，文選惟載康與山巨源絶交書一首，不知又有與吕長悌絶交書。』崇文總目謂嵇康集十卷，今其本具存，王楙所言，皆載第二卷，可證文選此題，出於本集，自來如此，無誤明矣。王氏之説，恐不足據。張氏附會之，亦誤也。」○葉渭清曰：「按中散與山公交契至深，此書特以寄意，非真告絶也。白孔六帖二十四恤孤有云：『嵇康臨刑，謂子紹曰：山公尚在，汝不孤矣。』其中情相信如此，而云絶耶？康別傳説之云：『豈不識山之不以一官遇己情耶，亦欲標不屈之節，以杜舉者之口耳。』斯言最爲近之。」○揚案：書尾有「并以爲別」之語，即所謂絶交也，惟出於一時之情，非真絶耳。至書題本出於後人，則「絶交」二字之有無，又不足辯矣。○後漢書朱穆傳曰：「著絶交論，蓋矯時之作。」案朱穆集又有與劉伯宗絶交書及詩。

康白〔一〕：足下昔稱吾於潁川〔二〕，吾常謂之知言〔三〕。然經怪此意，尚未熟悉於足下，何從便得之也〔四〕。前年從河東還，顯宗阿都，説足下議以吾自代〔五〕，事雖不行〔六〕，知足下故不知之〔七〕。足下傍通〔八〕，多可而少恠〔九〕。吾直性狹中〔一〇〕，多所不堪〔一一〕，偶與足下相知耳〔一二〕，間聞足下遷〔一三〕，惕然不喜〔一四〕，恐足下羞庖人之獨割，引尸祝以自助〔一五〕，手薦鸞刀〔一六〕，漫之羶腥〔一七〕，故具爲足下陳其可否〔一八〕。

吾昔讀書，得并介之人〔一九〕，或謂無之，今乃信其真有耳〔二〇〕。性有所不堪，真不可强；今空語同知有達人，無所不堪〔二一〕，外不殊俗〔二二〕，而内不失正，與一世同其波流，而悔吝不生耳〔二三〕。老子莊周，吾之師也，親居賤職，柳下惠東方朔達人也，安乎卑位，吾豈敢短之哉〔二四〕。又仲尼兼愛〔二五〕，不羞執鞭，子文無欲卿相，而三登令尹〔二六〕，是乃君子思濟物之意也〔二七〕。所謂達能兼善而不渝〔二八〕，窮則自得而無悶〔二九〕，以此觀之，故堯舜之君世〔三〇〕，許由之巖棲〔三一〕，子房之佐漢，接輿之行歌，其揆一也〔三二〕。仰瞻數君，可謂能遂其志者也〔三三〕。故君子百行，殊塗而同致〔三四〕，循性而動〔三五〕，各附所安〔三六〕，故有處朝廷而不出，入山林而不反之論〔三七〕。且延陵高子臧之風，長卿慕相如之節，志氣所託〔三八〕，不可奪也〔三九〕。

吾每讀尚子平臺孝威傳〔四〇〕，慨然慕之，想其爲人〔四一〕。少加孤露〔四二〕，母兄見驕〔四三〕，不涉經學〔四四〕，性復疏嬾〔四五〕，（筯）〔筋〕駑肉緩〔四六〕，頭面常一月十五日不洗〔四七〕，不大悶癢〔四八〕，不能沐也〔四九〕。每常小便而忍不起〔五〇〕，令胞中略轉乃起耳〔五一〕。又縱逸來久，情意傲散〔五二〕，簡與禮相背，嬾與慢相成〔五三〕，而爲儕類見寬，不攻其過〔五四〕。又讀莊、老〔五五〕，重增其放〔五六〕，故使榮進之心日頹〔五七〕，任實之情轉篤〔五八〕。此由禽鹿少見馴育〔五九〕，則服從教制〔六〇〕，長而見羈，則狂顧頓纓，赴蹈湯火〔六一〕，雖飾以金（鏕）〔鑣〕〔六二〕，饗以嘉肴〔六三〕，逾思長林而志在豐草也〔六四〕。

阮嗣宗口不論人過，吾每師之，而未能及〔六五〕，至性過人，與物無傷，唯飲酒過差耳〔六六〕；至爲禮法之士所繩，疾之如讎〔六七〕，幸賴大將軍保持之耳〔六八〕。吾不如嗣宗之（賢）〔資〕〔六九〕，而有慢弛之闕〔七〇〕，又不識人情〔七一〕，闇於機宜〔七二〕；無萬石之慎，而有好盡之累〔七三〕，久與事接，疵釁日興〔七四〕，雖欲無患，其可得乎？

又人倫有禮〔七五〕，朝廷有法〔七六〕，自惟至熟〔七七〕，有必不堪者七〔七八〕，甚不可者二：卧喜晚起〔七九〕，而當關呼之不置，一不堪也〔八〇〕；抱琴行吟〔八一〕，弋釣草野〔八二〕，而吏卒守之，不得妄動〔八三〕，二不堪也〔八四〕；危坐一時，痺不得摇〔八五〕，性復多蝨〔八六〕，（把）〔杷〕搔無已〔八七〕，而當裹以章服〔八八〕，揖拜上官〔八九〕，三不堪也〔九〇〕；素不便書，又不喜作書〔九一〕，而人間多事〔九二〕，堆案盈机〔九三〕，不相酬答，則犯教傷義〔九四〕，欲自勉强，則不能久〔九五〕，四不堪也；不喜弔喪，而人道以此爲重〔九六〕，己爲未見恕者所怨〔九七〕，至欲見中傷者〔九八〕，雖（瞿）〔懼〕自責〔九九〕，然性不可化〔一〇〇〕，欲降心順俗〔一〇一〕，則詭故不情〔一〇二〕，亦終不能獲無咎無譽〔一〇三〕，如此〔一〇四〕，五不堪也〔一〇五〕；不喜俗人，而當與之共事〔一〇六〕，或賓客盈坐，鳴聲聒耳〔一〇七〕，囂塵臭處〔一〇八〕，千變百伎〔一〇九〕，在人目前，六不堪也〔一一〇〕；心不耐煩〔一一一〕，而官事鞅掌，機務纏其心〔一一二〕，世故繁其慮〔一一三〕，七不堪也〔一一四〕。又每非湯、武而薄周、孔，在人間不止〔一一五〕，此事會顯〔一一六〕，世教所不容〔一一七〕，此甚不可一也〔一一八〕；剛腸疾惡〔一一九〕，輕肆直言〔一二〇〕，遇事便發，此甚不可二也。以促中小心之性〔一二一〕，統此九患，不有外難，當有内病〔一二二〕，寧可久處人間邪〔一二三〕？又聞道士遺言：餌朮黄精〔一二四〕，令人久壽〔一二五〕，意甚信之〔一二六〕；遊山澤，觀魚鳥，心甚樂之〔一二七〕；一行作吏，此事便廢〔一二八〕，安能舍其所樂〔一二九〕，而從其所懼哉？

夫人之相知，貴識其天性〔一三〇〕，因而濟之〔一三一〕。禹不偪伯成子高〔一三二〕，全其節也〔一三三〕。仲尼不假蓋於子夏〔一三四〕，護其短也〔一三五〕。近諸葛孔明不偪元直以入蜀〔一三六〕，華子魚不强幼安以卿相〔一三七〕，此可謂能相終始，真相知者也〔一三八〕。足下見直木，必不可以爲輪〔一三九〕，曲者，不可以爲桷〔一四〇〕，蓋不欲以枉其天才〔一四一〕，令得其所也〔一四二〕。故四民有業，各以得志爲樂〔一四三〕，唯達者爲能通之〔一四四〕，此足下度内耳〔一四五〕。不可自見好章甫〔一四六〕，强越人以文冕也〔一四七〕；己嗜臭腐〔一四八〕，養鴛雛以死鼠也〔一四九〕。吾頃學養生之術〔一五〇〕，方外榮華，去滋味，游心於寂寞〔一五一〕，以無爲爲貴〔一五二〕。縱無九患，尚不顧足下所好者〔一五三〕；又有心悶疾，頃轉增篤〔一五四〕，私意自試，不能堪其所不樂〔一五五〕，自卜已審〔一五六〕，若道盡塗窮則已耳〔一五七〕，足下無事冤之，令轉於溝壑也〔一五八〕。

吾新失母兄之歡〔一五九〕，意常悽切〔一六〇〕，女年十三，男年八歲〔一六一〕，未及成人〔一六二〕，况復多病〔一六三〕，顧此悢悢〔一六四〕，如何可言〔一六五〕！今但願守陋巷〔一六六〕，教養子孫〔一六七〕，時與親舊敘闊〔一六八〕，陳説平生〔一六九〕，濁酒一杯〔一七〇〕，彈琴一曲，志願畢矣〔一七一〕。足下若嬲之不置〔一七二〕，不過欲爲官得人，以益時用耳〔一七三〕；足下舊知吾潦倒麤疎〔一七四〕，不切事情〔一七五〕，自惟亦皆不如今日之賢能也〔一七六〕。若以俗人皆喜榮華，獨能離之〔一七七〕，以此爲快〔一七八〕，此最近之可得言耳〔一七九〕。然使長才廣度〔一八〇〕，無所不淹，而能不營，乃可貴耳〔一八一〕。若吾多病困〔一八二〕，欲離事自全，以保餘年，此真所乏耳〔一八三〕，豈可見黄門而稱貞哉〔一八四〕？若趣欲共登王塗，期於相致，時爲歡益〔一八五〕，一但迫之，必發其狂疾〔一八六〕，自非重怨〔一八七〕，不至於此也〔一八八〕。

野人有快炙背而美芹子者〔一八九〕，欲獻之至尊〔一九〇〕，雖有區區之意，亦已疏矣〔一九一〕。願足下勿似之，其意如此，既以解足下，并以爲别。嵇康白〔一九二〕。

〔一〕張本節此二字。

〔二〕「潁」吴鈔本、文津本及文選袁本、胡刻本作「潁」，書記洞詮引七賢帖同。

〔三〕「常」文選四部本同，注云：「五臣作『嘗』」。袁本作「嘗」，注云：「善本作『常』字。」○李善注：稱謂，説其情不願仕也，愜其素志，故謂知言也。虞預晉書曰：「山嶔守潁川。」嵇康文集録注曰：「河内山嶔，守潁川，山公族父。」莊子曰：「狂屈豎聞之，以黄帝爲知言。」○梁章鉅曰：「銑注『山嶔爲潁川太守』，案六臣本『守』作『字』，蓋嶔字潁川，非太守，各本并因銑注改『字』

爲『守』，尤本并於後注添『守』字，可笑也。」○揚案：六臣本善注「河内山嵚潁川」句，無「字」字或「守」字。

〔四〕李善注：言常怪足下，何從而便得吾之意也。○野客叢書曰：「後漢蔡邕傳、晉嵇康書，皆用『經怪』二字。又觀唐人文集，如劉禹錫皇甫湜書中，亦多用之。經，常也，漢書『常』字多作『經』，如曰難以爲經。」○揚案：廣雅：「經，常也。」常字古多用經，非直漢書矣。管子重令篇：「朝有經臣，國有經俗，民有經產。」皆常義也。此處經字，文壇列俎作「後」，即由不識字義而妄改。

〔五〕「顯宗阿都」四字，七賢帖改作「諸人」二字，此句，晉書本傳作「聞足下欲以吾自代」。○李善注：晉氏八王故事注曰：「公孫崇字顯宗，譙國人，爲尚書郎。」嵇康文集録注曰：「阿都，呂仲悌，東平人也。康與呂長悌絶交書曰：『少知阿都，志力閑華，每喜足下家復有此弟。』」○魏志王粲傳注：「康既有絶世之意，又從子不善，避之河東。或云避世。」

〔六〕本傳作「雖事不行」。

〔七〕文選四部本同，注云：「五臣本無『故』字。」袁本無「故」字，注云：「善本有『故』字。」句末，本傳有「也」字。○李善注：言不知己之情。○荀子注：「故，猶本也。」

〔八〕「傍」或作「旁」。

〔九〕李善注：言足下傍通衆藝，多有許可，少有疑怪，言寬容也。周易曰：「六爻發揮，旁通情也。」法言：「或問行，曰：『旁通厥德。』」李軌曰：「應萬變而不失其正者，唯旁通乎。」○管子宙合篇：「方明者察于事，故不官于物，而旁通于道。」

〔一〇〕案「狹」字帖文作「夾」，書記洞詮漏改。

〔一一〕荀子性惡篇：「直木不待櫽栝而直者，其性直也。」淮南子注：「中，心也。」爾雅：「堪，勝也。」

〔一二〕李善注：偶謂偶然，非本志也。爾雅：「偶，遇也。」郭璞曰：「偶，值也。」

〔一三〕吴鈔本原鈔作「聞足下閒遷」，朱校乙同此本。「遷」字帖文作「還」，誤也。

〔一四〕吕氏春秋注：「閒，頃也。」説苑尊賢篇：「諸侯伐齊，齊王聞之，惕然而恐。」廣雅：「惕，懼也。」

〔一五〕李善注：莊子曰：「庖人雖不治庖，尸祝不越樽俎而代之。」〇周禮注：「割，肆解肉也。」

〔一六〕「薦」帖文誤作「蒙」。「鸞」吴鈔本作「鑾」，文選袁本同，注云：「善本作『鸞』。」四部本作「鸞」，注云：「五臣作『鑾』。」

〔一七〕「漫」吴鈔本作「謾」，馬叙倫曰：「明本『謾』，此本『漫』，選本亦作『漫』，李善注引高誘吕氏春秋注曰：『漫，汙也。』則作『漫』是。」〇李善注：毛詩曰：「執其鸞刀，以啓其毛。」莊子：「北人無擇曰：『帝欲以汙行漫我。』」高誘吕氏春秋注曰：「漫，汙也。」〇儀禮注：「薦，進也。」吕氏春秋本味篇：「水居者腥，草食者羶。」説文：「羶，羊臭也。」一切經音義引通俗文曰：「魚臭曰腥。」

〔一八〕「具」帖文作「且」，本傳無「具」字，又「否」字作「不」，書記洞詮引晉書亦作「不」。

〔一九〕「之人」七賢帖作「人輩」。

〔二〇〕李善注：并，謂兼善天下也；介，謂自得無悶也。趙岐孟子章句曰：「伯夷柳下惠，介然必偏，中和爲貴。」○劉良注：謂濤兼利，而己自守也。○方弘静千一録曰：「絶交書『并介之人』，并介，言一於介耳，註解并爲兼利天下，非；士有百行，時而出之，匪徒執一也。一於介者，惟見於介，務光巢父之倫也。」○揚案：説文：「介，畫也，从八从人，人各有界。」孟子音義引丁音曰：「介，謂狷介也。」説文：「并，相從也。」考工記：「大與小無并。」注曰：「并，偏邪相就也。」禮記檀弓下：「行并植於晉國。」注曰：「并猶專也。」荀子儒效篇：「并而不二。」此處并介，即指偏於介，專於介耳。本集聲無哀樂論，亦以偏并連言也。方氏解爲一於介，説蓋近之。李善以下文有達窮之言，故謂并爲達，謂介爲窮；然下文「有所不堪」及「空語」云云，皆就狷介而言，非窮則自得之義。

〔二一〕「無」上，吴鈔本原鈔有「而」字，墨校删，案此鈔者誤衍也。「堪」書記洞詮作「居」，案洞詮引帖文作「屈」。

〔二二〕「俗」七賢帖作「異」。

〔二三〕李善注：「空語」猶虚説也，共知有通達之人，至於世事，無所不堪，言己不能則而行之也。太玄經曰：「君子内正而外馴。」莊子曰：「與物委虵，而同其波。」周易曰：「悔吝者，憂虞之象也。」○毛詩序：「國異政，家殊俗。」「達人」見前秀才答詩（達人與物化）注〔一〕。莊子應帝王篇：「因以爲波流。」

〔二四〕李善注：史記曰：「莊子名周，嘗爲蒙漆園吏。」列仙傳曰：「李耳爲周柱下史，轉爲守藏史。」論語曰：「柳下惠爲士師。」漢書曰：「東方朔著論，設客難，已用位卑以自慰喻。」孟子曰：「爲貧仕者，辭尊居卑。」又曰：「位卑言高，罪也。」〇史記老莊列傳：「老子姓李氏名耳，周守藏室之史也。」孟子：「柳下惠不羞汙君，不卑小官。」呂氏春秋注：「短，少也。」

〔二五〕藝文類聚二十一引無「又」字。「愛」宋本晉書本傳誤作「受」。

〔二六〕「無」或作「无」，下同。「登」本傳作「爲」。

〔二七〕李善注：莊子：「仲尼謂老聃曰：『兼愛無私，仁之情也。』」論語：「子曰：『富而可求，雖執鞭之士，吾亦爲之。』子張問：『令尹子文，三仕爲令尹，無喜色，三已之，無慍色，舊令尹之政，必以告新令尹，何如？』子曰：『忠矣。』」〇何焯義門讀書記曰：「鄭康成解禮記云：『雖執鞭之賤職，吾亦爲之。』邢叔明引周禮秋官：『條狼氏，掌執鞭以趨辟。』條狼氏下士，故云賤職。」〇韓子五蠹篇：「儒墨皆稱先生，兼愛天下。」爾雅：「登，陞也。」

〔二八〕文選四部本同，「達」下注云：「五臣本有『人』字。」袁本有「人」字，注云：「善本無『人』。」「能」吳鈔本作「則」。「渝」字帖文誤作「偷」。

〔二九〕李善注：孟子曰：「古之人，窮則獨善其身，達則兼善天下。」又曰：「柳下惠遺佚而不怨，厄窮而不憫。」〇詩羔裘：「舍命不渝。」毛傳：「渝，變也。」易乾卦文言曰：「遯世无悶，不見是而无悶。」説文：「悶，懣也。」孟子注：「憫，懣也。」

〔三〇〕本傳作「故知堯舜之居世」，七賢帖作「故知唐堯君世」。○崔駰達旨曰：「於時，太上運天德以君世。」

〔三一〕「許由」文選謝靈運初去郡詩注引作「子房」，胡克家文選考異曰：「案『子房』當作『許由』，各本皆誤。」○揚案：文選謝靈運還舊園作見顏范二中書詩注引仍作「子房」，亦誤也。○「栖」文選袁本同，注云：「善本作『棲』。」四部本作「棲」，注云：「五臣作『栖』。」此下三句，七賢帖皆無「之」字。○李善注：呂氏春秋曰：「昔堯朝許由於霈澤之中，曰：『請屬天下於夫子。』許由遂之箕山之下。」張升反論曰：「黃綺引身，巖棲南岳。」○許巽行文選筆記曰：「注張升反論，何於『論』下加『語』字。案惠棟云：張姓，叔名，叔曾作反論，引見御覽，今左傳疏引作『張叔皮論』，誤也。然則後人又以張叔皮爲人名，故於論下加語字，而何氏未考也。廣絶交論注引張升反論，疑是後漢文苑傳之張升，『升』『叔』二字相似而誤耳。」許嘉德曰：「案魏都賦注引廣絶交論注，及此注所引，皆作『張升反論』，則李氏自作『張升』，不作『張叔』也。」○揚案：「反」字明爲「友」字之譌，加「語」字更誤也。

〔三二〕李善注：漢書曰：「上封良爲留侯，行太子少傅事。」論語曰：「楚狂接輿，歌而過孔子。」○孟子曰：「先聖後聖，其揆一也。」○孟子注：「揆，度也。」

〔三三〕李善注：賈逵國語注曰：「遂，從也。」○易困卦象曰：「君子以致命遂志。」

〔三四〕本傳無「而」字。

〔三五〕「循」七賢帖作「隨」。

〔三六〕李善注：周易曰：「天下同歸而殊途，一致而百慮。」淮南子曰：「循性而行，或害或利。」論語讖曰：「貧而無怨，循性動也。」〇白虎通義考黜篇：「孝道之美，百行之本也。」毛詩箋：「士有百行。」韓詩外傳曰：「直行情性之所安，而制度可以爲天下法矣。」

〔三七〕「入」本傳作「出」，「反」吴鈔本作「返」。〇李善注：班固漢書贊曰：「山林之士，往而不能反，朝廷之士，入而不能出，二者各有所短。」〇孫志祖文選李注補正曰：「韓詩外傳：『朝廷之士爲禄，故入而不出；山林之士爲名，故往而不反。』在漢書前。」

〔三八〕宋本晉書本傳作「意氣所託」，殿本作「意氣所先」，書記洞詮引晉書同。

〔三九〕「不」上，吴鈔本及本傳、藝文類聚二十一及七賢帖有「亦」字。〇李善注：左氏傳：「吴子諸樊既除喪，將立季札，季札辭曰：『曹宣公之卒也，諸侯與曹人不義曹公，將立子臧，子臧去之，遂弗爲也，以成曹君。君子曰：能守節。君，義嗣也，誰能奸君；有國，非吾節也；札雖不才，願附於子臧以無失節。』」史記：「司馬相如，字長卿，其親名之犬子。相如既學，慕藺相如之爲人，更名相如。」〇禮記孔子閒居篇：「志氣塞乎天地。」

〔四〇〕文選四部本同，注云：「五臣本無『吾』字。」袁本無「吾」字，注云：「善本『每』上有『吾』字。」「傳」下，事文類聚前集三十二有「皆古隱者」四字，此誤以旁註作正文也。

〔四一〕李善注：英雄記曰：「尚子平有道術，爲縣功曹，休歸，自入山擔薪，賣以供食飲。」范曄後漢書曰：「向子平隱居不仕，性尚中和，好通老易。」「尚」「向」不同，未詳。又曰：「臺佟者，字孝威，魏郡人。隱於武安山，鑿穴爲居，采藥爲業。」佟，徒冬切。史記太史公曰：「余讀孔氏書，想見其爲人。」○胡克家文選考異曰：「陳云：『王粲英雄記，皆記漢末英雄事，尚子平乃建武中隱士，不應載入，當是誤也。』今案此疑英賢譜之文，各本皆譌。」○張雲璈曰：「按注所引兩子平事，雖彷彿相類，終以范史爲正。觀書中『尚』字及注『尚向不同』一語，則注中上向子平當作『尚』，下尚子平當作『向』，今後漢書逸民傳正作『向』。又後漢書注引高士傳，『向』字作『尚』，今檢高士傳亦作『向』。」○揚案：六臣本善注，兩皆作「尚」，胡刻本則上「尚」下「向」，不誤也，類聚三十六引有陶潛尚長禽慶贊，字仍作「尚」。

〔四二〕「少加」吴鈔本原鈔作「加少」，朱校改。本傳及太平御覽四百九十引作「加少」，宋本御覽「加」誤作「如」，文選作「少加」。胡克家文選考異曰：「何云晉書作加少，案加少是也，各本皆誤倒。」○王棠知新録曰：「魏、晉間人，以父亡爲孤露，絶交書：『少加孤露』，趙彦深見母自陳，幼小孤露。棠按幼無父曰孤，不知連露字何意，其亦霜露之感耶？」○揚案：楚辭注：「露，暴也。」此當爲暴露之義，父亡而無覆庇也。

〔四三〕「見驕」本傳作「驕恣」，海録碎事卷九上引作「見憍」。○國策注：「驕，寵也。」

〔四四〕漢書賈山傳：「涉獵書記。」注：「言若涉水獵獸，不專精也。」廣韻：「涉，歷也。」漢書倪寬傳：

「舉侍御史，見上，語經學。」

〔四五〕「疏」文選四部本同，注云：「五臣作『疎』。」袁本作「疎」，注云：「善本作『疏』字。」

〔四六〕「筋」，「筋」之譌，吴鈔本作「䈥」。○張銑注：筋駑，謂寬緩若駑馬也。

〔四七〕「洗」鮑本太平御覽四百九十引作「浣」。

〔四八〕「不」太平御覽引作「非」，「癢」或作「痒」。

〔四九〕「沐」太平御覽引作「梳」。

〔五〇〕「常」太平御覽引作「當」，宋本御覽無「不」字。

〔五一〕焦循孟子正義曰：「嵇康書云：『令胞中略轉。』『略轉』，猶『了戾』，方言云：『軫，戾也。』郭璞注云：『相了戾也。』廣雅以『轉戾』釋『軫軳』，是『轉』即『軫』，義皆爲『戾』，『了』與『戾』一聲，『軫』與『轉』一聲，『戾』與『轉』同義，非變通轉運之謂。」○揚案：「胞」與「脬」通，説文：「脬，膀胱也。」金匱要略婦人雜病篇曰：「轉胞不得溺，以胞系了戾，故致此病。」史記倉公列傳曰：「風癉客脬，難於大小溲。」正義曰：「『脬』一作『胞』，膀胱也。」此謂膀胱系繚戾，不得小便。

〔五二〕「情意」宋本及鮑本太平御覽引作「情志」，安政本作「性志」。「傲」或作「慠」，下同。七賢帖「意」作「志」，「傲」作「雄」。○曹植酒賦：「酖於觴酌，流情縱逸。」

〔五三〕李善注：孔安國論語注曰：「簡，略也。」言性簡略，與禮相背也。○毛詩傳：「成，就也。」

〔五四〕禮記注：「儕，猶輩類。」

〔五五〕「莊老」本傳及太平御覽引作「老莊」。

〔五六〕李善注：放謂放蕩。○呂延濟注：莊老忘榮辱，齊是非，故增放逸也。

〔五七〕「頽」或作「積」，或作「隤」。

〔五八〕「實」本傳及七賢帖作「逸」。○説文：「隤，下墜也。」廣雅：「實，誠也。」

〔五九〕「此由」太平御覽三百五十八引文士傳引作「譬猶」，吳鈔本「由」亦作「猶」，案「由」與「猶」同。

〔六〇〕七賢帖及太平御覽引文士傳引作「則服教從制」。○史記李斯列傳：「此禽鹿視肉。」索隱曰：「禽鹿，猶禽獸也。」國策注：「制，御也。」

〔六一〕「赴」七賢帖作「引」。○李善注：楚辭曰：「狂顧南行。」王逸曰：「狂，應遽也。」○左傳注：「頓，壞也。」周禮注：「纓，今馬鞅。」史記律書曰：「文帝時，會天下新去湯火。」

〔六二〕「鑣」吳鈔本、張燮本及文選作「鑣」，是也。

〔六三〕説文：「鑣，馬銜也。」詩雨無正：「又有嘉肴。」

〔六四〕「逾」吳鈔本及唐寫文選集注及藝文類聚二十一引作「愈」，文選四部本作「逾」，注云：「五臣本作『愈』。」袁本作「愈」，注云：「善本作『逾』字。」「豐」吳鈔本誤作「豊」。○李善注：毛詩曰：「茀厥豐草。」○「長林」見前贈秀才詩（輕車迅邁）注〔一〕。

〔六五〕唐寫文選集注無「過」字，注云：「今案五家本『吾』上有『過』字。」「及」下，吳鈔本原鈔有「之」字，墨校删。

〔六六〕海録碎事卷七下引無「飲」字「過」字。○陸善經注：至性，孝性也。○李善注：莊子：「仲尼謂顔回曰：『聖人處物不傷物者，物不能傷也。』」李尤盃銘曰：「飲無求醉，則以相娱，荒沈過差，可不慎與。」○張銑注：嗣宗曠達之性過人，而不傷於物，唯飲酒之後有過失。○案文選六臣本及胡刻本注文「醉」字作「辭」，又「則」字作「纔」，「辭」字當是「亂」字之譌，今皆改依唐寫集注本。○孔融報曹操書曰：「性既遲緩，與人無傷。」馮衍與任武達書曰：「醉飽過差，輒爲桀、紂。」○黄先生曰：「據此，是叔夜不醉於酒也。集載家誡曰：『見醉薰薰便止，慎不當至困醉，不能自裁也。』此嵇、阮之異。」

〔六七〕「讎」上，本傳有「仇」字。

〔六八〕文選集注曰：「今案鈔、陸善經本無『賴』字，又陸善經本無『耳』字。」○李善注：孫盛晉陽秋曰：「何曾於太祖坐謂阮籍曰：『卿任性放蕩，敗禮傷教，若不革變，王憲豈得相容？』謂太祖：『宜投之四裔，以絜王道。』太祖曰：『此賢素羸病，君當恕之。』」○吕向注：言爲何曾以禮法糾繩，如仇讎也。○文選鈔曰：「干寶晉紀云：『籍母喪服未除，於大將軍司馬文王坐噉完，時何曾在坐，厲聲謂籍曰：卿任情恣性，傷化敗俗，如卿之徒，不可長也。又言於太祖曰：明公方以孝治天下，縱阮籍如此，何以刑於海内？宜投之四裔，無令汙辱華夏。籍都無所言，而噉完也。太祖曰：『此賢素羸，卿其忍之。』太祖即文王也，時爲大將軍，故言幸大將軍保持之耳。」○漢書注：「如淳曰：『繩謂秤彈之也。』」

〔六九〕「吾」文選袁本、胡刻本同，四部本作「以」，袁本注云：「善本作『以』字。」四部本注云：「五臣作『吾』字。」吴鈔本原鈔「吾」下有「以」字，墨校删此句，本傳、七賢帖、文選集注作「吾以不如嗣宗之資」，胡克家文選考異曰：「何校『賢』改『資』，陳云：『賢，資誤。』案所校是也，注曰：『資，材量也。』不得作『賢』甚明，晉書正作『資』。」○揚案：文選鈔曰：「資，質也。」是所見亦作「資」字。

〔七〇〕「弛」或作「㢮」。○李善注：資，材量也。○爾雅：「弛，易也。」呂氏春秋注：「闕，短也。」

〔七一〕「人」本傳作「物」。

〔七二〕「闇」文選四部本同，注云：「五臣本作『暗』字。」袁本作「暗」，注云：「善本作『闇』字。」吴鈔本原鈔亦作「闇」，墨校改作「暗」。○爾雅：「宜，事也。」

〔七三〕李善注：漢書曰：「萬石君，石奮也，長子建，爲郎中令，奏事，事下，建讀之，驚恐曰：『書馬者與尾而五，今迺四，不足一，獲譴死矣。』其爲謹慎，雖他皆如是。」又曰：「建奏事於上前，即有可言，屏人乃言，極切至；延見，如不能言者。」好盡，謂言則盡情，不知避忌。○陸善經注：丘遲曰：「好盡，謂好盡直言。」○陳僅讀選意籤曰：「案此當引左氏傳『國武子好盡言』之語。司馬氏之忌叔夜，固在非湯武，薄周孔，實以『在人間不止此事，會顯世教所不容』二語，直刺時事故耳，豈非好盡之累哉！」

〔七四〕「釁」或作「舋」。○爾雅：「疵，病也。」左傳注：「釁，瑕隙也。」

〔七五〕文選集注曰：「今案鈔、陸善經本『禮』爲『體』。」

〔七六〕文選鈔曰：「詩序云：『厚人倫。』朝廷，謂國家條教也。」

〔七七〕文選集注曰：「案鈔『惟』爲『省』。」七賢帖「惟」亦作「省」。太平御覽四百九十引無「至熟」二字。○爾雅：「惟，思也。」

〔七八〕「有」上，七賢帖有「而」字，太平御覽引無「必」字。

〔七九〕「喜」或作「熹」，文選集注作「熹」，下同。

〔八〇〕李善注：東觀漢記曰：「汝郁再徵，載病詣公車，尚書勑郁自力受拜，郁乘輂白衣詣止車門，臺遣兩當關扶郁入拜郎中。」○張銑注：不堪，不可，皆不中任用也。漢置當關之職，欲曉，即至門呼人使起。○陸善經注：當關，主關門者，諸門卒。○文選鈔曰：「東觀漢記云：『當關，卒名也，古者，臣欲朝時，當關卒呼之。』」○説文：「關，以木横持門户也。」

〔八一〕「抱琴」七賢帖作「挾彈」。「吟」或作「唫」。

〔八二〕楚辭漁父篇：「屈原既放，游於江潭，行吟澤畔。」又九歎曰：「行唫累欷，聲喟喟兮。」毛詩箋：「弋，繳射也。」

〔八三〕陸善經注：言在官不得簡率。守，謂隨從也。

〔八四〕「堪」太平御覽八百三十二引作「可」。

〔八五〕李善注：管子曰：「少者之事先生，出入恭敬，如有賓客，危坐向師，顏色無作。」説文曰：「痺，濕病也，俾利反。」○揚案：注文「如有賓客」，各本並同，今管子「有」作「見」，當以「見」爲合。又案「濕病」字當作「痹」，素問痹論篇：「岐伯曰：『風寒濕，三者雜至，合而爲痹也。』」一切經音義引倉頡篇曰：「痹，手足不仁也。」廣韻：「痺，府移切，鳥名痿。」「痹」字古多通用「痺」，大戴禮曾子本孝篇曰：「孝子痺亦弗憑。」韓子外儲説左上曰：「叔向御坐，平公請事，公腓痛足痺轉筋，而不敢懷坐。」謂危坐既久，足氣不生，仍不敢倚不敢動也。此處用意正同，不必爲溼病。危坐即跪，釋名：「跪，危也，兩膝隱地，體危陧也。」説文：「搖，動也。」

〔八六〕「蝨」或作「虱」。

〔八七〕「把」張本作「爬」，文選四部本作「杷」，案「杷」字是也。此句，藝文類聚二十一引作「搔蝨無已」。○説文：「杷，收麥器。」急就篇注曰：「無齒曰捌，有齒曰杷，皆所以推引聚禾穀也。」禮記内則篇：「疾痛苛癢，而敬抑搔之。」注：「搔，摩也。」

〔八八〕「當」吴鈔本作「甞」。「裹」太平御覽九百五十一引作「襲」。文選集注無「而」字，又注云：「今案鈔『章服』爲『服章』也。」

〔八九〕「揖拜」吴鈔本作「拜揖」。馬叙倫曰：「明本『甞』作『當』，『拜揖』乙轉，選本及御覽引同，當從之。」○陸善經注：周官：「六服各有章數。」○吕向注：章服，冠衣也。上官，尊臣也。○韓子亡徵篇：「章服侵等。」

〔九〇〕「不」下，太平御覽九百五十一引有「可」字。

〔九一〕藝文類聚二十一及五十八引無「又」字及「作」字。太平御覽五百九十五引無「又」字。文選惟胡刻本有「又」字，集注本亦無。胡克家文選考異曰：「袁本、茶陵本無『又』字。」案二本不著校語，晉書此在所節去中，無以考之。○「喜」或作「熹」。此處吳鈔本原鈔無「又不喜作書」五字，朱校補。周樹人曰：「案舊校殆即據尤袤本加也。」○揚案：吳鈔本校者蓋據黄省曾本，他處亦然。

〔九二〕太平御覽引無「多」字。

〔九三〕「堆」文選集注作「推」，注云：「今案鈔『推』爲『堆』也。」「机」吳鈔本原鈔同，墨校改作「几」，程、汪、張本及四庫本亦作「机」。

〔九四〕吕延濟注：机，亦案也。教，禮教，義，名義也。○文選鈔曰：「曲禮云：『禮尚往來，往而不來，非禮也，來而不往，亦非禮也。』若不相報答，是犯於教義也。」○管子問篇：「小怒傷義。」

〔九五〕「久」吳鈔本作「之」。讀書續記曰：「明本『之』作『久』，選本及御覽引同，宜從之。」○揚案：「久」字藝文類聚二十一引作「及」字，蓋刻本之譌。此句，藝文類聚五十八、太平御覽五百九十五引作「則不能久堪」，無下句，亦誤也。

〔九六〕文選鈔曰：「禮記曰：『知生者弔，知死者傷。』是人道以此爲重也。」

〔九七〕「者」吳鈔本原鈔同，朱校改作「皆」，四庫本亦作「皆」，明本作「者」，是，選本亦作「者」。

〔九八〕李善注：言人於己，爲未見有矜恕之者，而纔有所怨，乃至欲見中傷，言被疾甚也。○陸善經

注：言爲不體恕者所怨，乃欲相傷也。○孫志祖文選李注補正曰：「金云：『此謂不修弔禮，己曾爲不見諒之人所怨，至欲中傷，雖亦以此自責，而性終不可化也。注於己爲句，解得牽强。』」○揚案：此處當於怨字絶句，善注誤也。漢書嚴延年傳：「疾惡泰甚，中傷者多。」又曰：「丞義年老頗悖，素畏延年，恐見中傷。」淮南子注：「中，傷也。」

〔九九〕「瞿」吴鈔本原鈔作「懼」，墨校改，文選集注及藝文類聚二十一引作「懼」，文選袁本同，注云：「善本作『瞿』字。」四部本、茶陵本作「瞿」，注云：「五臣作『懼』字。」○胡克家文選考異曰：「案『瞿』當作『懼』，袁本云：善作『瞿』。茶陵本云：五臣作『懼』。各本所見，皆傳寫誤也。善自作『懼』，與五臣同，故引惠帝贊『懼然』作注，今各本注中亦誤爲『瞿』，非『懼』『瞿』同字耳。晉書在所節去中。」○揚案：文選集注引文選音決曰：「懼音句。」是所見亦作「懼」字。

〔一〇〇〕李善注：班固漢書惠帝贊曰：「聞叔孫通之諫則瞿然。」○胡克家文選考異曰：「袁本、茶陵本，『然』下有『晉灼曰瞿音句』六字，是也。尤誤删，改作『音句』，入正文下。又『瞿』皆當作『懼』，漢書正作『懼』，師古曰：『懼讀曰瞿。』」○揚案：文選集注引善注不誤。○文選李注補正曰：「金云：『瞿然屢見檀弓，豈待漢書？』」○揚案：善注原作「懼然」也。○逸周書官人解曰：「憂悲之色，瞿然以静。」新語辨惑篇曰：「齊人懼然而恐。」東方朔非有先生論曰：「於是吴王懼然易容。」漢書注：「懼然，失守之貌也。」

〔一〇一〕「降」四庫本作「一」。

〔一〇二〕李善注：新序：「卜偃謂晉侯曰：『天子降心以迎公。』」周書曰：「飾貌者不情。」○張銑注：詭，詐也，言欲下意順人，則爲詐之道，情不願爲。○文選鈔曰：「詭，違也，言降下心意，隨順世俗，則違我故志，不得本情也。」○淮南子主術訓：「詭自然之性。」注：「詭，違也。」

〔一〇三〕「譽」下，七賢帖有「也」字。

〔一〇四〕七賢帖無「如此」。

〔一〇五〕李善注：周易曰：「括囊無咎無譽。」

〔一〇六〕文選集注曰：「案陸善經本『而』爲『所』。」○「當」緯略引作「嘗」。○陸善經注：從官則與共事。

〔一〇七〕「聲」吴鈔本原鈔作「琴」，墨校改。○李善注：杜預左氏傳注曰：「聒，讙也。」韓子顯學篇：「今巫祝之祝人曰：『使若千秋萬歲。』千歲萬歲之聲聒耳。」

〔一〇八〕左氏昭公三年傳：「公欲更晏子之宅，曰：『子之宅近市，湫隘囂塵，不可以居。』」

〔一〇九〕「伎」文選四部本同，注云：「五臣作『技』。」袁本作「技」，注云：「善本作『伎』。」文選集注作「妓」，文選鈔曰：「『技』或爲『妓』，通。」此句，吴鈔本作「千變萬數」。讀書續記曰：「『百伎』是。」○揚案：本集聲無哀樂論亦云：「千變百態。」○荀子富國篇：「百技所成，所以養一人也。」注：「技，工也。」

〔一一〇〕文選鈔曰：「此語蓋譏山濤。」

〔一二〕藝文類聚二十一引作「心不㕼煩」，葉渭清曰：「按此疑本作『㕼耐』，旁記『不』字，傳寫併入正文，又誤删『耐』字耳。」○揚案：「㕼」字當即「叵」字之譌，此處各本皆作「不耐」。漢書注：「如淳曰：『耐，猶任也。』」

〔一三〕「機務」吴鈔本及七賢帖作「萬機」，文選集注同，並注云：「今案五家本『萬機』爲『機務』。」讀書續記曰：「明本『萬機』作『機務』，選本同，李善注引尚書：『一日二日萬機。』劉良注曰：『機事纏繞。故，事也。』以善注考之，若善本作『萬機』，然此本於五臣本與善本異者，多載明之，此言善本作『萬機』，復以劉注參之，則作『機務』長也。」○揚案：據文選集注正文及所引善注，則唐人所見李善本自作「萬機」。

〔一三〕「繁」吴鈔本及文選集注作「煩」，七賢帖作「繫」。

〔一四〕李善注：毛詩曰：「或棲遲偃仰，或王事鞅掌。」尚書曰：「一日二日萬機。」○劉良注：鞅掌，衆多貌。機事纏繞。故，事也，言事繁於思慮也。○文選鈔曰：「毛萇詩傳云：『鞅掌，失容也。』鄭玄云：『鞅猶荷，掌謂捧持之也。負荷捧持以趨走，言足遽也。』世故，謂事言也。」○列子楊朱篇：「不治世故，放意所好。」

〔一五〕藝文類聚二十一引無「在」字。

〔一六〕七賢帖作「此事欲當顯」。

〔一七〕「容」下，七賢帖有「也」字。

〔一八〕李周翰注：湯與武王，以臣伐君，故非之；周公孔子立禮，使人澆競，故薄之。言非薄不止，則必會明於世，則爲禮教之人不容我也。○陸善經注：晉氏方欲遵湯、武革命，而非之，周、孔以禮義教人，而薄之，故不爲世所容也。○孫志祖文選考異曰：「潘校删『會顯』二字，下增『爲』字，案『在人間不止』，當絶句，『此事會顯』又句，則文義坦然。」○揚案：「在人間不止」，謂出仕而不休止，不謂非薄不止也，此處文選鈔亦誤解。

〔一九〕「疾」吴鈔本作「嫉」。○張銑注：剛腸，謂彊志也。○文選鈔曰：「孔融薦禰衡表云：『疾惡若讎。』」○荀子性惡篇：「今人之性，生而有疾惡焉。」注：「『疾』與『嫉』同。」

〔二〇〕陸善經注：左傳：「伯宗妻曰：『子好直言，必及於難也。』」

〔二一〕藝文類聚二十一引無「小」字，誤也。

〔二二〕文選鈔曰：「促，猶狹也；中，中心；統，總也。莊子云：『張毅疾攻其内，單豹虎食其外。』言此人於養生之道，皆不能便其後也。」

〔二三〕「寧」上，七賢帖有「此」字。

〔二四〕「朮」原作「木」，刻板之誤。

〔二五〕「久」藝文類聚二十一引作「益」。

〔二六〕「意」七賢帖作「心」。○李善注：蒼頡篇曰：「餌，食也。」本草經曰：「朮，黄精，久服，輕身延年。」○吕延濟注：道士，謂得道之士也。○案春秋繁露循天之道篇：「古之道士有言：『將欲無陵，固守一德。』」新序節士篇：「竭而得位，道士不居也。」此謂有道之士也。論衡率性篇：「隨侯以藥作珠，精耀如真，道士之教至，知巧之意加也。」此謂有術之士也。釋法琳辨正論引古詩曰：「服食求神仙，多爲藥所誤。不如飲美酒，被服紈與素。寄語世上人，道士慎莫作。」俞正燮癸巳存稿曰：「二句固應有之，文選删之也。」○揚案：此則謂養生之士，即叔夜所指矣。抱朴子仙藥篇：「朮一名山薊，一名山精。」神藥經曰：「必欲長生，常服山精。」博物志：「天老曰：『太陽之精，名曰黄精，餌而食之，可以長生。』」

〔二七〕「心」七賢帖作「意」。

〔二八〕「廢」七賢帖作「決」。○文選鈔曰：「後漢書：『尚子平與北海禽慶遊五岳名山。』行，往也，言一過往，就作吏也。」○漢書司馬相如傳：「相如以爲列仙之儒，居山澤間。」廣雅：「行，去也。」揚案：一去，猶一出也。

〔二九〕「舍」文選四部本同，注云：「五臣本作『捨』字。」袁本作「捨」，注云：「善本作『舍』字。」

〔三〇〕孟子：「形色，天性也。」班固幽通賦：「所貴聖人至論兮，順天性而斷誼。」

〔三一〕文選集注無「而」字。○爾雅：「濟，成也。」

〔三二〕「偪」或作「逼」，下同，吴鈔本作「迫」。「伯」吴鈔本原鈔作「栢」，墨校改，文選袁本及集注本亦作「栢」，藝文類聚三十六、太平御覽五百九引叔夜高士傳亦作「栢」。

〔三三〕「節」本傳及七賢帖作「長」。○李善注：莊子曰：「堯治天下，伯成子高立爲諸侯，堯授舜，舜授禹，伯成子高辭爲諸侯而耕，禹往見之，則耕在野，禹趨就下風，立而問焉。伯成子高曰：『昔堯治天下，不賞而民勸，不罰而民畏；今則賞罰而民且不仁，德自此衰，刑自此立，後世之亂，自此始矣。』耕而不顧。」○李周翰注：禹曰：「難化矣。」乃不偪之。是全節也。○朱珔文選集釋曰：「漢書人表有巢、繇，而無伯高，若馮衍顯志賦云：『款子高於中野兮，遇伯成而定慮。』又似爲二人，蓋皆相傳之異。」○揚案：以一人分隸兩句，古蓋有此法也。

〔一三四〕文選集注無「於」字。

〔一三五〕李善注：家語曰：「孔子將行，雨，無蓋，門人曰：『商也有焉。』孔子曰：『商之爲人也嗇，短於財。吾聞與人交者，推其長者，違其短者，故能久也。』」王肅曰：「短，吝，嗇甚也。」

〔一三六〕「偪」吳鈔本及文選集注作「逼」，張本及本傳作「追」。○李善注：蜀志曰：「潁川徐庶字元直，曹公來征，先主在樊，聞之，率其衆南行，亮與徐庶並從，爲曹公所追破，庶母見獲，庶辭先主而指其心曰：『本與將軍共圖王霸之業者，以此方寸之地也。今已失老母，方寸亂矣，無益於事，請從此別。』遂詣曹公。」魏略曰：「庶名福。」○呂向注：先主許之，言孔明不偪者，謂孔明奉先主之命，亦不逼留之。○案善注中「樊」字，文選胡刻本及六臣本皆誤作「楚」，惟集注本不誤。

〔一三七〕「强」本傳作「彊」。○李善注：魏志曰：「華歆，字子魚，平原人也。文帝即位，拜相國。黄初中，詔公卿舉獨行君子，歆舉管寧，帝以安車徵之。」又曰：「管寧，字幼安，北海人也。華歆舉寧，寧遂將家屬浮海，還，郡詔寧爲太中大夫，固辭不受。」○呂延濟注：强，勸勉也。

〔三八〕吴鈔本原鈔無「者」字，墨校補。文選四部本有「者」字，袁本無，四部本注云：「五臣無『者』字。」袁本注云：「善本有『者』字。」

〔三九〕吴鈔本、張本無「必」字，文選四部本、茶陵本同，袁本、胡刻本有「必」字，四部本、茶陵本注云：「五臣本有『必』字。」袁本無注。集注本無「必可」二字。太平御覽四百十引無「可以」二字。○胡克家文選考異曰：「袁本云：『善無必字。』茶陵本云：『五臣有必字。』案此或所見不同，否則尤添之耳。晉書在所節去中。」○揚案：袁本此注，乃在下句之下，亦非承兩句而言，胡氏誤也。

〔四〇〕「者」吴鈔本作「木」。讀書續記曰：「選本及御覽引『木』並作『者』，當從之。」○「者」下，文選袁本有「必」字，四部本、茶陵本無，袁本注云：「善本無『必』字。」四部本、茶陵本注云：「五臣本有『必』字。」藝文類聚二十一引亦有「必」字。此句，張刻本太平御覽四百十引作「曲者必不爲桷」，别本及文選集注作「曲者不以爲桷」，吴鈔本原鈔亦無「可」字，墨校補。○説文：「桷，榱也，椽方曰桷。」

〔四一〕吴鈔本及七賢帖、文選集注、太平御覽四百十引無「以」字。「枉」七賢帖作「夭」。「才」或作「材」。○説文：「枉，衺曲也。」管子度地篇：「以其天材，地之所生，利養其人。」注：「天材，謂五穀之屬，因天時而植者也。」荀子彊國篇：「山林川谷，美天材之利多。」

〔一四二〕太平御覽四百十引節去「也」字。

〔一四三〕「得」文選四部本同，注云：「五臣本作『其』字。」袁本作「其」字，注云：「善本作『得』字。」周校本曰：「五臣本文選『得』下有『其』字。」揚案：周氏誤也。○李善注：管子曰：「士農工商四民者，國之石民也。」

〔一四四〕莊子齊物論篇：「唯達者知通爲一。」

〔一四五〕「此」字下，吴鈔本有「似」字，經濟類編八十三引同，文選四部本無「似」字，袁本有，四部本注云：「五臣本有『似』字。」袁本注云：「善本無『似』。」集注本「似」字誤寫作「以」，下有注云：「今案陸善經本『似』下有『在』字。」○李周翰注：言人各有所樂，唯達者可知，故云度内耳。○揚案：此謂得志爲樂之理，亦在濤之度内，爲所素知者也。

〔一四六〕太平御覽四百十引無「見」字。

〔一四七〕「强」上，七賢帖有「而」字。○李善注：莊子曰：「宋人資章甫而適越，越人斷髮文身，無所用之。」司馬彪曰：「敦，斷也；章甫，冠名也。」○説文：「冕，大夫以上冠也。」釋名：「冠，猶俛也，亦言文也。」

〔一四八〕吴鈔本原鈔作「自以嗜臭腐」，朱校删「以」字，經濟類編引亦作「自以」，文選四部本作「已」，袁本及集注本作「自以」，四部本注云：「五臣作『自以』。」袁本注云：「善本無『自以』，有『已』字。」

〔一四九〕「鴛」文選集注作「鵷」。「養」上，七賢帖有「而」字。○李善注：莊子曰：「惠子相梁，莊子往見之。或謂惠子曰：『莊子來，欲代子相。』於是惠子恐，搜於國中，三日三夜。莊子往見曰：『南方有鳥，名鴛雛，子知之乎？夫鴛雛發南海而飛於北海，非梧桐而不止，非竹實不食，非醴泉不飲。於是鴟得腐鼠，鴛雛過之，仰天而視之，曰：嚇。今子欲以子之國嚇我耶？』」○莊子知北遊篇：「其所惡者爲臭腐。」朱穆與劉伯宗絶交詩曰：「北山有鴟，不潔其翼。饕餮貪汙，臭腐是食。長鳴呼鳳，謂爲無德。鳳之所趣，與子異域。」

〔一五〇〕文選集注曰：「今案鈔『頃』爲『比』。」「術」古文奇賞作「道」。

〔一五一〕「游」文選集注作「逝」，當即「遊」字誤寫也。「寞」張本及文選作「漠」，二字通。

〔一五二〕下「爲」字，七賢帖作「自」。○李善注：高誘吕氏春秋傳曰：「外，猶賤也。」莊子曰：「夫恬淡寂寞，虚無無爲，此天地之平，而道德之篤也。」○文選鈔曰：「莊子有養生之篇。滋，厚也。老子云：『爲無爲，無爲者，無所爲也。』」○禮記月令篇：「薄滋味。」説文：「味，滋味也。」段玉裁曰：「滋，言多也。」○「游心」見前重作四言詩（絶智棄學）注〔一〕。

〔一五三〕七賢帖「所」上有「之」字，又「者」字作「也」。

〔一五四〕楚辭惜誦篇：「中悶瞀之忳忳。」注：「悶，煩也。」素問風論篇：「閉則熱而悶。」注：「悶，不爽貌。」史記蔡澤列傳：「應侯遂稱病篤。」後漢書注：「篤，困也。」

〔一五五〕「不」上，吴鈔本有「必」字，文選袁本同，四部本無，袁本注云：「善本無『必』字。」四部本注云：「五臣本有『必』字。」文選集注有「必」字，無「其」字，又注云：「今案五家本『堪』下有『甚』字。」○李善注：言己所不樂之事，必不能堪而行之。○易乾卦文言曰：「或躍在淵，自試也。」案此處自試，猶自問矣。

〔一五六〕「已」文壇列俎作「也」。○説文：「審，悉也。」

〔一五七〕「窮」本傳作「殫」。「則」吴鈔本原鈔作「斯」，墨校改。○司馬相如上林賦：「道盡塗殫，迴車而還。」

〔一五八〕「轉」下，七賢帖有「之」字。文選集注無「也」字，又注云：「今案鈔『轉』下有『死』字。」○李善注：左氏傳曰：「侍者謂楚王曰：『老而無子，知擠於溝壑矣。』」○禮記注：「事，猶爲也。」國語吴語：「將轉於溝壑。」注：「轉，入也。」

〔一五九〕倭名類聚鈔一引文選注曰：「母兄，同母兄也。」狩谷望之箋曰：「母兄，嵇康與山濤絶交書兩見，李善五臣皆無注，按隱七年公羊傳注云：『母兄，同母兄。』源君或誤引之。」○揚案：此處謂母及兄也，本集思親詩曰：「嗟母兄兮永潛藏。」又曰：「慈母没兮誰予驕。」

〔一六〇〕「悽」吴鈔本原鈔作「寃」，墨校改。案「寃」字涉上而誤也。○文選鈔曰：「母兄俱死，悽切思之。」○後漢書注：「切，急也。」

〔一六一〕「男年」吴鈔本原鈔作「男兒」，朱校改。七賢帖及文選集注亦作「男兒」。

〔一六二〕「未」七賢帖作「不」。

〔一六三〕「況」七賢帖作「先」。「病」本傳作「疾」。

〔一六四〕「悢悢」吴鈔本、張溥本及本傳作「恨恨」。

〔一六五〕李善注：王隱晉書曰：「紹字延祖，十歲而孤，事母孝謹。」國語曰：「晉趙武冠，見韓獻子，獻子曰：『戒之，此謂成人。』」鄭玄禮記注曰：「女子以許嫁爲成人。」廣雅曰：「悢悢，悲也。」○胡克家文選考異曰：「袁本、茶陵本首有『晉諸公譜曰：康子劭』八字，『紹』作『劭』，無『十歲而孤，事母孝謹』八字。案二本是也，此尤延之校改而誤。」○揚案：文選四部本、集注本亦不誤，惟集注本「譜」字誤作「讚」。○李陵與蘇武詩：「悢悢不得辭。」

〔一六六〕文壇列俎、古文奇賞、八代文鈔無「但」字。「願」本傳作「欲」，七賢帖「守」下有「其」字，又「巷」字作「廬」。文選集注云：「今案鈔『守』下有『其』字，又『巷』爲『廬』。」○論語：「一簞食，一瓢飲，在陋巷。」

〔一六七〕藝文類聚二十一、太平御覽四百十、事文類聚前集三十二及三十三引無「養」字。

〔一六八〕本傳、七賢帖、藝文類聚二十一、太平御覽四百十、事文類聚前集三十二及三十三引重「時」字，文選袁本及集注本同，四部本不重。袁本注云：「善本有一『時』字。」四部本注云：「五臣作『時時』。」「闊」上，吴鈔本、張本及本傳有「離」字，文選袁本同，四部本無，袁本注云：「善本無『離』字。」四部本注云：「五臣本有『離』字。」事文類聚前集三十二引作「叙契闊」，三十三引作「叙離闊」。○説文：「闊，疏也。」

〔一六九〕論語：「久要不忘平生之言。」集解：「孔安國曰：『平生，猶少時。』」蘇武詩：「願子留斟酌，叙此平生親。」

〔一七〇〕「杯」文選作「盃」，二字通。此句，文選恨賦李善注引作「濁醪一盃」，葉渭清曰：「蓋因賦稱『濁醪夕引』而改，非本異也。」○楊惲報孫會宗書曰：「田家濁酒。」

〔一七一〕「願」本傳作「意」。

〔一七二〕李善注：嬲，擿嬈也，音義與「嬈」同。奴了切。○陸善經注：不置，不相捨置也。○文選鈔曰：「案嬲字書無之，唯起此書。玉篇還引此證，言嬈擿也。」○黄生義府曰：「世説：『和嶠踢嬲不得休。』方言：『妯，擾也。』嵇康絶交書：『嬲之不置。』注：『擿嬈也。』『踢嬲』即『妯擾』，即『擿嬈』。」○朱珔曰：「案説文：『嬈，苛也，一曰擾也，戲弄也。』段氏云：『嬲乃嬈之俗字，故許不録。』孫氏星衍以爲嬲即嫋字草書之譌，然嵇康草蹟作『嬲』，一切經音義引三倉：『嬲，乃了切，弄也，惱也。』余謂廣韻二字並列，而訓相似，則有嬈不必有嬲，既説文所無，安知三倉之『嬲』，非『嬈』之轉寫别體乎？若嫋爲弱長貌，又不類矣。」○揚案：「嬲」爲「嫋」字草書之譌，此説非也，「嬲」爲俗書會意字，漢魏間此類固多。

〔一七三〕書記洞詮無「時」字，誤也。○易睽卦彖曰：「睽之時用大矣哉。」案此處謂當時之用也。

〔一七四〕「麤疎」七賢帖作「荐疏」。

〔一七五〕文選鈔曰：「潦倒，長緩貌。」○史記韓非列傳：「韓子引繩墨，切事情。」廣雅：「切，近也。」

〔一七六〕爾雅：「惟，思也。」荀子：「賢能不待次而舉。」

〔一七七〕「離」七賢帖作「舍」。

〔一七八〕吴鈔本無「此」字，又「快」字誤作「快」。○説文：「快，喜也。」

〔一七九〕「可」上，七賢帖有「量」字，「得」下，文選袁本有「而」字，四部本、集注本無，袁本注云：「善本無『而』字。」四部本注云：「五臣有『而』字。」文選集注云：「今案鈔『耳』爲『爾』。」○李善注：言俗人皆喜榮華，而己獨能離之，以此爲快，此最近己之情，可得言之耳。○文選鈔曰：「爾，猶如此也。若我離榮華之事，此最近於情，汝乃可得作如此説耳。」

〔一八〇〕「然」下，吴鈔本有「後」字，文選集注云：「五家本有『後』字。」又引文選鈔，所解亦有「後」字。揚案：有「後」字者，誤也。文選袁本、四部本亦無之。

〔一八一〕李善注：鄭玄禮記注曰：「淹，復漬也。」○曹植四皓贊：「劉項之争，養志弗營。」

〔一八二〕文選集注無「病」字，注云：「今案五家本『困』上有『病』字。」又引文選鈔曰：「困，猶病也，變文耳。」揚案：據所解，則知文選鈔亦無「病」字。○「困」吴鈔本作「因」，讀書續記曰：「作『困』爲長。」揚案：作「因」則連下爲句。

〔一八三〕「真」七賢帖作「直」。「乏」此本原作「之」，吴鈔本、程本同，誤也；别本及文選各本並作「乏」。○李善注：言己離於俗事，以自安全，以保其餘年，此乃真是性之所乏耳，非如長才廣度之士，而不營之。○劉良注：言我以病困離俗，自全真性之所乏短，不同長才廣度之士，而不營求。○文選鈔曰：「離，附也；乏，謂不足也。此實力不足也。」○揚案：廣雅：「離，去也。」此謂離去人間事，非欲離榮華，乃由用世之才，在己真所匱乏耳。李劉解「乏」字不明。

〔一八四〕「稱」或作「偁」。○李周翰注：黄門，閹人也；本絶陽道，豈是貞哉？○文選鈔曰：「黄門，諸閹人也。言黄門天性無陽，非其有貞潔之行也。」○何焯曰：「黄門，不男者也。癸辛雜識引佛書甚詳。」○梁章鉅曰：「何與翰異解，恐不甚確，似翰得之。」○朱銘文選拾遺曰：「案續漢書百官志有小黄門令、黄門令，皆宦者，注引董巴曰：『禁門曰黄闥，以中人主之，故號曰黄門令。』」○揚案：癸辛雜識曰：「世有男子，雖娶婦而終身無嗣育者，謂之天閹，世俗則命之曰黄門。」又大般若經載五種黄門云云，又案弘決外典鈔曰：「黄者主中，中謂聖人居天下中，而通理萬民，主黄家之門，故曰黄門；亦云黄昏閉門，故曰黄門」云云。黄者主中，即董巴禁門曰黄闥之義也。世俗命之曰黄門，亦謂與宦者同也。此處自當指中人言之。天中記引抱朴子曰：「閹官無情，不可謂貞。」亦用叔夜語也。

〔一八五〕「時」吴鈔本作「共」。「歡」七賢帖作「增」，文選袁本作「歡」，四部本作「懽」，集注本作「權」，袁本注云：「善本作『懼』字。」四部本注云：「五臣本作『歡』字。」○揚案：「權」「懼」皆「懽」字之誤也。「懽」與「歡」同。文選集注引文選鈔曰：「所期相致，以爲歡笑」云云，是文選鈔所見本亦作「歡」字。○李周翰注：趣，急也。王塗，天子殿陛也。相致，謂其職任也。是時必以爲歡悦相益也。許巽行曰：「此『趣』字當與『促』同，說文：『促，迫也。』」○漢書注：「『趣』

讀曰『促』。」致謂引而至也。案時爲歡益，謂時相見而得歡益也。

〔一八六〕吴鈔本及本傳無「其」字。○李周翰注：言煩事逼，則發狂病也。○揚案：迫之，謂迫其出仕也。

〔一八七〕「怨」本傳作「讐」。

〔一八八〕吴鈔本及本傳無「於」字。○漢書王莽傳：「衆重怨，無鬭志。」

〔一八九〕吴鈔本及文選集注無「而」字。

〔一九〇〕李善注：列子曰：「宋國有田父，常衣濕黂，至春，自暴於日，當爾時不知有廣夏隩室，緜纊狐貉，顧謂其妻曰：『負日之暄，人莫知之，以獻吾君，將有賞也。』其室告之曰：『昔人有美戎菽、甘枲莖與芹子，對鄉豪稱之，鄉豪取嘗之，蜇於口，慘於腹，衆哂之。』」○胡克家文選考異曰：「案『濕』當作『緼』，各本皆誤。」○揚案：文選集注引李善注作「緼」，不誤。○新書過秦篇：「履至尊而制六合。」

〔一九一〕「疏」或作「疎」。○李善注：李陵書曰：「孤負陵心，區區之意。」○古詩：「一心抱區區。」文選集注：「廣雅曰：『區區，愛也。』漢書注：『區區，小意也。』」

〔一九二〕呂向注：解，謂解足下舉我之意也。○禮記學記篇：「相説以解。」廣韻：「解，曉也。」

劉勰曰：「嵇康絶交，實志高而文偉。」文心雕龍書記。

王維曰：「嵇康云：『頓纓狂顧，逾思長林而憶豐草。』『頓纓狂顧』，豈與俛受維縶有異乎？

『長林豐草』，豈與官署門闌有異乎？ 異見起而正性隱，色事礙而慧用微，豈等同虛空，無所不偏，光明遍照，知見獨存之旨乎？」與魏居士書。 ○李贄曰：「此亦公一偏之談也，苟知官署門闌，不異『長林豐草』，則終身『長林豐草』，固即終身官署門闌矣。」初潭集。 ○揚案：摩詰固能俛受維縶者也，故妄用機鋒如此。

李贄曰：「此書實峻絕可畏，千載之下，猶可想見其人。」李氏焚書。 ○揚案：李氏上文疑此書出相知者代康爲之辭，其説誤。

江進之曰：「近時李卓吾善看古文字，而乃厭薄嵇中散絕交、養生二篇，不知何説。 此等文字，終晉之世不多見，即終古亦不多見。 彼其情真語真，句句都從肺腸流出，自然高古，自然絕特，所以難及。」又曰：「六朝之文，余所深服者，嵇中散絕交書、養生論二篇。」亘史外紀。

孫鑛曰：「別傳稱：『叔夜偉容色，不加飾厲，而龍章鳳姿，天質自然。』今此文正復似之。」文選評。

余元熹曰：「雖是峻拒之意，不失和平之旨，名士風流，往往如此。」漢魏名文乘。

何焯曰：「意謂不肯仕耳，然全是憤激，並非恬淡，宜爲司馬昭所忌也。 龍性難馴，與阮公作用自別。」文選評。 ○又曰：「『非湯、武，薄周、孔』，不過莊氏之舊論耳，而鍾會輩遂以此爲指斥當世，赤口青蠅，何所不至！ 然適成叔夜之名矣。」義門讀書記。

方廷珪曰：「行文無所承襲，杼柚予懷，自成片段。 予友畹村云：『有真性情，則有真格律，遂爲千古絕調。』信然！」

黃先生曰：「與呂長悌絕交書云：『古之君子，絕交不出醜言。』然此書乃激切已甚，想彼乃朋友間細故，此則關於出處大節；彼所對者爲惡人，故當遜辭，此則本爲同志，一旦乖異，益不能不介懷耶？」○又曰：「叔夜慮禍之明，蓋不自賦幽憤時始，而龍性難馴，終於被害，哀哉！」文選評。

與吕長悌絶交書一首

文選恨賦注引臧榮緒晉書：「東平吕安，家事繫獄，亹閲之始，安嘗以語康。」又思舊賦注引干寶晉書曰：「安，巽庶弟，俊才，妻美，巽使婦人醉而幸之，醜惡發露，巽病之，反告安謗己。巽於鍾會有寵，太祖遂徙安邊郡。」○魏志王粲傳注引魏氏春秋曰：「康與東平吕昭子巽及巽弟安親善，巽淫安妻徐氏，而誣安不孝，囚之。」○世説新語雅量篇注引晉陽秋曰：「安嫡兄遜淫安妻徐氏，安欲告遜遣妻，以咨於康，康喻而抑之。遜内不自安，陰告安撾母，表求徙邊。」○魏志杜恕傳注引世語曰：「吕昭字子展，東平人。長子巽，字長悌，爲相國掾，有寵於司馬文王。次子安字仲悌，與嵇康善，與康俱被誅。」○揚案：此書當是於吕安徙邊後作。

康白：昔與足下年時相比〔一〕，以故數面相親〔二〕，足下篤意〔三〕，遂成大好，由是許足下以至交〔四〕，雖出處殊塗〔五〕，而歡愛不衰也〔六〕。及中間少知阿都，志力開悟〔七〕，每喜足下家復有此弟。而阿都去年，向吾有言〔八〕，誠忿足下，意欲發舉〔九〕，吾深抑之〔一〇〕，亦自恃每謂足下不（足）〔得〕迫之，故從吾言〔一一〕。間令足下，因其〔順吾，與之〕順親〔一二〕。蓋惜足下門户，欲令彼此無恙也〔一三〕。又足下許吾，終不繫都〔一四〕，以子父（六人）〔交〕爲誓〔一五〕，吾乃慨然感足下重言，慰解都，都遂釋然，不復興意〔一六〕。足下陰自阻疑〔一七〕，密表繫都，先首服誣都〔一八〕，此爲都故信吾，〔吾〕又〔非〕無言〔一九〕，何意足下苞藏禍心耶〔二〇〕？都之含忍足下，實由吾言。今都獲罪〔二一〕，吾爲負之。吾之負都，由足下之負吾也。悵然失圖〔二二〕，復何言哉！若此，無心復與足下交矣！古之君子，絶交不出醜言〔二三〕，從此别矣！臨别恨恨〔二四〕。嵇康白。

〔一〕廣雅：「比，近也。」

〔二〕吴鈔本原鈔無「故」字，朱校補。周校本曰：「案此即因下文『數』字譌衍也，無者是。」○揚案：「故」字有無均順。○儀禮注：「面，亦見也。」

〔三〕東觀漢記：「光武帝詔曰：『篤意分明，斷之不疑。』」

〔四〕「由」吴鈔本原鈔作「猶」，朱校改。○國語注：「至，深也。」

〔五〕「塗」或作「途」。

〔六〕易繫辭上曰：「君子之道，或出或處。」又繫辭下曰：「天下同歸而殊塗。」魏志管寧傳：「太僕陶丘一等薦寧曰：『雖出處殊途，俯仰異體，至於興治美俗，其揆一也。』」禮記樂記篇：「欣喜歡愛，樂之官也。」

〔七〕「開悟」王楙野客叢書卷二十七引同，文選與山巨源絶交書注引作「閑華」。○阮瑀爲曹公與孫權書曰：「違異之恨，中間尚淺。」阿都，吕安也，見前篇注〔五〕。史記商君傳：「吾説公以帝道，其志不開悟矣。」

〔八〕吴鈔本原鈔無「阿」字，朱校補。「吾」張本及七賢帖作「我」。

〔九〕「發」吴鈔本原鈔誤作「廣」，朱校改。○廣雅：「發，舉也。」

〔一〇〕楚辭注：「抑，止也。」

〔一一〕「每」吴鈔本原鈔作「無」，朱校改。案「無」字疑「吾」字之誤。「不足」吴鈔本作「不得」，是也。○一切經音義引三倉曰：「每，亦數也。」禮記注：「謂，猶告也。」案此叔夜自恃交情，已數告巽，不得迫安，安亦從叔夜之言，遂不發舉也。

〔一二〕吴鈔本原鈔作「間令足下，因其順吾，與之順親」，朱校删「順吾與之」四字。案原鈔是也。吕安既順叔夜之言而不發舉，故叔夜乃令巽與安相順相親也。

〔一三〕廣雅：「惜，愛也。」古詩：「健婦持門户。」唐書宰相世系表曰：「有爵爲卿大夫，世世不絶，謂之門户。」戰國策齊策：「趙威后謂齊使者曰：『歲亦無恙耶？』」爾雅：「恙，憂也。」注：「今人云無恙，謂無憂也。」

〔一四〕此及下文「繫」字，吴鈔本原鈔作「擊」，墨校改。張溥本及漢魏詩乘幽憤詩注引此書，又野客叢書引此書，兩「繫」字皆作「擊」。

〔一五〕野客叢書引同，吳鈔本作「以子父交爲誓」，欄外上方有朱書校語云：「『交』一作『六人』。」皕宋樓鈔本吳志忠校語云：「忠案『六人』非也。」○揚案：此謂以父子之交情爲誓也。

〔一六〕吳鈔本原鈔誤作「不復與」三字，朱校改補。○莊子齊物論篇：「南面而不釋然。」成玄英疏：「釋然，怡悅貌也。」揚案：「釋」借爲「懌」，爾雅：「懌，樂也。」舊注：「懌，意解之樂也。」說文：「興，起也。」

〔一七〕廣雅：「阻，疑也。」

〔一八〕後漢書注：「首，猶服也。」揚案：首服，謂首服其罪也。其事未詳。誣都，誣吕安謗己及撾母也。

〔一九〕「又」下「無」上，吳鈔本原鈔有「手」字。周校本曰：「『手』疑當作『非』。」○揚案：謂吕安本信叔夜，又事前並非無言也。但如此則文意略不順，今疑「又」上原有兩「吾」字，謂吕安本信叔夜，叔夜於巽安兩方又皆已有成說也。

〔二〇〕「苞」吳鈔本作「包」，二字通。○左氏昭公元年傳：「將恃大國之安靖己，而無乃包藏禍心以圖之。」

〔二一〕案獲罪，謂被決徙邊也。

〔二二〕左氏昭公七年傳：「孤與其二三臣，悼心失圖。」曹植諫取諸國士息表曰：「晻若晝晦，悵然失圖。」爾雅：「圖，謀也。」

〔一三〕吴鈔本原鈔作「古人絶交，不出醜言」，墨校改「人」字作「子」，朱校補「之君」二字。○戰國策燕策：「望諸君獻書報燕王曰：『臣聞古之君子，交絶不出惡聲。』」詩牆有茨曰：「言之醜也。」

〔一四〕「别」吴鈔本作「書」。○古詩：「生人作死别，恨恨那可論。」李陵與蘇武詩曰：「恨恨不能辭。」文選六臣本吕向注曰：「恨恨，相戀之情。」桂馥札樸曰：「恨恨，即懇懇，言誠款也。」○揚案：魏武帝與楊彪書曰：「即欲直繩，顧頗恨恨。」亦此意也。

茅坤曰：「隨筆寫去，不立格局，而風度自佳，所謂不假雕琢，大雅絶倫者也。」漢魏别解引。

嵇康集校注卷第三

卜疑（集）一首吴鈔本無「集」字，是也。又原鈔但有此題，後二題墨校所補，在此行下，字略小。

稽荀録一首亡　吴鈔本題下有朱書校後云：「此首，刻板亦不載。」

養生論一首

卜疑（集）一首

吴鈔本原鈔無此行，朱校補題「卜疑」二字於此，亦無「集」字。○左氏桓公十一年傳：「鬬廉曰：『卜以決疑。』」王逸楚辭卜居序曰：「卜己居世，何所宜行，冀聞異策，以定嫌疑。」○嚴可均曰：「案此擬卜居。」

有宏達先生者〔一〕，恢廓其度，寂寥疏闊〔二〕，方而不制，廉而不割〔三〕，超世獨步，懷玉被褐〔四〕，交不苟合，仕不期達〔五〕。常以爲忠信篤敬，直道而行之，可以居九夷，遊八蠻〔六〕，浮滄海，踐河源〔七〕，甲兵不足忌，猛獸不爲患〔八〕；是以機心不存，泊然純素〔九〕，從容縱肆，遺忘好惡〔一〇〕，以天道爲一指，不識品物之細故也〔一一〕。然而大道既隱，智巧滋繁〔一二〕，世俗膠加，人情萬端〔一三〕，利之所在，若鳥之追鸞〔一四〕，富爲積蠹，貴爲聚怨〔一五〕，動者多累，静者鮮患〔一六〕，爾乃思丘中之隱士〔一七〕，樂川上之執竿也〔一八〕。於是遠念長想，超然自失〔一九〕，郢人既没，誰爲吾質〔二〇〕？聖人吾不得見，冀聞之於數術〔二一〕。乃適太史貞父之廬而訪之，曰：吾有所疑，願子卜之〔二二〕。貞父乃危坐操蓍〔二三〕，拂几陳龜〔二四〕，曰：君何以命之〔二五〕？

先生曰：吾寧發憤陳誠，讜言帝庭〔二六〕，不屈王公乎〔二七〕？將卑懦委隨，承旨倚靡，爲面從乎〔二八〕？寧愷悌弘覆，施而不德乎〔二九〕？將進趣世利〔三〇〕，苟容偷合乎〔三一〕？寧隱居行義，推至誠乎〔三二〕？將崇飾矯誣，養虚名乎〔三三〕？寧斥逐凶佞，守正不傾，明否臧乎〔三四〕？將傲倪滑稽〔三五〕，挾智任術〔三六〕，爲智囊乎〔三七〕？寧與王喬、赤松爲侣乎〔三八〕？將（進）〔追〕伊摯而友尚父乎〔三九〕？寧隱鱗藏彩，若淵中之龍乎〔四〇〕？（寧）〔將〕舒翼揚聲〔四一〕，若雲間之鴻乎〔四二〕？寧外化其形，内隱其情〔四三〕，屈身隱時，陸沉無名〔四四〕，雖在人間〔四五〕，實處冥冥乎〔四六〕？將激昂爲清，鋭思爲精〔四七〕，行與世異，心與俗并〔四八〕，所在必聞，恒（營營）〔熒熒〕乎〔四九〕？寧寥落閑放〔五〇〕，無所矜尚〔五一〕，彼我爲一，不争不讓〔五二〕，遊心皓素，忽然坐忘〔五三〕，追羲農而不及，行中路而惆悵乎〔五四〕？將慷慨以爲壯，感槩以爲亮〔五五〕，上干萬乘，下凌將相〔五六〕，尊嚴其容，高自矯抗〔五七〕，常如失職，懷恨怏怏乎〔五八〕？寧聚貨千億，擊鍾鼎食〔五九〕，枕藉芬芳，婉孌美色乎〔六〇〕？將苦身竭力，剪除荆棘〔六一〕，山居谷飲，倚巖而息乎〔六二〕？寧如伯奮、仲堪，二八爲偶，排擯共、鯀〔六三〕，令失所乎〔六四〕？將如箕山之夫，（潁水之父）〔白水之女〕〔六五〕，輕賤唐、虞，而笑大禹乎〔六六〕？寧如（泰山）〔泰伯〕之隱德潛讓，而不揚乎〔六七〕？將如季札之顯節義慕，爲子臧乎〔六八〕？寧如老聃之清淨微妙，守玄抱一乎〔六九〕？將如莊周之齊物，變化洞達，而放逸乎〔七〇〕？寧如夷吾之不忝束縛，而終（在）〔立〕霸功乎〔七一〕？將如魯連之輕世肆志，高談從俗乎〔七二〕？寧如市南子之神勇內固〔七三〕，山淵其志乎〔七四〕？將如毛公、藺生之龍驤虎步，慕爲壯士乎〔七五〕？此誰得誰失，何凶何吉〔七六〕？時移俗易，好貴慕名〔七七〕，臧文不讓位於柳季〔七八〕，公孫不歸美於董生〔七九〕，賈誼一當於明主，絳灌作色而揚聲〔八〇〕；況今千龍並馳，萬驥（徂）〔俱〕征〔八一〕，紛紜交競，逝若流星〔八二〕，敢不惟思，謀於老成哉〔八三〕？

太史貞父曰：「吾聞至人不相〔八四〕，達人不卜〔八五〕。若先生者，文明在中，見素（表）〔抱〕璞〔八六〕，內不愧心，外不負俗，交不爲利，仕不謀禄，鑒乎古今，滌情蕩欲〔八七〕。夫如是呂梁可以遊〔八八〕，湯谷可以浴〔八九〕，方將觀大鵬於南溟〔九〇〕，又何憂於人間之委曲〔九一〕！

〔一〕「宏」或作「弘」。○班固西都賦：「大雅宏達，於兹爲羣。」

〔二〕「疏」或作「踈」。○漢書吾丘壽王傳：「至於陛下，恢廓祖業。」説文：「恢，大也。」爾雅：「廓，大也。」老子：「寂兮寥兮。」漢書賈誼傳：「制度疏闊。」説文：「闊，疏也。」

〔三〕老子：「聖人方而不割，廉而不劌。」説文：「制，裁也。」荀子不苟篇：「廉而不劌。」注：「廉，稜也。」

〔四〕漢書武帝紀贊曰：「可謂非常之人，超世之傑。」邊讓章華臺賦：「將超世而作理。」仲長統昌言曰：「輕賤世俗，高立獨步。」老子：「聖人被褐懷玉。」

〔五〕戰國策秦策：「蔡澤曰：『言不取苟合，行不取苟容。』」文選注：「達，宦達也。」

〔六〕論語：「子曰：『言忠信，行篤敬，雖蠻貊之邦行矣。』」新語辨惑篇：「君子直道而行。」禮記王制篇：「東方曰夷，南方曰蠻。」疏云：「風俗通云：『夷者，觝也，其類有九。』依東夷傳：『一曰玄菟，二曰樂浪，三曰高驪，四曰滿飾，五曰鳧臾，六曰索家，七曰東屠，八曰倭人，九曰天鄙。』風俗通云：『蠻者，慢也，其類有八。』李巡注爾雅云：『一曰天竺，二曰咳首，三曰僬僥，四曰跂踵，五曰穿胸，六曰儋耳，七曰狗軹，八曰旁脊。』」揚案：爾雅曰：「九夷，八狄，七戎，六蠻。」大戴禮用兵篇：「六蠻四夷，交伐於中國。」或云八，或云六，古説不同。

〔七〕論語：「子曰：『道不行，乘桴浮於海。』」法言吾子篇：「浮滄海，而知江河之惡沱也。」山海經北山經：「敦薨之山，敦薨之水出焉，西流注于泑澤，出于崑崙之東北隅，實惟河源。」

〔八〕老子：「善攝生者，陸行不遇兕虎，入軍不被甲兵，夫何故以其無死地。」莊子秋水篇：「至德者，火弗能熱，水弗能溺，寒暑弗能害，禽獸弗能賊。」

〔九〕莊子天地篇：「機心存於胸中，則純白不備。」老子：「我獨泊然而未兆。」説文：「泊，無爲也。」莊子刻意篇：「純素之道，惟神是守。」

〔一〇〕楚辭九章：「尚不知余之從容。」馬融長笛賦：「徬徨縱肆，曠漾敞罔，老莊之槩也。」

〔一一〕莊子齊物論篇：「天地一指也，萬物一馬也。」郭象注曰：「至人知天地一指也，萬物一馬也，故浩然大寧，而天地萬物，各當其分，同於自得，而無是無非也。」易乾卦彖曰：「雲行雨施，品物流行。」賈誼鵩鳥賦：「細故蔕芥，奚足以疑。」

〔一二〕禮記禮運篇：「今大道既隱，天下爲家。」韓子揚搉篇：「聖人之道，去智與巧。」漢書貢禹傳：「東西南北，各用智巧。」

〔一三〕楚辭九辯：「何況一國之事兮，亦多端而膠加。」集注曰：「膠加，戾也。」史記禮書：「人道經緯萬端。」吴志諸葛恪傳：「聶友與滕胤書曰：『一朝盈縮，人情萬端。』」

〔一四〕「追」吴鈔本作「逐」。○管子禁藏篇：「利之所在，雖千仞之山，無所不上，深淵之下，無所不入焉。」韓子外儲説左上曰：「利之所在民歸之。」楊修司空荀爽述贊曰：「羣英式慕，猶毛羽之宗鵬鸞。」卞蘭贊述太子表曰：「鸞鳳舉翼，衆鳥隨風。」

〔一五〕漢書疏廣傳：「富者，衆之怨也。」左氏文公五年傳：「犯而聚怨，不可以定身。」國策注：「蠹，害也。」

〔一六〕管子心術上篇曰：「動則失位，靜乃自得。」

〔一七〕「爾」三國文作「而」，誤也。

〔一八〕毛詩序：「丘中有麻，思賢也。」論語：「子在川上。」莊子秋水篇：「莊子釣於濮水之上，楚王使大夫二人往先焉，曰：『願以境内累矣。』莊子持竿不顧。」蜀志秦宓傳：「答王商書曰：『楚聘莊周，非不廣也，執竿不顧。』」

〔一九〕傅毅舞賦：「遊心無垠，遠思長想。」老子：「燕處超然。」賈誼鵩鳥賦：「釋智遺形兮，超然自喪。」司馬相如上林賦：「二子愀然改容，超若自失。」

〔二〇〕「郢人」，見前贈秀才詩（息徒蘭圃）注〔七〕。廣雅：「質，正也。」

〔二一〕「數術」吴鈔本原鈔作「術數」，朱校改。○論語：「子曰：『聖人吾不得而見之矣。』」漢書藝文志：「太史令尹咸校數術。」吕氏春秋注：「數，術也。」

〔二二〕楚辭卜居篇：「吾有所疑，願因先生決之。」

〔二三〕「操」吴鈔本作「揲」。

〔二四〕「几」吴鈔本原鈔作「占」，朱校改。

〔二五〕「危坐」，見前與山巨源絶交書注〔八五〕。説文：「揲，閲持也。」「蓍，蒿屬，易以爲數。」易繫辭上：「揲之以四，以象四時。」論衡卜筮篇：「鑽龜揲蓍，兆見數著。」楚辭卜居篇：「詹尹乃端坐拂龜，曰：『君將何以教之？』」

〔二六〕「庭」吴鈔本作「廷」。

〔二七〕東方朔非有先生論曰：「發憤畢誠，圖畫安危，揆度得失。」王褒四子講德論曰：「陳懇誠於本朝之上。」漢書叙傳：「上喟然歎曰：『吾久不見班生，今日復聞讜言。』」注：「讜言，善言也。」典引蔡邕注：「讜，直言也。」書金縢篇：「乃命子帝庭，敷佑四方。」

〔二八〕枚乘七發曰：「今太子膚色靡曼，四肢委隨。」又曰：「從容猗靡，消息陰陽。」案「倚」與「猗」通。書益稷篇：「爾無面從，退有後言。」史記叔孫通傳：「魯兩生曰：『公所事十主，皆面諛以得親貴。』」

〔二九〕「德」經濟類編五十三引作「得」，誤也。○詩青蠅：「豈弟君子。」箋云：「豈弟，樂易也。」案「愷悌」「豈弟」通。左氏襄公二十九年傳：「施而不德，樂氏加焉。」

〔三〇〕「趣」吴鈔本作「趨」。

〔三一〕毛詩傳：「趣，趨也。」班固答賓戲曰：「所謂見世利之華，闇道德之實。」荀子臣道篇：「偷合苟容，以持禄養交而已耳。」

〔三二〕論語：「隱居以求其志，行義以達其道。」禮記中庸篇：「惟天下至誠，爲能盡其性。」

〔三三〕左氏哀公十八年傳：「毀信廢忠，崇飾惡言。」又昭公二十年傳：「其蓋失數美，是矯誣也。」韓子外儲説右下：「仲尼曰：『虚名不以假人。』」古詩：「虚名復何益。」

〔三四〕漢書劉向傳：「上封事曰：『君子獨處守正，不撓衆枉。』」又傅喜傳贊曰：「傅喜守節不傾。」

「否臧」，見前幽憤詩注〔二二〕。

〔三五〕「倪」張本作「睨」，吳鈔本原鈔作「諧」，朱校改。

〔三六〕吳鈔本原鈔作「挾智計佯迷」，墨校改。揚案：「計」字當係誤衍。

〔三七〕莊子天下篇：「獨與天地精神往來，而不敖倪於萬物。」案「敖」與「傲」通。管子注：「倪，傲也。」文選注：「傲睨，自寬縱之貌。」楚辭卜居篇：「將突梯滑稽，如脂如韋，以潔楹乎？」史記滑稽列傳索隱曰：「滑，謂亂也；稽，同也。以言辯捷之人，能亂同異也。崔浩云：『滑音骨，稽留，酒器也，轉注吐酒，終日不已；言出口成章，詞不窮竭，若滑稽之吐酒。故揚雄酒賦云：鴟夷滑稽，腹大如壺，盡日盛酒，人復藉沽，是也。』又姚察云：『滑稽，猶俳偕也，以言諧語滑利，其知計疾出，故云滑稽也。』」洪興祖楚辭補注曰：「滑稽，五臣云：『委曲順俗也。』揚雄以東方朔爲滑稽之雄，又曰：『鴟夷滑稽。』顔師古曰：『滑稽，圜轉縱捨無窮之狀，一云酒器也。』」韓子内儲説上：「挾智而問，則不智者至。」史記樗里子列傳：「滑稽多智，秦人號曰智囊。」漢書鼂錯傳：「錯上書，言人主所以尊顯功名，揚於萬世之後者，以知術數也。」又曰：「以其辯得幸太子，太子家號曰智囊。」又酷吏傳：「孝景時，鼂錯以刻深，頗用術輔其資。」呂氏春秋注：「任，用也。」

〔三八〕「王喬赤松」，見前贈秀才詩（乘風高遊）注〔四〕。

〔三九〕「進」吳鈔本作「追」，是也。○孫子：「昔殷之興也，伊摯在夏。」曹操注曰：「伊尹也。」詩大明：

「維師尚父，時維鷹揚。」箋云：「尚父，呂望也。」

〔四〇〕賈誼弔屈原賦曰：「襲九淵之神龍兮，沕深潛以自珍。」埤雅曰：「龍八十一鱗，具九九之數。」後漢書孟嘗傳：「楊喬上書薦嘗曰：『匿景藏彩，不揚華藻。』」

〔四一〕「寧」字吴鈔本原鈔奪，墨校補。張本作「將」，案「將」字是也，篇中皆「寧」、「將」二字間用。

〔四二〕韓子十過篇：「有玄鶴二八，延頸而鳴，舒翼而舞。」孔融薦禰衡表曰：「揚聲紫薇。」

〔四三〕莊子齊物論篇：「其形化，其心與之然。」

〔四四〕易隨卦彖曰：「隨，大亨貞，无咎，而天下隨時。」莊子則陽篇：「方且與世違，而心不屑與之俱，是陸沉者也。」郭象注：「人中隱者，譬無水而沉也。」史記滑稽列傳：「東方朔歌曰：『陸沉於俗，避世金馬門。』」

〔四五〕「在」周校本誤作「若」。

〔四六〕莊子有人間世篇。荀子修身篇：「行乎冥冥，施乎無報。」劉歆遂初賦：「反情素於寂寞兮，居華體之冥冥。」

〔四七〕漢書王章傳：「今疾病困厄，不自激卬。」注：「如淳曰：『激厲抗揚之意也。』」傅毅舞賦：「明詩表指，噴息激昂。」案「昂」與「卬」通。班固答賓戲曰：「鋭思於毫芒之内。」

〔四八〕説文：「并，相從也。」

〔四九〕「營營」吴鈔本原鈔作「熒熒」，墨校改。案原鈔更合。廣雅：「熒熒，光也。」此謂必聞而有聲光也。○論語：「子張曰：『在家必聞，在邦必聞。』」莊子庚桑楚篇：「全汝形，抱汝生，無使汝思慮營營。」毛詩傳：「營營，往來貌。」

〔五〇〕「閒」吴鈔本作「閑」。

〔五一〕説文：「寥，空虚也。」文選注：「寥落，星稀之貌也。」案此謂落落疎寂之貌也。吕氏春秋節喪篇：「愈侈其葬，以相矜尚。」禮記注：「矜，自尊大也。」

〔五二〕莊子齊物論篇：「萬物與我爲一。」

〔五三〕「皓素」，見前秀才答詩（飾車駐駟）注〔一六〕。莊子大宗師篇：「墮肢體，絀聰明，離形去知，同於大通，此謂坐忘。」

〔五四〕「愴」吴鈔本、張本、四庫本作「悵」。○「羲農」見前答二郭詩（昔蒙父兄祚）注〔八〕。楚辭九辯：「然中路而迷惑兮。」又曰：「惆悵兮而私自憐。」廣雅：「惆，悵也。愴，悲也。」

〔五五〕兩句「以」字，吴鈔本原鈔無，墨校補。「槩」字吴鈔本作「慨」。○馬叙倫曰：「明本『慨』作『槩』，似當作『嘅』，説文『慨』『嘅』異字。慷慨作『慨』，感嘅作『嘅』。此上文『將慷慨以爲壯』，則此當作『嘅』，明矣。」○揚案：説文：「嘅，嘆也。」作「嘅」自通，但與下文語意不符，此處蓋用漢書也，漢書正作「槩」字。○「慷慨」見前贈秀才詩（雙鸞匿景曜）注〔一四〕。爾雅：「亮，信也。」漢書游俠傳：「郭解少時，陰賊感槩。」注：「感槩者，感意氣而立節槩也。」胡鳴玉訂譌雜録曰：「注不作慨字解，惟莊子至樂篇：『是其死也，余獨何能無槩然。』注：『槩，感觸經心也。』」

〔五六〕爾雅：「干，求也。」孟子：「萬乘之國。」注：「兵車萬乘，謂天子也。」楚辭注：「凌，犯也。」

〔五七〕「矯」吴鈔本原鈔作「度」，墨校改。○楚辭注：「矯，舉也。」莊子刻意篇：「高論怨誹，爲亢而已矣。」釋文：「李曰：『亢，高也。』」案「抗」與「亢」通。

〔五八〕楚辭九辯：「坎廩兮，貧士失職而志不平。」史記絳侯世家：「此怏怏者，非少主臣也。」吴越春秋：「光心氣怏怏，常有愧恨之色。」説文：「怏，不服懟也。」

〔五九〕史記貨殖列傳：「洒削，薄伎也，而郅氏鼎食。馬醫淺方，張里擊鍾。」張衡西京賦：「擊鍾鼎食，連騎相過。」

〔六〇〕班固西都賦：「獸相枕藉。」易大過：「初六，藉用白茅，無咎。」釋文：「馬融云：『在下曰藉。』」楚詞九章：「妬佳冶之芬芳兮。」説文：「婉，順也。」「孌，慕也。」後漢書注：「婉孌，猶親愛也。」

〔六一〕左氏襄公十四年傳：「我諸戎除剪其荆棘。」

〔六二〕「巖」吴鈔本作「嵒」。○韓子五蠹篇：「山居谷汲者，膢臘而相遺以水。」淮南子人間訓：「單豹倍世離俗，巖居谷飲。」蔡邕琴操曰：「許由飢則仍山而食，渴則仍河而飲。」

〔六三〕「鯀」吴鈔本原鈔作「骸」，朱校改。

〔六四〕左氏文公十八年傳：「昔高陽氏有才子八人：蒼舒，隤敳，檮戭，大臨，尨降，庭堅，仲容，叔達，天下之民，謂之八愷。高辛氏有才子八人：伯奮，仲堪，叔獻，季仲，伯虎，仲熊，叔豹，季貍，天下之民，謂之八元。舜臣堯，舉八愷，使主后土，舉八元，使布五教於四方。帝鴻氏有不才子，謂之渾敦；少皞氏有不才子，謂之窮奇；顓頊氏有不才子，謂之檮杌；縉雲氏有不才子，謂之饕餮。舜臣堯，流四凶族：渾敦，窮奇，檮杌，饕餮，投諸四裔，以禦螭魅。」杜預注：「窮奇謂共工，檮杌謂鯀。」列子楊朱篇：「鮌治水土。」釋文：「鮌，禹父名，本又作『骸』。」毛詩箋：「所，猶處也。」

〔六五〕「父」字吴鈔本原鈔作「女」，朱校改。「潁」字吴鈔本塗改而成，原鈔不可辨。周校本曰：「案蓋『白』字也，兩神女浣白水之上，禹過之而趨云云，見文選司馬長卿難蜀父老李善注及御覽六十三引莊子，舊校甚非。」

〔六六〕吕氏春秋求人篇：「堯朝許由於沛澤之中，曰：『請屬天下於夫子。』許由辭，遂之箕山之下，潁水之陽。」文選難蜀父老注引莊子曰：「兩神女浣於白水之上者，禹過之而趨曰：『治天下奈何？』女曰：『股無胈，脛不生毛，顏色烈凍，手足胼胝，何以至是也！』」

〔六七〕「泰」嚴輯全三國文誤作「秦」。「山」吴鈔本、嚴本、四庫本作「伯」。讀書續記曰：「以上下文義考之，此作『伯』是。」○史記吴太伯世家曰：「吴太伯，太伯弟仲雍，皆周太王之子，而王季歷之兄也。季歷賢而有聖子昌，太王欲立季歷以及昌，於是太伯、仲雍乃奔荊蠻，文身斷髮，示不可用。」

〔六八〕左氏襄公十四年傳：「吴子諸樊既除喪，將立季札，季札辭曰：『曹宣公之卒也，諸侯與曹人不義曹君，將立子臧，子臧去之，遂弗爲也，以成曹君。君子曰：能守節。君，義嗣也，誰敢奸君；有國，非吾節也，札雖不才，願附於子臧，以無失節。』」

〔六九〕老子：「清静爲天下正。」又曰：「古之善爲士者，微妙玄通，深不可識。」又曰：「知其白，守其黑。」又曰：「載營魄抱一，能無離乎？」韓子揚搉篇：「道無雙，故曰一。」高彪清誡曰：「退修清以浄，吾存玄中玄。」卞蘭座右銘：「守玄執素。」

〔七〇〕莊子有齊物論篇。史記老莊列傳：「老子所貴，道虚無因，應變化於無爲。」司馬遷悲士不遇賦：「炤炤洞達，胸中豁也。」淮南子注：「洞，達也。」

〔七一〕「縛」吴鈔本誤作「縳」。「在」吴鈔本作「立」，張本作「成」，八代文鈔作「作」。案「在」字，「立」字之譌，「作」字又「在」字之譌也。○説文：「吝，恨惜也。」史記管晏列傳：「管仲曰：『公子糾敗，召忽死之，吾幽囚受辱，鮑叔不以我爲無恥，知我不羞小節，而恥功名不顯於天下也。』」戰國策齊策：「魯連書遺燕將曰：『昔管仲射桓公中鈎，篡也，遺公子糾而不能死，怯也，束縛桎梏，辱身也，并三行之過，爲五伯首。』」淮南子氾論訓：「使管仲出死捐軀，不顧後圖，豈有此霸功哉。」

〔七二〕史記魯仲連列傳：「田單屠聊城歸，而言魯連，欲爵之，魯連逃隱於海上，曰：『吾與富貴而詘於人，寧貧賤而輕世肆志焉。』」魏文帝與吴質書曰：「高談娱心。」史記屈原列傳：「楚有宋玉、唐勒、景差之徒，皆祖屈原之從容辭令。」又留侯世家曰：「所與從容言天下之事甚衆。」誤作「四」。

〔七三〕「市」吴鈔本作「韋」。讀書續記曰：「明本『韋』作『市』，是，此用莊子山木及則陽篇文義，謂市南宜僚也。」○揚案：此用左傳或莊子徐無鬼篇之文義也。「内」廣文選及經濟類編五十三引

〔七四〕「淵」吴鈔本作「泉」。○左氏哀公十六年傳：「白公欲作亂，謂石乞曰：『王與卿士皆五百人，當之則可矣。』石乞曰：『市南有熊宜僚者，若得之，可以當五百人矣。』乃從白公而見之，與之言説，告之故辭，承之以劍，不動。」莊子山木篇：「市南宜僚見魯侯，魯侯有憂色，市南子曰：『君之除患之術淺矣。』」釋文：「司馬云：『熊宜僚也，居市南，因爲號也。』李云：『姓熊名宜僚。』」莊子徐無鬼篇：「市南宜僚弄丸，而兩家之難解。」釋文：「司馬云：宜僚善弄丸，白公將作亂，往告之，不許也，承之以劍，不動，弄丸如故，曰：『吾亦不泄子。』白公遂殺子西、子期。歎息兩家而已，宜僚不預其患。」燕丹子：「田光曰：『光知荆軻者，神勇也。』」列子黄帝篇：「心如淵泉，形如處女。」淮南子俶真訓：「此其爲山淵之勢亦遠矣。」仲長統昌言曰：「人之性，有山峙淵渟者。」

〔七五〕史記平原君列傳：「趙使平原君求救，合從於秦，毛遂自贊於平原君，平原君與毛遂偕，定從而歸，以爲上客。」又藺相如傳：「趙惠文王得楚和氏璧，秦昭王使人遺書，願以十五城易璧。相如奉璧西入秦。相如視秦王無意償趙城，使其從者，衣褐懷璧，從徑道亡，歸璧於趙。秦王卒

廷見相如，禮畢而歸之。秦王使使者告趙王會於西河外澠池，相如從，秦王竟酒，終不能加勝於趙。既罷歸國，以相如功大，拜爲上卿。」傅毅舞賦：「龍驤横舉。」孔融雜詩：「幸託不肖軀，且當猛虎步。」

〔七六〕楚辭卜居篇：「此孰吉孰凶？何去何從？」

〔七七〕淮南子齊俗訓：「時移則俗易。」

〔七八〕論語：「子曰：『臧文仲其竊位者與？知柳下惠之賢，而不與立也。』」集解曰：「柳下惠，展禽也。」正義曰：「其人氏展，名獲，字禽，柳下是其所食之邑名，謚曰惠。莊子云柳下季者，季是五十字，禽是二十字。」後漢書吴良傳：「東平王蒼上疏薦良曰：『懼於臧文竊位之罪。』」

〔七九〕史記儒林列傳：「公孫弘治春秋不如董仲舒，而弘希世用事，位至公卿，董仲舒以弘爲從諛，弘疾之，乃言上曰：『獨董仲舒可使相膠西王。』」又平津侯傳曰：「弘爲人意忌，外寬内深，諸嘗與弘有郤者，雖詳與善，陰報其禍，殺主父偃，徙董仲舒於膠西，皆弘之力也。」

〔八〇〕史記賈誼列傳：「賈生名誼，雒陽人也。文帝以爲博士，超遷，一歲中至大中大夫。天子以爲賈生任公卿之位，絳、灌、東陽侯馮敬之屬盡害之，乃短賈生曰：『年少初學，專意擅權，紛亂諸事。』於是天子後亦疏之，不用其議，乃以賈生爲長沙王太傅。」正義曰：「絳、灌，周勃、灌嬰也。」吕氏春秋注：「當，合也。」禮記哀公問篇：「孔子愀然作色而對。」注：「作，猶變也。」淮南子覽冥訓：「不揚其聲。」注：「揚，明也。」案此謂明言誼短也。又案絳灌爲一人，説詳洪邁容齋三筆。

〔八一〕「徂」吴鈔本作「俱」，汪本、四庫本誤作「祖」。案「俱」字似於義更合。○周禮注：「馬八尺以上爲龍。」離騷：「齊玉軑而並馳。」張衡西京賦：「百馬同轡，騁足並馳。」説文：「驥，千里馬也。」詩駉：「思馬斯徂。」箋云：「徂，猶行也。」王粲柳賦：「改天届而徂征。」

〔八二〕漢書禮樂志：「紛云六幕浮大海。」注：「紛云，興作之貌。」案「云」與「紜」通。曹植辯問曰：「游説之士，星流電耀。」

〔八三〕爾雅：「惟，思也。」戰國策韓策：「申子曰：『臣請深惟而苦思之。』」詩：「雖無老成人，尚有典型。」蔡邕釋誨曰：「童子不問，疑於老成。」

〔八四〕「至」吴鈔本原鈔作「志」，墨校改。案「志」字誤也。

〔八五〕「至人」，見前贈秀才詩（流俗難悟）注〔三〕。「達人」，見前秀才答詩（達人與物化）注〔二〕。史記蔡澤列傳：「唐舉曰：『吾聞聖人不相。』」左氏哀公十八年傳：「志曰：『聖人不煩卜筮。』」

〔八六〕「表」吴鈔本原鈔作「抱」，朱校改。案原鈔是也。「璞」吴鈔本作「朴」。○易賁卦彖曰：「文明以止，人文也。」老子：「見素抱朴。」蔡邕釋誨曰：「顔斶抱璞。」

〔八七〕古詩：「蕩滌放情志。」卞蘭座右銘：「閑情塞欲，老氏所珍。」

〔八八〕莊子達生篇：「孔子觀於吕梁，縣水三千里，流沫四十里，見一丈夫游之，數百步而出，被髮行歌，而游於塘下。孔子從而問焉，曰：『請問蹈水有道乎？』曰：『吾始乎故，長乎性，成乎命，與齊俱入，與汩偕出，從水之道而不爲私焉。此吾所以蹈之也。』」釋文：「司馬云：『河水有石絶處也，今西河離石西有此縣。』淮南子曰：『古者龍門未鑿，河出孟門之上也。』」揚案：俞正燮謂莊、列之吕梁，合在彭城，淮南子吕梁確在離石，説見癸巳存稿。

〔八九〕「湯」吴鈔本作「陽」。皕宋樓鈔本有校語云：「各本『湯』，此本『陽』，乃『暘』之譌，舊本淮南子皆作『湯谷』。」〇山海經海外東經：「黑齒國下有湯谷，湯谷上有扶桑，十日所浴。」淮南子天文訓：「日出於湯谷，浴於咸池，拂於榑桑。」又曰：「暘谷榑桑在東方。」

〔九〇〕莊子逍遥遊篇：「北溟有魚，其名爲鯤，化而爲鳥，其名爲鵬，怒而飛，其翼若垂天之雲。是鳥也，海運則將徙於南溟，南溟者，天池也。」

〔九一〕司馬相如子虛賦：「紆徐委曲。」史記天官書：「若至委曲小變，不可勝道。」楚辭注：「委，曲也。」

張運泰曰：「機軸胎于屈平卜居，而玄致素衷，沖静閒放，則如廣陵一曲，聲調絶倫。」漢魏名文乘。

稽荀録一首亡

吴鈔本原鈔無此行，墨校補。張本亦無此題。文津本題下注「闕」字。

養生論一首

李善注：嵇喜爲康傳曰：「康性好服食，常采御上藥，以爲『神仙稟之自然，非積學所致。至於導養得理，以盡性命，若安期、彭祖之倫，可以善求而得也。』著養生篇。」○何焯義門讀書記曰：「晉書阮种傳云：『弱冠，爲嵇康所重。康著養生論，所稱阮生，即种也。』今此文無之，殆不止一篇。」○張雲璈選學膠言曰：「按隋經籍志注：『梁有養生論三卷，嵇康譔，亡。』言三卷，是不止一篇矣。惟直言亡，竟不及文選所載，豈李注未上之時，當日竟未見此文耶？」○梁章鉅文選旁證曰：「野客叢書稱賀方回家所藏嵇康集十卷，有養生論，又有與向子期論養生難答一篇。而此題注作養生篇，則義門所謂不止一篇者，非無據矣。」○揚案：阮生見後答難文中。三卷云者，「三」字當爲「二」字之誤，或即合向難及答難而言也。又善注中「養生篇」，文選六臣本善注作「養生論」，又太平御覽九百五十四引「麝食柏而香」句，作「嵇康養生録」。○莊子有養生主篇。

世或有謂：神仙可以學得〔一〕，不死可以力致者〔二〕；或云：上壽百二十〔三〕，古今所同，過此以往，莫非妖妄者〔四〕：此皆兩失其情〔五〕。請試粗論之〔六〕：

夫神仙雖不目見〔七〕，然記籍所載〔八〕，前史所傳，較而論之，其有必矣〔九〕；似特受異氣〔一〇〕，稟之自然，非積學所能致也〔一一〕。至於導養得理，以盡性命〔一二〕，上獲千餘歲，下可數百年，可有之耳〔一三〕。而世皆不精〔一四〕，故莫能得之。何以言之？夫服藥求汗，或有弗獲，而愧情一集，渙然流離〔一五〕；終朝未餐〔一六〕，則囂然思食，而曾子銜哀，七日不飢〔一七〕；夜分而坐，則低迷思寢，内懷殷憂，則達旦不瞑〔一八〕；勁刷理鬢〔一九〕，醇醴發顔，僅乃得之〔二〇〕；壯士之怒〔二一〕，赫然殊觀，植髮衝冠〔二二〕。由此言之：精神之於形骸〔二三〕，猶國之有君也；神躁於中，而形喪於外〔二四〕，猶君昏於上，國亂於下也〔二五〕。

夫爲稼於湯之世〔二六〕，偏有一溉之功者〔二七〕，雖終歸燋爛〔二八〕，必一溉者後枯，然則一溉之益，固不可誣也〔二九〕。而世常謂一怒不足以侵性〔三〇〕，一哀不足以傷身，輕而肆之〔三一〕；是猶不識一溉之益，而望嘉穀於旱苗者也〔三二〕。是以君子知形恃神以立，神須形以存，悟生理之易失，知一過之害生〔三三〕。故修性以保神，安心以全身〔三四〕，愛憎不棲於情，憂喜不留於意〔三五〕，泊然無感，而體氣和平〔三六〕。又呼吸吐納，服食養身，使形神相親，表裏俱濟也〔三七〕。

夫田種者，一畝十斛〔三八〕，謂之良田，此天下之通稱也〔三九〕。不知區種，可百餘斛〔四〇〕。田種一也，至於樹養不同，則功收相懸〔四一〕。謂商無十倍之價〔四二〕，農無百斛之望，此守常而不變者也〔四三〕。且豆令人重〔四四〕，榆令人瞑〔四五〕，合歡蠲忿，萱草忘憂〔四六〕，愚智所共知也〔四七〕。薰辛害目〔四八〕，豚魚不養，常世所識也〔四九〕。蝨處頭而黑〔五〇〕，麝食柏而香〔五一〕，頸處險而癭〔五二〕，齒居晉而黄〔五三〕。推此而言：凡所食之氣，蒸性染身，莫不相應〔五四〕。豈惟蒸之使重而無使輕〔五五〕，害之使暗而無使明〔五六〕，薰之使黄而無使堅〔五七〕，芬之使香而無使延哉〔五八〕？故神農曰上藥養命，中藥養性者〔五九〕，誠知性命之理，因輔養以通也〔六〇〕。

而世人不察，惟五穀是見〔六一〕，聲色是躭，目惑玄黄〔六二〕，耳務淫哇〔六三〕。滋味煎其府藏〔六四〕，醴醪（鬻）〔鬻〕其腸胃〔六五〕，香芳腐其骨髓〔六六〕，喜怒悖其正氣〔六七〕，思慮銷其精神〔六八〕，哀樂殃其平粹〔六九〕。夫以蕞爾之軀，攻之者非一塗〔七〇〕，易竭之身，而外内受敵〔七一〕，身非木石，其能久乎〔七二〕？其自用甚者〔七三〕，飲食不節，以生百病，好色不倦〔七四〕，以致乏絶〔七五〕，風寒所災，百毒所傷〔七六〕。中道夭於衆難〔七七〕，世皆知笑悼，謂之不善持生也〔七八〕。至于措身失理，亡之於微，積微成損，積損成衰，從衰得白，從白得老，從老得終，悶若無端〔七九〕，中智以下，謂之自然〔八〇〕。縱少覺悟〔八一〕，咸歎恨於所遇之初，而不知慎衆險於未兆〔八二〕。是由桓侯抱將死之疾〔八三〕，而怒扁鵲之先見，以覺（痛）〔病〕之日，爲（受）病之始也〔八四〕。害成於微〔八五〕，而救之於著，故有無功之治〔八六〕。馳騁常人之域，故有一切之壽〔八七〕。仰觀俯察，莫不皆然〔八八〕。以多自證〔八九〕，以同自慰，謂天地之理，盡此而已矣。縱聞養生之事〔九〇〕，則斷以己見，謂之不然。其次狐疑，雖少庶幾，莫知所由〔九一〕。其次自力服藥，半年一年，勞而未驗，志以厭衰，中路復廢〔九二〕。或益之以畎澮〔九三〕，而泄之以尾閭〔九四〕，欲坐望顯報者〔九五〕。或抑情忍欲，割棄榮願〔九六〕，而嗜好常在耳目之前，所希在數十年之後〔九七〕，又恐兩失，内懷猶豫〔九八〕，心戰於内，物誘於外〔九九〕，交賒相傾〔一〇〇〕，如此復敗者〔一〇一〕。夫至物微妙，可以理知，難以目識〔一〇二〕；譬猶豫章生七年，然後可覺耳〔一〇三〕。今以躁競之心，涉希静之塗〔一〇四〕，意速而事遲，望近而應遠，故莫能相終。夫悠悠者既以未效不求〔一〇五〕，而求者以不專喪業，偏恃者以不兼無功〔一〇六〕，追術者以小道自溺〔一〇七〕，凡若此類，故欲之者，萬無一能成也。

善養生者則不然矣。清虚静泰，少私寡欲〔一〇八〕。知名位之傷德，故忽而不營，非欲而强禁也〔一〇九〕；識厚味之害性，故棄而弗顧〔一一〇〕，非貪而後抑也〔一一一〕。外物以累心不存，神氣以醇白獨著〔一一二〕，曠然無憂患，寂然無思慮〔一一三〕。又守之以一，養之以和，和理日濟〔一一四〕，同乎大順〔一一五〕。然後蒸以靈芝〔一一六〕，潤以醴泉〔一一七〕，晞以朝陽〔一一八〕，綏以五絃〔一一九〕，無爲自得，體妙心玄〔一二〇〕，忘歡而後樂足，遺生而後身存〔一二一〕。若此以往，庶可與羨門比壽〔一二二〕，王喬争年，何爲其無有哉〔一二三〕！

〔一〕白孔六帖八十九引無「世」字；又「有」字作「以」。

〔二〕李善注：王逸楚辭注曰：「謂，説也。」鄭玄禮記注曰：「致之言猶至也。」○案禮記祭義注：「致之言至也。」無「猶」字。○桓譚新論曰：「劉子駿信方士虚言，謂神仙可學。」抱朴子塞難篇：「老氏言神仙之可學。」韓子難三篇：「賞者不德，君力之所致也。」

〔三〕「百」上，藝文類聚七十五引有「一」字。

〔四〕「妖」張本作「夭」，文選袁本同，四部本作「妖」。袁本注云：「善本作『妖』。」四部本注云：「五臣本作『夭』。」藝文類聚七十五引無「者」字。○李善注：養生經：「黃帝問天老曰：『人生上壽一百二十年，中壽百年，下壽八十，而竟不然者，皆夭耳。』」易繫辭上：「過此以往，莫之或知也。」

〔五〕禮記注：「情猶實也。」

〔六〕張本無「請」字，文選袁本同，四部本有。袁本注云：「善本有『請』字。」四部本注云：「五臣本無『請』字。」此句，藝文類聚七十五引作「粗試論之」。○李善注：鄭玄禮記注曰：「粗，麤也。」說文曰：「粗，疏也，徂古切。」

〔七〕「不目」張本作「目不」，文選袁本同，四部本作「不目」。袁本注云：「善本作『不目』字。」四部本注云：「五臣作『目不』。」

〔八〕「然」文選四部本同，袁本作「則」，四部本注云：「五臣本作『則』字。」袁本注云：「善本作『然』字。」○漢書尹翁歸傳：「縣縣各有記籍。」廣雅：「記，書也。」

〔九〕廣雅：「揚搉，都凡也。」王念孫疏證曰：「揚搉者，大數之名，故或言大搉，單言之則曰搉，字亦作『較』。嵇康養生論：『較而論之。』猶言約而論之耳。」

〔一〇〕白孔六帖八十九引無「似」字。「特」藝文類聚七十五引作「持」。○廣雅：「特，獨也。」

〔一一〕「致」白孔六帖八十九引作「及」。此句，魏志王粲傳注及本篇李善注引嵇喜爲康傳，作「非積學所致」，晉書作「非積學所得」。案此皆隨意引之也。○李善注：孔安國尚書傳曰：「稟，受也。」夫自然者，不知其然而然。老子曰：「道法自然。」抱朴子辯問篇曰：「按仙經以爲得諸仙者，皆其受命偶值，神仙之氣，自然所稟。」○急就篇曰：「積學所致非鬼神。」

〔一二〕藝文類聚七十五引「以」作「而」，又無「性」字。○「導養」見前琴賦注〔四〕。易説卦：「窮理盡性，以至於命。」申鑒俗嫌篇：「學必至聖，可以盡性；壽必用道，所以盡命。」

〔一三〕「下」文選袁本誤作「不」。「可有」吴鈔本、汪本、四庫本誤作「不有」。○李善注：天老養生經曰：「子曰：『人生大期，以百二十年爲限，節度護之，可至千歲。』」

〔一四〕胡刻本藝文類聚七十五引無「皆」字，王刻本有。

〔一五〕李善注：漢書曰：「上問右丞相周勃曰：『天下一歲決獄幾何？』勃謝不知。問：『天下錢穀，一歲出幾何？』勃又謝不知，汗出洽背，媿不能對。」顔師古曰：「洽，霑也。」周易曰：「涣汗其大號。」○「流離」見前琴賦注〔九〕。

〔一六〕「餐」或作「飡」。

〔一七〕「飢」或作「饑」，下同。○李善注：毛詩曰：「終朝采緑。」終朝謂從旦至食時。囂然，飢意也。禮記：「曾子謂子思曰：『伋，吾執親之喪也，水漿不入於口者七日。』」○孟子：「囂囂然曰。」又曰：「人不知，亦囂囂。」焦循正義曰：「文選養生論云：『終朝未餐，則囂然思食。』此『囂』

乃『枵』之假借。爾雅釋天云：『枵，虛也。』孫炎注云：『枵之言耗，耗虛之意也。』是也。」漢書注：「銜，含也。」

〔一八〕「瞑」各本並作「瞑」，從目。吴鈔本作「不寐」。○李善注：「瞑」古「眠」字。韓子：「衛靈公至濮水之上，夜分而聞有鼓新聲者。」韓詩曰：「耿耿不寐，如有殷憂。」漢書：「劉向夜觀星宿，或不寐達旦。」○曹植上責躬應詔詩表曰：「晝分而食，夜分而寢。」禮記注：「分猶半也。」應劭漢官儀曰：「諺曰：『生世不諧，爲太常妻，一年三百六十齋，一日不齋醉如泥，既作事，復低迷。』」爾雅：「殷殷，憂也。」楚辭哀時命篇：「懷殷殷憂而歷茲。」

〔一九〕「鬂」或作「鬢」，太平御覽七百十四引作「髮」。

〔二〇〕李善注：通俗文曰：「所以理髮，謂之刷也。」何休公羊傳注曰：「僅，劣也。」○說文：「勁，彊也。」張衡東京賦：「春醴惟醇。」薛綜注：「醇，厚也。」曹植妾薄命行：「朱顏發外形蘭。」說文：「僅，才能也。」

〔二一〕「之」彭氏類編雜説作「一」。

〔二二〕李善注：淮南子曰：「荆軻爲太子丹刺秦王，高漸離、宋如意爲擊筑，而歌於易水之上，荆軻瞋目裂眥，髮衝冠。」○詩皇矣：「王赫斯怒。」箋云：「赫，怒意。」曹植洛神賦：「仰以殊觀。」

〔二三〕「骸」經濟類編九十四引作「體」。

〔二四〕此下，彭氏類編雜説引有「不可遏也」四字，當誤。○韓子解老篇：「衆人之用神也躁。」廣雅：

「躁，擾也。」

〔二五〕「國」下，原注云：「一作『臣』。」程本、汪本同。

〔二六〕「之」下，原注云：「一無『之』字。」張本及文選袁本、四部本，及太平御覽七百二十引，並無「之」字。宋本及安政本御覽引「湯」字誤作「陽」。彭氏類編雜説引「世」下有「者」字。

〔二七〕白孔六帖八十九引無「者」字。

〔二八〕「歸」下，原注云：「『歸』下一有『於』字。」程本、汪本同，張本及三國文、八代文鈔、太平御覽七百二十引有「於」字，文選袁本、四部本同。袁本注云：「善本無『於』字。」「燋」吴鈔本、文津本作「焦」，宋本御覽誤作「樵」。

〔二九〕李善注：種曰稼。言種穀於湯之世，值七年之旱，終歸是死，而彼一溉之苗，則在後枯，亦猶人處於俗，同皆有死，能攝生者，則後終也。孫卿子曰：「禹十年水，湯七年旱。」説文曰：「溉，灌也。」○白氏六帖注曰：「以稼穡喻養生，言一溉之功，亦有益也。」漢書霍光傳：「人爲徐生上書曰：『曲突徙薪無恩澤，燋頭爛額爲上客耶。』」論衡議日篇：「生物入火中，燋爛而死焉。」廣韻：「燋，傷火。」

〔三〇〕「常」彭氏類編雜説誤作「嘗」。

〔三一〕「肆」吴鈔本作「試」，彭氏類編雜説作「釋」，均誤。○李善注：淮南子曰：「大怒破陰，大喜墜陽。」養生要：「彭祖曰：『憂恚悲哀傷人，喜怒過差傷人。』」國語注曰：「肆，恣也。」

〔三二〕李善注：國語：「子餘謂秦伯曰：『使能成嘉穀，君之力也。』」

〔三三〕「過」文選袁本同，四部本作「理」。案呂延濟注云：「喜怒過甚，則害生，理之易也。」據此，知其本文仍爲「過」字。○李善注：淮南子曰：「形者，生之舍也；氣者，生之元也；神者，生之制也。一失位，則二者傷矣。」

〔三四〕法言學行篇：「學者，所以修性也。」莊子天地篇：「形體保神，各有儀則，謂之性。」孔融與邴原書曰：「修性保真，清虚守高。」

〔三五〕「留」遵生八牋引作「修」。「意」太平御覽七百二十引作「心」。○列子黄帝篇：「不知親己，不知疎物，故無愛憎。」淮南子原道訓：「無所愛憎，平之至也。」説文：「憎，惡也。」莊子田子方篇：「喜怒哀樂，不入於胸次。」

〔三六〕李善注：老子曰：「我獨泊然而未兆。」説文：「泊，無爲也。」禮記曰：「樂行血氣和平。」○張銑注：泊然，無營欲貌。無感，謂哀樂不能在懷也。○許巽行文選筆記曰：「『泊』當作『怕』，其字從心，説文：『怕，無爲也，匹白切，又葩亞切。』」○呂氏春秋有度篇：「使人不能執一者，物感之也。」注：「感，惑也。」春秋繁露循天之道篇：「仁人之所以多壽者，外無貪而内清浄，心和平而不失中正。」

〔三七〕「俱」文瀾本誤作「共」。○李善注：莊子曰：「吹响呼吸，吐故納新，爲壽而已矣。」古詩曰：「服食求神仙。」○淮南子泰族訓：「呼而出故，吸而入新。」崔寔政論曰：「呼吸吐納，雖度紀之道，非續骨之膏。」論衡道虛篇：「道家或以服食藥物，輕身益氣，延年度世。」戰國策齊策：「顏斶曰：『士非不得尊遂也，然而形神不全。』」

〔三八〕「十」下，原注云：「『十』下一有『二』字。」程本、汪本同。文選四部本注云：「五臣本有『一』字。」「田種」太平御覽七百二十引作「種田」。

〔三九〕張本及太平御覽七百二十引無「之」字，文選袁本同，四部本有。袁本注云：「善本有『之』字。」四部本注云：「五臣無『之』字。」

〔四〇〕文選袁本同，四部本、茶陵本「斛」下有「也」字，並注云：「五臣本無『也』字。」袁本注云：「善本有『也』。」胡刻本無「也」字，胡克家文選考異曰：「案此所見不同，或尤删之也。」○李善注：氾勝之田農書曰：「上農區田，大區方深各六寸，相去七寸，一畝三千七百區，丁男女治十畝，至秋收，區三升粟，畝得百斛也。」區，音鄔侯切。一曰謂區隴而種，非漫田也。○王楙野客叢書曰：「安有一畝收百斛之理？漢書食貨志曰：『治田勤則畝益三升，不勤損亦如之。』一畝而損益三升，又何寡也？僕嘗以二説而折之理，俱有一字之失。嵇之所謂斛，漢書之所謂升，皆『斗』字耳。蓋漢之隸文書『斗』絶似『升』字，漢史書『斗』爲『㪷』，又近於『斛』字，恐皆傳寫之誤。」○朱珔文選集釋曰：「如此説，或以『斛』爲『觳』，説文：『斗二升曰觳。』百觳爲百二十斗，較百斗不遠。但此粟也，非米也，氾勝明云粟，粟者連秠之稱。通典言六朝量三升當今一升，齊民要術注云：『其言一石，當今二斗七升』，是古量比之於今，大抵三而當一也。今即此論所言，以氾勝書區數升數計之，正百斛有奇，則似非誤。」○梁章鉅文選旁證曰：「姜氏皋曰：『北齊童謠：百升飛上天。爲斛律光而作，因知齊時尚以百升爲斛。所謂百餘斛者，今之三十石耳。故徐光啓農政全書亦云用伊尹區田之法，一畝歲獲三十六石也。』」○方以智通雅曰：「後漢書劉般傳：『區種法，增耕法』，言上農區田區土，壅禾根也。」○桂馥札樸曰：「案廣雅：『剾，𠜾剜也。』廣韻：『剾，鄔侯反，剾𠜾，又恪侯切，剜裏也。』馥謂『區』當作『剾』，謂剜地作方坎以下種，使容糞，且耐旱，與壠田漫種迥異。」○汪師韓文選理學權輿曰：「氾勝之書，後人稱種植書，而選注稱曰田農書。月令：『草木萌動。』鄭注引農書，疏云：『先師以爲氾勝之也。』漢書藝文志農家：『氾勝之十八篇。』注云：『成帝時爲議郎。』師古曰：劉向別録云：使教田三輔，有田者師之，徙爲御史。』太平御覽：『氾勝之奏曰：湯有旱災，伊尹爲區田。』凡此皆其言行可見者。其書本未有名，故注稱田農，後人直稱種植書，不知何所據也。」○祁駿佳遯翁隨筆曰：「養生論明言區種可一畝獲百斛，然則晉時猶傳此法，不知何故，遂不聞於宋元之世也。」○揚案：太平御覽五十六引魏龐延奏事曰：「其山居林澤，有火耕畬種，而平地平陸，雖有往古耒耜區種之法，就其收者，適可蔬食，不足實也。」是區種之法，魏固尚有行之，但所收似不能甚多矣。

〔四一〕「懸」或作「縣」。○淮南子注：「縣，遠也。」

〔四二〕「價」吳鈔本原鈔作「利」，墨校改。

〔四三〕易林：「賈市十倍，復歸惠鄉。」

〔四四〕「豆」上，事文類聚前集三十八引有「食」字。「重」太平御覽七百二十及八百四十一引同，鮑本及張本御覽九百五十六引作「腫」，汪本作「種」，均誤也。

〔四五〕「瞑」藝文類聚七十五引同，八十八引作「眠」，吴鈔本作「瞑」從日，鈔者之誤也。○李善注：經方小品：「倉公對黃帝曰：『大豆多食，令人身重。』」博物志云：「食豆三年，則身重行止難。」又曰：「啖榆則瞑，不欲覺也。」○張雲璈選學膠言曰：「按經方小品，陳延之撰，舊唐志作『小品方』。」○朱珔曰：「案本草：『榆一名零榆，白者名枌。』陶注云：『即今之榆樹，性至滑利，初生莢仁，以作糜羹，令人多睡。』『瞑』即『眠』字。蘇氏圖經云：『荒歲，農人取榆皮爲粉食之，當糧，不損人。』是皮與莢本皆可食之物也。」○揚案：圖經云：「多食豆，令人體重，久則如故矣。」

〔四六〕「草」吴鈔本作「山」。此二句，太平御覽九百六十引倒。

〔四七〕「智」或作「知」。張本及藝文類聚七十五又八十八，太平御覽九百五十六及安政本御覽七百二十引無「共」字，文選袁本同，四部本有。袁本注云：「善本有『共』字。」四部本注云：「五臣本無『共』字。」○李善注：神農本草曰：「合歡蠲忿，萱草忘憂。」崔豹古今注曰：「合歡樹似梧桐，枝葉繁，互相交結，每一風來，輒自相離，了不相牽綴，樹之堦庭，使人不忿也。」毛詩曰：「焉得萱草，言樹之背。」毛萇詩傳曰：「萱草令人忘憂。」名醫別録曰：「萱草，是今之鹿葱也。」○任昉述異記曰：「萱草，一名紫萱，又呼爲忘憂草，吴中書生呼爲療愁花。嵇中散養生論云：『萱草忘憂。』」○本草注：「陶隱居云：『按嵇康養生論云：合歡蠲忿，萱草忘憂。詩人又有萱草，皆即今鹿葱，而不入藥用。至於合歡，俗間少識之者，當以其非療病之功，稍見輕略，遂至永謝。』」○趙彦衛雲麓漫鈔曰：「本草云：『萱一名忘憂，一名鹿葱。』今驗此花中有鹿斑文，與萱小同而大異，其開花亦不並時，則知當以有鹿斑者爲鹿葱，無斑文者爲萱。」李石續博物志曰：「孫思邈以合歡爲萱草，嵇叔夜『合歡蠲忿，萱草忘憂』，兩物也。」○梁章鉅曰：「合歡，古今注以爲嵇康植之舍前，或因此文而附會。又藝文類聚八十一：鹿葱，風土記曰：『宜男草也，懷妊婦人佩之，必生男。』初學記二十七梁徐勉萱花賦云：『亦曰宜男，嘉名斯吉。』李石續博物志亦云：『萱草一名鹿葱，花名宜男，或是一物也。』」○朱珔曰：「案圖經又引古今注云：『欲蠲人之忿，則贈以青裳，青裳，合歡也。』陳藏器曰：『其葉至暮即合，故云合昏，亦名夜合。』本草綱目云：『俗名萌葛，越人謂之烏賴樹。主安五臟，和心志，令人歡樂無憂。』此合歡所由名，遂有蠲忿之説，然亦性可治療，非徒取其形狀，樹之堦庭也。『萱』字説文作『藼』，云：『令人忘憂之草也。』引詩亦作『藼』，重文爲『蕿』，爲『萱』。今詩作『諼』，其作『萱』者，韓詩也。爾雅釋文引作『萲』，『萲』者『蕿』之省，『諼』者『萲』之假音也。以『諼』爲草名，先儒之説皆然。本草綱目云：『吴人謂之療愁。董子言欲忘人之憂，則贈之丹棘，一名忘憂故也。其苗烹食，氣味如葱，而鹿食九種解毒之草，萱乃其一，故又名鹿葱。周處風土記：「懷妊婦人佩其花則生男，故名宜男。」李九華延壽書云：「嫩苗爲蔬，食之動風，令人昏然如醉，因名忘憂。」此亦一説也。鄭樵通志乃謂萱草一名合歡，誤矣。』」○凌揚藻蠡酌編曰：「人多以萱爲宜男，其説見於風土記。又梁徐勉萱草花賦：『亦曰宜男，嘉名斯吉。』然南方草木狀曰：『水葱花葉皆如鹿葱，婦人懷妊，佩其花生男者即此，非鹿葱也。』羣芳譜曰：『鹿葱色頗類萱，然各自一種。』本草注：『萱即今之鹿葱』，亦誤。」○朱銘文選拾遺曰：「羣芳譜云：『萱有黄白紅紫麝香數種，唯黄如蜜色者，清香可食。鹿葱色頗類，但無香耳。萱葉緑而尖長，鹿葱葉團而翠緑；萱一莖實心而花，五六朵節開，鹿葱一莖虚心而花，五六朵並開於頂上；萱六瓣而光，鹿葱七八瓣。』本草注誤。」○袁文甕牖閒評曰：「諼訓忘，如終不可諼兮之諼，其『諼』字適與『萱』字同音，故當時戲謂萱草爲忘憂，而註詩者適又解云諼草令人忘憂，後人遂以爲誠然也。嵇康謂『合歡蠲忿，萱草忘憂』，此二者，止與千載之下作對，若謂其實，則無是理矣。」○桂馥札樸曰：「説文：『藼，令人忘憂草也。』引詩：『安得藼草』，或從煖，或從宣。王伯厚詩考據爾雅音義引詩作『蕿』。案爾雅：『諼，忘也。』施乾説爾雅：『蕿，忘也。』此即忘憂之説也。」

〔四八〕「辛」藝文類聚七十五引作「心」，誤也，傳校宋本不誤。

〔四九〕張本太平御覽七百二十引有「常」字，別本無。○李善注：養生要曰：「大蒜多食，葷辛害目。」又神農曰：「豬肉，虚人不可久食。」又曰：「㹠肉損人與豬同。」説文曰：「蒜，葷菜也。」「薫」與「葷」同。豚魚無血，食之皆不利人也。○徐鼒讀書雜識曰：「養生論『豚魚不養』句，注皆誤，此豚魚，謂河豚魚也，有毒殺人，故曰不養。」○揚案：易中孚：「豚魚吉。」祁駿佳遯翁隨筆曰：「是魚，即所謂河豚也，率以冬至時應時而來。中孚，冬至十一月之卦，故取象豚魚。」

〔五〇〕「蝨」上，世說新語文學篇注及太平御覽九百五十一引有「夫」字。「處」世說文學篇注引作「箸」。

〔五一〕「食」宋本世說新語文學篇注引作「得」。○李善注：抱朴子曰：「今頭蝨著身，皆稍變白，身蝨處頭，皆漸化而黑，則是玄素果無定質，移易存乎所漸。」本草名醫云：「麝香形似麞，常食柏葉，五月得香。又夏月食蛇多，至寒香滿，入春患急痛，以脚剔去，著矢溺中，覆之，皆有常處。人有遇得，乃勝殺取。」

〔五二〕「頸」彭氏類編雜説引誤作「頭」。

〔五三〕「晉」吴鈔本、程本、汪本、四庫本誤作「脣」。世説文學篇注引作「晉」，不誤。○李善注：淮南子曰：「險阻之氣多癭。」謂人居於山險，樹木瘤臨其水上，飲此水，則患癭。「齒黃」未詳。○孫志祖文選李注補正曰：按陸佃埤雅云：「世云噉棗令人齒黃。養生論曰『齒居晉而黃』，晉齒食此故也。爾雅翼云：『晉人尤好食棗，蓋安邑千株棗比千户侯，其人寘之懷袖，食無時，久之齒皆黃。』」○朱珔曰：「爾雅：『洗，大棗。』郭注：『今河東猗氏縣出大棗，子如雞卵。』猗氏今屬蒲州。魏志杜畿傳：『畿爲河東太守，劉勳嘗從畿求大棗。』即郭所稱是已。晉地多棗，自古已然。本草綱目亦云：「啖棗多令人齒黃生䘌。』故云『齒居晉而黃』也。」○朱芹羣書札記曰：「案史記貨殖傳：『安邑千樹棗，燕秦千樹栗，此其人皆與千户侯等。』安邑，晉地也。」又曰：「按墨客揮犀云：『太原人喜食棗，無貴賤老少，常置棗於懷袖間，探取食之，則人之齒皆黄，緣食棗故，乃驗嵇叔夜齒居晉而黄之説。』」○毛詩傳：「處，居也。」説文：「癭，頸瘤也。」吕氏春秋盡數篇：「輕水多禿與癭人。」博物志曰：「山居之民多癭腫疾，由於飲泉之不流者，今荆南諸山郡東多此疾。」孫真人千金要方曰：「凡遇山水隖中出泉者，不可久居，常食作癭病。」

〔五四〕「蒸」與「烝」同，説文：「烝，火氣上行也。」

〔五五〕「惟」文選四部本同，注云：「五臣本從『口』。」袁本作「唯」，注云：「善本從『心』。」世説文學篇注引無「而」字。下「使」字，藝文類聚七十五引作「所」。

〔五六〕「暗」或作「闇」。下「使」字藝文類聚引作「所」。

〔五七〕王刻本藝文類聚引作「染之使黄而無使堅哉」，未引下句，胡刻本同，惟「無」字作「血」，蓋「勿」字之譌也。世説文學篇注節此二句。

〔五八〕世説文學篇注引無「而」字，又「無」字作「勿」。○李善注：方言曰：「延，年長也。」○黄先生曰：「『延』當爲『脠』，生肉醬也。嵇蓋用爲羶耳，注非。」○揚案：此謂麝食柏而香，亦有禽獸因烝染而得羶者也。

〔五九〕藝文類聚七十五作「上藥性者」，奪五字，刻板之誤。○李善注：本草曰：「上藥一百二十種爲君，主養命以應天，無毒，久服不傷人，輕身益氣，不老延年。中藥一百二十種爲臣，主養性以應人。」養生經曰：「上藥養命，五石練形，六芝延年。中藥養性，合歡蠲忿，萱草忘憂也。」○案注文養生經語，博物志引作神農經，又抱朴子仙藥篇及太平御覽六十一引神農經曰：「上藥令人身安命延，中藥養性，下藥除病。」後漢書王充傳：「造養性書十六篇。」

〔六〇〕吴志忠曰：「道家有性命雙修之説，此『性命』二字，即承上『神農曰』兩句，故曰『性命之理』。」

〔六一〕張本無「惟」字，文選四部本作「惟」，袁本作「唯」，四部本注云：「五臣本從『口』。」袁本注云：「善本從『心』。」「見」太平御覽七百二十引作「嗜」。

〔六二〕「惑」鮑本御覽七百二十誤作「感」。

〔六三〕李善注：法言曰：「哇則鄭。」李軌曰：「哇，邪也。」周禮鄭玄注曰：「五穀：麻、黍、稷、麥、豆也。」○毛詩傳：「耽，樂也。」華嚴經音義引字林曰：「嗜色爲妉。」「耽」「妉」通。禮記祭義篇：「遂朱緑之，玄黄之，以爲黼黻文章。」曹植辨道論：「玄黄所以娱目。」中論治學篇：「玄黄之色即著，而純皓之體斯亡。」班固答賓戲曰：「合之律度，淫繩而不可聽。」漢書注：「李奇曰：『繩，不正之音也。』」案「哇」與「繩」通。

〔六四〕「府藏」或作「腑臟」。遵生八牋及安政本太平御覽七百二十引作「臟腑」。

〔六五〕「鬻」下，原注云：「一作『煑』。」程本、汪本同，吴鈔本、張本作「煑」，文津本作「鬻」，文選胡刻本、四部本作「鬻」，袁本作「煑」。四部本注云：「五臣本作『煑』字。」袁本注云：「善本作

『鬻』字。」宋本及張本、汪本、安政本太平御覽七百二十引作「煑」，鮑本作「鬻」。案「鬻」爲「鬻」字之誤。三國文及漢魏别解亦誤作「鬻」。此句白帖五、白孔六帖十五均引作「醪醴腐人之腸胃」，亦誤。○李善注：莊子曰：「聲色滋味之於人心，不待學而樂之。」漢書曰：「五藏六腑。」周禮曰：「凡齊事鬻𥂴，以待戒令。」鄭玄曰：「鬻𥂴，謂練化之。『鬻』今之『煑』字也。」○説文：「醴，酒一宿熟也。醪，汁滓酒也。」素問湯液醪醴論：「岐伯曰：『自古聖人之作湯液醪醴者，以爲備耳，故爲而弗服也。』」

〔六六〕「香芳」遵生八牋引作「馨香」。○秦嘉報妻書：「芳香可以馥身去穢。」崔寔太醫令箴曰：「腠理不闔，骨髓奈何。」説文：「髓，骨中脂也。」

〔六七〕李善注：廣雅曰：「悖，亂也。」文子曰：「循理而動者正氣。」○淮南子原道訓：「喜怒者，道之邪也。」又詮言訓曰：「君子行正氣。」

〔六八〕「銷」張本及御覽引作「消」，文選袁本同，注云：「善本作『銷』字。」四部本作「銷」，注云：「五臣作『消』字。」○桓譚新論曰：「子雲言成帝時，每上甘泉，詔令作賦，賦成，困倦小卧，夢其五藏出在地，及覺，氣病一歲。由此言之，盡思慮，傷精神也。」崔寔荅譏曰：「思慮勞乎形神。」

〔六九〕李善注：文子曰：「人之性欲平。」又曰：「真人純粹。」應劭漢書注曰：「粹，淳也。」○莊子大宗師篇：「安時而處順，哀樂不能入也。」左氏昭公元年傳：「子産曰：『若君身，則亦出入飲食哀樂之事也。』」淮南子原道訓：「無所好憎，平之至也；不與物殽，粹之至也。」管子内業篇：

「凡人之生也，必以平正，所以失之，必以喜怒憂患。」

〔七〇〕「塗」或作「途」。此句，事文類聚前集三十八引作「而攻者非一塗」。○李善注：左氏傳：「子産曰：『蕞爾小國。』」杜預注曰：「蕞爾，小貌也。」

〔七一〕「外内」文選袁本同，注云：「善本作『内外』。」四部本、茶陵本作「内外」，注云：「五臣本作『外内』。」胡刻本仍作「外内」，胡克家文選考異曰：「案此疑尤以五臣改之也。」○太平御覽七百二十，事文類聚前集三十八及遵生八牋引亦作「内外」。此句，吴鈔本誤作「而外受内敵」。

〔七二〕司馬遷報任安書曰：「身非木石，獨與法吏爲伍。」

〔七三〕管子心術篇：「過在自用。」禮記中庸篇：「愚而好自用。」

〔七四〕「倦」或作「勌」。

〔七五〕李善注：素問：「黄帝曰：『有病心腹滿，此何病？』岐伯曰：『此飲食不節故時病。』」七發曰：「百病咸生。」漢書：「杜欽上疏曰：『佩玉晏鳴，關雎歎之，知好色之伐性短年也。』」○李周翰注：謂形色之氣乏絶。○韓詩外傳：「孔子曰：『居處不理，飲食不節，勞過者病共殺之。』」大戴禮哀公問於孔子篇：「孔子曰：『今之君子，好色無厭，淫德不倦。』」

〔七六〕「風寒」見前與阮德如詩注〔三〕。論衡道虚篇：「凡人稟性，身本自輕，氣本自長，中於風溼，百病傷之，故身重氣劣也。」潛夫論浮侈篇：「風寒所傷，姦人所利。」

〔七七〕李善注：莊子曰：「終天年不中道夭者，是智之盛。」○張銑注：衆難，謂上哀樂之事。○莊子人間世篇：「不終其天年而中道夭於斧斤，此材之患也。」淮南子精神訓：「人不能終其壽命，而中道夭於刑戮者，以其生生之厚。」

〔七八〕李善注：方言曰：「悼，哀也。」笑悼，謂笑其不善養生，而又哀其促齡也。○呂氏春秋異用篇：「仁人之得飴以養疾持老。」注：「持，亦養也。」

〔七九〕李善注：莊子曰：「藏乎無端之紀。」○李周翰注：終，謂死也。言死者悶然不知其端緒之所由也。○莊子德充符篇：「悶然而後憂。」釋文引李注曰：「悶然，不覺貌。」荀子王制篇：「始則終，終則始，若環之無端。」

〔八〇〕李善注：穀梁傳：「荀息曰：『中智以上，乃能慮之；臣料虞君，中智以下也。』」○史記文帝本紀：「遺詔曰：『死者，天地之理，物之自然者。』」

〔八一〕「覺」三國文誤作「寬」。○楚辭九思：「吾志兮覺悟。」

〔八二〕李善注：老子曰：「未兆易謀。」國語注：「兆，形也。」

〔八三〕「由」吳鈔本、張本作「猶」，文選袁本同，注云：「善本作『由』。」四部本作「由」，注云：「五臣本作『猶』。」案二字通。周校本誤作「田」。

〔八四〕「爲」上，張本有「而」字，文選袁本同，注云：「善本無『而』字。」四部本、茶陵本無「而」字，注云：「五臣本有『而』字。」三國文、八代文鈔無「受」字。文選四部本、茶陵本同，注云：「五臣本有『受』字。」袁本有「受」字，注云：「善本無『受』字。」胡刻本仍有「受」字，胡克家文選考異曰：「案此疑尤以五臣添之也。」揚案：無「受」字更合。又「痛」字疑「病」字之誤。抱朴子極言篇：「世人以覺病之日始爲已病。」又廣譬篇：「越人見齊桓不振之徵，於未覺之疾。」均用此文。○李善注：韓子曰：「扁鵲謂桓侯曰：『君有疾，在腠理，猶可湯熨。』桓侯不信。後病迎扁鵲，鵲逃之，桓侯遂死。」史記曰：「扁鵲療簡子，東過齊，見桓侯。」束晳曰：「齊桓在簡子前且二百歲，小白後無齊桓侯，田和子有桓公午，去簡子首末相距二百八年，史記自爲舛錯。」韋昭曰：「魏無桓侯。」臣瓚曰：「魏桓侯。」新序曰：「扁鵲見晉桓侯。」然此桓侯，竟不知何國也。○朱銘曰：「韓非子喻老篇載此事作蔡桓侯，新序雜事篇作齊桓侯，史記扁鵲傳云：『晉昭公時，簡子疾。』趙世家云：『晉頃公之十二年，六卿以法誅公族，後十三年，簡子疾，五日，不知人。』與扁鵲不合，然晉昭公定公時，齊魏晉蔡皆無桓侯，則一也。索隱謂田和之子桓公午，與趙簡子頗亦相當。今按世家晉出公十七年，簡子卒，年表爲周定王十一年，至周安王十八年，田和子桓公午立，相去共七十四年，索隱亦非也。以上諸說，考之遷史，無一可合，此注『晉』當作『齊』。」

〔八五〕「微」文津本作「終」，誤也。

〔八六〕「治」張本作「理」，文選袁本同，注云：「善本作『治』。」四部本作「治」，注云：「五臣本作『理』字。」

〔八七〕呂延濟注：馳騁，猶歷觀也。域，間也。一切，猶一時也。言歷觀常人之間，故有一時苟且之壽。○慎子：「心者，五臟之主也，馳騁是非之境。」「一切」見前琴賦注〔三三〕。黄先生曰：「一切，權時也，此猶言不定耳。」

〔八八〕易繫辭上：「仰以觀於天文，俯以察於地理。」京房易傳曰：「易者，象也，爻者，效也，聖人所以仰觀俯察。」

〔八九〕「證」吴鈔本作「証」。讀書續記曰：「選本『証』作『證』，當從之。說文『証』『證』各字。」

〔九〇〕「生」文選四部本、茶陵本作「性」，注云：「五臣本作『生』字。」袁本作「生」，注云：「善本作『性』字。」胡刻本仍作「生」，胡克家文選考異曰：「案此尤以五臣改之也。」

〔九一〕張銑注：言狐疑之心雖少近，不知養生之所由何如，亦未定也。○離騷：「心猶豫而狐疑。」洪興祖補註曰：「水經引郭緣生述征記云：『河津冰始合，車馬不敢過，要須狐行，云此物善聽，冰下無水乃過，人見狐行方渡。』按風俗通云：『里語稱狐欲渡河，無如尾何。』且狐性多疑，故俗有狐疑之說。』未必一如緣生之言也。」易繫辭下：「幾者，動之微，吉之先見者也。子曰：『顏氏之子，其殆庶幾乎。』」李治敬齋古今黈曰：「吴志：『張昭子承，能甄識人物，凡在庶幾之流，莫不造門。顧雍子邵，好樂人倫，自州郡庶幾，及四方人士，往來相見，風聲流聞，遠近稱之。』二傳中皆言庶幾字，庶幾者，所謂凡有可以成材者皆是也。」揚案：論衡譴告篇曰：「賢人庶幾之才，亦聖人之次也。」此處謂少有志於養生者也。

〔九二〕「復」漢魏別解誤作「後」。○「中路」見前卜疑注〔五四〕。論語：「子曰：『力不足者，中道而廢。』」

〔九三〕「畎」吴鈔本原鈔作「溝」，墨校改。太平御覽七十五引作「甽」，二字通。

〔九四〕李善注：尚書曰：「濬畎澮距川。」孔安國曰：「一畝之間，廣尺深尺曰畎，廣二尋深二仞曰澮，畎澮深之，亦入海也。」莊子：「海若曰：『天下之水，莫大於海，萬川歸之，不知何時止而不盈，尾閭泄之，不知何時已而不虚。』」司馬彪曰：「尾閭，水之從海水出者也，一名沃燋，在東海之中。尾者在百川之下，故稱尾，閭者，聚也，水聚族之處，故稱閭也。在扶桑之東，有一石方圓四萬里，厚四萬里，海水注者，無不燋盡，故名燋。」

〔九五〕「欲」上，張本有「而」字，文選袁本同，注云：「善本無『而』字。」四部本無「而」字，注云：「五臣本有『而』字。」○李周翰注：「顯報，謂長年也。」

〔九六〕曹大家東征賦：「喟抑情而自非。」説文：「抑，按也。」

〔九七〕李善注：説文曰：「希，望也。」穀梁傳：「荀息曰：『夫人，玩好在耳目之前，而患在一國之後。』」○案今本説文：「睎，望也。」無「希」字。段玉裁曰：「『希』，篆脱也。」

〔九八〕李善注：楚辭曰：「心猶豫而狐疑。」尸子曰：「五尺大犬爲豫。」説文云：「隴西謂犬子爲猶。」顔師古以爲人將犬行，豫在人前，待人不得，又來迎候，如此往還，至於終日，斯乃豫之所以爲未定也，故稱猶豫。或以爾雅云，猶如麂，善登木。猶，獸名，聞人聲乃豫緣木，如此上下，故稱猶豫。○梁章鉅曰：「曲禮：『定猶豫。』正義云：『説文猶，玃屬；豫，象屬；此二獸皆進退多疑惑者。』此以兩獸對説。此注引尸子以釋豫，又引説文釋猶，亦是對説。爾雅釋獸有猶無豫。顔氏家訓：『猶，獸名也，既聞人聲，乃豫緣木，如此上下，故稱猶豫。』師古注漢書高后紀同。即本書洛神賦注亦云：『猶獸多豫，狐獸多疑。』此皆從一獸合説。離騷：『心猶豫而狐疑。』王逸注但曰：『心中狐疑猶豫。』九歌：『君不行兮夷猶。』王注曰：『夷猶，猶豫也。』老子：『豫兮若冬涉川，猶兮若畏四鄰。』釋文：『豫如字，本或作懊。』猶無注，是則不從獸解。王觀國學林云：『後漢書馬援傳：計冘豫未決。廣韻：冘豫，不定也。以此觀之，猶似非獸，蓋猶猷冘三字通用，豫預與三字通用也。』」〇揚案：善注「顔師古」當作「顔之推」，更合，此顔氏家訓書證篇之文也。又注文原句「聞人聲乃猶豫緣木」，「猶」字亦誤多，今删之。

〔九九〕韓子喻老篇：「子夏見曾子，曾子曰：『何肥也？』對曰：『戰勝故肥也。』曾子曰：『何謂也？』子夏曰：『吾入見先生之義則榮之，出見富貴之樂又榮之，兩者戰於胸中，未知勝負，故臞；今先生之義勝，故肥。』」淮南子原道訓：「子夏心戰而臞。」

〔一〇〇〕「賒」文選六臣本作「賖」，俗字也。

〔一〇一〕呂向注：以情欲爲交樂，以服食爲賒應，二者相傾，復有敗攝生之事者。〇案「交賒」或「交貰」對稱，乃六朝之常語，交猶切近，賒猶寬遠也。抱朴子至理篇：「棄交修賒。」陶潛贈羊長史詩曰：「驅馬無貰患，貧賤有交娱。」沈約詠懷詩注曰：「常以交利貰賒禍。」周禮注：「鄭司農曰：『賒，貰也。』」文選注：「賒，緩也。」廣韻：「交，共也，合也。賒，不交也。」老子：「高下相傾。」

〔一〇二〕「目」文選四部本同，注云：「五臣本作『自』字。」袁本作「自」，注云：「善本作『目』字。」經濟類編九十四引亦作「自」。○「微妙」見前卜疑注〔六九〕。

〔一〇三〕「猶」吴鈔本作「之」。○李善注：淮南子曰：「豫章之生，七年可知。」延叔堅曰：「豫章與枕木相似，須七年乃可別耳。枕音尤。」○吕向注：養生之理，初與衆人同，道成然後可覺殊矣。

〔一〇四〕李善注：老子道德經曰：「聽之不聞名曰希。」王逸楚辭注曰：「無聲曰静。」○韓子解老篇：「衆人之用神也躁，聖人之用神也静。」

〔一〇五〕張本及文選四部本、袁本、茶陵本無「以」字。○李善注：論語：「桀溺曰：『滔滔者，天下皆是也。』」○胡克家文選考異曰：「注『桀溺曰滔滔者』，袁本『滔滔』作『悠悠』，案『悠悠』是也。茶陵本亦誤與此同。陳云：『陸氏釋文滔滔，鄭本作悠悠，注自據鄭康成本，與他本不同也。』」○許巽行文選筆記曰：「『滔滔』二字，乃後人妄改之也。釋文云：『滔滔鄭本作悠悠。』史記孔子世家同。孔安國曰：『悠悠，周流之貌也。』晉紀總論：『悠悠風塵。』注亦引孔論語注爲證。」○梁章鉅曰：「此引以釋正文『悠悠』，若作『滔滔』，不相應矣。」○洪頤煊讀書叢録曰：「孔、鄭皆從古文，養生論注引論語爲證，字當作『悠悠』。」○揚案：四部本文選李善注亦誤作「滔滔」，劉良注曰：「悠悠者，謂心遠於此道者。」「悠悠」不誤，但以「遠」字釋之仍誤也。廣雅：「效，驗也。」

〔一〇六〕劉良注：人有偏恃一事者，必不兼於他事，故養生無功。

〔一〇七〕論語：「子夏曰：『雖小道，必有可觀者焉。』」集解：「小道，謂異端。」

〔一〇八〕「欲」或作「慾」。○李善注：莊子曰：「廣成子謂黄帝曰：『必静必清，無勞汝形，無摇汝精，乃可以長生。』」老子曰：「少私寡欲。」○漢書叙傳：「班嗣報桓生書曰：『嚴子者，清虚淡泊。』」廣雅：「泰，通也。」

〔一〇九〕「强」或作「彊」。○李善注：左氏傳曰：「名位不同，禮亦異數。」

〔一一〇〕「弗」遵生八牋引作「不」。

〔一一一〕李善注：國語：「單襄公曰：『厚味實腊毒也。』」

〔一一二〕「醇」遵生八牋引作「守」。「白」張本作「泊」，文選袁本同，注云：「善本作『白』字。」四部本作「白」，注云：「五臣作『泊』字。」○李善注：慎子曰：「夫德精微而不見，聰明而不發，是故外物不累其内。」莊子曰：「外物不可必。」司馬彪曰：「物，事也。忠孝，内也。而外事咸不信受也。」淮南子曰：「古之人，神氣不蕩乎外。」莊子曰：「虚室生白。」向秀曰：「虚其心，則純白獨著。」○「神氣」見前幽憤詩注〔三二〕。莊子天地篇：「機心存於胸中，則純白不著。」案「醇」與「純」同。

〔一一三〕「寂」遵生八牋引作「寧」。○李善注：莊子曰：「聖人平易恬淡，則憂患不能入也，邪氣不能襲也，故其德全而神不虧矣。故曰，聖人不思慮，不預謀也。」○老子：「曠兮其若谷。」王弼注曰：「曠者寬大。」易繫辭上：「寂然不動，感而遂通天下之故。」莊子天地篇：「至人者，居無思，行無慮。」文子：「大丈者，恬然無思，寂然無慮。」

〔一四〕「日」遵生八牋引作「自」。

〔一五〕李善注：老子曰：「聖人抱一，爲天下式。」河上公曰：「抱，守也，守一，乃知萬事，故能爲天下法式。」王弼曰：「一，少之極也。式，猶則也。」文子曰：「古之爲道者，養以和，持以適。」莊子曰：「古之治道者，以恬養知，知生而無以知爲也，謂之以知養恬；知與恬交相養，而和理出其性。」老子曰：「玄德深矣遠矣，與物反矣，乃至大順。」河上公曰：「大順者，天理也。」鍾會曰：「反俗以入道，然乃至於大順也。」○莊子在宥篇：「我守其一，以處其和。」又天地篇：「是謂玄德，同乎大順。」

〔一六〕「然後」世說文學篇注引作「誠能」。

〔一七〕李善注：白虎通曰：「醴泉者，美泉也，狀如醴酒也。」

〔一八〕「晞」吳鈔本誤作「睎」。

〔一九〕「綏」遵生八牋引作「和」。○李善注：毛萇詩傳曰：「晞，乾也。」○詩湛露：「匪陽不晞。」毛詩傳：「綏，安也。」「五絃」見前贈秀才詩（息徒蘭圃）注〔四〕。

〔二〇〕李善注：莊子曰：「天無爲以之清，地無爲以之寧，故兩無爲相合，萬物皆化之也，孰能得無爲哉。」老子曰：「玄之又玄，衆妙之門。」○楚辭遠遊篇：「漠虛靜以恬愉兮，澹無爲而自得。」傳毅七激曰：「游心於玄妙。」

〔二〕「生」吴鈔本原鈔作「身」，墨校改。○李善注：莊子曰：「天下有至樂無有哉？曰，至樂無樂。」郭象曰：「忘歡而後樂足，樂足而後身存。」莊子曰：「棄事則形不勞，遺生則精不虧，夫形全精復，與天爲一。」

〔三〕「庶」張本及文選作「恕」，世説文學篇注引仍作「庶」，又無「可」字。○汪師韓文選理學權輿曰：「此『恕』字當是『庶』字之譌。」○孫志祖文選考異曰：「『恕』六臣本作『庶』，據文義爲『庶』字無疑。然注引聲類語，恐善本是『恕』字，未敢妄定。」○揚案：文選四部本、袁本、茶陵本均仍作「恕」，不作「庶」，「恕」即「庶」也，庶幾之庶，正當作恕。

〔三〕世説文學篇注引作「何爲不可養生哉」。○李善注：聲類曰：「恕，人心度物也。」史記曰：「始皇之碣石，使燕人盧生求羨門。」韋昭曰：「羨門，古仙人也。」列仙傳曰：「王子喬者，周靈王太子晉也，道人浮丘公接以上嵩高山。」○梁章鉅曰：「注『人心度物也』，『人』當作『以』。」○陳僅讀選意籤曰：「案『恕』字當作『計』字『度』字解。」○許巽行曰：「康成禮記注曰：『坎不至泉，以生恕死也。』鄭以『恕』字作『度』字解，與注中聲類所訓正同。」○楚辭九章：「與天地兮比壽。」

牛僧孺曰：「嘗讀嵇康養生論曰：『導養得理，以盡性命，下可數百年。』至於調節嗜慾，全息正氣，誠盡養生之能者。僧孺以養身之於養生，難與易相遠也，所以康能著其論，而陷大辟，蓋能其易不能其難者也。且夫天地稟生之道衆，而貴之者寡，然而貴乎生，以有用於道也，生而無用，焉貴其生矣？而又况康不能養乎哉？且康居於是世，能忘名利之名，而不能使人忘其名，能忘其情慾之情，而不能自忘其情，能防己喜怒於內，而不能防人之喜怒於外，雖其名利、情慾、喜怒之心不改乎內，而能致其康寧焉，碩大焉，猶善豢者之犬彘肥腯，適足使屠儈之刃促乎己矣。出而語，處而默，是養其生者也；處而語，出而默，生其喪矣。沮焉溺焉，道無邪，行無詭，言中規，行中矩，而得其時，是養生於出處者也。孔焉孟焉，可而仕，否而退，是養生於出處語默之間者也。若中散者，栖乎下不可謂出，揚其名不可謂默，非出處則在用中於禮義人倫之道也。禮者，道之器也，而肆情傲物，蔑棄冠服，是禮之大喪也。禮喪而道喪，則鍾會欲無怒，晉王欲不刑之，不可得也。然康之爲人區區，不列於中人，豈欲引而論之哉？以析文垂論，則人之中者引而惑必衆，故不得不明也。先人有求生以害仁，有殺生以成仁，又有患難以相死，此則得道得死而爲壽，不以非道得生而爲壽也。仁如比干而剖死，直如屈原而溺死，廉如介推而焚死，忠如蕭望之而藥死。死而道存，洋洋乎不已，予謂所存之生至大，是能養生者；若碌碌愚生，不以五常之道爲人，予焉知其壽歟？焉知其昆蟲歟？木石歟？靈蛇千年，予不知其壽也。石有時而泐，予不知其久也。葵能衛其足，予不知其全也。若康之養生，有類是也，適爲下矣，又况不能類之者哉？嗚呼，能養於道者，生死長短可也。養生論。文苑英華七百三十九。○揚案：叔夜所論者養生也，牛氏乃引而高論乎養道，亦可謂悠謬矣。至叔夜之死，爲保明呂安也，爲心乎魏室也，正牛氏所謂殺生以成仁，患難以相死，以五常之道爲人者也。譏叔夜不能養身，由不知論其世耳。

楊慎曰：「微論旨言，展析雋永，其局致尤爲獨操。」漢魏別解引。

李贄曰：「嵇、阮稱同心，而阮則體妙心玄，一似有聞者，觀其放言，與孫登之嘯可覯也。若向秀注莊子，尤爲已見大意之人，真可謂莊周之惠施矣。康與二子游，何不就彼問道。今讀養生論，全然不省神仙中事，非但不識真仙，亦且不識養生矣。何以當面蹉過如此耶？似此聰明，出塵好漢，雖向、阮亦無如之何，真令人恨恨。雖然，若其人品之高，文辭之美，又豈諸賢之可及哉？」李氏焚書。○

揚案：向、阮之道，可以全生耳，叔夜自不與同。

陳明卿曰：「不勦丹方氣訣餘沫，特以解悟爲文，清通暢適。」漢魏名文乘引。

邵長蘅曰：「神仙縱出自然，而養生可學，此一篇之大旨。」

李兆洛曰：「此等文自論衡出，時有牙慧可取。」駢體文鈔。

譚獻曰：「積然自放。」駢體文鈔評。

黄先生曰：「壽有仙無，生原有養，文謂：『仙非學致。』又云：『可過常期。』皆由照理未精；獨言養生之理是耳。」

嵇康集校注卷第四

黄門郎向子期難養生論一首附

答難養生論一首

黄門郎向子期難養生論一首附

張燮本題作「向秀難養生論」。○吴鈔本題作「黄門郎養生論」，首空一格，墨校於「郎」「養」間作一斜勒，旁加「向子期難」四字。「論」下原鈔尚有二字，墨校塗抹不可辨。題下有「在文選第二十七卷」八字小字夾註，又間一格有「向秀難在後」五字。行中直書，皆爲墨校抹去。○周樹人曰：「案本或爲『答向子期養生論』，『黄門郎』即『答向期』之譌，而奪『子』字『難』字，康之所答，亦不別爲一篇也。」○葉渭清曰：「予疑原鈔本爲『養生論』，『黄門郎』三字，亦是後補。首空四格，無異餘篇。又文選不載向難，此云在二十七卷者，蓋指養生論言之，然論在今本文選第五十三卷，非二十七卷，豈所據爲三十卷之無注本耶？」○揚案：吴鈔本凡篇題上皆空四格，此處「黄門郎」三字，顯爲後加，以從今本也。原鈔所據之本，但題「養生論」，難文、答文，共爲一篇。○晉書向秀傳曰：「又與康論養生，辭難往復，蓋欲發康高致也。」

難曰〔一〕：若夫節哀樂，和喜怒，適飲食，調寒暑，亦古人之所修也〔二〕。至於絶五穀，去滋味，（寡）〔窒〕情欲〔三〕，抑富貴，則未之敢許也。何以言之？

夫人受形於造化，與萬物並存，有生之最靈者也〔四〕。異於草木，草木不能避風雨，辭斤斧〔五〕；殊於鳥獸，鳥獸不能遠網羅，而逃寒暑〔六〕。有動以接物，有智以自輔〔七〕。此有（心）〔生〕之益〔八〕，有智之功也。若閉而默之〔九〕，則與無智同。何貴於有智哉？有生則有情，稱情則自然〔得〕〔一〇〕，若絶而外之，則與無生同。何貴於有生哉？

且夫嗜欲〔一一〕，好榮惡辱，好逸惡勞，皆生於自然。夫天地之大德曰生，聖人之大寶曰位，崇高莫大於富貴〔一二〕。然〔則〕富貴，天地之情也〔一三〕。貴則人順己以行義於下〔一四〕，富則所欲得以有財聚人〔一五〕，此皆先王所重，（關）〔開〕之自然〔一六〕，不得相外也。又曰：富與貴，是人之所欲也。但當求之以道〔，不苟非〕義〔一七〕。在上以不驕無患，持滿以損儉不溢〔一八〕，若此何爲其傷德耶？或覩富貴之過，因懼而背之，是猶見食之有噎，因終身不飡耳〔一九〕。

神農唱粒食之始〔二〇〕，后稷纂播植之業〔二一〕。鳥獸以之飛走，生民以之視息〔二二〕。周孔以之窮神，顔冉以之樹德〔二三〕。賢聖珍其業，歷百代而不廢。今一旦云：五穀非養（生）

〔命〕之宜〔二四〕，肴醴非便性之物，則亦有和羹，黄耇無疆〔二五〕，爲此春酒，以介眉壽〔二六〕，皆虚言也。博碩肥腯，上帝是饗〔二七〕，黍稷惟馨，實降神祇〔二八〕。神祇且猶重之，而況於人乎？肴粮入體，不踰旬而充〔二九〕，此自然之符，宜生之驗也〔三〇〕。

夫人含五行而生〔三一〕，口思五味，目思五色〔三二〕，感而思室〔三三〕，飢而求食〔三四〕，自然之理也。但當節之以禮耳。今五色雖陳〔三五〕，目不敢視；五味雖存，口不得嘗，以言争而獲勝則可。焉有勺藥爲荼蓼〔三六〕，西施爲嫫母〔三七〕，忽而不欲哉？苟心識可欲而不得從〔三八〕，性氣困於防閑〔三九〕，情志鬱而不通〔四〇〕，而言養之以和，未之聞也〔四一〕。

又云：導養得理，以盡性命，上獲千餘歲，下可數百年。未盡善也〔四二〕。若信可然〔四三〕，當有得者。此人何在，目未之見〔四四〕。此殆影響之論〔四五〕，可言而不可得〔四六〕。縱時有耆壽耇老〔四七〕，此自特受（一）〔異〕氣〔四八〕，猶木之有松栢，非導養之所致〔四九〕。若性命以巧拙爲長短，則聖人窮理盡性，宜享遐期〔五〇〕；而堯舜禹湯文武周孔，上獲百年，下者七十〔五一〕，豈復疏於導養耶？顧天命有限，非物所加耳。

且生之爲樂，以恩愛相接〔五二〕。天理人倫〔五三〕，燕婉娱心，榮華悦志〔五四〕。服饗滋味，以宣五情〔五五〕。納御聲色，以達性氣。此天理自然〔五六〕，人之所宜，三王所不易也〔五七〕。今若舍聖軌而恃區種〔五八〕，離親棄歡，約己苦心〔五九〕，欲積塵露以望山海〔六〇〕，恐此功在身後，實不可冀也。縱令勤求，少有所獲。則顧影尸居，與木石爲鄰〔六一〕，所謂不病而自灸〔六二〕，無憂而自默，無喪而疏食〔六三〕，無罪而自幽。追虛徼幸，功不答勞〔六四〕。以此養生〔六五〕，未聞其宜。故相如曰：「必若〔此〕長生而不死，雖濟萬世猶不足以喜〔六六〕。」言悖情失性，而不本天理也〔六七〕。長生且猶無歡，況以短生守之耶？若有顯驗，且更論之。

〔一〕「難」上，吴鈔本有「黄門郎向子期」六字。○集中附文，吴鈔本皆不低格。

〔二〕管子形勢解曰：「起居時，飲食節，寒暑適，則身利而壽命益。」淮南子詮言訓：「凡治身養性，節寢處，適飲食，和喜怒，便動静。」揚雄逐貧賦：「寒暑不忒，等壽神仙。」

〔三〕「寡」吴鈔本作「窒」，是也，「寡」字於文義不合。

〔四〕莊子齊物論篇：「一受其成形，不亡以待盡。」又人間世篇：「以天地爲大爐，以造化爲大冶。」列子楊朱篇：「人肖天地之類，懷五常之性，有生之最靈者也。」風俗通義曰：「人用物精多，有生之最靈者也。」

〔五〕吴鈔本原鈔不重「草木」字，墨校補。「斤斧」吴鈔本作「斧斤」，誤也，此處用韻。

〔六〕吴鈔本原鈔不重「鳥獸」字，墨校補。

〔七〕「輔」汪本、四庫本誤作「轉」。○淮南子原道訓：「智與物接，而好憎生焉。」注：「接，交也。」又氾論訓：「目無以接物也。」注：「接，見也。」禮記注：「物，萬物也，亦事也。」廣雅：「輔，助也。」

〔八〕案就下文觀之，「心」字當爲「生」字之誤。

〔九〕列子力命篇：「默之成之。」注：「默，無也。」

〔一〇〕「然」下，吴鈔本有「得」字。案有「得」字，更合。○國語注：「稱，副也。」

〔一一〕「欲」或作「慾」。

〔一二〕易繫辭下：「天地之大德曰生，聖人之大寶曰位。」繫辭上：「崇高莫大乎富貴。」

〔一三〕「然」下，吴鈔本有「則」字，是也。

〔一四〕吴鈔本原鈔無「以」字，朱校補。

〔一五〕吴鈔本原鈔無「有」字，朱校補。○易繫辭下：「何以守位曰人，何以聚人曰財。」

〔一六〕「闢」吴鈔本原鈔作「開」，墨校改。案作「開」字更合，此承上文嗜欲而言也。

〔一七〕吴鈔本原鈔作「但當求之以道，不苟非義」，朱校删「不苟非」三字。案原鈔是也，答文有「求之何得不苟」句，正與此應。○論語：「子曰：『富與貴，是人之所欲也，不以其道得之，不處也。』」又曰：「不義而富且貴，於我如浮雲。」

〔一八〕「儉」吴鈔本作「斂」。葉渭清曰：「案答難養生論：『豈待積斂然後乃富哉？』正應此句，字又作『積斂』。」○揚案：此處正當作「損儉」，鈔者誤「儉」爲「斂」耳，答文不應此句也。○孝經曰：「在上不驕，高而不危，制節謹度，滿而不溢。」淮南子氾論訓：「周公可謂能持滿矣。」韓詩外傳：「孔子曰：『持滿之道，抑而損之。』」

〔一九〕「滄」三國文作「食」，嚴輯全三國文作「滄」。○呂氏春秋蕩兵篇：「有以饐死者，而禁天下之食，悖。」案「饐」與「噎」通，説文：「噎，飯窒也。」

〔二〇〕「唱」程本作「倡」，二字通。○淮南子修務訓：「神農乃始教民播種五穀。」大戴禮少間篇：「粒食之民，昭然明視。」書益稷篇：「蒸民乃粒。」僞孔傳：「米食曰粒。」國語注：「發始爲倡。」

〔二一〕「纂」下，吳鈔本原鈔有「其」字，朱校删。「植」吳鈔本作「殖」，二字通。○書舜典：「帝曰：『棄，黎民阻飢，汝后稷播時百穀。』」國語周語：「周棄能播殖百穀。」注：「播，布也；殖，長也。」漢書律曆志：「堯復育重黎之後，使纂其業。」爾雅：「纂，繼也。」

〔二二〕淮南子墬形訓：「凡人民禽獸，萬物貞蟲，各有以生，或奇或偶，或飛或走。」莊子應帝王篇：「人皆有七竅，以視聽食息。」蔡琰悲憤詩：「爲復彊視息。」

〔二三〕漢書叙傳：「班嗣報桓生書曰：『伏周孔之軌躅。』」文選注：「周，周公；孔，孔子也。」易繫辭下：「窮神知化，德之盛也。」漢書宣元六王傳：「淮陽憲王報張博書曰：『子高素有顏冉之資。』」注：「顏，顏回；冉，冉耕也。」書益稷篇：「樹德務滋。」

〔二四〕「生」吳鈔本原鈔作「命」，朱校改。案原鈔是也，「養命」與下「便性」互文耳。

〔二五〕詩烈祖：「亦有和羹，既戒既平，綏我眉壽，黃耇無疆。」箋云：「和羹者，五味調，腥熟得節，食之，於人性安和。」釋名：「九十曰鮐，或曰黃耇，鬢髮變黃也，耇，垢也，皮色驪悴，恒如有垢者也。」

〔二六〕二句，詩七月之文。毛傳：「春酒，凍醪也；眉壽，豪眉也。」箋云：「介，助也。」

〔二七〕左氏桓公六年傳：「吾牲牷肥腯。」又曰：「博碩肥腯，謂其畜之碩大蕃滋也。」注：「腯，亦肥也。博，廣也；碩，大也。」禮記曲禮下：「凡祭宗廟之禮，豕曰肥腯。」又月令篇：「五者備當，上帝其饗。」

〔二八〕書君陳篇：「至治馨香，感於神明。黍稷非馨，明德惟馨。」左氏僖公六年傳：「國之將興，明神降之。」國語注：「天曰神，地曰祇。」

〔二九〕說文：「十日爲旬。」墨子節用中：「聖王制爲飲食之法，曰：足以充虛繼氣。」呂氏春秋重己篇：「味重珍，則胃充。」注：「充，滿也。」

〔三〇〕史記日者列傳：「不召而自來，不求而民出之，豈非道之所符，而自然之驗耶。」漢書天文志：「飭身正事，思其咎謝，則禍除而福至，自然之符也。」淮南子注：「符，驗也。」禮記注：「宜，猶善也。」

〔三一〕史記日者列傳：「武帝制曰：『以五行爲主，人取於五行者也。』」白虎通義性情篇：「人本含六律五行之氣而生。」論衡論死篇：「人之所以聰明智慧者，以含五常之氣也。」

〔三二〕呂氏春秋情欲篇：「耳之欲五聲，目之欲五色，口之欲五味，情也。」左傳注：「五味：酸，鹹，辛，苦，甘。五色：青，黄，赤，白，黑。」

〔三三〕説文：「感，動人心也。」白虎通義爵篇：「一夫一婦成一室。」儀禮注：「室，猶妻也。」徐幹有室思賦。

〔三四〕「飢」或作「饑」。

〔三五〕「今」吴鈔本作「令」，誤也。

〔三六〕「勺」張燮本作「芍」。○司馬相如子虚賦：「勺藥之和具，而後御之。」漢書注：伏儼曰：「勺藥以蘭桂調食。」文穎曰：「五味之和也。」晉灼曰：「南都賦曰歸雁鳴雞，香稻鮮魚，以爲勺藥酸甜滋味，百種千名之説是也。」師古曰：「諸家之説皆未當也。勺藥，藥草名，其根主和五藏，又辟毒氣，故合之於蘭桂五味以助諸食，因呼五味之和爲勺藥耳。今人食馬肝馬腸者，猶合勺藥而煮之，豈非古之遺法乎。」○王念孫讀書雜志曰：「韋昭曰：『勺藥和齊酸鹹美味也。』勺，丁削反；藥，旅酌反。』文選李善注枚乘七發曰：『勺藥之醬。』然則調和之言，於義爲得。」引之曰：「師古説非。諸家及韋李之説皆是也。勺藥之言，適歷也。均調謂之適歷，聲轉則爲勺藥。揚雄蜀都賦：『乃使有伊之徒，調夫五味甘甜之和，勺藥之羹。』論衡譴告篇：『釀酒於罌，烹肉於鼎，皆欲其氣味調得也。時或鹹苦酸淡不應口者，由人勺藥失其和也。』嵇康聲無哀樂論：『太羹不和，不極勺藥之味。』張協七命：『味重九沸，和兼勺藥。』皆其證矣。五味之和，總謂之勺藥，故云勺藥之和具。若專指一物，何以得言具乎？」○宋翔鳳過庭録曰：「作湯者，必俟其熱，而後入五味以和之，故曰勺藥之和。醬亦調和之物，故曰調和之醬。至南都賦明云『酸甜鹹苦，百種千名。』此勺藥爲五味調和之切證。乃兩漢之達語也。」○沈欽韓漢書疏證曰：「蕭鄴嶺南節度使韋正貫神道碑云：『拜京兆尹。京師稱難治，公能勺藥其間，安然無一事。』則見唐人文辭，猶能依據古訓，不惑俗説也。」○揚案：唐語林引劉禹錫曰：「芍藥和物之名也。此藥之性，能調物。或音著略，語訛也。」劉氏以不訛爲訛，則仍惑俗説者矣。○詩良耜：「以薅荼蓼。」毛傳：「蓼，水草也。」爾雅：「荼，苦菜。」

〔三七〕吴越春秋：「越王得苧蘿山鬻薪之女曰西施鄭旦，獻於吴。」尚書大傳：「黄帝妃嫫母，於四妃之班最下，貌甚醜而最賢。」淮南子修務訓：「美不及西施，惡不若嫫母。」

〔三八〕老子：「不見可欲，使心不亂。」廣雅：「從，就也。」

〔三九〕新書道德説曰：「性生氣。」毛詩序：「齊人惡魯桓公不能防閑文姜。」左傳注：「閑，防也。」

〔四〇〕鄭玄六藝論曰：「箴諫者希，情志不通。」吕氏春秋注：「鬱，滯不通也。」

〔四一〕「聞」下，嚴輯全三國文衍「之」字。

〔四二〕由「導」以下二十字，吴鈔本原鈔誤奪，墨校補。○論語：「子謂韶盡美矣，又盡善也；謂武盡美矣，未盡善也。」

〔四三〕説文：「信，誠也。」

〔四四〕吴鈔本作「目之未見」，誤也。答文引此語亦作「目未之見」。

〔四五〕「影」吴鈔本作「景」，二字通。

〔四六〕吴鈔本原鈔作「何言而不得」，朱校於「不」下補「可」字。○讀書續記曰：「明本『何』作『可』，是。」葉渭清曰：「按如原鈔無下『可』字，則『何言』亦通。」○揚案：上言影響，故下言不可得也。如作「何言」，則不合此處之義。○楚辭九章：「入景響之無應兮。」洪興祖補注曰：「景，於境切，物之陰影也。葛洪始作影。」漢書郊祀志：「谷永説上曰：『世有僊人服食不終之藥，聽其言洋洋滿耳，若將可遇求之，盪盪如係風捕景，終不可得。』」

〔四七〕吴鈔本原鈔無「耆壽」二字，墨校補。○書文侯之命篇：「即我御事，罔或耆壽，俊在厥服。」國語周語：「樊穆仲曰：『魯侯肅恭明神，而敬事耆老。』」

〔四八〕案「一」字疑「異」字之譌。前論亦云：「似特受異氣，稟之自然。」○莊子人間世篇：「彼方且與造物者爲人，而遊乎天地之一氣。」

〔四九〕「所致」吴鈔本原鈔作「上願」，朱校改。

〔五〇〕易説卦傳：「窮理盡性，以至於命。」古樂府滿歌行：「安神養性，得保遐期。」曹植贈白馬王彪詩：「俱享黄髮期。」左傳注：「享，受也。」玉篇：「期，時也。」

〔五一〕史記五帝本紀：「堯立七十年得舜，二十年而老，令舜攝行天子之政，堯辟位凡二十八年而崩。舜年六十一，代堯踐帝位。踐帝位三十九年，南巡狩，崩於蒼梧之野。」帝王世紀曰：「禹年二十始用，三十二而洪水平，年百歲，崩於會稽。湯即位十七年而踐天子位，爲天子十三年，年百歲而崩。」禮記文王世子篇：「文王九十七乃終。武王九十三而終。」史記孔子世家：「孔子年七十三，以魯哀公十六年六月己丑卒。」左氏哀公十六年傳注：「仲尼魯襄二十二年生，至今七十三也。」論衡命禄篇：「堯典曰『朕在位七十載』，求禪得舜。堯退而老，八歲而終，至殂落九十八歲。堯未在位之時，必已成人，今計數百有餘矣。周公，武王之弟也。兄弟相差不過十年，武王崩，周公居攝，七年復政退老，出入百歲矣。」案資治通鑑外紀引應劭曰：「周公年九十九。」

〔五二〕淮南子修務訓：「有以爲則，恩難接矣。」漢書董仲舒傳：「對策曰：『粲然有文以相接，驩然有恩以相愛，此人之所以貴也。』」

〔五三〕莊子至樂篇：「夫至樂者，先應之以人事，順之以天理。」孟子注：「人倫，人事也。」

〔五四〕詩新臺：「燕婉之求。」毛傳：「燕，安；婉，順也。」古詩：「極晏娛心意。」毛詩序：「在心爲志。」

〔五五〕列子楊朱篇：「五情好惡，古猶今也。」曹植上責躬應詔詩表曰：「五情愧赧。」文選劉良注：「五情，喜怒哀樂怨也。」揚案：五情，猶云五性，五氣也。大戴禮文王觀人篇：「民有五性，喜怒欲懼憂也。」逸周書官人解：「民有五氣，喜怒欲懼憂。」又案：古人論情，或以六七目之。

〔五六〕「理」下，嚴輯全三國文有「之」字。

〔五七〕孟子注：「三王，三代之王也。」

〔五八〕「區種」見前篇注〔四〇〕。

〔五九〕韓詩外傳：「屠羊子之爲政也，約己持窮，而處人之國矣。」廣雅：「約，束也。」

〔六〇〕曹植求自試表曰：「冀以塵露之微，補益山海。」

〔六一〕莊子在宥篇：「尸居而龍見。」禮記表記篇：「則尸利也。」注：「尸謂不知人事，無辭讓也。」孟子：「舜之居深山之中，與木石居，與鹿豕游。」

〔六二〕「灸」吴鈔本、四庫本及三國文誤作「炙」，嚴輯全三國文誤作「災」。○莊子盜跖篇：「孔子曰：『丘所謂無病而自灸也。』」説文：「灸，灼也。」

〔六三〕「疏」吴鈔本作「蔬」，二字通。○禮記間傳篇：「父母之喪，既虞卒哭，疏食水飲，不食菜果。」又月令篇：「取蔬食。」注：「草木之實爲蔬食。」

〔六四〕管子兵法篇：「善者之爲兵也，使敵若據虚，若搏景。」禮記中庸篇：「小人行險以徼幸。」荀子注：「徼與邀同。」漢書注：「答，應也。」

〔六五〕「以此」吴鈔本作「於以」。

〔六六〕「若」下，嚴輯全三國文衍「欲」字。○葉渭清曰：「按所引司馬相如語，出大人賦，原文爲：『吾乃今目覩西王母，皬然白首戴勝而穴處兮，亦幸有三足烏爲之使，必長生若此而不死兮，雖濟萬世不足以喜。』此非言長生不足喜，乃言長生若此不足喜。即史記司馬相如傳：『相如以爲列仙之儒，居山澤間，形容甚臞。』此非帝王之仙意也。凡相如之奏大人賦，正以反此，今删去

『此』字，與長卿之本旨異矣。」○揚案：漢書注曰：「昔之談者，咸以西王母爲仙靈之最，故相如言大人之仙，娛遊之盛，顧視王母，鄙而陋之，不足羨慕也。」向氏之意，亦謂以此養生，悖情失性，不足羨慕耳。「若」下當有「此」字，或刻本誤奪也。

〔六七〕莊子刻意篇：「冒則物必失其性。」

答難養生論一首

此篇吴鈔本原鈔與前篇相接，朱校於「曰」字下行縫中題「答難養生論一首」，又將「一首」二字滌去。○張雲璈選學膠言曰：「隋經籍志：『梁有養生論三卷，嵇康譔，亡。』言三卷，是不止一篇矣。太平御覽七百二十引嵇康養生論一百九字，即答難養生論也。」○周樹人曰：「文選江文通雜體詩，李善注引『養生有五難』云云十一句，爲康答文，而稱向秀難嵇康養生論，即爲唐時舊本，亦二篇連寫之證。」○葉渭清曰：「按晉書阮种傳，太平御覽七百二十方術部養生，八百二十五資產部蠶，均引作養生論，疑當時此篇亦或祇稱養生論。文選江文通雜體詩許徵君詢一首，善注引作向秀難嵇康養生論，則恐是誤憶。」○揚案：隋志三卷云者，不必即合向氏難文計之，疑叔夜更有重論之篇，蓋今之叔夜集，固非全本也。否則隋志「三」字當是「二」字之譌。丹波宿禰康賴醫心方卷二十七引此篇，亦稱嵇康養生論。楊守敬日本訪書志曰：「廿七卷中有嵇康養生論，多溢出今本之外。則知文選所載爲昭明删削，康賴選録，當是叔夜集中原本。」楊氏之爲此言，仍未悟答難養生論舊亦止稱養生論也。〇篇中「難曰」之句，吴鈔本多提行，朱校連之於上，亦有未提行處，今不一一指出。

答曰：所以貴智而尚動者，以其能益生而厚身也。然欲動則悔吝生〔一〕，智行則前識立〔二〕；前識立則志開而物遂〔三〕，悔吝生則患積而身危。二者不藏之於内，而接於外，祇足以災身，非所以厚生也〔四〕。夫嗜欲雖出於人〔五〕，而非道之正〔六〕。猶木之有蝎〔七〕，雖木之所生〔八〕，而非木之宜也〔九〕。故蝎盛則木朽，欲勝則身枯。然則欲與生不並久，名與身不俱存〔一〇〕，略可知矣。而世未之悟，以順欲爲得生〔一一〕，雖有（後）〔厚〕生之情〔一二〕，而不識生生之理〔一三〕，故動之死地也〔一四〕。是以古之人知酒（肉）〔色〕爲甘鴆〔一五〕，棄之如遺〔一六〕；識名位爲香餌，逝而不顧〔一七〕。使動足資生，不濫於物〔一八〕，知（正）〔止〕其身，不營於外〔一九〕。背其所害〔二〇〕，向其所利〔二一〕。此所以用智遂生之道也〔二二〕。故智之爲美〔二三〕，美其益生而不羨〔二四〕；生之爲貴，貴其樂和而不交〔二五〕。豈可疾智而輕身〔二六〕，勤欲而賤生哉〔二七〕。

且聖人寶位，以富貴爲崇高者，蓋謂人君貴爲天子，富有四海〔二八〕。民不可無主而存〔二九〕，主不能無尊而立〔三〇〕。故爲天下而尊君位，不爲一人而重富貴也〔三一〕。又曰：富與貴是人之所欲者，蓋爲季世惡貧賤，而好富貴也〔三二〕。未能外榮華而安貧賤，且抑使由其道而不爭〔三三〕。不可令其力爭〔三四〕，故許其心競〔三五〕。中庸不可得，故與其狂狷〔三六〕。此俗談耳〔三七〕。不言至人當貪富貴也〔三八〕。聖人不得已而臨天下〔三九〕，以萬物爲心〔四〇〕，在宥羣生，由身以道〔四一〕，與天下同於自得〔四二〕。穆然以無事爲業，坦爾以天下爲公〔四三〕。雖居君位，饗萬國，恬若素士接賓客也〔四四〕。雖建龍旂，服華衮〔四五〕，忽若布衣之在身〔四六〕。故君臣相忘於上〔四七〕，蒸民家足於下〔四八〕。豈勸百姓之尊己，割天下以自私〔四九〕，以富貴爲崇高，心欲之而不已哉？且子文三顯，色不加悦；柳惠三黜，容不加戚〔五〇〕。何者？令尹之尊，不若德義之貴；三黜之賤，不傷沖粹之美〔五一〕。二子嘗得富貴於其身〔五二〕，終不以人爵嬰心〔五三〕，故視榮辱如一。由此言之，豈云欲富貴〔人〕之情哉〔五四〕？

請問錦衣繡裳，不陳於闇室者〔五五〕；何必顧衆，而動以毁譽爲歡戚也？夫然，則欲之患其得，得之懼其失，苟患失之，無所不至矣〔五六〕。在上何得不驕？持滿何得不溢？求之何得不苟？得之何得不失耶？且君子出其言，善則千里之外應之〔五七〕，豈在於多，欲以貴得哉〔五八〕？奉法循理，不絓世網〔五九〕，以無罪自尊，以不仕爲逸〔六〇〕。遊心乎道義，偃息乎卑室〔六一〕。恬愉無遌，而神氣條達〔六二〕。豈須榮華，然後乃貴哉？耕而爲食，蠶而爲衣，衣食周身，則餘天下之財。猶渴者飲河，快然以足，不羨洪流〔六三〕。豈待積斂，然後乃富哉〔六四〕？君子之用心若此。蓋將以名位爲贅瘤〔六五〕，資財爲塵垢也〔六六〕。安用富貴乎？故世之難得者，非財也，非榮也〔六七〕，患意之不足耳！意足者，雖耦耕甽畝，被褐啜菽，豈不自得〔六八〕。

不足者雖養以天下，委以萬物，猶未愜然〔六九〕。則足者不須外，不足者無外之不須也〔七〇〕。無不須，故無往而不乏。無所須，故無適而不足。不以榮華肆志〔七一〕，不以隱約趨俗〔七二〕。混乎與萬物並行，不可寵辱〔七三〕，此真有富貴也〔七四〕。故遺貴欲貴者，賤及之；故忘富欲富者〔七五〕，貧得之〔七六〕，理之然也。今居榮華而憂，雖與榮華偕老，亦所以終身長愁耳。故老子曰：樂莫大於無憂〔七七〕，富莫大於知足〔七八〕。此之謂也。

難曰：感而思室，飢而求食〔七九〕，自然之理也。誠哉是言！今不使不室不食，但欲令室食得理耳。夫不慮而欲，性之（勤）〔動〕也〔八〇〕；識而後感，智之用也。性動者，遇物而當，足則無餘。智用者，從感而求，勌而不已。故世之所患，禍之所由，常在於智用，不在於性動。今使瞽者遇室，則西施與嫫母同情〔八一〕。（聵）〔憒〕者忘味〔八二〕，則糟糠與精粺等甘〔八三〕。豈識賢、愚、好、醜，以愛憎亂心哉？君子識智以無恒傷生〔八四〕，欲以逐物害性〔八五〕。故智用則收之以恬，性動則糾之以和〔八六〕。使智（上）〔止〕於恬〔八七〕，性足於和〔八八〕，然後神以默醇，體以和成，去累除害，與彼更生〔八九〕。所謂不見可欲，使心不亂者也〔九〇〕。縱令滋味（常）〔嘗〕染於口〔九一〕，聲色已開於心〔九二〕，則可以至理遣之，多算勝之〔九三〕。何以言之也？夫欲官不識君位，思室不擬親戚〔九四〕，何者？（止）〔知〕其所不得〔九五〕，則不當生心也〔九六〕。故嗜酒者自抑於鴆醴，貪食者忍飢於漏脯〔九七〕。知吉凶之理，故背之不惑，棄之不疑也。豈恨向不得酣飲與大嚼哉〔九八〕？且逆旅之妾，惡者以自惡爲貴，美者以自美得賤〔九九〕。美惡之形在目，而貴賤不同，是非之情先著，故美惡不能移也〔一〇〇〕。苟云理足於內，乘一以御外，何物之能默哉〔一〇一〕？由此言之，性氣自和，則無所困於防閑；情志自平，則無鬱而不通。世之多累，由見之不明耳〔一〇二〕。又常人之情〔一〇三〕，遠，雖大莫不忽之；近，雖小莫不存之〔一〇四〕。夫何故哉？誠以交賒相奪〔一〇五〕，識見異情也。三年喪不內御，禮之禁也，莫有犯者〔一〇六〕。酒色乃身之讎也，莫能棄之。由此言之，禮禁〔交〕雖小不犯，身讎〔賒〕雖大不棄〔一〇七〕。然使左手據天下之圖，右手旋害其身，雖愚夫不爲。明天下之輕於其身〔一〇八〕，酒色之輕於天下〔一〇九〕，又可知矣。而世人以身殉之，斃而不悔，此以所重而要所輕〔一一〇〕，豈非背賒而趣交耶〔一一一〕？智者則不然矣。審輕重然後動，量得失以居身；交賒之理同，故備遠如近。慎微如著〔一一二〕，獨行衆妙之門〔一一三〕，故終始無虞〔一一四〕。此與夫躭欲而快意者，何殊間哉〔一一五〕？

難曰：聖人窮理盡性〔一一六〕，宜享遐期，而堯孔上獲百年，下者七十，豈復疏於導養乎？案論堯孔雖稟命有限，故導養以盡其壽〔一一七〕。此則窮理之致，不爲不養生得百年也。且仲尼窮理盡性，以至七十，田父以六弊惷愚，有百二十者〔一一八〕。若以仲尼之至妙，資田父之至拙〔一一九〕，則千歲之論奚所怪哉？且凡聖人，有損己爲世，表行顯功，使天下慕之，三徙成都者〔一二〇〕。或菲食勤躬，經營四方，心勞形困，趣步失節〔者〕〔一二一〕。或奇謀潛（稱）〔遘〕〔一二二〕，爰及干戈，威武殺伐〔一二三〕，功利爭奮〔者〕〔一二四〕。或修身以明汙〔一二五〕，顯智以驚愚，藉名高於一世，取准的於天下〔一二六〕；又勤誨善誘，聚徒三千〔一二七〕，口勸談議，身疲磬折〔一二八〕，形若（救）〔求〕孺子〔一二九〕，視若營四海〔一三〇〕。神馳於利害之端，心騖於榮辱之塗〔一三一〕，俛仰之間，已再撫宇宙之外者〔一三二〕。若比之於内視反聽〔一三三〕，愛氣嗇精〔一三四〕；明白四達，而無執無爲〔一三五〕；遺世坐忘，以寶性全真〔一三六〕，吾所不能同也。今不言松柏，不殊於榆柳也。然松栢之生，各以良殖遂性。若養松於灰壤〔一三七〕，則中年枯隕〔一三八〕。樹之重崖〔一三九〕，則榮茂日新。此亦毓形之一觀也〔一四〇〕。竇公無所服御，而致百八十。豈非鼓琴和其心哉〔一四一〕？此亦養神之一（微）〔徵〕也〔一四二〕。火蠶十八日，寒蠶三十（日餘）〔餘日〕〔一四三〕，以不得踰時之命，而將養有過倍之隆〔一四四〕。温肥者早終〔一四五〕，凉瘦者遲竭，斷可識矣〔一四六〕。圉馬養而不乘，用皆六十歲〔一四七〕。體疲者速彫，形全者難斃〔一四八〕，又可知矣。富貴多殘，伐之者衆也。野人多壽，傷之者寡也，亦可見矣。今能使目與瞽者同功，口與（聵）〔憒〕者等味，遠害生之具，御益性之物〔一四九〕，則始可與言養性命矣。

難曰：神農唱粒食之始〔一五〇〕，鳥獸以之飛走，生民以之視息。今不言五穀，非神農所唱也。既言上藥〔一五一〕，又唱五穀者：以上藥希寡，艱而難致；五穀易殖，農而可久〔一五二〕。

所以濟百姓而繼天閼也〔一五三〕，並而存之〔一五四〕。唯賢志其大〔一五五〕，不肖者志其小耳〔一五六〕，此同出一人。至當歸止痛，用之不已〔一五七〕；耒耜墾辟〔一五八〕，從之不輟〔一五九〕；何〔至〕養命，蔑而不議〔一六〇〕。此殆玩所先習〔一六一〕，怪於所未知〔一六二〕。且平原則有棗栗之屬，池沼則有菱芡之類〔一六三〕，雖非上藥，猶□於黍稷之篤恭也〔一六四〕。豈云視息之具，唯（立）五穀哉〔一六五〕？又曰：黍稷惟馨，實降神祇。蘋蘩蘊藻〔一六六〕，非豐肴之匹；潢汙行潦，非重酎之對〔一六七〕。薦之宗廟，感靈降祉〔一六八〕。是知神饗德之與信〔一六九〕，不以所養爲生〔一七〇〕。猶九土述職，各貢方物，以効誠耳〔一七一〕。又曰：肴粮入體〔一七二〕，益不踰旬，以明宜生之驗。此所以困其體也〔一七三〕。今不言肴粮無充體之益，但謂延生非上藥之偶耳〔一七四〕。請借以爲難。夫所知麥之善於菽，稻之勝於稷，由有効而識之。假無稻稷之域，必以菽麥爲珍養，謂不可尚矣〔一七五〕。然則世人不知上藥良於稻稷，猶守菽麥之賢於蓬蒿，而必天下之無稻稷也〔一七六〕。若能杖藥以自永〔一七七〕，則稻稷之賤，居然可知〔一七八〕。君子知其若此〔一七九〕，故准性理之所宜，資妙物以養身〔一八〇〕。植玄根於初九〔一八一〕，吸朝霞以濟神〔一八二〕。今若以（肴）〔春〕酒爲壽〔一八三〕，則未聞高陽（有）〔皆〕黄髮之叟也〔一八四〕；若以充（性）〔悦〕爲賢〔一八五〕，則未聞鼎食有百年之賓也〔一八六〕。且冉生嬰疾，顔子短折〔一八七〕。穰歲多病，（飢）〔饑〕年少疾〔一八八〕。故狄食米而生癩，（瘡）〔創〕得穀而血浮〔一八九〕，馬秣粟而足重，鴈食粒而身留〔一九〇〕。從此言之，鳥獸不足報功於五穀，生民不足受德於田疇也〔一九一〕。而人竭力以營之，殺身以争之。養親獻尊，則□菊苽粱〔一九二〕；聘享嘉會，則肴饌旨酒〔一九三〕。而不知皆淖溺筋腋，易糜速腐〔一九四〕。初雖甘香，入身臭處〔一九五〕，竭辱精神〔一九六〕，染污六府〔一九七〕。〔又〕鬱穢氣蒸〔一九八〕，自生災蠹〔一九九〕。饕淫所階，百疾所附〔二〇〇〕。味之者口爽，服之者短祚〔二〇一〕。豈若流泉甘醴，瓊蘂玉英〔二〇二〕。金丹石菌〔二〇三〕，紫芝黄精〔二〇四〕。皆衆靈含英〔二〇五〕，獨發奇生〔二〇六〕。貞香難歇，和氣充盈〔二〇七〕。澡雪五臟〔二〇八〕，疏徹開明〔二〇九〕。吮之者體輕〔二一〇〕。又練骸易氣〔二一一〕，染骨柔筋〔二一二〕。滌垢澤穢，志淩青雲〔二一三〕。若此以往，何五穀之養哉？且螟蛉有子，果蠃負之〔二一四〕，性之變也〔二一五〕。橘渡江爲枳，易土而變，形之異也〔二一六〕。納所食之氣，還質易性，豈不能哉〔二一七〕？故赤斧以練丹赬髮〔二一八〕，涓子以朮精久延〔二一九〕，偓佺以松實方目〔二二〇〕，赤松以水玉乘烟〔二二一〕，務光以蒲韭長耳〔二二二〕，邛疏以石髓駐年〔二二三〕，方回以雲母變化〔二二四〕，昌容以蓬蔂易顔〔二二五〕，若此之類，不可詳載也。孰云五穀爲最，而上藥無益哉？又責千歲以來，目未之見，謂無其人。即問談者，見千歲人，何以别之？欲校之以形，則與人不異；欲驗之以年，則朝菌無以知晦朔，蜉蝣無以識靈龜〔二二六〕。然則千歲雖在市朝，固非小年之所辨矣〔二二七〕。彭祖七百〔二二八〕，安期千年〔二二九〕，則狹見者謂書籍妄記〔二三〇〕。劉根遐寢不食〔二三一〕，或謂偶能忍飢〔二三二〕。仲都冬倮而體温〔二三三〕，夏裘而身涼，桓譚謂偶耐寒暑〔二三四〕。李少君識桓公玉椀〔二三五〕，則阮生謂之逢占而知〔二三六〕。堯以天下禪許由，而揚雄謂好大爲之〔二三七〕。凡若此類，上以周孔爲關鍵，畢志一誠〔二三八〕；下以嗜欲爲鞭策，欲罷不能〔二三九〕。馳驟於世教之内，争巧於榮辱之間〔二四〇〕，以多同自減，思不出位〔二四一〕，使奇事絶於所見，妙理斷於常論；以言〔變通〕〔通變〕達微〔二四二〕，未之聞也〔二四三〕。久慍閑居，謂之無歡〔二四四〕；深恨無肴，謂之自愁。以酒色爲供養，謂長生爲無聊〔二四五〕。然則子之所以爲歡者，必結駟連騎，食方丈於前也〔二四六〕。夫俟此而後爲足，謂之天理自然者，皆役身以物，喪志於欲〔二四七〕，原性命之情〔二四八〕，有累於所論矣〔二四九〕。夫渴者唯水之是見，酌者唯酒之是求。人皆知乎生於有疾也。今若以從欲爲得性〔二五〇〕，則渴酌者非病，淫湎者非過〔二五一〕，桀跖之徒皆得自然〔二五二〕，非本論所以明至理之意也。夫至理誠微，善溺於世〔二五三〕，然或可求諸身而後悟，校外物以知之者〔二五四〕。人從少至長，〔□□□〕降殺〔二五五〕，好惡有盛衰〔二五六〕。或稚年所樂，壯而棄之〔二五七〕；始之所薄，終而重之。當其所悦，謂不可奪；值其所醜，謂不可歡；然還成易地〔二五八〕，則情變於初〔二五九〕。苟嗜欲有變〔二六〇〕，安知今之所耽，不爲臭腐〔二六一〕？曩之所賤，不爲奇美耶〔二六二〕？假令厮養暴登卿尹，則監門之類，蔑而遺之〔二六三〕。由此言之，凡所區區一域之情耳〔二六四〕，豈必不易哉？又飢飡者，於將獲所欲，則悦情注心〔二六五〕，飽滿之後，釋然疏之〔二六六〕，或有厭惡。然則榮華酒色，有可疏之時。蚺蛇珍於越土〔二六七〕，中國遇而惡之〔二六八〕；黼黻貴於華夏〔二六九〕，裸國得而棄之〔二七〇〕。當其無用，皆中國之蚺蛇，裸國之黼黻也。以大和爲至樂〔二七一〕，則榮華不足顧也〔二七二〕；以恬澹爲至味，則酒色不足欽也〔二七三〕。苟得意有地，俗之所樂，皆糞土耳，何足戀哉〔二七四〕？今談者不覩至樂之情，甘減年殘生，以從所願〔二七五〕；此則李斯背儒，以殉一朝之欲〔二七六〕，主父發憤，思調五鼎之味耳〔二七七〕。且鮑肆自玩，而賤蘭茝〔二七八〕；猶海鳥對太牢而長愁，文侯聞雅樂而塞耳〔二七九〕。故以榮華爲生具，謂濟萬世不足以喜耳。此皆無主於內，借外物以樂之〔二八〇〕；外物雖豐，哀亦備矣。有主於中，以內樂外；雖無鍾鼓〔二八一〕，樂已具矣〔二八二〕。故得志者，非軒冕也〔二八三〕；有至樂者，非充屈也〔二八四〕。得失無以累之耳。且父母有疾〔二八五〕，在困而瘳〔二八六〕，則憂喜並用矣〔二八七〕。由此言之，不若無喜可知也〔二八八〕。然則〔無〕樂豈非至樂耶〔二八九〕？故順天和以自然〔二九〇〕，以道德爲師友〔二九一〕，玩陰陽之變化，得長生之永久〔二九二〕，任自然以託身〔二九三〕，並天地而不朽者，孰享之哉〔二九四〕？

養生有五難：名利不滅〔二九五〕，此一難也〔二九六〕。喜怒不除〔二九七〕，此二難也。聲色不去，此三難也。滋味不絕〔二九八〕，此四難也。神慮(轉發)〔消散〕〔二九九〕，此五難也。五者必存〔三〇〇〕，雖心希難老，口誦至言〔三〇一〕，咀嚼英華，呼吸太陽〔三〇二〕，不能不迴其操〔三〇三〕，不夭其年也〔三〇四〕。五者無於胷中，則信順日濟〔三〇五〕，玄德日全〔三〇六〕。不祈喜而有福〔三〇七〕，不求壽而自延〔三〇八〕。此養生大理之所效也〔三〇九〕。然或有行踰曾閔，服膺仁義，動由中和，無甚大之累〔三一〇〕，便謂（仁）〔人〕理已畢〔三一一〕，以此自臧〔三一二〕。而不盪喜怒，平神氣，而欲却老延年者〔三一三〕，未之聞也〔三一四〕。或抗志希古，不榮名位，因自高於馳騖〔三一五〕。或運智御世，不嬰禍，故以此自貴〔三一六〕。此於用身甫與鄉黨（□）〔齓〕齒耆年同耳〔三一七〕。以言存生，蓋闕如也〔三一八〕。或棄世不羣，志氣和粹，不絶穀茹芝〔三一九〕，無益於短期矣。或瓊糇既儲，六氣並御〔三二〇〕，而能含光内觀〔三二一〕，凝神復璞〔三二二〕，棲心於玄冥之崖，含氣於莫大之（涘）〔族〕者〔三二三〕。則有老可却〔三二四〕，有年可延也〔三二五〕。凡此數者，合而爲用，不可相無。猶轅軸輪轄，不可一乏於輿也〔三二六〕。然人（若）〔皆〕偏見〔三二七〕，各備所患，單豹以營内（致斃）〔忘外〕〔三二八〕，張毅以趣外失中〔三二九〕。齊以誠濟西取敗，秦以備戎狄自窮〔三三〇〕，此皆不兼之禍也。積善履信，世屢聞之〔三三一〕；慎言語，節飲食，學者識之〔三三二〕。過此以往，莫之或知〔三三三〕。請以先覺，語將來之覺者〔三三四〕。

〔一〕「悔吝」見前述志詩（潛龍育神軀）注〔八〕。

〔二〕老子：「前識者，道之華而愚之始也。」韓子解老篇：「先物行先理動之謂前識。」

〔三〕「志」吴鈔本作「心」。○漢書王温舒傳：「居它惛惛不辯，至於中尉則心開。」禮記注：「遂，猶成也。」

〔四〕左氏文公七年傳：「正德利用厚生，謂之三事。」

〔五〕「欲」或作「慾」，下同。醫心方二十七引此句，「人」下有「情」字，又句首無「夫」字，當係節去。

〔六〕「道」下，吴鈔本、程本及醫心方引有「德」字。○大戴禮武王踐祚篇杖銘曰：「惡乎失道于嗜慾。」

〔七〕「蝎」程本作「蚕」，下同。案「蠹」或體爲「螙」，此「蚕」即「螙」之省寫。○爾雅：「蝎，蛣蜫。」注：「木中蠹蟲。」

〔八〕醫心方引無「之」字。

〔九〕「宜」上，吴鈔本有「所」字。此句醫心方引作「而非木所宜」，無「之」「也」二字。

〔一〇〕「朽」下，吴鈔本原鈔作「欲□身不並久，一云木與蝎不並生，勝則身枯，然則欲與身不並久，名與身不存。」「欲」下之字，墨校塗成「勝」字，原鈔似作「與」字，朱校又抹去此「勝」字之下十三字，改補下文，今同此本。○周校本曰：「『一云木與蝎不並生』八字，原是正文，今定爲注。」○葉渭清曰：「余疑『勝則身枯然則』六字本在上文『欲』字下，『木與蝎不並生』在『欲與身不並久』上。『一云』二字在下文『名與身不存』上，『名』即『欲』之誤字，『不存』當爲『不並存』或『不俱存』，無以定之。此『一云名與身不存』七字是注文非正文也。原鈔雖極顛倒奪謬，然嵇集原文轉賴以存。」○揚案：葉君之意，原鈔正文爲：「故蝎盛則木朽，欲勝則身枯，然則木與蝎不並生，欲與身不並久。」如此於文亦順，但無如此誤法也。原鈔所據之本，其正文當爲：

「故蝎盛則木朽，欲勝則身枯，然則欲與身不並久，名與身不□存。」「存」上之字，鈔者誤奪。其「一云木與蝎不並生」八字，則爲「久」下旁著或夾注之校語，蓋鈔者於上「欲」字時，誤視下「欲」字，迨鈔至「生」字時，乃又轉從「勝」字鈔起也。「欲與身不並久」句，凡經兩鈔，皆同是。吴鈔本與此本之異，惟「身」「久」與「生」「立」二字耳。又案醫心方所引，自「故蝎盛則木朽」句，至「略可知矣」句，皆與此本同。其書之撰輯，爲日本永觀二年，當中土宋雍熙元年。是此處之文，宋本亦同此本。即令別本偶有一二字之殊，亦不必有甚大之異也。

〔一一〕吕氏春秋重己篇：「凡生長也順之也，使生不順者欲也。」

〔一二〕「後」吴鈔本作「厚」，是也。

〔一三〕「生生」見前與阮德如詩注〔一八〕。

〔一四〕老子：「生之徒十有三，死之徒十有三，人之生動之死地亦十有三。」

〔一五〕「肉」吴鈔本作「色」，更合。

〔一六〕説文：「鴆，毒鳥也，一名運日。」國語注：「鴆，其羽有毒，漬之酒而飲之，立死。」詩谷風：「將安將樂，棄予如遺。」箋云：「如人行道，遺忘物，忽然不省存也。」

〔一七〕「名位」見前養生論注〔一〇九〕。鹽鐵論褒賢篇：「香餌非不美也，龜龍聞而深藏，鸞鳳見而高逝。」

〔一八〕易坤卦文言曰：「至哉坤元，萬物資生。」左氏哀公五年傳：「不潛不濫。」注：「濫，溢也。」

〔一九〕案「正」字當爲「止」字之誤。此謂止營其生而不及外也。

〔二〇〕「害」吴鈔本作「凶」。

〔二一〕吴鈔本作「守其所吉」。

〔二二〕「生」下，吴鈔本原鈔有「養一不蓋」四字，墨校删。周校本曰：「『示蓋』，疑當作『不盡』。」揚案：原鈔本作「不」字非「示」字也。「蓋」字當爲「盡」字之誤。「養一」於義略迂，疑刻本原係「而」字漫滅爲一，鈔者因之致誤也。○史記魏世家：「蘇代曰：『王之用智，不如用梟。』」

〔二三〕「爲」吴鈔本原鈔作「所」，墨校改。

〔二四〕「益」吴鈔本原鈔作「養」，墨校改。案「益」字更合。○莊子德充符篇：「所謂無情者，言人之不以好惡内傷其身，常因自然而不益生也。」毛詩傳：「羨，餘也。」

〔二五〕案「交」「羨」猶前云「交」「賒」。羨爲有餘，交則不足也。

〔二六〕「智」下，吴鈔本原鈔有「静」字，墨校删。案「静」字誤衍。此處兩句同義也。荀子仲尼篇：「疾力以申重之。」注：「疾力，勤力也。」此疾智猶勤智矣。

〔二七〕「勤」或作「懃」。「欲」下，吴鈔本原鈔尚有墨校塗抹，遂不可辨。周樹人曰：「案當是動字。」○揚案：無字爲合。

〔二八〕吴鈔本原鈔作「富有天下也」，墨校改。○韓詩外傳：「貴爲天子，富有四海，由此德也。」尸子：「堯舜黑，禹脛不生毛，文王至日仄不暇飲食，故富有天下，貴爲天子矣。」

〔二九〕「民」吴鈔本原鈔作「富」，墨校改。案「富」字乃涉上文而誤。

〔三〇〕「尊」吴鈔本原鈔誤作「遵」，墨校改。

〔三一〕書君奭篇：「故一人有事於四方。」僞孔傳：「一人，天子也。」慎子：「立天子以爲天下，非立天下以爲天子也。」

〔三二〕左氏昭公三年傳：「晏子曰：『此季世也。』」國語注：「季，末也。」論語：「子曰：『富與貴，是人之所欲也。貧與賤，是人之所惡也。』」

〔三三〕「而」吴鈔本原鈔作「猶」，墨校改。○説文：「抑，按也。」

〔三四〕吴鈔本原鈔無「其力争」三字，墨校補。周校本曰：「案『不争不可令』與下『中庸不可得』爲對文，無者是也。」○揚案：如此則當以上文「道」字絶句，「猶不争不可令」又爲一句，恐未必合。

〔三五〕左氏襄公二十六年傳：「師曠曰：『臣不心競而力争。』」莊子天運篇：「舜之治天下，使民心競。」

〔三六〕論語：「子曰：『不得中行而與之，必也狂狷乎？狂者進取，狷者有所不爲也。』」國語注：「與，許也。」

〔三七〕「談」上，吴鈔本有「之」字。案「之」上當奪「從」「隨」等字。

〔三八〕「當」張本及三國文作「常」，誤也。

〔三九〕「聖」吴鈔本作「至」。

〔四〇〕莊子在宥篇：「君子不得已而臨莅天下，莫若無爲。」老子：「聖人無常心，以百姓心爲心。」

〔四一〕莊子在宥篇：「聞在宥天下，不聞治天下也。」又曰：「吾欲官陰陽以遂羣生。」文選注引司馬彪曰：「在，察也。宥，寬也。」廣雅：「由，行也。」

〔四二〕淮南子原道訓：「自得，則天下亦得我矣。吾與天下相得，則常相有。」

〔四三〕揚雄甘泉賦：「蓋天子穆然。」東方朔非有先生論：「於是吴王穆然。」文選注：「穆，猶默靜，思貌也。」老子：「取天下常以無事。」又曰：「爲無爲，事無事。」薛綜西京賦注：「坦，大也。」禮記禮運篇：「孔子曰：『大道之行也，天下爲公。』」

〔四四〕「饗」與「享」同。公羊僖公十年傳：「桓公之享國也長。」注：「享，食也。」「萬國」見前六言詩（唐虞世道治）注〔二〕。廣雅：「恬，靜也。」易履卦象曰：「素履之往，獨行願也。」荀氏注：「素履，謂布衣之士。」

〔四五〕「衮」文津本作「文」，汪本誤作「交」。

〔四六〕吴鈔本無「之」字。又「身」下有「也」字。○荀子禮論篇：「天子龍旂九斿，所以養信也。」禮記禮器篇：「天子龍衮。」注：「畫龍於衮衣也。」續漢輿服志注補引東平王蒼議曰：「服龍衮，祭五帝。」又曰：「服以華文，象其物宜。」○張采曰：「子期作莊註，引此數語。」

〔四七〕莊子大宗師篇：「人相忘乎道術。」

〔四八〕「蒸」或作「烝」。○「蒸民」見前六言詩（惟上古堯舜）注〔三〕。漢書董仲舒傳：「對策曰：『受禄之家，食禄而已。然後利可均布，而民可家足。』」

〔四九〕賈誼新書過秦篇：「宰割天下，分裂山河。」

〔五〇〕「子文」「柳惠」見前六言詩（楚子文善仕）注〔二〕〔三〕。

〔五一〕戰國策燕策：「燕王與樂間書曰：『柳下惠不以三黜自累。』」淮南子注：「沖，虛也。粹，純也。」

〔五二〕「子」吴鈔本原鈔作「人」，墨校改。

〔五三〕「終」吴鈔本原鈔誤作「中」，墨校改。「心」下，吴鈔本原鈔有「也」字，墨校删，又於「心」上補「其」字。○孟子：「有天爵者，有人爵者，公卿大夫，此人爵也。」淮南子俶真訓：「憂患之來攖人心也。」注：「攖，迫也。」案「嬰」與「攖」通。

〔五四〕此句各本並同。案向難云：「富貴天地之情也。」本篇上文亦云：「富與貴是人之所欲。」此處當作「豈云欲富貴人之情哉？」史記貨殖列傳：「富者人之情性，不學而俱欲者也。」

〔五五〕「於」嚴輯全三國文作「乎」，當由別本作「于」而混。○詩終南：「我覯之子，錦衣狐裘。」又曰：「君子至止，黻衣繡裳。」

〔五六〕「無」上，吴鈔本有「則」字。○論語：「子曰：『鄙夫可以事君也與哉。其未得之也，患得之。既得之，患失之。苟患失之，無所不至矣。』」

〔五七〕易繫辭上：「子曰：『君子居其室，出其言，善則千里之外應之，況其邇者乎？』」

〔五八〕吴鈔本原鈔「在」作「患」。又「多」下有「犯」字，墨校改删，令同此本。案此本於義更合。○史記老莊列傳：「老子曰：『去子之驕氣與多欲。』」

〔五九〕史記循吏列傳：「公儀休爲魯相，奉法循理，無所變更。」楚辭哀時命曰：「身不挂於網羅。」漢書叙傳班嗣報桓生書曰：「不絓聖人之網。」注：「絓，讀與挂同。」曹植責躬詩：「舉絓時網。」

〔六〇〕「仕」吴鈔本原鈔誤作「任」，墨校改。○戰國策齊策：「顔斶曰：『無罪以當貴。』」

〔六一〕「遊心」見前贈秀才詩（息徒蘭圃）注〔五〕。詩北山：「或息偃在牀。」釋名：「偃，安也。」後漢書郎顗傳：「拜章曰：『夏后卑室，盡力致美。』」

〔六二〕「遌」吴鈔本原鈔誤作「選」，墨校改，程本誤作「逆」。○莊子在宥篇：「不恬不愉，非德也。」又刻意篇：「無所於忤，虚之至也。」淮南子原道訓：「恬愉無矜，而得於和。」注：「恬愉，無所好憎也。」楚辭九章：「重華不可遌兮。」注：「遌，逢。」洪興祖補注曰：「遌，當作遻，音忤，與迕同。列子『遌物而不慴』是也。」莊子至樂篇：「名止于實，義設于適，是之謂條達。」淮南子俶真訓：「通洞條達，恬漠無事。」

〔六三〕「洪流」見前贈秀才詩（浩浩洪流）注〔一〕。莊子逍遥遊篇：「偃鼠飲河，不過滿腹。」

〔六四〕莊子天道篇：「生熟不盡於前，而積斂無崖。」韓詩外傳曰：「安命養性者，不待積委而富。」

〔六五〕「蓋」吴鈔本原鈔作「恐」，朱校改。「瘤」，吴鈔本同，原鈔同，朱校改作「旒」。案「瘤」字是也。

〔六六〕莊子駢拇篇：「附贅懸疣，出乎形哉，而侈乎性。」釋文：「贅，瘤結也。」釋名曰：「贅，屬也。横生一肉，屬著體也。」説文：「瘤，腫也。」公羊襄公十六年傳：「君若贅旒然。」注：「旒，旂旒。

贅，繫屬之辭。以旃旒喻者，爲下所執持東西。」韓子解老篇：「所謂廉者，輕恬資財也。」

〔六七〕曹植玄暢賦：「富者非財也，貴者非寶也。」

〔六八〕「豈」吴鈔本作「莫」，周校本曰：「各本譌『豈』。」○揚案：二字皆可通。○論語：「長沮桀溺耦而耕。」説文：「耒廣五寸爲伐，二伐爲耦。」荀子成相篇：「舉舜甽畒。」注：「甽，與畎同。」莊子讓王篇：「舜舉於畎畒之中。」釋文：「司馬云：『壟上曰畒，壟中曰畎。』」老子曰：「聖人被褐懷玉。」禮記檀弓下：「啜菽飲水盡其歡。」釋文：「熬豆而食曰啜菽。」

〔六九〕孟子：「以天下養，養之至也。」淮南子原道訓：「無以自得也，雖以天下爲家，萬民爲臣妾，不足以養生也。」韓詩外傳：「知足然後富從之，貪物而不知止者，雖有天下不富矣。」説文：「愜，快也。」

〔七〇〕儀禮注：「須，待也。」

〔七一〕「志」吴鈔本誤作「忘」。

〔七二〕莊子繕性篇：「不以軒冕肆志，不爲窮約趨俗。」典論曰：「不以隱約而服務，不以康樂而加思。」後漢書注：「隱，猶静也。約，儉也。」

〔七三〕禮記中庸篇：「萬物並育而相害，道並行而不相悖。」

〔七四〕莊子讓王篇：「若顔闔者，真惡富貴也。」

〔七五〕吴鈔本無此「故」字。

〔七六〕後漢書高彪傳：「作箴曰：『忘富遺貴，福禄乃存。』」

〔七七〕「莫」文瀾本作「無」。

〔七八〕案老子曰：「禍莫大於不知足，知足之足常足矣。」此處隨意引用也。

〔七九〕「飢」或作「饑」，下同。「求」嚴輯全三國文作「後」，誤也，難文原即作「求」。

〔八〇〕「勤」吴鈔本、張本作「動」，讀書續記曰：「以下文『不在於性動』相勘，則作『動』是。」○揚案：下文皆言性動，正承此句。○禮記樂記篇：「人生而静，天之性也，感於物而動，性之欲也。」莊子庚桑楚篇：「性之動謂之爲。」申鑒雜言篇：「凡情欲心志者，皆性動之别名也。」

〔八一〕「西施」「嫫母」見前篇注〔三七〕。

〔八二〕「瞶」四庫本及嚴輯全三國文作「瞶」，下同。案兩「瞶」字皆當爲「憒」之誤。漢書注：「憒，心亂也。」

〔八三〕班固幽通賦：「孔忘味於千載。」糠，穅俗字。韓子五蠹篇：「糟糠不飽者不務粱肉。」史記索隱曰：「糟糠，貧者之食也。」説文：「稗，禾别也。」曹植七啓曰：「芳菰精粺。」文選注：「稗與粺，古字通。」

〔八四〕「恒」字吴鈔本塗改而成。

〔八五〕晏子春秋諫下篇：「愛失則傷生，哀失則害性。」淮南子泰族訓：「不以欲傷生。」又詮言訓：「邪與正相傷，欲與性相害。」「逐物」見前贈秀才詩（流俗難悟）注〔二〕。

〔八六〕「性」吳鈔本作「情」，誤也。下文即云「性足於和」，篇中皆以性言也。周校本誤作「欲」。○周禮注：「糾，猶正也。」

〔八七〕「上」吳鈔本及三國文作「止」，是也。

〔八八〕莊子繕性篇：「古之治道者以恬養知，生而無以知爲也，謂之以知養恬。知與恬交相養，而和理出其性。」淮南子原道訓：「以恬養性。」又俶真訓：「性不動和，則德安其位。」

〔八九〕「與彼」二字吳鈔本塗改而成。○莊子山木篇：「吾願去君之累，除君之憂，而獨與道遊於大莫之國。」又達生篇：「棄世則無累，無累則正平，正平則與彼更生。」淮南子精神訓：「除穢去累，莫若未始出其宗。」

〔九〇〕老子：「不見可欲，使心不亂。」

〔九一〕「常」吳鈔本作「嘗」，讀書續記曰：「明本『嘗』作『常』，是。」○揚案：以下句律之，則「嘗」字於義爲長，嚴輯全三國文作「當」，誤也。

〔九二〕吕氏春秋適音篇：「口之情欲滋味，耳之情欲聲，目之情欲色。」

〔九三〕「算」吳鈔本作「筭」，二字同。孫子：「多算勝，少算不勝。」

〔九四〕説文：「擬，度也。」

〔九五〕「止」吳鈔本、四庫本及八代文鈔作「知」，是也。

〔九六〕「不」吳鈔本原鈔作「未」，墨校改。

〔九七〕本草：「漏沽脯，殺人。」案抱朴子微旨篇：「漏脯救飢，鴆酒解渴，非不暫飽，而死亦及之。」即用此文。

〔九八〕吴鈔本無「向」字。○桓譚新論曰：「人聞長安樂，出門向西而笑；知肉味美，對屠門而大嚼。」

〔九九〕莊子山木篇：「陽子之宋，宿於逆旅。逆旅有妾二人，其一人美，其一人惡，惡者貴而美者賤。陽子問其故。逆旅小子對曰：『其美者自美，吾不知其美也；惡者自惡，吾不知其惡也。』陽子曰：『弟子記之。行賢而去自賢之行，安往而不愛哉。』」

〔一〇〇〕「能」吴鈔本作「得」。

〔一〇一〕文選注：「乘，因也。」案難文云：「有動以接物，有智以自輔，若閉而默之，則與無智同。」故此云：「何物之能默哉？」謂理足於内者，不覺物之有無也。

〔一〇二〕「耳」吴鈔本原鈔作「也」，墨校改。

〔一〇三〕「又」吴鈔本原鈔誤作「及」，墨校改。

〔一〇四〕禮記祭義篇：「致愛則存，致慤則著。」注：「存著，謂其思念也。」

〔一〇五〕「交賒」見前養生論注〔一〇二〕。

〔一〇六〕禮記喪服大記篇：「禫而從御，吉祭而復寢，期居廬終喪不御於内者，父在爲母爲妻。」注：「從御，御婦人也。」蔡邕獨斷曰：「妃妾接於寢曰御。」

〔一〇七〕吴鈔本原鈔「禁」下有「文」字，「讎」下有「賒」字，墨校删。周校本改「文」爲「交」。揚案：有「交賒」二字是也，此承上「交賒」而言。

〔一〇八〕淮南子精神訓：「尊勢厚利，人之所貪也。使之左據天下圖，而右手刎其喉，愚夫不爲。由此觀之，生貴於天下也。」揚案：據後漢書馬融傳注，知此語出於莊子。吕氏春秋不侵篇：「天下輕於身，而士以身爲人。」周禮地官大司徒：「掌建邦之土地之圖。」注：「土地之圖，若今司空郡國輿地圖。」

〔一〇九〕此七字吴鈔本原鈔誤奪，墨校補。

〔一一〇〕莊子讓王篇：「以隨侯之珠，彈千仞之雀，世必笑之。其所用者重，而所要者輕也。」吕氏春秋注：「要，得也。」

〔一一一〕毛詩傳：「趣，趨也。」

〔一一二〕「慎」上，吴鈔本原鈔有一「四」字，墨校删。周校本曰：「『四』疑『而』之譌。」○淮南子人間訓：「聖人敬小慎微，動不失時。」

〔一一三〕「門」，程本誤作「閑」。老子：「玄之又玄，衆妙之門。」

〔一一四〕張本無「故」字。○詩閟宫：「無貳無虞。」箋云：「虞，度也。」

〔一一五〕「殊」，三國文作「如」，誤也。

〔一一六〕吴鈔本原鈔無「窮理」二字，墨校補。案有者是，原鈔偶誤也。

〔一七〕「壽」字吳鈔本塗改而成，原鈔似作「生」字。

〔一八〕論語：「子曰：『由也，汝聞六言六蔽矣乎？』」意林引周生烈子序曰：「六蔽鄙夫。」案「弊」與「蔽」通。禮記表記篇：「其民之敝惷而愚。」周禮秋官司刺：「三赦曰惷愚。」注：「惷愚，生而癡騃童昏者。」説文：「惷，愚也。」

〔一九〕曹植七啓曰：「論變化之至妙。」呂氏春秋注：「資，猶給也。」

〔二〇〕莊子徐無鬼篇：「舜有羶行，百姓悦之，故三徙成都。」史記五帝本紀：「舜耕歷山，歷山之人皆讓畔，漁雷澤，雷澤之人皆讓居，陶河濱，河濱器皆不苦窳，一年而所居成聚，二年成邑，三年成都。」

〔二一〕「節」下吳鈔本原鈔有「者」字，墨校删。案原鈔是也。上下文皆有「者」字，句法一律。○論語：「子曰：『禹吾無間然矣。菲飲食而致孝乎鬼神。』」集解：「馬融曰：『菲，薄也。』」詩江漢：「經營四方，告成於王。」吳越春秋：「禹勞心焦思以行。」呂氏春秋求人篇：「禹憂其黔首，顔色黎黑，竅藏不通，步不相過，至勞也。」淮南子原道訓：「禹之趨時也，冠挂而弗顧，履遺而弗取。」案「趣」與「趨」同。周禮注：「鄭司農云：『趨疾於步。』」

〔二二〕「稱」吳鈔本作「遘」，是也。周校本曰：「遘當作構。」○揚案：二字通。

〔二三〕吳鈔本原鈔作「威成伐煞」，墨校改。案「成」字當係偶誤。「煞」爲「殺」之俗字。

〔二四〕吳鈔本原鈔無「功」字，墨校補。又「奮」字塗改而成，原鈔似作「奪」。又原鈔「奮」下有「者」

字，墨校刪。案原鈔更合。○管子輕重甲篇：「女華者，桀之所愛也，湯事之以千金；曲逆者，桀之所善也，湯事之以千金。內則有女華之陰，外則有曲逆之陽，陰陽之議合，而得成其天子，此湯之陰謀也。」淮南子說林訓：「紂醢梅伯，文王與諸侯構之。」注：「構，謀也。」論衡恢國篇：「傳書或稱武王伐紂，太公陰謀。」案呂氏春秋誠廉篇，亦載武王與膠鬲微子開陰謀之事。史記伯夷列傳：「武王東伐紂，伯夷叔齊叩馬而諫曰：『父死不葬，爰及干戈，可謂孝乎？』」孟子引太誓曰：「殺伐用張，于湯有光。」

〔一二五〕「身」吴鈔本作「行」。

〔一二六〕「准」或作「準」。案「准」爲「準」之俗字。○莊子山木篇：「孔子圍於陳蔡之間，七日不火食。太公任往弔之曰：『子其意者飾知以驚愚，修身以明汙，昭昭乎若揭日月而行，故不免也。』」韓子說難篇：「所說出於爲名高者。」論衡非韓篇：「養名高之人，以示能敬賢。」又知實篇：「觀色以窺心，皆有因緣以準的之。」淮南子注：「準，法也；的，射準也。」

〔一二七〕論語：「子曰：『若聖與仁，則吾豈敢！抑爲之不厭，誨人不倦，則可謂云爾已矣。』」又「顏淵曰：『夫子循循然善誘人。』」集解：「誘，進也。」淮南子泰族訓：「孔子弟子七十，養徒三千。」史記孔子世家：「孔子以詩書禮樂教，弟子蓋三千焉。」

〔一二八〕新書容經篇：「子路見孔子之背磬折。」莊子漁父篇：「子路問曰：『今漁父杖拏逆立，而夫子曲腰磬折，言拜而應，得無太甚乎？』」禮記曲禮下：「立則磬折垂佩。」史記正義曰：「磬折，謂曲體揖，若石磬之形曲折也。」

〔二九〕案「救」字當爲「求」字之誤。

〔三〇〕莊子天道篇：「孔子往見老聃，老聃曰：『夫子亦放德而行，循道而趨，已至矣。又何偈偈乎揭仁義，若擊鼓而求亡子焉。』」又外物篇：「老萊子之弟子出薪，遇仲尼，反以告曰：『有人於彼，修上而趨下，末僂而後耳，視若營四海，不知其誰氏之子。』老萊子曰：『是丘也。』」

〔三一〕淮南子主術訓：「神農之治天下也，神不馳於胸中。」莊子齊物論篇：「死生無變於己，而況於利害之端乎？」説文：「鶩，亂馳也。」

〔三二〕莊子在宥篇：「人心排下而進上，其疾俛仰之間，而再撫四海之外。」

〔三三〕「比」上，吴鈔本、文津本有「此」字。

〔三四〕史記商君列傳：「趙良曰：『反聽之謂聰，内視之謂明。』」春秋繁露同類相動篇：「聰明聖神，内視反聽。」又循天之道篇：「養生之大者，乃在愛氣。」論衡道虚篇：「世或以老子之道爲可以度世，恬淡無欲，養精愛氣。」吕氏春秋情欲篇：「知早嗇則精不竭。」注：「嗇，愛也。」

〔三五〕老子：「明白四達，能無爲乎？」毛詩箋：「執，持也。」案阮籍達莊論亦曰：「持其無者無執。」

〔三六〕「坐忘」見卜疑注〔五三〕。淮南子俶真訓：「全性保真，不虧其身。」

〔三七〕「松柏」至「灰壤」十六字，各本皆奪，惟吴鈔本有之，今據補。

〔三八〕管子地圓篇：「其下有灰壤，不可得泉。」毛詩傳：「隕，墜也。」

〔一三九〕「之」下，吴鈔本原鈔有「於」字，墨校删。

〔一四〇〕「毓」與「育」同。爾雅：「育，養也。」莊子達生篇：「養形必先之以物。」

〔一四一〕「鼓」下，吴鈔本原鈔有「其内」二字，墨校删。案二字誤衍也。

〔一四二〕「神」周校本誤作「精」。吴鈔本無「之」字。各本「徵」並作「徵」。讀書續記曰：「明本『神』下有『之』字，當從之。『徵』字作『徵』，譌。」○桓譚新論曰：「余爲典樂大夫，見樂家書記，言文帝時，得魏文侯時樂人竇公，百八十歲，兩目皆盲。文帝奇之，問何服食而至此？對曰：『年十三失明，父母哀其不及衆技事，教使鼓琴，日講習以爲常事。臣不能導引，無服餌也。』余以爲竇公少盲，專一内視，精不外鑒，恒逸樂，所以益性命也。」「養神」見前贈秀才詩（琴詩自樂）注〔七〕。禮記注：「徵，猶效驗也。」

〔一四三〕「日餘」太平御覽八百二十五引作「餘日」。馬叙倫曰：「餘日較順。」○淮南子説林訓：「蠶食而不飲，三十二日而化。」仲長統昌言曰：「北方寒而人壽，南方暑而人夭。均之蠶也，寒而餓之則引日多，温而飽之則用日少。此寒温餓飽之爲修短驗於物者也。」○揚案：此謂養蠶室中，以火熾之，欲其早老而省食，非指炎洲之火蠶也。

〔一四四〕毛詩傳：「將，養也。」禮記樂記篇：「是故樂之隆。」注：「隆，猶盛也。」

〔一四五〕「温肥」吴鈔本作「肥温」。案以下文「凉瘦」例之，則「温肥」更合。

〔一四六〕禮記注：「斷，猶決也。」

〔一四七〕「圉」上，吴鈔本原鈔有「思」字，墨校刪。○左氏哀公十四年傳：「孟孺子將圉馬於成。」注：「圉，畜養也。」桓譚新論曰：「衛后園有送葬時乘輿馬十疋，吏卒養視善飲不能乘，而馬皆六十歲乃死。」論衡無形篇：「牛壽半馬，馬壽半人。」

〔一四八〕「斃」吴鈔本原鈔作「弊」，墨校改。周校本曰：「案當作『敝』。」○揚案：「斃」義亦合。○「彫」與「凋」通。廣雅：「凋，傷也。」莊子天地篇：「德全者形全。」

〔一四九〕「性」張本作「生」。

〔一五〇〕「唱」程本作「倡」，下同。案二字通。

〔一五一〕神農曰：「上藥養命。」見前養生論注〔五九〕。

〔一五二〕韓子難二篇：「六畜遂，五穀殖。」書呂刑：「稷降播種，農殖嘉穀。」管子大匡篇：「耕者農用力。」王念孫讀書雜志曰：「廣雅曰：『農，勉也。』言耕者勉用力也。」又廣雅疏證曰：「農猶努也。語之轉耳。」揚案：左氏襄公十三年傳：「小人農力以事其上。」魏了翁讀書雜抄曰：「農力乃農用八政之農，厚也。」是則訓勉訓厚，義皆可通。

〔一五三〕「夭」吴鈔本原鈔似作「天」，又無「閼也」二字，墨校補。案「繼天」似更合。○周禮天官疾醫：「以五穀養其病。」管子小匡篇：「加刑無苛，以濟百姓。」莊子逍遥遊篇：「而後乃今培風，背負青天，而莫之夭閼者。」釋文：「司馬云：『夭，折也；閼，止也。』」案此處用爲短折之義。

〔一五四〕「並」上，吴鈔本原鈔有「故」字，墨校刪。

〔一五五〕「賢」下，吳鈔本有「者」字。

〔一五六〕論語：「子貢曰：『文武之道，未墜於地，在人。賢者識其大者，不賢者識其小者。』」

〔一五七〕博物志神農經曰：「下藥治病，謂大黄除實，當歸止痛。」案神農本草：「當歸，諸惡創瘍金創煮飲之。」

〔一五八〕「墾」吳鈔本誤作「懇」。

〔一五九〕禮記月令篇：「修耒耜。」注：「耜者，耒之金也。」司馬相如上林賦：「地可墾闢，悉爲農郊。」文選注：「蒼頡篇曰：『墾，耕也。』」案「辟」與「闢」通。

〔一六〇〕「何」下，吳鈔本有「至」字，是也。○國語注：「蔑，棄也。」

〔一六一〕「玩」吳鈔本作「翫」，下同。案二字通。

〔一六二〕「於」下，吳鈔本原鈔無「所」字，墨校補。周校本曰：「無者爲長。」○史記商君列傳：「常人安於故習，學者溺於所聞。」後漢書陳元傳：「上書曰：『論者沉溺所習，玩所舊聞。』」

〔一六三〕周禮天官籩人：「饋食之籩，其實棗栗桃乾䕩榛實；加籩之實蔆芡栗脯。」注：「蔆，芰也；芡，雞頭也。」呂氏春秋恃君篇：「夏日則食菱芡。」注：「菱，芰也。」埤雅引武陵記曰：「四角三角曰芰，兩角曰蔆。」案「蔆」與「菱」通。

〔一六四〕「猶」下空格之字三國文作「愈」，八代文鈔作「勝」，文津本作「同」，餘各本並空。吳鈔本「猶」「于」二字相連，無空格，朱校於其間作斜勒，欄外上方著校語云：「刻板上亦空一字。」「篤」吳鈔本原鈔誤作「駕」，墨校改。○禮記中庸篇：「是故君子篤恭而天下平。」

〔一六五〕此句吴鈔本原鈔作「視息之具，豈唯立五穀哉」，墨校補删，令同此本。周樹人曰：「『立』疑即因下『五』字譌衍。」

〔一六六〕「蘩」吴鈔本作「繁」，二字通。「藴」吴鈔本作「荇」，别本或作「薀」。

〔一六七〕左氏隱公三年傳：「苟有明信，澗谿沼沚之毛，蘋蘩藴藻之菜，筐筥錡釜之器，潢汙行潦之水，可薦於鬼神，可羞於王公。」注：「蘋，大蓱也；蘩，皤蒿；藴藻，聚藻也。」説文：「酎，三重釀酒也。」禮記注：「酎之言醇也，謂重釀之酒也。」

〔一六八〕説文：「祉，福也。」

〔一六九〕吴鈔本無「之」字。

〔一七〇〕左氏僖公五年傳：「宫之奇曰：『鬼神非人是親，惟德是依。非德，民不和，神不享矣。』」

〔一七一〕宋玉登徒子好色賦：「臣少曾遠遊，周覽九土。」文選注：「九土，九州之土也。」孟子：「諸侯朝於天子曰述職。述職者，述所職也。」司馬相如上林賦：「使諸侯納貢者，非爲財幣，以述職也。」書旅獒篇：「無有遠邇，畢獻方物。」僞孔傳曰：「盡貢其方土所生之物。」

〔一七二〕「粮」或作「糧」，下同。

〔一七三〕案「此」字當爲「非」字之誤。謂肴粮宜生，非困體者也。

〔一七四〕國語注：「偶，對也。」

〔一七五〕廣雅：「尚，加也。」

〔一七六〕說文：「蓬，蒿也。」漢書注：「必謂必信之。」

〔一七七〕「杖」吳鈔本同，程本、汪本、張本、四庫本及八代文鈔作「仗」，讀書續記曰：「『杖』疑當作『仗』。」○揚案：二字可通。○「永」吳鈔本原鈔作「掖」，朱校改。○漢書高帝紀：「杖義而西。」注：「杖亦倚任之意。」毛詩箋：「掖，扶持也。」

〔一七八〕易繫辭下：「亦要存亡吉凶，則居可知矣。」朱翌猗覺寮雜記曰：「居然字，晉宋間語也。后稷詩云：『居然生子。』此其本也。」揚案：鄭玄詩箋云：「居，默然。」

〔一七九〕「若」吳鈔本作「如」。

〔一八〇〕禮記注：「理，猶性也。」繁欽與魏太子書曰：「乃知天壤之所生，誠有自然之妙物也。」

〔一八一〕「植」吳鈔本作「殖」。「玄」吳鈔本原鈔作「賢」，墨校改。案「賢」字誤也。

〔一八二〕「霞」吳鈔本作「露」，誤也。○老子：「玄牝之門，是謂天地根。」張衡玄圖曰：「玄者無形之類，自然之根。」淮南子精神訓：「魂魄處其舍，而精神守其根。」案劉騊駼有玄根賦。易乾卦：「初九，潛龍勿用。」漢書注：「張晏曰：『數之元本，起於初九之一也。』」楚辭遠遊篇：「餐六氣而飲沆瀣兮，漱正陽而含朝霞。」注：「陵陽子明經言春食朝霞。朝霞者，日始欲出，赤黃氣也。」

〔一八三〕「肴」吳鈔本原鈔作「春」，朱校改。案此承難文言之，作「春」字是。

〔一八四〕周校本曰：「『有』當作『皆』。」○史記朱建列傳：「酈生叱使者曰：『走復入言沛公，吾高陽酒徒也。』」黄朝英緗素雜記曰：「案史記及漢書食其本傳，稱食其陳留高陽人也。」又云：「沛公略地陳留郡，使人召食其。食其至，入謁。則高陽在陳留明矣。襄陽習池謂之高陽池者，蓋取酈生高陽酒徒之義也。」洪頤煊讀書叢録曰：「酈食其傳：『陳留高陽人也。』案陳留此時未置郡，言陳留者是，舉其縣也。故下文云『臣知其令』。梁孝王傳：『梁北至泰山，西至高陽。』是高陽初屬梁，後屬淮，至後漢屬陳留郡。」詩閟宫：「黄髮台背。」箋云：「黄髮台背，皆壽徵也。」

〔一八五〕「性」吴鈔本作「悦」，讀書續記曰：「此承上文『肴糧充體』言之，作『性』較長。」○揚案：承上言之，則作「悦」較長。

〔一八六〕「鼎食」見前卜疑注〔五九〕。

〔一八七〕論語：「伯牛有疾，子問之，自牖執其手，曰：『亡之命也夫，斯人也而有斯疾也。』」又曰：「哀公問弟子孰爲好學。孔子對曰：『有顔回者好學，不幸短命死矣。』」集解：「馬融曰：『伯牛，弟子冉耕。』」「短折」見前秋胡行（役神者弊）注〔二〕。

〔一八八〕「飢」千金方引作「饑」，是也。○韓子五蠹篇：「穰歲之秋，疏客必食。」漢書注：「穰，豐也。」

〔一八九〕「瘡」吴鈔本作「創」，是也，「瘡」俗字。○淮南子原道訓：「鴈門之北，狄不穀食。」禮記王制篇：「北方曰狄，衣羽毛，穴居，有不粒食者矣。」説文：「癩，惡疾也。」「生癩」未詳。廣雅：「創，傷也。」「血浮」未詳。

〔一九〇〕「鴈」嚴輯全三國文誤作「鷹」。○博物志：「馬食穀則足重不能行，鴈食粟則翼垂不能飛。」漢書注：「秣，以粟米飤馬也。」

〔一九一〕左氏襄公三十年傳：「取我田疇而伍之。」注：「並畔爲疇。」

〔一九二〕此句吴鈔本作「則唯菊芁粱稻」。文津本作「則椒菊芁粱」，八代文鈔作「則杞菊芁粱」，餘各本並空一字。周校本「芁」誤作「芬」。皕宋樓鈔本有校語云：「『粱』，『粱』之誤。」揚案：二字古通。○楚辭大招篇：「五穀六仞，設菰粱只。」注：「菰粱蔣實，謂雕葫也。」案「菰」本作「芁」。説文：「芁，雕芁，一名蔣。」「粱，米名也。」齊民要術引楊泉物理論曰：「粱者，黍稷之總名。」

〔一九三〕「則」下，吴鈔本有「唯」字。○漢書食貨志：「古者皮幣諸侯以聘享。」儀禮注：「聘，問也；享，獻也。」易乾卦文言曰：「嘉會足以合禮。」「旨酒」見前贈秀才詩（閑夜肅清）注〔六〕。

〔一九四〕「筋」吴鈔本作「筯」，誤也。○管子水地篇：「夫水淖溺以清，而好灑人之惡。」注：「淖，和也。」淮南子原道訓：「淖溺流遁。」漢書注：「淖，濡甚也。」楚辭注：「糜，碎也。」

〔一九五〕「處」文津本同，各本作「腐」，吴鈔本原鈔作「處」，墨校改作「腐」。

〔一九六〕「竭」吴鈔本原鈔作「獨」，墨校改。周校本曰：「『獨』，疑『濁』之譌。」

〔一九七〕急就篇：「依溷染污貪者辱。」素問金匱真言論曰：「膽、胃、大腸、小腸、膀胱、三焦、六府，皆爲陽。」

〔一九八〕「鬱」上，吴鈔本原鈔有「又」字，墨校删。案以下文例之，有「又」字爲是。

〔一九九〕呂氏春秋達鬱篇：「樹鬱則爲蠹。」

〔二〇〇〕説文：「饕，貪也。」文選注引廣雅曰：「階，因也。」

〔二〇一〕老子：「五味令人口爽。」注：「爽，亡也。」漢書成帝紀贊曰：「哀平短祚。」爾雅：「祚，福也。」

〔二〇二〕儀禮士冠禮：「醴辭曰：『甘醴惟厚。』」太平御覽引孫氏瑞應圖曰：「醴泉味甘如醴，泉流所及，草木皆茂，飲之令人壽。」案陳藏器曰：「醴泉味甘平，時代升平則大有此水，亦以新汲者佳。」楚辭離騷：「屑瓊蘂以爲糧。」又九章曰：「登崑崙兮食玉英。」淮南子墬形訓：「龍淵有玉英。」孝經援神契曰：「神靈滋液，則有玉英。」又曰：「玉英，玉有英華之色。」

〔二〇三〕「金」吴鈔本作「留」。案當爲「溜」之省。

〔二〇四〕列仙傳：「馬明生從安期先生受金液神丹。」抱朴子金丹篇：「黄金入火，百鍊不銷，埋之畢天不朽，服此鍊人身體。」又仙藥篇：「石流丹者，石之赤精，蓋石流黄之類也。事在太一玉策。」案「溜丹」即「流丹」。郭璞遊仙詩亦云：「陵陽挹丹溜。」張衡西京賦：「浸石菌於重涯，濯靈芝以朱柯。」薛綜注：「石菌靈芝，皆海中神山所有神草，仙之所食者。」李善注：「菌，芝屬也。」抱朴子曰：「芝有石芝。」皇甫謐高士傳：「四皓入藍田山，作歌曰：『曄曄紫芝，可以療飢。』」論衡道虛篇：「爲道者服金玉之精，食紫芝之英，食精身輕，故能神仙。」案神農本草：「紫芝，利關節，保身，益精氣，堅筋骨，好顔色，久服輕身，不老延年。」「黄精」見前與山巨源絶交書注〔二六〕。

〔二〇五〕「英」四庫本作「華」。

〔二〇六〕「奇」吴鈔本原鈔作「其」，墨校改。○班固西都賦：「翡翠火齊，流耀含英。」馬融長笛賦：「惟籦籠之奇生兮。」

〔二〇七〕廣雅：「貞，正也。」禮記祭義篇：「有和氣者，必有愉色。」管子内業篇：「凡心之刑，自充自盈。」尸子：「蕃殖充盈，樂之至也。」

〔二〇八〕「雪」吴鈔本作「雲」。

〔二〇九〕説文：「澡，洒手也。」淮南子注：「雪，拭也。」莊子知北遊篇：「老聃曰：『汝齋戒，疏瀹而心，澡雪而精神。』」又應帝王篇：「物徹疏明。」素問金匱真言論曰：「肝心脾肺腎五藏皆爲陰。」淮南子精神訓：「五藏定寧，充盈而不泄。」仲長統昌言曰：「疏濯胸臆，澡雪腹心，使之芬香皓潔，白不可汙也。」揚雄太玄曰：「物出溱溱，開明而前。」

〔二一〇〕釋名：「吮，循也。不絶口稍引滋汋，循咽而下也。」論衡道虚篇：「道家或以服食藥物輕身益氣，延年度世。」

〔二一一〕「骸」張本作「體」。

〔二一二〕史記扁鵲列傳：「漱滌五藏，練精易形。」神仙傳：「仙家有太陰練形之法。」

〔二一三〕「淩」或作「凌」。○案「澤」通作「釋」。小爾雅：「釋，解也。」「淩雲」見前秀才答詩（飾車駐駟）注〔一〇〕。淮南子汜論訓：「剛强猛毅，志厲青雲。」高彪清誡曰：「上士恖其痛，抗志淩雲煙。滌蕩棄穢累，飄邈任自然。」○周嬰巵林曰：「吹景集曰：『琴操載許由曰：「吾志在青雲，何乃劣劣爲九州長乎？」嵇康答向秀難養生論云：「練骸易氣，志凌青雲。」陶貞白云：「仰青雲，覩白日。」俱祖箕山公語。』」

〔二四〕「果蠃」吳鈔本原鈔作「果螺」，墨校改作「螺蠃」。

〔二五〕詩小宛：「螟蛉有子，蜾蠃負之。」毛傳：「螟蛉，桑蟲也。蜾蠃，蒲盧也。負，持也。」箋云：「蒲盧取桑蟲之子負持而去，煦嫗養之，以成其子。」

〔二六〕考工記：「橘踰淮而北爲枳，此地氣然也。」晏子春秋内篇雜下：「嬰聞之：橘生淮南則爲橘，生於淮北則爲枳，葉徒相似，其實味不同。所以然者何？水土之異也。」淮南子原道訓：「橘樹之江北則化而爲橙。」案淮與江，枳與橙，傳説之異也。

〔二七〕「能」吳鈔本作「然」。○爾雅：「還，反也。」馮衍顯志賦：「知漸染之易性。」

〔二八〕列仙傳：「赤斧者，巴戎人也，能作水澒鍊丹，與消石服之，三十年，反如童子，毛髮生皆赤，累世傳見之，手掌中有赤斧焉。」毛詩傳：「赬，赤也。」

〔二九〕「涓子」見前與阮德如詩注〔一五〕。

〔三〇〕「松」文選郭璞遊仙詩注引作「栢」，誤也。○列仙傳：「偓佺者，槐山采藥父也。好食松實，形體生毛長數寸，兩目更方，能飛行逐走馬。時人受服者，皆至二三百歲焉。」

〔三一〕「水」吳鈔本作「湌」，誤也。文選郭璞遊仙詩注引作「水」。○列仙傳：「赤松子者，神農時雨師也。服水玉以教神農，能入火自燒。」抱朴子仙藥篇：「赤松子以玄蟲血漬玉爲水而服之，故能乘煙上下也。」郭璞山海經注：「水玉，今水精也，赤松子所服，見列仙傳。」

〔三二〕列仙傳：「務光者，夏時人也，耳長七寸，好琴，食蒲韭根，後五百餘歲，至武丁時復見。」

〔三三〕列仙傳：「邛疏者，周封史也。能行氣錬形，煮石髓而服之，謂之石鐘乳。至數百年，往來入太室山中，有卧石牀枕焉。」文選注引倉頡篇曰：「駐，止也。」

〔三四〕列仙傳：「方回者，堯時隱人也，練食雲母，隱於五柞山中。夏啓末，爲人所刦，閉之室中，從求道。回化而得去。」

〔三五〕列仙傳：「昌容者，常山道人也，自稱殷王子，食蓬虆根，往來山下，見之者二百餘年，而顔色如三十許人。」

〔三六〕莊子逍遥遊篇：「朝菌不知晦朔，蟪蛄不知春秋，此小年也。」注：「朝菌，糞上芝，朝生暮死。晦者不及朔，朔者不及晦。」釋文：「晦，冥也。朔，旦也。」爾雅：「蜉蝣，渠略。」又曰：「二曰靈龜。」注：「蜉蝣似蛣蜣，身狹而長，有角，黄黑色，叢生糞土中，朝生暮死。」「涪陵郡出大龜，甲可以卜，俗呼爲靈龜。」劉向五行傳曰：「龜千歲而靈。」雒書靈准聽曰：「靈龜者，玄文五色，神靈之精也。能見存亡，明於吉凶。」淮南子詮言訓：「龜三千歲，蜉蝣不過三日，以蜉蝣而爲龜憂養生之具，人必笑之。」

〔三七〕周禮地官鄉師：「以木鐸徇於市朝。」史記孟嘗君列傳：「過市朝者。」索隱曰：「市朝，謂市之行位有如朝列，因言朝耳。」「小年」見上注。

〔二八〕「彭」上，吴鈔本有「若」字。

〔二九〕「彭祖」見前與阮德如詩注〔一五〕。呂氏春秋情欲篇注曰：「彭祖，殷之賢臣，治性清静，不欲於物，蓋壽七百歲。」魏文帝折楊柳行曰：「彭祖稱七百，悠悠安可原。」神仙傳：「彭祖諱鏗，帝顓頊之玄孫，至殷末，年已七百六十七歲，而不衰老。」揚案：古籍多稱彭祖壽八百歲。列仙傳：「安期先生者，瑯邪阜鄉人也，賣藥於東海邊，時人皆言千歲翁。」

〔三〇〕「安」吴鈔本作「忘」，誤也。

〔三一〕「遐」張本作「霞」，誤也。

〔三二〕爾雅：「遐，遠也。」神仙傳：「劉根者，字君安，京兆長安人也。棄世學道，後入雞頭山仙去。」博物志引典論曰：「劉根不覺飢渴，或謂能忍盈虚。」

〔三三〕「倮」吴鈔本作「裸」，二字同。

〔三四〕桓譚新論曰：「元帝被病，廣求方士，漢中送道士王仲都，詔問何所能。對曰：『能忍寒暑。』乃以隆冬盛寒日，令袒衣，載以駟馬，於上林昆明池上環冰而馳。御者厚衣狐裘，甚寒戰，而仲都獨無變色，卧於池臺上，曛然自若。夏大暑日，使曝坐，環以十爐火，不言熱，又身不汗。」博物志引典論曰：「王仲都當盛夏之月，十爐火炙之不熱；當嚴冬之時，裸之而不寒。桓君山以爲性耐寒暑。君山以無仙道，好奇者爲之。」神仙傳：「王仲都能禦寒暑，已二百餘年，後亦仙去。」

桓君山著論稱其人。」

〔三五〕「玉」原作「王」，刻板之誤也。

〔三六〕史記封禪書：「少君見上，上有故銅器，問少君。少君曰：『此器齊桓公十年陳於柏寢。』已而案其刻，果齊桓公器。一宫盡駭，以爲少君神，數百歲人也。」晉書阮种傳：「种字德猷，陳留尉氏人，弱冠有殊操，爲嵇康所重。康著養生論所稱阮生，即种也。」漢書東方朔傳：「朔之詼諧，逢占射覆。」注：「如淳曰：『逢占，逢人所問而占之也。』師古曰：『逢占，逆占事，猶云逆刺也。』」

〔三七〕莊子逍遥遊篇：「堯讓天下於許由，曰：『吾自視缺然，請致天下。』」法言問明篇：「或問：『堯將讓天下於許由，由恥，有諸？』曰：『好大者爲之也，顧由無求於世而已矣。』」典論曰：「司馬遷云：『無堯以天下讓許由事。』揚雄亦云：『誇大者爲之。』揚雄亦云無仙，與桓譚同。」

〔三八〕老子：「善閉無關鍵而不可開。」廣雅：「鍵，户牡也。」東方朔非有先生論曰：「發憤畢誠。」漢書注：「畢，盡也。」

〔三九〕禮記曲禮上：「乘路馬，必朝服，載鞭策。」説文：「策，箠也。」論語：「顔淵曰：『夫子循循然善誘人，博我以文，約我以禮，欲罷不能。』」

〔四〇〕韓子外儲説右下：「馳驟周旋，而恣欲於馬。」「世教」見前答二郭詩（昔蒙父兄祚）注〔六〕。

〔四一〕禮記祭義篇：「禮主其滅。」注：「滅猶倦也。」論語：「曾子曰：『君子思不出其位。』」

〔二四二〕「變通」吴鈔本作「通變」，是也。

〔二四三〕易繫辭上：「通變之謂事。」阮瑀爲曹公與孫權書曰：「通變思深，以微知著。」

〔二四四〕説文：「愠，怒也。」「閑居」見前幽憤詩注〔三〇〕。

〔二四五〕文津本無「爲」字，誤也。「無聊」吴鈔本原鈔作「聊聊」，墨校改。○廣雅：「供，養也。」「無聊」見前思親詩注〔一〕。

〔二四六〕史記貨殖列傳：「子貢結駟連騎，束帛之幣，以聘享諸侯。」孟子：「食前方丈，侍妾數百人，我得志弗爲也。」注：「極五味之饌食，列於前方一丈。」韓詩外傳：「楚莊王使使聘北郭先生。婦人曰：『結駟列騎，所安不過容膝，食方丈於前，所甘不過一肉。』」

〔二四七〕「志」吴鈔本原鈔誤作「智」，墨校改。○荀子修身篇：「君子役物，小人役於物。」淮南子原道訓：「聖人不以身役物。」國語晉語：「非鬼非食，惑以喪志。」

〔二四八〕吴鈔本原鈔無「原」字，墨校補。

〔二四九〕莊子駢拇篇：「彼至正者，不失其性命之情。」又徐無鬼篇：「君將盈嗜欲，長好惡，則性命之情病矣。」漢書注：「原謂尋其本也。」

〔二五〇〕「欲」或作「慾」。○左氏僖公二十年傳：「臧文仲曰：『以欲從人則可，以人從欲鮮濟。』」

〔二五一〕左氏成公二年傳：「蠻夷戎狄，不式王命，淫湎毁常。」説文：「湎，沈於酒也。」

〔二五二〕莊子在宥篇：「下有桀跖。」荀子性惡篇：「所賤於桀跖者，從其性，順其情。」史記正義曰：

「跖者，黄帝時大盜之名。」

〔二五三〕廣雅：「溺，没也。」

〔二五四〕吴鈔本原鈔無「者」字，墨校補。周校本曰：「無者爲長。」

〔二五五〕「降」張本及三國文作「隆」。案「隆」與「降」古通。「隆」上當奪三字，此與下句相對爲文。本集聲無哀樂論：「心有盛衰，聲亦隆殺」云云，亦以「隆殺」「盛衰」對言。

〔二五六〕淮南子泰族訓：「物有隆殺。」荀子注：「隆，豐厚；殺，減降也。」

〔二五七〕廣雅：「稚，少也。」

〔二五八〕「成」吴鈔本原鈔誤作「城」，墨校改。

〔二五九〕「初」下，吴鈔本原鈔有「也」字，墨校删。○孟子：「禹稷顔子，易地則皆然。」

〔二六〇〕「欲」吴鈔本原鈔作「願」，墨校改。

〔二六一〕「臭」吴鈔本作「敗」。○「臭腐」見前與山巨源絶交書注〔四九〕。

〔二六二〕爾雅：「曩，曏也。」

〔二六三〕戰國策齊策：「厮養士之所竊。」史記集解：「如淳曰：『厮，賤者也。』」公羊傳曰：「厮役扈養。」韋昭曰：「析薪爲厮，炊烹爲養。」廣雅：「暴，猝也。尹，官也。」周禮地官司門：「祭祀之牛牲繫焉，監門養之。」注：「監門，門徒也。」毛詩箋：「蔑，猶輕也。」

〔二六四〕「區區」見前與山巨源絶交書注〔一九二〕。漢書注：「域，界局也。」

〔二六五〕「湌」吳鈔本及嚴輯全三國文作「飡」。「悅」吳鈔本作「說」，二字通。○曹植求通親親表曰：「至於注心皇極，結情紫闥。」文選注：「注，猶屬也。」

〔二六六〕吳鈔本原鈔奪「後」下五字，墨校補。「疏」或作「疎」，下同。○「釋然」見前與呂長悌絶交書注〔一六〕。

〔二六七〕「蛇」或作「虵」，下同。

〔二六八〕淮南子精神訓：「越人得蚺蛇以爲上肴，中國得而棄之無用。故知其無用，貪者能辭之。」注：「蚺蛇，大蛇也，其長數丈，俗以爲上肴。」

〔二六九〕「黻」吳鈔本作「紱」，下同。案二字通。「華」，此本原作「畢」，刻板之誤也。各本並作「華」。

〔二七〇〕考工記：「白與黑謂之黼，黑與青謂之黻。」書武成篇：「華夏蠻貊。」僞孔傳：「大國曰夏。」呂氏春秋貴因篇：「禹之裸國，裸入衣出，因也。」淮南子注：「裸國在南方。」

〔二七一〕「以」上，吳鈔本有「若」字。

〔二七二〕易乾卦彖曰：「保合大和，乃利貞。」莊子天地篇：「夫至樂者，調理四時，大和萬物。」

〔二七三〕老子：「恬澹爲上。」莊子天道篇：「夫虛靜恬澹寂寞無爲者，天地之平，而道德之正。」爾雅：「欽，敬也。」

〔二七四〕國語吳語：「玉帛酒食，猶糞土也。」

〔二七五〕莊子駢拇篇：「伯夷盜跖二人者，所死不同，其於殘生傷性均也。」

〔二七六〕史記李斯列傳：「斯從荀卿學帝王之術，學已成，辭於荀卿曰：『詬莫大於卑賤，而悲莫甚於窮困。久處卑賤之位，困苦之地，非世而惡利，自託於無爲，此非士之情也。故斯將西説秦王矣。』二世二年七月，具斯五刑，論腰斬咸陽市。」

〔二七〕史記主父偃列傳：「偃上書闕下，拜爲郎中，一歲中四遷，大臣皆畏其口，賂遺累千金。或説偃曰：『太橫矣。』主父曰：『臣結髮游學四十餘年，身不得遂，親不以爲子，昆弟不收，賓客棄我，我阨日久矣。且丈夫生不五鼎食，死即五鼎烹耳。』元朔二年拜齊相。趙王使人上書告言主父偃受諸侯金，乃徵下吏治。遂族主父偃。」「發憤」見前卜疑注〔二七〕。

〔二八〕家語六本篇：「子曰：『與善人居，如入芝蘭之室，久而不聞其香，即與之化矣。與不善人居，如入鮑魚之肆，久而不聞其臭，亦與之化矣。』」張衡東京賦：「凡人心是所學，體安所習，鮑肆不知其臭，翫其所以先入。」釋名：「鮑魚，魚腐也。」楚辭九章：「蘭茝幽而獨芳。」漢書注：「茝即今白芷。」

〔二九〕莊子達生篇：「有鳥止於魯郊，魯君悦之，爲具太牢以饗之，奏九韶以樂之。鳥乃始憂悲眩視，不敢飲食。此之謂以己養養鳥也。」淮南子注：「三牲具曰太牢。」禮記樂記篇：「魏文侯問於子夏曰：『吾端冕而聽古樂，則唯恐卧；聽鄭衛之音，則不知倦。』」

〔三〇〕「借」吴鈔本作「備」。讀書續記曰：「明本『備』作『借』，是。」○揚案：「備」字當涉下而誤。○莊子有外物篇。又天運篇曰：「中無主而不止。」又曰：「由外入者無主於中，聖人不隱。」

〔二八一〕「鍾」吳鈔本、四庫本作「鐘」，二字通。

〔二八二〕淮南子原道訓：「不以內樂外，而以外樂內，樂作而喜，曲終而悲。」

〔二八三〕莊子繕性篇：「樂全之謂得志，古之所謂得志者，非軒冕之謂也。」

〔二八四〕「屈」程本作「詘」，二字同。○禮記儒行篇：「儒有不隕穫於貧賤，不充詘於富貴。」注：「充詘，歡喜失節之貌。」楚辭九辯：「蹇充倔而無端兮。」

〔二八五〕吳鈔本原鈔無「且」字，墨校補。

〔二八六〕說文：「瘳，疾愈也。」

〔二八七〕淮南子精神訓：「病疵瘕者，噲然得卧，則親戚兄弟歡然而喜。」

〔二八八〕由「無」字以上十一字吳鈔本原鈔誤奪，墨校補。

〔二八九〕此句各本並同。周校本曰：「『則』下當有『無』字。」○揚案：有「無」字是也。「無樂」蓋承「無喜」而言。○莊子至樂篇：「至樂無樂。」

〔二九〇〕「順」吳鈔本原鈔作「被」，墨校改「然」。周校本誤作「言」。

〔二九一〕莊子天道篇：「夫明白於天地之德者，此之謂大本大宗，與天和者也。」又曰：「與天和者，謂之天樂。」揚雄羽獵賦：「建道德以爲師友。」

〔二九二〕「得」吳鈔本原鈔作「樂」，墨校改「永」，吳鈔本作「求」，誤也。○張衡思玄賦：「玩陰陽之變化兮，詠雅頌之徽音。」

〔二九三〕「任」吴鈔本作「因」。

〔二九四〕高彪清誡曰：「飄邈任自然。」「託身」見前酒會詩（婉彼鴛鴦）注〔三〕。「不朽」見前贈秀才詩（人生壽促）注〔四〕。藝文類聚八十九引莊子曰：「若用之於善，則與天地相弊。」

〔二九五〕「滅」文選集注本江文通雜體詩許徵君詢一首注引同，胡刻本引作「減」，雲笈七籤及醫心方引作「去」，當涉下而誤。又案文選郭景純遊仙詩注引「偓佺」云云，題作嵇康答難，而引此處，則題作向秀難嵇康養生論，當係偶誤。

〔二九六〕文選集注本江文通雜體詩注引無「也」字，下同。千金方及雲笈七籤引「此」字作「爲」字，又無「也」字，下同。醫心方引無「此」字，下同。案此皆隨意改引。

〔二九七〕「喜」或作「熹」，下同。

〔二九八〕「絶」醫心方引誤作「絁」。

〔二九九〕吴鈔本原鈔作「神虛精散」，朱校改「精散」爲「轉發」。宋本、安政本太平御覽七百二十及千金方、雲笈七籤、醫心方引作「神慮精散」，別本太平御覽作「神虛精散」；文選集注本江文通雜體詩許徵君詢一首注引作「神虛精散」，胡刻本作「神慮消散」。讀書續記曰：「御覽引作『神虛精散』，似此較長。」○葉渭清曰：「按選注是也。『轉發』於義迂曲，『虛精』是『慮消』之誤。」○揚案：本集釋私論曰「氣静神虛者，心不存於矜尚」，則神虛非其所病也。當以「神慮消散」爲長。

〔二〇〇〕「必存」雲笈七籤引作「不去」。

〔二〇一〕詩閟宫：「既飲旨酒，永錫難老。」箋云：「難使老者最壽考也。」莊子知北遊篇：「至言去言。」

〔二〇二〕「太」或作「大」。○楚辭遠遊注曰：「常吞天地之英華。」又九懷注曰：「咀嚼靈草，以延年也。」淮南子俶真訓：「聖人呼吸陰陽之氣。」

〔二〇三〕「迴」吴鈔本作「回」，醫心方引作「曲」。雲笈七籤引無下「不」字，誤也。太平御覽七百二十引節去「不迴其操」四字。○楚辭注：「操，志也。」

〔二〇四〕「夭」醫心方引誤作「犮」。此句雲笈七籤引作「不免夭其年」。

〔二〇五〕「濟」千金方引作「躋」，太平御覽七百二十引作「深」。

〔二〇六〕「玄」千金方、雲笈七籤引作「道」。○易繫辭上：「子曰：『天之所助者，順也；人之所助者，信也。』」老子：「生而不有，爲而不恃，長而不宰，是謂玄德。」莊子天地篇：「執道者德全。」

〔二〇七〕「喜」醫心方引作「熹」。「有」太平御覽七百二十引作「自」。「福」雲笈七籤引誤作「神」。

〔二〇八〕「自延」雲笈七籤引作「延年」。○禮記禮器篇：「君子曰：祭祀不祈。」莊子讓王篇：「神農氏之有天下也，時祀盡敬，而不祈喜。」案「喜」與「禧」通。爾雅：「禧，福也。」戰國策齊策：「小國道此，則不祠而福矣。」方言：「延，年長也。凡施於年者謂之延。」

〔二〇九〕「所效」吴鈔本原鈔作「都所」，墨校改。此句太平御覽七百二十引作「此養生大理所歸也」。千金方引作「此養生之大旨也」。雲笈七籤、醫心方引作「此亦養生之大經也」。葉渭清曰：

「疑『都所』當爲『所都』。廣雅釋詁三：『都，聚也。』」○管子四時篇：「陰陽者，天地之大理也。」

〔三〇〕新語道基篇：「曾閔以仁成大孝。」史記仲尼弟子列傳：「曾參字子輿，閔損字子騫。」禮記中庸篇：「得一善則拳拳服膺。」又曰：「喜怒哀樂之未發謂之中，發而皆中節謂之和，致中和，天地位焉，萬物育焉。」説文：「膺，胸也。」楚辭招魂篇：「身服義而未沫。」

〔三一〕吳鈔本原鈔無「便」字，墨校補。吳鈔本、程本、張本及三國文「仁」字作「人」，是也。

〔三二〕「臧」周校本誤作「藏」。○漢書敘傳曰：「窮人理，該萬方。」詩桑柔：「自獨俾臧。」箋云：「臧，善也。」

〔三三〕「者」吳鈔本原鈔作「哉」，墨校改。○史記封禪書：「李少君以祠竈穀道。」「却老方」見上。

〔三四〕此段千金方引作「然或有服膺仁義，無甚泰之累者，抑亦其亞歟」。醫心方引同，惟「歟」字作「也」。雲笈七籤引作「然或仁義無甚泰之累者，抑亦亞乎」。○周校本曰：「醫心方似即隱括已上七句作之，非原文。」○揚案：此皆隨意節改。

〔三五〕荀子修身篇：「卑溼重遲貪利，則抗之以高志。」崔寔答譏曰：「抗志浮雲。」「名位」見前養生論注〔一九〕。「馳騖」見前六言詩（名與身孰親）注〔三〕。

〔三六〕「自」吳鈔本作「言」。案以上文例之，「自」字是也。

〔三七〕「齒」上空格之字，程本作「同」，張本作「鯢」，文津本作「兒」，八代文鈔作「髮」。此句吳鈔本作「此於用身甫與鄉黨不齒者同耳」。案程本、吴鈔本及八代文鈔皆誤也。「鯢」爲「齯」之誤，「兒」爲「齯」之省。○爾雅：「齯齒，壽也。」詩閟宫：「黄髮兒齒。」箋云：「兒齒，亦壽徵。」

〔二八〕莊子達生篇：「世之人以爲養形足以存生。」論語：「子曰：『君子於其所不知，蓋闕如也。』」

〔二九〕莊子達生篇：「欲免爲形者，莫如棄世。」崔駰達旨曰：「抱景特立，與士不羣。」張衡七辯曰：「飲醴茹芝。」

〔三〇〕張衡思玄賦：「屑瑶蘂以爲糇兮。」文選舊注：「糇，備也。」莊子逍遥遊篇：「若夫乘天地之正，御六氣之辯，以遊無窮者，彼且惡乎待哉。」釋文：「司馬云：『六氣，陰陽風雨晦明。』」

〔三一〕吴鈔本原鈔「而」下有「不」字，墨校删。周校本曰：「案『不』或非衍，則其下當有奪文。」○揚案：「不」字當係誤衍。

〔三二〕「璞」吴鈔本同，餘各本並作「樸」。○崔瑗座右銘：「曖曖内含光。」莊子達生篇：「用志不分，乃凝於神。」又天地篇：「明白入素，無爲復樸。」

〔三三〕「涘」吴鈔本原鈔作「族」，朱校改。案原鈔是也，此處用韻。○莊子大宗師篇：「於謳聞之玄冥。」郭象注：「玄冥者，所以名無而非無也。」白虎通義禮樂篇：「人無不含天地之氣。」論衡命義篇：「人稟氣而生，含氣而長。」莊子秋水篇：「今爾出於崖涘。」爾雅：「厓，水邊也。」毛詩傳：「涘，厓也。」案「崖」與「厓」同。

〔三四〕「老」吴鈔本原鈔誤作「生」，墨校改。「却」吴鈔本作「郄」，讀書續記曰：「『郄』當作『却』。」

〔三五〕「有」周校本誤作「可」。「年」吴鈔本原鈔誤作「存」，墨校改。

〔三六〕説文：「轅，輈也。軸，持輪。轄，鍵也。」

〔三七〕「若」張本及三國文作「皆」。案「皆」字更合。

〔三八〕「營内致斃」吴鈔本原鈔作「營忘外内」，朱校改。案原鈔是也，惟當作「營内忘外」，此與下文對言。

〔三九〕「趣」吴鈔本作「趍」，二字同。○莊子達生篇：「魯有單豹者，巖居而水飲，不與民共利，行年七十，而猶有嬰兒之色，不幸遇餓虎，餓虎殺而食之。有張毅者，高門懸薄，無不走也，行年四十，而有内熱之病，以死。豹養其内而虎食其外，毅養其外而病攻其内。此二子者，皆不鞭其後者也。」俞樾莊子平議曰：「『走』是『趣』之壞字。文選幽通賦注引此文正作『趣』。呂覽必己篇：『張毅好恭，門閭帷薄，聚居衆無不趨。』高注曰：『過之必趨。』」

〔三〇〕戰國策齊策：「蘇秦曰：『有濟西則趙之河東危。』」又燕策：「蘇代曰：『濟西不役，所以備趙也；河北不師，所以備燕也。今濟西河北盡以役矣，封内敝矣。』」鮑彪注曰：「不役者，養兵以備敵。」左傳注曰：「濟西，濟水以西。」案「誡」與「戒」通。廣雅：「戒，備也。」此謂齊不役濟西，但知備趙，終乃敗於秦也。史記始皇本紀：「三十三年，使蒙恬渡河，取高闕陶山北假中，築亭障，以逐戎人。三十四年，築長城及南越地。」淮南子人間訓：「秦失天下，禍在備胡而利越也。」張衡思玄賦：「嬴擿讖而戒胡兮，備諸外而發内。」

〔三二〕易坤卦文言曰：「積善之家，必有餘慶。」又繫辭上：「履信思乎順，又以尚賢也。」

〔三三〕易頤卦象曰：「山下有雷，頤，君子以慎言語，節飲食。」

〔三三〕易繫辭下：「過此以往，未之或知也。」

〔三四〕「語」下，吴鈔本有「夫」字。○孟子：「天之生此民也，使先知覺後知，使先覺覺後覺也。」

余元熹曰：「發古今人未有之祕義，有含道獨往，棄智遺身，朝發太華，夕宿神州之概。」漢魏名文乘。

張運泰曰：「叔夜此論絶佳，乍讀頗纏綿難曉，然微文幽旨，有裨於修真養生，正不得以常等相視也。」漢魏名文乘。

蔣超伯曰：「嵇康答難養生論云：『富貴多殘，伐之者衆也；野人多壽，傷之者寡也。』然修短有數，亦不盡然。吴季英累典大邦，行將百歲，趙邠卿晚持使節，已過九旬。魏、晉以來，更難枚舉。侍中羅結總三十六曹，蜀相長生年一百三十。叔夜所説，固不免憤時嫉俗之談耳。」南漘楛語。